读咏虫诗

记住萤光闪烁的童年

在心田里播下

文学的种子

让生命之树常青

历代咏虫诗选

嵇保中　陈又麟　刘曙雯　选注

中国林业出版社

图书在版编目（CIP）数据

历代咏虫诗选 / 嵇保中 , 陈又麟 , 刘曙雯选注 . --
北京 : 中国林业出版社 , 2023.8
ISBN 978-7-5219-2254-7

Ⅰ . ①历… Ⅱ . ①嵇… ②陈… ③刘… Ⅲ . ①古典诗
歌—诗集—中国 Ⅳ . ① I222

中国国家版本馆 CIP 数据核字（2023）第 129568 号

策划编辑：印　芳
责任编辑：印　芳　赵泽宇
封面设计：刘临川

————————————————————

出版发行：中国林业出版社
　　　　（100009，北京市西城区刘海胡同 7 号，电话 83223120）
电子邮箱：cfphzbs@163.com
网址：www.forestry.gov.cn/lycb.html
印刷：鸿博昊天科技有限公司
版次：2023 年 8 月第 1 版
印次：2023 年 8 月第 1 次
开本：170mm×240mm 1/16
印张：17
字数：435 千字
定价：68.00 元

前言

　　自论文《昆虫诗话》（2003）和《杨万里的昆虫诗探微》（2004）发表至今，我对古代咏虫诗歌的关注、收集和研读断断续续已近 20 个年头，因为热爱，所以坚持，终成此书。从古代诗歌中选择涉虫篇章并加以解读和注释，其实并不容易。首先，古代诗歌浩如烟海，素材收集难以齐备；其次，入选诗歌的选择有明显的个性化色彩，难免主观；第三，诗篇含义的解释往往众说纷纭，取舍难免失当。

　　子在川上曰："逝者如斯夫，不舍昼夜。"回首往事，比较清晰的还是青少年时期的光景，其中有些画面堪称记忆中的珍藏。作为青少年生活的重要元素，昆虫的身影在这些画面中可谓随处可见：在萤火星光的夏夜，听父母讲故事、话家常的情景，真是天上人间。油菜花开满了田野，蝴蝶双双舞翩翩，那是故乡的温馨。而小河边树荫下的夏日午睡，风儿轻，水儿静，唯有蝉声入梦，人生的惬意莫过如此。这些定格的画面和其中流淌的自然风，正是我筹划本书的源头。他乡的生活匆匆，但那些"曾经"从未走远，它们在我心中，在那些咏虫诗歌里。青春作赋，皓首穷经。有机会完成此书，是圆梦，是偿愿，更是对那段生活的纪念。

　　生物学意义上的昆虫，其生命是有限的。可当它们走进文学，成为传统文化的一部分，融入一个民族的集体记忆，它们就得到了永生，这就是文学的魅力。生活的脚步不停，人生的梦想永在。远方是憧憬，也是追忆，诗和远方，有诗才会有远方。"蜉蝣之羽，衣裳楚楚。心之忧矣，于我归处。蜉蝣之翼，采采衣服。心之忧矣，于我归息。蜉蝣掘阅，麻衣如雪。心之忧矣，于我归说。"追忆似水年华，是为祭！

　　本书的筹划和具体写作，虽然花费了不少精力，但限于水平，不当之处，尚祈方家指正。

嵇保中

2022 年 11 月 4 日于南京　紫金山麓

目录

先 秦

佚名
  诗经·蜉蝣·····················二
佚名
  诗经·青蝇·····················三
佚名
  诗经·蟋蟀·····················四
佚名
  诗经·螽斯·····················五

汉 代

徐干
  于清河见挽船士新婚与妻别诗·········七
徐昉
  赋得蝶依草应令诗················七
佚名
  蜨蝶行·······················八

魏晋南北朝

阮籍
  咏怀八十二首 其七十一···········一〇
郭璞
  尺蠖························一一
  螳螂························一一
范云
  咏早蝉诗····················一二
吴均
  杂绝句诗四首 其一··············一二
刘孝绰

  咏素蝶······················一三
萧子范
  后堂听蝉····················一四
温子升
  咏花蝶······················一五
萧纲
  听早蝉诗····················一五
  咏蜂诗······················一六
  咏蛱蝶诗····················一七
  咏萤诗······················一七
萧绎
  咏萤火诗····················一八
庾信
  拟咏怀诗二十七首 其一十八·······一八
江总
  咏蝉诗······················二〇
颜之推
  和阳纳言听鸣蝉篇··············二〇
卢思道
  听鸣蝉篇····················二二
薛道衡
  夏晚诗······················二四
沈君攸
  同陆廷尉惊早蝉诗··············二四
纪少瑜
  月中飞萤诗··················二五
李镜远
  蛱蝶行······················二六
沈旋
  咏萤火诗····················二六
褚沄
  赋得蝉······················二七

隋唐五代

虞世南
　　蝉 …………………………… 二九
　　咏萤 …………………………… 二九
李百药
　　咏蝉 …………………………… 三〇
　　咏萤火示情人 ………………… 三〇
王绩
　　秋夜喜遇王处士 ……………… 三一
上官仪
　　入朝洛堤步月 ………………… 三二
骆宾王
　　在狱咏蝉（并序） …………… 三三
郭震
　　蛩 ……………………………… 三五
　　萤 ……………………………… 三五
李白
　　代秋情 ………………………… 三六
　　思边 …………………………… 三六
　　夜下征虏亭 …………………… 三七
　　咏萤火 ………………………… 三七
杜甫
　　病橘 …………………………… 三八
　　促织 …………………………… 三九
　　见萤火 ………………………… 四〇
　　萤火 …………………………… 四一
岑参
　　巩北秋兴寄崔明允 …………… 四二
郎士元
　　送别 …………………………… 四三
戴叔伦
　　和尉迟侍郎夏杪闻蝉 ………… 四三
　　题友人山居 …………………… 四四
耿湋
　　赋得寒蛩 ……………………… 四四
　　听早蝉歌 ……………………… 四五
韦应物
　　玩萤火 ………………………… 四六
　　咏琥珀 ………………………… 四六
卢纶
　　与畅当夜泛秋潭 ……………… 四七
司空曙
　　新蝉 …………………………… 四七
　　早夏寄元校书 ………………… 四八
刘商
　　秋蝉声 ………………………… 四九
卢殷
　　晚蝉 …………………………… 四九
刘言史
　　放萤怨 ………………………… 五〇
孟郊
　　烛蛾 …………………………… 五一
羊士谔
　　寻山家 ………………………… 五一
王建
　　簇蚕辞 ………………………… 五二
　　田家行 ………………………… 五三
　　晚蝶 …………………………… 五四
　　野菊 …………………………… 五四
　　雨过山村 ……………………… 五五
　　雉将雏 ………………………… 五五
张籍
　　江村行 ………………………… 五六
韩愈
　　盆池五首 其三 ……………… 五七
张仲素
　　秋闺思二首 其一 …………… 五八
卢仝
　　蜻蜓歌 ………………………… 五八
　　新蝉 …………………………… 五九
薛涛
　　蝉 ……………………………… 六〇
　　西岩 …………………………… 六〇
白居易
　　捕蝗—刺长吏也 ……………… 六一
　　村夜 …………………………… 六二
　　秋蝶 …………………………… 六二
　　闻新蝉赠刘二十八 …………… 六三
　　蚊蟆 …………………………… 六三
　　寓意诗五首 其五 …………… 六四
　　早蝉 …………………………… 六五
刘禹锡
　　和乐天春词 …………………… 六五

聚蚊谣……………………………… 六六
贾岛
　病蝉……………………………… 六七
　早蝉……………………………… 六八
元稹
　虫豸诗 蚊子三首 ………………… 六九
　春蝉……………………………… 七〇
姚系
　京西遇旧识兼送往陇西…………… 七一
雍陶
　蝉………………………………… 七二
李贺
　胡蝶飞…………………………… 七三
许浑
　蝉………………………………… 七三
李廓
　夏日途中………………………… 七四
温庭筠
　元处士池上……………………… 七五
杜牧
　秋夕……………………………… 七五
　题扬州禅智寺…………………… 七六
　闻蝉……………………………… 七七
韦楚老
　江上蚊子………………………… 七八
赵嘏
　风蝉……………………………… 七八
　听蝉……………………………… 七九
李群玉
　三月五日陪裴大夫泛长沙东湖…… 八〇
方干
　听新蝉寄张畳…………………… 八一
陈陶
　春归去…………………………… 八一
李商隐
　蝉………………………………… 八二
　蝶（孤蝶小徘徊）……………… 八三
　蝶（叶叶复翻翻）……………… 八三
　蝶三首 其一…………………… 八四
　蜂………………………………… 八五
　乐游原…………………………… 八六
　青陵台…………………………… 八六

李郢
　蝉………………………………… 八七
贯休
　夜夜曲…………………………… 八七
罗邺
　萤二首…………………………… 八八
司马札
　蚕女……………………………… 八九
　感萤……………………………… 八九
陆龟蒙
　蝉………………………………… 九〇
　萤诗……………………………… 九一
于濆
　对花……………………………… 九一
　野蚕……………………………… 九二
罗隐
　蝉………………………………… 九二
　蝶………………………………… 九三
　蜂………………………………… 九三
　萤………………………………… 九四
张乔
　蝉………………………………… 九四
　促织……………………………… 九五
皮日休
　蚊子……………………………… 九六
　胥口即事六言二首 其一………… 九六
周繇
　萤………………………………… 九七
韩偓
　火蛾……………………………… 九八
　蜻蜓……………………………… 九八
杜荀鹤
　蚕妇……………………………… 九九
　离家……………………………… 九九
唐彦谦
　采桑女…………………………… 一〇〇
　萤………………………………… 一〇一
郑谷
　十日菊…………………………… 一〇二
徐寅
　蝉………………………………… 一〇二
　蝴蝶二首………………………… 一〇三

目录

三

蝴蝶三首 …………………… 一〇四
吴融
　蛱蝶 …………………………… 一〇五
王驾
　雨晴 …………………………… 一〇六
齐己
　蝴蝶 …………………………… 一〇六
　蟋蟀 …………………………… 一〇七
　新秋雨后 ……………………… 一〇八
李建勋
　蝶 ……………………………… 一〇八
李中
　蛬 ……………………………… 一〇九
　秋日途中 ……………………… 一〇九
苏涣
　变律 其二 …………………… 一一〇
　变律 其三 …………………… 一一一
来鹄
　蚕妇 …………………………… 一一一
蒋贻恭
　咏蚕 …………………………… 一一二
李嘉祐
　咏萤 …………………………… 一一二
李咸用
　送人 …………………………… 一一三
李远
　咏壁鱼 ………………………… 一一四
廉氏
　怀远 …………………………… 一一五
廖凝
　闻蝉 …………………………… 一一五
刘方平
　秋夜泛舟 ……………………… 一一六
　月夜 …………………………… 一一七
刘驾
　秋夕 …………………………… 一一七
刘兼
　新蝉 …………………………… 一一八
刘昭禹
　闻蝉 …………………………… 一一九
陆畅
　闻早蝉 ………………………… 一一九

卢照邻
　含风蝉 ………………………… 一二〇
沈鹏
　寒蝉树 ………………………… 一二〇
释子兰
　秋日思旧山 …………………… 一二一
王申礼
　赋得高柳鸣蝉诗 ……………… 一二二
翁宏
　春残 …………………………… 一二三
项斯
　闻蝉 …………………………… 一二三
许棠
　闻蝉十二韵 …………………… 一二四
杨凌
　送客往睦州 …………………… 一二五
雍裕之
　秋蛬 …………………………… 一二六
　早蝉 …………………………… 一二六
于季子
　咏萤 …………………………… 一二七
于邺
　白樱树 ………………………… 一二七
张纮
　闺怨 …………………………… 一二八
张祜
　赠内人 ………………………… 一二八
朱放
　乱后经淮阴岸 ………………… 一二九

宋　代

向敏中
　春暮其三 ……………………… 一三一
王禹偁
　寒食 …………………………… 一三一
　和仲咸杏花三绝句 其一 ……… 一三二
寇准
　新蝉 …………………………… 一三二
林逋
　蝶 ……………………………… 一三三
　山园小梅二首 其一 …………… 一三四

范仲淹

　咏蚊 ………………………… 一三四

晏殊

　蛱蝶 ………………………… 一三五

宋庠

　禁中寒蝉 …………………… 一三六

刘涣

　秋蝶 ………………………… 一三六

宋祁

　秋园见蝶 …………………… 一三七

　闻蝉 ………………………… 一三七

梅尧臣

　蝉 …………………………… 一三八

　秋日家居 …………………… 一三九

　秋日咏蝉 …………………… 一三九

　蒋 …………………………… 一四〇

　雨燕 ………………………… 一四一

欧阳修

　小池 ………………………… 一四一

张方平

　蝉 …………………………… 一四二

李觏

　蝉 …………………………… 一四二

邵雍

　蠹书鱼 ……………………… 一四三

刘敞

　蝉 …………………………… 一四四

　螳螂 ………………………… 一四四

　蚁斗 ………………………… 一四五

司马光

　野菊 ………………………… 一四六

王安石

　促织 ………………………… 一四六

　蝶 …………………………… 一四七

　题西太一宫壁二首 ………… 一四八

王令

　和人促织 …………………… 一四九

　闻促织 ……………………… 一四九

张舜民

　萤 …………………………… 一五〇

苏轼

　二虫 ………………………… 一五〇

陌上花三首 …………………… 一五一

雍秀才画草虫八物 其一 促织 …… 一五三

　其二 蝉 …………………… 一五三

　其四 蜣螂 ………………… 一五四

　其五 天水牛 ……………… 一五四

　其八 鬼蝶 ………………… 一五五

苏辙

　题王生画三蚕蜻蜓二首 …… 一五六

黄裳

　观蚕 ………………………… 一五六

道潜

　临平道中 …………………… 一五七

黄庭坚

　次韵王荆公题西太乙宫壁二首 …… 一五八

　蚁蝶图 ……………………… 一五九

秦观

　冬蚊 ………………………… 一五九

贺铸

　烛蛾 ………………………… 一六〇

晁补之

　村居即事 …………………… 一六一

陈师道

　次韵萤火 …………………… 一六一

　秋怀四首 其二 …………… 一六二

张耒

　春日书事 …………………… 一六三

　海州道中二首 ……………… 一六三

　和应之灯蛾 ………………… 一六五

　田家二首 其一 …………… 一六五

饶节

　偶成 ………………………… 一六六

谢逸

　蝴蝶 ………………………… 一六六

许景衡

　萤 …………………………… 一六七

周紫芝

　秋晚二绝 其二 …………… 一六七

吕本中

　别夜 ………………………… 一六八

曾几

　蛱蝶 ………………………… 一六八

　蚊蝇扰甚戏作 ……………… 一六九

萤火……………………………… 一七〇
陈与义
　萤火……………………………… 一七〇
　早行……………………………… 一七一
　中牟道中二首…………………… 一七二
张嵲
　暮春道中闻蝉…………………… 一七二
陆游
　窗下戏咏三首 其三……………… 一七三
　蝶………………………………… 一七三
　蜉蝣行…………………………… 一七四
　蛱蝶词…………………………… 一七五
　秋日闻蝉………………………… 一七五
范成大
　初夏二首 其一…………………… 一七六
　次韵温伯苦蚊…………………… 一七六
　蛩………………………………… 一七七
　秋日田园杂兴十二首 其一……… 一七七
　其三……………………………… 一七八
　其四……………………………… 一七八
　晚春田园杂兴十二绝 其三……… 一七九
　夏日田园杂兴 其一……………… 一七九
杨万里
　初秋行圃………………………… 一八〇
　道傍小憩观物化………………… 一八〇
　冻蝇……………………………… 一八一
　蜂儿……………………………… 一八一
　观蚁二首………………………… 一八二
　秋暑三首 其三…………………… 一八三
　水螳螂歌………………………… 一八三
　宿新市徐公店二首 其二………… 一八四
　题山庄草虫扇…………………… 一八四
　听蝉八绝句 其二………………… 一八五
　其五……………………………… 一八五
　嘲金灯花上皂蝶………………… 一八五
　戏题常州草虫枕屏……………… 一八六
　小池……………………………… 一八七
　阻风锺家村观岸傍物化二首…… 一八七
朱熹
　宿山寺闻蝉作…………………… 一八八
　闻蝉……………………………… 一八八
朱淑真

独坐……………………………… 一八九
陆九渊
　蝉………………………………… 一八九
韩淲
　题草虫扇二首…………………… 一九〇
赵秉文
　春游四首 其二…………………… 一九一
　夏直……………………………… 一九一
徐玑
　秋行二首 其一…………………… 一九二
戴复古
　织妇叹…………………………… 一九二
高翥
　秋日三首 其二…………………… 一九三
赵汝鐩
　虱………………………………… 一九三
洪咨夔
　促织二首………………………… 一九四
岳珂
　观物四首 其一 蛩………………… 一九五
刘克庄
　蚍蜉……………………………… 一九六
　穴蚁……………………………… 一九六
叶绍翁
　夜书所见………………………… 一九七
　野蝶……………………………… 一九八
乐雷发
　秋日行村路……………………… 一九八
　夏日偶书………………………… 一九九
叶茵
　萤………………………………… 一九九
萧立之
　画卷四虫 灯蛾…………………… 二〇〇
　画卷四虫 蠹鱼…………………… 二〇〇
潘牥
　蝉………………………………… 二〇一
释道璨
　题水墨草虫……………………… 二〇二
舒岳祥
　萤………………………………… 二〇二
郝经
　蚕………………………………… 二〇三

周密

    西塍废圃 ……………………… 二〇三

林景熙

    闻蝉二首 ………………………… 二〇四

    闻蛩 ……………………………… 二〇五

戴表元

    蝗来 ……………………………… 二〇五

    胡蝶 ……………………………… 二〇六

    山中玩物杂言十首 其九 ……… 二〇六

谢翱

    蜂 ………………………………… 二〇七

华岳

    春暮 ……………………………… 二〇七

徐照

    柳下闻蝉 ………………………… 二〇八

周昂

    西城道中 ………………………… 二〇九

顾逢

    冬夜闻蛩 ………………………… 二〇九

郭印

    蟋蟀 ……………………………… 二一〇

胡仲弓

    观蚁 ……………………………… 二一〇

李复

    昼坐东轩，忽十三蝴蝶颜色鲜碧，飞舞近

    人，移时方去，纪之以诗 ……… 二一一

李若川

    蚕妇词 …………………………… 二一二

陆蒙老

    咏蝉 ……………………………… 二一三

卢梅坡

    蚕 ………………………………… 二一三

潘葛民

    蝴蝶花 …………………………… 二一四

蒲寿宬

    蠹鱼 ……………………………… 二一四

    闻蝉 ……………………………… 二一五

    蚤 ………………………………… 二一五

释怀古

    闻蛩 ……………………………… 二一六

天封慈

    蜜蜂颂 其一 …………………… 二一七

危涴

    书灯蛾 …………………………… 二一七

姚寅

    养蚕行 …………………………… 二一八

叶岂潜

    蝉 ………………………………… 二一九

赵福元

    蚊 ………………………………… 二二〇

朱继芳

    蚕 ………………………………… 二二〇

元　代

仇远

    闲居十咏 其二 ………………… 二二二

陈栎

    晚蝉 ……………………………… 二二二

宋无

    蝉 ………………………………… 二二三

王冕

    村居四首 其四 ………………… 二二三

赵汸

    咏蟋蟀 …………………………… 二二四

徐贲

    次韵杨孟载感故园池阁四首 其四… 二二五

    咏三虫 其一 秋萤 …………… 二二六

    其二 秋蝶 ……………………… 二二六

    其三 秋蝉 ……………………… 二二六

黄庚

    萤火 ……………………………… 二二七

明　代

刘基

    春蚕 ……………………………… 二二九

丁鹤年

    画蝉 ……………………………… 二二九

    咏蝉 ……………………………… 二三〇

姚广孝

    秋蝶 ……………………………… 二三〇

瞿佑

    红蜻蜓 …………………………… 二三一

夏原吉

　秋暮蚊……………………二三一

张弼

　络纬辞……………………二三二

沈周

　蚕桑图……………………二三二

王鏊

　闻蛩……………………二三三

黄衷

　白鱼……………………二三四

　剔蠹谣……………………二三四

俞允文

　蜂……………………二三五

徐渭

　尖头麻蝇……………………二三六

　桑枝半月一蝉振羽……………………二三六

庞尚鹏

　萤……………………二三七

方文

　蜂……………………二三八

屈大均

　白华园作 其二十七……………………二三八

　大蝴蝶……………………二三九

郭登

　飞蝗……………………二三九

嵇元夫

　立秋日卢沟送新郑少师相公………二四〇

金大舆

　雨后闻蝉……………………二四一

王龙起

　寒蛩……………………二四一

清　代

徐倬

　闻蛩……………………二四四

王士禛

　蝉……………………二四四

蒲松龄

　蝗来……………………二四五

查慎行

　舟夜书所见……………………二四六

赵执信

　萤火……………………二四七

陈撰

　萤……………………二四七

郑板桥

　题画竹……………………二四八

袁枚

　秋蚊……………………二四八

　所见……………………二四九

赵翼

　一蚊……………………二四九

汪为霖

　蝉……………………二五〇

王笠天

　蚕……………………二五一

　蜂……………………二五一

时庆莱

　萤……………………二五二

周准

　蝴蝶词……………………二五二

龚静仪

　渔人……………………二五三

归懋仪

　萤……………………二五三

李念兹

　萤……………………二五四

秦应阳

　飞蛾……………………二五四

沈绍姬

　蚊……………………二五五

时雨

　萤焰……………………二五六

张劭

　白蝶……………………二五六

朱景素

　樵夫词……………………二五七

朱受新

　咏蝉……………………二五七

佚名

　咏蝴蝶……………………二五八

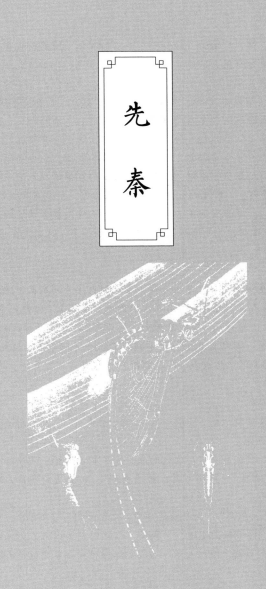

先秦

佚名

诗经·蜉蝣

蜉蝣之羽 [1]，衣裳楚楚 [2]。心之忧矣 [3]，于我归处 [4]。
蜉蝣之翼 [5]，采采衣服 [6]。心之忧矣，于我归息 [7]。
蜉蝣掘阅 [8]，麻衣如雪 [9]。心之忧矣，于我归说 [10]。

说明

　　这是一首咏蜉蝣、叹人生的诗，该诗产生的其时其地，蜉蝣群飞屡见不鲜，蜉蝣尸体覆水盖地。诗人见之思之震撼之，感叹这微小美丽的生灵，生如夏花般灿烂，死若秋叶般静美，可吟可颂，可歌可泣，缠绵悱恻，终成此诗。全诗三章，每章前半借蜉蝣起兴，后半抒发感慨。整体上从不同角度描述蜉蝣之美和人生之忧。在表达手法上通过一唱三叠，产生了回声浩荡、动人心魄的效果。首章描述"蜉蝣之羽"的静态美，说蜉蝣像衣冠楚楚的士大夫，而衣冠服饰是社会地位和阶层的重要标志，进而联想到自己的前途之忧，属于咏蜉蝣、叹前途；次章通过蜉蝣群集飞行、熙熙攘攘的状态，引发对世事纷扰的困惑。人世浮华，心绪何以安宁？属于咏蜉蝣、叹心灵。末章描写蜉蝣成虫突然出现、大量死亡之凄美，进而由蜉蝣而及人生，联想到万物固有一死的哀伤，引发生死之忧这样的亘古之问，属于咏蜉蝣、叹生死。三章各有侧重，又浑然一体，构成一首多纬度的人生咏叹调。忧从中来，动人心魄，如泣如诉，不可断绝。虽历数千年而不衰，可谓实至名归！

注释

　　[1] 蜉蝣：蜉蝣目昆虫的成虫。稚虫水生，老熟稚虫浮升到水面，爬到水边石块或植物茎上，日落后羽化为亚成虫。亚成虫停留在水域附近的植物上。一般经 24 小时左右蜕皮变态为成虫。成虫不进食，寿命短，一般只活几小时至数天。羽：蜉蝣的翅。

　　[2] 衣：古时的上衣。此处喻指蜉蝣的前翅。裳：古时的下衣。此处喻指蜉蝣的后翅。楚：为假借字，原字意为丝织品或衣物的色彩鲜明，引申为一般意义上的色彩鲜明。楚楚：鲜明貌，一说整齐干净。

　　[3] 忧矣：忧伤、忧郁。

　　[4] 于：由于。引入原因。处：处所、位置。"于我归处"：我的前途在哪里？

　　[5] 翼：《广雅》：飞也。

　　[6] 采采：茂盛，众多貌。衣服：古代的衣服除了衣裳之外，还包括其他穿戴物。此处指蜉蝣的前、后翅和尾须等。"蜉蝣之翼，采采衣服"：蜉蝣集群飞舞，翅上下翻飞、尾须随处摇曳，熙熙攘攘。

　　[7] "心之忧矣，于我归息"：世事纷扰如斯，心灵如何得以安歇。

　　[8] 掘阅：《说文》云："堀，突也"，"掘阅"指蜉蝣突然出生，突然死亡。周代曹国之地方语为"堀阅"。目见为阅，经过时间也为阅。蜉蝣稚虫生水中数年而后羽化，突自水际

起飞，而人始觉之。飞而交尾，雄者即死。雌者产卵于水，尽，亦即死。但不饮食。故曹人谓之突阅耳。

[9] 麻衣：粗麻布做成的衣服，也用作孝衣。此处指蜉蝣的翅。"麻衣如雪"：大量蜉蝣的尸体，翅像雪片一样覆盖地面。

[10] 说：通"税"，止息、住、居住。"于我归说"：到哪里寻找人生的归宿？

佚名

诗经·青蝇

营营青蝇[1]，止於樊[2]。岂弟君子[3]，无信谗言[4]。
营营青蝇，止於棘[5]。谗人罔极[6]，交乱四国[7]。
营营青蝇，止於榛[8]。谗人罔极，构我二人[9]。

说明

这首诗斥责谗毁者，并对信谗的统治者提出忠告，当是遭谗的士大夫所写。诗的最大特点是比兴见意，创造了"青蝇"这一比喻意象，以作为谗毁者的化身。绿头苍蝇，其粪便可以污白使黑，其"营营"众飞之声而可以乱听，其"止于樊""止于棘""止于榛"，无孔不入，且驱之难去，防不胜防，用来比喻以中伤、蛊惑、媚附为能事的谗佞者，贴切而形象。一说该诗是刺幽王信褒姒之谗，而害忠良。所谓忠良，乃指太子宜臼等。诗人以青蝇起兴，层层递进，由浅入深，使人逐步感到信谗的后果。"四国"是指四方诸侯之国，意为谗人为害，搅乱了诸侯。"构我二人"是指离间幽王与申后。也有认为这些是周平王及其追随者编造的刻意叙事。

注释

[1] 营营：象声词，拟苍蝇飞舞声。青蝇：也称苍蝇，双翅目蝇科昆虫的成虫，此处比喻谗人。

[2] 止：停落。樊：藩，篱笆。

[3] 岂弟：同"恺悌"，平和有礼，平易近人。

[4] 谗言：挑拨离间的坏话。

[5] 棘：酸枣树，鼠李科落叶小乔木。

[6] 罔：无。极：准则。罔极：说话没定准。

[7] 交：俱。四国：四方诸侯之国。

[8] 榛：榛树，桦木科落叶灌木或小乔木。

[9] 构：播弄、陷害，指离间。

佚名

诗经·蟋蟀

蟋蟀在堂 [1]，岁聿其莫 [2]。今我不乐，日月其除 [3]。
无已大康 [4]，职思其居 [5]。好乐无荒 [6]，良士瞿瞿 [7]。
蟋蟀在堂，岁聿其逝 [8]。今我不乐，日月其迈 [9]。
无已大康，职思其外 [10]。好乐无荒，良士蹶蹶 [11]。
蟋蟀在堂，役车其休 [12]。今我不乐，日月其慆 [13]。
无以大康。职思其忧 [14]。好乐无荒，良士休休 [15]。

说明

　　这首诗是含有治国、处世和人生感悟的政治教化诗，由蟋蟀迁移现象发端，劝勉人们珍惜年华。诗中所用历法为周历，一年中的十二月相当于农历的十月，此时天气转冷，蟋蟀由野外转移到室内活动。该诗写作手法由物及人，叹惋岁月易逝。开篇两句，诗人看到蟋蟀从野外迁移到屋内，意识到天气已经转凉，在不知不觉中，时间已是年末。三、四句开始述说心怀：言外之意时光飞逝，时不我待。诗人由"岁莫"引起对时光流逝的感慨，宣称要抓紧时机好好行乐，不然便是浪费了光阴。其实这并非诗人本意，而是为了统领下文内容的过渡。"职思其居"说享乐不要过度，应当顾虑自己当下的职责所在。"职思其外"则说对分外的职务也不能不考虑。"职思其忧"则告诫人们要有忧患意识，目光要长远。"好乐无荒，良士瞿瞿""好乐无荒，良士蹶蹶""好乐无荒，良士休休"，则是提醒人们：享乐要在不荒废事业的前提下进行，要学习贤士的勤奋向上，时刻提醒自己享乐的尺度。每章的后四句基本属于说教，但诗人在劝诫的同时也肯定"好乐"，但要求有节制，真挚的语气也容易让人接受。这些话是对他人的警醒，同时也是自我克制。

注释

[1] 蟋蟀：直翅目蟋蟀科昆虫。堂：正房，高大的房子。在堂：指因天气寒冷蟋蟀从室外迁入室内。

[2] 聿：语气助词。莫：古"暮"字。

[3] 除：过去。

[4] 已：甚。大康：同"泰康"，过于享乐。

[5] 职：主要职务。居：处，指所处职位。

[6] 荒：荒废。

[7] 良士：优秀的人，好男人。瞿瞿：警惕瞻顾的样子。

[8] 逝：去。

[9] 迈：义同"逝"。去，流逝。

[10] 外：本职之外的事。

[11] 蹶蹶：动作勤敏的样子。

[12] 役车：服役出差的车子。"役车其休"：表示一切劳作均已结束，一年将终。

[13] 慆：逝去。

[14] 忧：忧虑。"职思其忧"：应该考虑值得忧念的事，大到国家安危，小到工作得失。

[15] 休休：安闲自得，乐而有俭貌。形容因乐道知礼而得到安闲的样子。

佚名

诗经·螽斯

螽斯羽[1]，诜诜兮[2]。宜尔子孙[3]，振振兮[4]。
螽斯羽，薨薨兮[5]。宜尔子孙，绳绳兮[6]。
螽斯羽，揖揖兮[7]。宜尔子孙，蛰蛰兮[8]。

说明

诗中的"螽斯"实际上为"螽"，即蝗虫。很可能为东亚飞蝗。此处的"斯"与先秦汉语定中间的连词"之"相当，"螽斯羽"犹言"螽之羽"。《诗经》的篇名，古人多截取诗中的字句为之，有时连虚词截下，《螽斯》篇名可能也是这样形成的。由于此诗的关系，后来的史书和文学作品中将"螽斯"作为专有名词，乃是"斯"字词性转变的结果，使"螽斯"成为一个专用的昆虫名词，直至融入现代昆虫分类体系，形成与蝗科不同的螽斯科昆虫。至于成语"螽斯衍庆"中的"螽斯"仍沿用其蝗虫的原义。该诗借其强大的繁殖能力寄寓了对多子多孙的祈愿，是先民对蝗虫的一首褒义作品。诗篇从蝗虫的外观、声音起兴，落脚在寓意，即"宜尔子孙"上，表达"你的子孙"应该是"非常多"的美好祝福。全诗三章，每章四句。前两句描写，后两句颂祝。而叠词叠句的叠唱形式是这首诗最鲜明的艺术特色。如果说"宜尔子孙"的三致其辞，使诗旨显豁明朗，那么六组叠词的巧妙运用，则使全篇韵味无穷。

注释

[1] 羽：翅，此处作动词，意为振翅。

[2] 诜诜：同"莘莘"，众多的样子。兮：语气词。

[3] 宜：适合、应当。尔：你。

[4] 振振：繁盛的样子。

[5] 薨薨：象声词，蝗虫群飞发出的声音。

[6] 绳绳：绵延不绝的样子。

[7] 揖揖：群聚众多的样子。

[8] 蛰蛰：和集之貌，此处指众人相聚时安然和乐的状态。

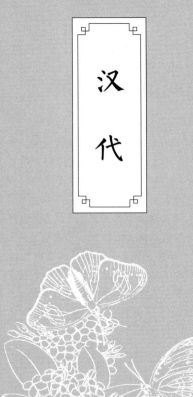

汉代

徐干 （171—218），字伟长，今山东昌乐人。

于清河见挽船士新婚与妻别诗 [1]

与君结新婚 [2]，宿昔当别离 [3]。凉风动秋草 [4]，蟋蟀鸣相随。冽冽寒蝉吟 [5]，蝉吟抱枯枝。枯枝时飞扬，身体忽迁移 [6]。不悲身迁移，但惜岁月驰 [7]。岁月无穷极 [8]，会合安可知。愿为双黄鹄 [9]，比翼戏清池 [10]。

说明

这首诗揭示了纤夫从役的艰辛，表达了诗人的同情。首句交代新婚将别的现实，接着以环境萧瑟相映衬。离别发生在凉风吹动秋草的时节，蟋蟀开始鸣叫，蝉走向死亡，因而发出绝望的哀鸣。蝉随着枯枝而亡，如同即将被湮没的时光。谁也不知未来是否重逢，面对难以相守的凄惨现实，只能将万般的无奈与思念化作"愿为双黄鹄，比翼戏清池"的希望。

注释

[1] 清河：淇水的支流，今河南省内黄县义阳乡。挽船士：纤夫。

[2] 君：指纤夫。

[3] 宿昔：夙夕的假借字，或作夙昔。即旦夕，谓时间短促。

[4] 凉风：秋风。

[5] 冽冽：寒冷貌。"冽冽"两句：秋寒天凉，寒蝉因凉而鸣叫，唯有怀抱枯枝取暖。这里比喻妻子独守空房，孤独凄凉。

[6] 身体：指蝉。

[7] 驰：迅速消逝。

[8] 穷极：穷尽，尽头。

[9] 黄鹄：神话传说中的大鸟，能一举千里。用以指妇女的守节不嫁和空闺寂寞。

[10] 比翼：双双展翅。

徐昉 字谒卿，安徽濉溪人，生卒年不详。

赋得蝶依草应令诗 [1]

秋园花落尽，芳菊数来归 [2]。那知不梦作 [3]，眠觉也恒飞 [4]。

说明

这首诗开咏蝶诗化用"庄周之蝶"的先河。秋天草木凋零，繁花落尽，仅有迎秋而放

七

的菊花。蝴蝶此时已经接近生命的尾声，依草而息，似乎梦见自己又翻飞在花丛之中，却不知究竟处在是梦还是醒的状态。无论是梦还是醒，飞舞的翅膀都不会停歇。

注释

[1] 赋得：古人与友分题赋诗，分到题目称为"赋得"。应令诗：应诏令而作的诗。

[2] 芳菊：菊花。数：几朵。

[3] 梦作：入梦。

[4] 眠觉：入睡或清醒。

佚名

蛱蝶行 [1]

蛱蝶之遨游东园 [2]，奈何卒逢三月养子燕 [3]，接我苜蓿间 [4]。持之我入紫深宫中 [5]，行缠之傅欂栌间 [6]，雀来燕 [7]。燕子见衔哺来 [8]，摇头鼓翼，何轩奴轩 [9]!

说明

这首借蝴蝶被猎杀的不幸，暗喻社会上弱肉强食、虐杀无辜的罪恶和富贵无常、福祸难测的悲剧。全诗以蝴蝶自述的口吻，依次讲述了蝴蝶在东园里悠闲地飞舞；在苜蓿间被燕子捕捉；燕子把蝴蝶带到筑有燕巢的方木斗拱间，感到很开心；雏燕见亲燕衔来蝴蝶欢乐雀跃。四幅画面，既有生动的视觉内容，又有抽象的心理活动。借蝴蝶之口倾吐被害弱者的悲伤。同时触及了一个发人深思的问题，即人们应居安思危，时刻保持警惕，以免祸患及身。

注释

[1] 蛱蝶：蝴蝶。蛱：蝶的本字。行：古体诗的一种，歌行一体，与乐府相近，它的音节格律比较自由，采用五、七杂言古体，形式富于变化。

[2] 遨游：漫游。

[3] 卒：同"猝"。养子燕：正在哺雏的燕子。

[4] 苜蓿：豆科苜蓿属一、二年生草本植物。

[5] 紫深宫：阴森森的屋子。宫：室。

[6] 缠：围绕。傅：附着或逼近。欂栌：古代指斗拱。

[7] 雀：雀跃。

[8] 燕子：雏燕。哺：口里含着的食物。

[9] 何轩奴轩：高举貌。

魏晋南北朝

阮籍 （210—263），字嗣宗，今河南尉氏人。

咏怀八十二首 其七十一

木槿荣丘墓^[1]，煌煌有光色^[2]。白日颓林中^[3]，翩翩零路侧。蟋蟀吟户牖^[4]，蟪蛄鸣荆棘^[5]。蜉蝣玩三朝^[6]，采采修羽翼^[7]。衣裳为谁施^[8]？俯仰自收拭^[9]。生命几何时^[10]？慷慨各努力^[11]！

说明

这首诗作于阮籍中晚年，借木槿花期短促，感叹人生无常。"木槿"二句说木槿花开在坟墓上，煌煌夺目，光色耀人，不知老之将至。"白日"二句写其日夕而落，但仪态翩翩，并不因零落路侧而悲哀。"蟋蟀"一联分咏蟋蟀和蟪蛄，蟋蟀之吟、蟪蛄之鸣都是在其生命穷蹙或行将终结之时，也可看作对生命短暂的抗争。蜉蝣更是一种生命极为短促的昆虫，但蜉蝣并不以其生之短为忧，反而生活得有姿有采。看它"采采修羽翼"，也许有人会问"衣裳为谁施"，俯仰之间自我欣赏有何不可？尾联总收全诗，生命虽然短暂，但值得珍惜，当以"慷慨各努力"之厚度，补充人生苦短之长度。这两句也许是诗人对自己"冉冉将老而修名不立"的鞭策和勉励，慷慨中自有动人心弦的悲凉。

注释

[1] 木槿：木槿花，又名舜花、日夕花，锦葵科落叶灌木。荣：茂盛，喻木槿花盛开。丘墓：坟墓。

[2] 煌煌：明亮的样子。有光色：有光有色，鲜艳明亮。"木槿"两句：木槿花开在丘墓之上，煌煌夺目，光色耀人。

[3] 白日：白天。颓：衰败，喻花朵凋谢。"白日"二句：木槿花日夕而落，但仪态翩翩，并不因零落路侧而哀伤。

[4] 蟋蟀：又名促织，雄性善鸣，直翅目蟋蟀科昆虫。户牖：门窗。

[5] 蟪蛄：蝉的一种，雄性善鸣，同翅目蝉科昆虫的成虫。"蟋蟀"两句：蟋蟀鸣、蟪蛄号，秋天到了，离死亡也就不远了。这两虫不知道自己命不久长，仍鸣叫不休。

[6] 蜉蝣：蜉蝣目昆虫的成虫，稚虫水生，成虫寿命短暂。

[7] 采采：盛多的形象。即多种样式地整理羽翼。修：修饰，整理。

[8] 施：在物体上加某种东西。此处指穿衣。

[9] 俯仰：指蜉蝣自我修饰羽翼的样子。"衣裳"两句：蜉蝣美丽的衣裳不是为谁而穿，只是生活的基本内容。

[10] 几何时：能有多少时光。

[11] 慷慨：此处指积极、有兴致的。各努力：各自都在积极地努力着。

郭璞 （276—324），字景纯，今山西运城人。

尺蠖 [1]

贵有可贱 [2]，贱有可珍 [3]。嗟兹尺蠖 [4]，体此屈伸 [5]。论配龙蛇，见叹圣人 [6]。

说明

这首诗以尺蠖为题，说人生穷达之理、以退为进之策。所谓贵人，都需要从基础的事情做起。所谓常人，也自有其独到之处。卑微如尺蠖，也能领悟能屈能伸的道理。这种屈伸可以和龙蛇蛰伏相媲美，连孔子也曾为此感叹。

注释

[1] 尺蠖：鳞翅目尺蛾科昆虫的幼虫。

[2] 贵：指地位高的人。"贵有可贱"：高贵者有卑猥之处。

[3] 贱：指地位低的人。珍：指贤德之处。"贱有可珍"：卑贱者有贤德之处。

[4] 嗟兹：叹息声。

[5] 屈伸：屈曲与伸舒。"嗟兹"两句：就连尺蠖似乎都懂得这种关系，表现得能屈能伸。

[6] "论配"两句：尺蠖就像龙蛇一样懂得因时因势而变的道理。出自《易传·系辞传下·第五章》："尺蠖之屈，以求信也；龙蛇之蛰，以存身也"。《系辞》中引用了不少孔子的论述，此处的圣人当指孔子。

螳螂 [1]

螳螂飞虫，挥斧奋臂 [2]。当辙不回 [3]，勾践是避 [4]。勇士致毙 [5]，厉之以义 [6]。

说明

这首诗赞扬了螳螂临死不悔的勇敢精神。前两句描述了螳螂振翅奋足的雄姿，后两句叙述螳螂挡车的壮举。末两句议论：螳螂挡车，虽然牺牲了，但其勇敢的精神值得称赞。

注释

[1] 螳螂：螳螂目昆虫，捕食性。

[2] "螳螂"两句：叙述螳螂愤怒时的雄姿，翅张开，前足奋起。斧、臂：分别表示前足（捕捉足）的不同部分。

[3] 辙：车辙。此处指车行进的路线。

[4] 勾践：（?– 前 464 年），姒姓，本名鸠浅，浙江绍兴人，春秋时期越国君主。"当辙"两句：即使车轮来了，也不像勾践那样逃避。

[5] 勇士：指螳螂。

[6] 厉：古同"励"，推崇，赞扬。"勇士"两句：螳螂挡车虽然牺牲了，但其勇敢的精神值得赞扬。

范云 （451—503），字彦龙，今河南泌阳人。

咏早蝉诗 [1]

生随春冰薄 [2]，质与秋尘轻 [3]。端绥挹霄液 [4]，飞音承露清 [5]。

说明

这首诗选择蝉的典型形态特征和行为，赞扬蝉高洁清远的品德，也表达了对清清白白、干净透明人格的赞美。前两句描写蝉的翅，薄如春冰、轻似秋尘。第三句写蝉的食性，通过"端绥"取食"霄液"，即餐风饮露。末句写鸣声，蝉声清越，保持了清清白白的特点。

注释

[1] 早蝉：初夏的蝉。

[2] 随：像。春冰：春季已经部分融化的冰，以薄、脆为特征。"生随"两句说蝉的翅轻薄而透明。

[3] 质：质地。秋尘：秋天的尘埃。

[4] 绥：古人结在颔下的帽带下垂的部分，此处指蝉的口器，即喙。挹：挹注，比喻从有余的地方取些出来以补不足的地方，此处指用"端绥"取食。霄液：露水。

[5] 飞音：蝉鸣。承：接续，继续。承露清：像露水般清澈。

吴均 （469—519），字叔庠，今浙江安吉人。

杂绝句诗四首 其一 [1]

昼蝉已伤念 [2]，夜露复沾衣 [3]。昔别曾何道 [4]，今夕萤火飞 [5]。

说明

这首诗通过描写秋天的景色，表别离的感伤。即并不正面描写所怀之人，也不着意抒发伤别怀人的心绪，而是抓住某些与之有关的自然景物，写出一种幽独孤寂的气氛，以显示深挚绵长的怀人之情。首二句托物起兴，将伤怀之情暗寓其中。末二句点明题旨，表面上宕开一步，实则以更深沉的难解之情作结。昔日之别虽依依难舍，然何曾料到今日的相思之苦更十倍于昔日的离别之愁呢？结句"今夕萤火飞"，主人公从惜别的追思中解脱出来，面对夏日萤光的现实世界。在这清冷幽独的环境之中，进一步透露出他内心无法解脱而又难以诉说的相思之苦。

[1] 杂绝句：一作"新绝句"。属于古绝，与后来的律绝不同。

[2] 伤念：此指伤怀，引起愁思。"昼蝉"句：白天听到蝉鸣已经很感伤了。

[3] "夜露"句：由于伤别不眠，深夜起而徘徊，致使夜晚的露水又浸湿了衣服。

[4] "昔别曾何道"：一作"昔别昔何道"。意为惜别时虽难舍难分，却未曾料到而今相思更难以忍受。

[5] "今夕萤火飞"：一作"今令萤火飞"。"萤火"：一作"萤光"。

刘孝绰 （481—539），本名冉，字孝绰，小字阿士，今江苏徐州人。

咏素蝶 [1]

随蜂绕绿蕙 [2]，避雀隐青薇 [3]。映日忽争起 [4]，因风乍共归 [5]。
出没花中见 [6]，参差叶际飞 [7]。芳华幸勿谢 [8]，嘉树欲相依 [9]。

说明

诗人一生"前后五免"，多次遭受打击，该诗表明作者多次沉浮后依然抱有为官的追求和渴望。该诗也是历史上第一首专题咏蝶诗，诗中的蝴蝶是诗人精神的化身，主要描写蝴蝶的弱者形象，如避开蜂、雀的威胁，祈求芳华勿谢的愿望和寻找嘉树庇护的举动。全篇采用蝴蝶的动态之形，传达种种不安的情绪和寻求庇护的渴盼。"绕绿蕙"是为了不与采花酿蜜的蜂冲突，转而上下飞绕。可想而知，诗人为了在同僚中寻求共存的平衡而做出的努力。"隐青薇"则是为了躲避雀的威胁而藏身密叶之中。"映日"句：说阳光下蝴蝶飞舞的欣喜之态，然随之而来的大风又将蝴蝶吹向花叶之间。这种反复的沉浮，表面上是蝴蝶动态形貌的客观描绘，实际上流露出作者的情感挣扎。蝴蝶想祈求花叶的掩护，可"芳华"会凋谢，唯有长青的"嘉树"才是最可靠的"相依"之所。这也是作者希望得到朝廷庇护与信任的婉转表达。

注释

[1] 素：白色、本色。素蝶：白色的蝴蝶。

[2] 蜂：采集花粉花蜜的蜜蜂。蕙：香草名。所指有二：一指菊科的佩兰，夏秋开花。二指兰科的蕙花，晚春初夏开花。诗中的白蝴蝶可能是粉蝶，粉蝶春夏较常见，所以诗中的"绿蕙"应为兰科的蕙兰。

[3] 雀：泛指能捕蝶的鸟类。青薇：嫩青的细叶。

[4] 映日：日光映照。

[5] 乍：忽然。"映日"两句：太阳升起蝴蝶高飞，风速太快则不再飞行。

[6] 出没：出入。见：同"现"。

[7] 参差：纷纭繁杂。叶际：叶子中间。

[8] 芳华：香花，此处泛指百花。幸：表示希望之辞。谢：凋谢。

[9] 嘉树：对树的美称，此处暗指朝廷。依：依附、托身。

萧子范 （约486—550），字景则，今江苏武进人。

后堂听蝉[1]

试逐微风远[2]，聊随夏叶繁[3]。轻飞避楚雀[4]，饮露入吴园[5]。
流音绕丛薁[6]，余响切高轩[7]。借问边城客[8]，伤情宁可言[9]。

说明

这首诗写蝉的生活环境和鸣声的季节变化。"试逐"两句描写蝉随着季节的交替，鸣声发生的变化。前句写春末蝉初鸣时的声音。"试"字写出幼蝉之声细嫩轻微，故只得小试手段。"微风"不仅暗示季节，也暗示蝉之鸣叫仅与微风可以相匹，还得借助风力才能将声响传出。后句写入夏后蝉鸣声增大。"聊"字写蝉不知不觉已至壮时，有漫不经心的意思。"繁"字一语双关，一写夏叶之逐渐增多，二写蝉鸣之日渐繁复。"轻飞"两句暗用《说苑·正谏》载吴王后园中"螳螂捕蝉，黄雀在后"的故事，用以描写蝉的生活环境，再现了其"避楚雀""入吴园"的艰辛。"流音"两句写盛夏时节蝉的鸣声，不仅响亮，且无处不在，低处可闻，高处亦可感知。末联说蝉鸣声引起的悲秋情结，那些远在他乡的人们感受最深，其闻蝉而起的伤感无法言说。

注释

[1] 后堂：屋后的庭院。蝉：蝉的鸣声，由雄蝉发出。

[2] 试：姑且。逐：随、跟随。

[3] 聊：凑和。

[4] 楚雀：黄鹂，雀形目黄鹂科中等体型鸣禽。

[5] 饮露：古人认为蝉"饮露而不食"。吴园：指吴王的花园。

[6] 流音：空中飘荡的声音。丛薁：泛指杂草。"流音"句：喻蝉鸣余音悠长。

[7] 切：击中。高轩：堂左右有窗的高敞长廊。"余响"句：蝉鸣的余响使高轩感受到震颤。

[8] 边城客：边地客居或戍边的人。

[9] 伤情：忧伤的情怀。宁可言：岂能说？无法诉说。

温子升 （495—547），字鹏举，今山东菏泽人。

咏花蝶[1]

素蝶向林飞，红花逐风散[2]。花蝶俱不息，红素还相乱[3]。
芬芬共袭予[4]，葳蕤从可玩[5]。不慰行客心[6]，遽动离居叹[7]。

这首诗约作于北魏正光四年（523），诗人随广阳王北伐时期。远离家乡的游子触景生情，引起了乡思，眼前的美景由爱到恼，将作者内心一连串的感觉变化呈现出来。前四句通过对"蝶""花"两个意象的勾勒展现出一幅"蝶戏花"的自然美景。白蝶向开满红花的树林飞去，风吹花动，香风袭人，白蝶戏花，红白错杂，赏心悦目。"芬芬"两句说花、蝶共舞于暖风中的情景，激起我心头的喜悦和观赏的兴致，这种景色值得流连。末二句点出诗之主题，这异乡美景终究不能长久地使自己快乐，一股更加强烈的乡思，使人感慨兴叹。方知前面"蝶戏花"之美景乃是在反衬结尾处客心之哀伤。

[1] 花蝶：花和蝶。
[2] 素蝶：白色的蝴蝶，疑为粉蝶。"素蝶"两句：白蝴蝶向林中飞去，红色花瓣随风飘散。
[3] "花蝶"两句：花瓣和蝴蝶在风中一起不断翻飞，白红两色混杂彼此难辨。
[4] 芬芬：犹纷纷，指花、蝶共舞的景象。予：我。
[5] 葳蕤：鲜丽、纷披貌。玩：观赏。"芬芬"两句：花、蝶共舞于暖风中的情景，激起我心头的喜悦和观赏的兴致。
[6] 行客：过客、旅客。
[7] 遽：于是，就。"不慰"两句：这种花蝶共舞的景象，不仅不能给离乡人带来慰藉，还触发了乡愁。

萧纲 （503—551），字世赞，一说世缵，小字六通，今江苏南京人。

听早蝉诗

草歇鶗鸣初[1]，蝉思花落后[2]。乍饮三危露[3]，时荫五官柳[4]。
庄书哂鹏翼[5]，卫赋宜蝼首[6]。桂树可淹留[7]，勿谓山中久。

这首诗以杜鹃鸟的鸣声发端。"草歇""花落"烘托杜鹃鸟鸣与蝉声给人的内心触动。由早蝉的鸣声引发作者的遐思，从蝉餐风饮露、隐身高树的习性，到庄子笑话蝉短视而飞不高的故事，再到诗经里盛赞美人的蝉额。最后言有桂树相伴，不妨暂留。在赞美蝉高洁品格的同时，引发惜时之慨。

注释

[1] 草歇：春草开始凋零。鹈：杜鹃鸟。

[2] 蝉：初夏之蝉。思：助词。蝉思：蝉的出现。

[3] 乍：刚刚，起初。三危露：三危山之露，相传属于味道最美的水。《吕氏春秋》卷一四《孝行览·本味》："水之美者：三危之露；昆仑之井。"高绣注："三危，西极山名。"古人认为蝉以清露为食，是洁身自爱的昆虫，诗文中以此比喻士人高洁的品格。

[4] 时：时常，经常。五官柳：用陶渊明典故。陶渊明别号五柳先生，曾作《五柳先生传》以自况。此处亦用以比喻高洁品格。

[5] 庄书：指《庄子》。哂：讥笑。鹏翼：大鹏的翅膀。典出《庄子·逍遥游》："鹏之背，不知其几千里也；怒而飞，其翼若垂天之云。……鹏之徙于南冥也，水击三千里，抟扶摇直上者九万里……蜩与学鸠笑之曰：'我决起而飞，抢榆枋而止，时则不至，而控于地而已矣，奚以之九万里而南为？'"蜩，即蝉。

[6] 螓：古书上说的一种蝉，方头广额，身体绿色。螓首：喻指女子美丽的方广如螓的额，形容女子貌美。典出《诗经·卫风·硕人》："齿如瓠犀，螓首蛾眉。"

[7] 淹留：久留、逗留。

咏蜂诗[1]

逐风从泛漾[2]，照日乍依微[3]。知君不留眄[4]，衔花空自飞[5]。

说明

这首诗借"蜂"之孤飞感叹人之孤寂无依，表达一种难以排遣的寂寥微末之感。太阳初上，光影朦胧，随风势而起落的孤蜂显得轻微而孱弱。没有谁会关注这微末的生灵，它带着花粉孤独地飞。

注释

[1] 蜂：蜜蜂。

[2] 逐：随、跟随。泛漾：漂游、流动。"逐风"句：蜜蜂随风在空中荡漾。

[3] 乍：刚刚、起初。依微：隐约，不清晰貌。"照日"句：太阳初上，光影朦胧。

[4] 眄：看。留眄：留意观看。"知君"句：知道人们不会关注。

[5] 衔花：带着花粉。空自：徒然，白白地。

咏蛱蝶诗 [1]

空园暮烟起 [2]，逍遥独未归 [3]。翠鬣藏高柳 [4]，红莲拂水衣 [5]。
复此从风蝶 [6]，双双花上飞。寄与相知者，同心终莫违 [7]。

说明

　　这首诗是现存最早的表现爱情的咏蝶诗。暮色已经降临，自在飞翔的蝴蝶还没有归来。它们到哪里去了呢？原来正在树间私语、水面嬉戏，在花间成双成对、随风飘荡、徘徊流连。这一对对双飞的蝴蝶，多像世间万万千千的恩爱夫妻。真希望世间相爱的男女，都能像双蝶一样，长相厮守不分离。

注释

　　[1] 蛱蝶：蝴蝶。

　　[2] 空园：荒园，闲弃的庭院。暮烟：傍晚的烟霭。

　　[3] 逍遥：缓步行走貌。独：还，依然。"空园"两句：暮色苍茫，远游的蝴蝶还没有归来。

　　[4] 翠鬣：鸟头上的绿毛。

　　[5] 红莲：荷花。翠鬣、红莲：此处指蝶的色彩和斑纹。

　　[6] 复此：来往徘徊。从风：随风。

　　[7] 莫违：莫忘初心。

咏萤诗

本将秋草并 [1]，今与夕风轻 [2]。腾空类星陨 [3]，拂树若花生 [4]。
屏疑神火照 [5]，帘似夜珠明 [6]。逢君拾光彩 [7]，不吝此身倾 [8]。

说明

　　在描述徘徊于草木、帘屏之间的流萤时，诗人受到其飘零孤独的感染，透过"逢君拾光彩，不吝此身倾"的感叹，表现自己赏心难求的悲凉。萤火虫本是附着在秋草上的，如今它出现在夜空，来往飞行，像晚风一样轻盈。萤光闪烁似流星飞坠，掠过林木就如树花顿开。飞向屏风疑似神火照耀，飘入帘间恰似宝珠夜明。尾联代萤立言：如果遇到知遇者，我将不惜献出我的身心。

注释

　　[1] 将：和，与。并：聚，一起。

　　[2] 与：和，跟。夕风：晚风。

　　[3] 腾空：向天空飞升。星陨：流星陨落。

[4] 拂树：在树木枝叶间穿行。

[5] 屏：屏风。神火：神奇的光华。

[6] 帘：门帘。夜珠：夜明珠。

[7] 逢：遇到，遇见。拾：捡取，此处意为喜欢、欣赏。光彩：萤火虫。

[8] 不吝：指不吝惜。倾：用尽力量。"逢君"两句：如果有人欣赏我的光彩，我就会用尽全力为其发光。

萧绎 （508—554），字世诚，小字七符，号金楼子，今江苏武进人。

咏萤火诗 [1]

着人疑不热 [2]，集草讶无烟 [3]。到来灯下暗 [4]，翻往雨中然 [5]。

说明

这首诗描写萤火虫的特征，句句与火联系，紧扣题意。萤火虫附着到人身上，感受不到热量。飞到草丛间，也点不起烟来。飞到灯光下，就更暗淡了。末尾句笔锋一转，写出了雨中萤火虫闪烁的样子，它们不怕风吹雨打，还要继续发光照亮夜空，体现出"然"的执着与勇气，以及不惧逆境的坚强品质。

注释

[1] 萤火：萤火虫发出的光。

[2] 着：接触，挨上。疑：怀疑、疑惑。

[3] 集：栖身，停留。讶：惊奇。

[4] 到来：来到。

[5] 翻：反而，却。然：同"燃"。"翻往"句：飞回到雨中它反而又发出光亮。"翻往雨中然"应该是微雨或诗人的想象。雨较大时，萤火虫是静伏不飞的。

庾信 （513—581），字子山，小字兰成，今河南新野人。

拟咏怀诗二十七首 其一十八

寻思万户侯 [1]，中夜忽然愁 [2]。琴声遍屋里 [3]，书卷满床头。
虽言梦蝴蝶 [4]，定自非庄周 [5]。残月如初月 [6]，新秋似旧秋 [7]。
露泣连珠下 [8]，萤飘碎火流 [9]。乐天乃知命 [10]，何时能不忧 [11]。

承圣三年（554）四月，诗人奉命出使西魏。十一月，西魏陷江陵，梁元帝遇害，诗人遂被扣留长安。之后历仕西魏与北周，虽位望通显，但故国之思永难磨销，这首诗就是感伤时变、魂牵故国、叹恨羁旅、忧嗟身世之情的体现。一、二句写"愁"之源：自己一生都在追求、梦想获得食邑万户的显赫爵位，夜半时分，却忽然愁从中来。事实上，庾信在西魏和北周先后官至骠骑大将军、开府仪同三司，他的忧愁，不是仕宦不达的失意之悲，而是不能为故国建功立业的失志之怵。这才是他午夜梦回、四顾茫然、淹没在突如其来的忧愁之中的那种深刻、深沉的悲凉。三、四句写诗人"愁"之态：中夜愁思难解，欲操琴自我排遣，琴声响遍屋里，不觉其心静，反而更见烦躁。想要读书转移愁思，床头书卷翻遍，反而觉得心绪缭乱。五、六句写"愁"之无可消释：用庄周梦蝶典故，重点却在"虽言""定自"两个虚词：虽然梦为蝴蝶、忘怀自身，就可以摆脱时刻相随的愁思，无奈自己绝对不是那个可以齐物我、一是非、在轻飘飘的达观中自适其志的庄周。七至十句写景，景物无不含"愁"："残月如初""新秋似旧"，说年华消逝，光景依旧，无所作为，忧不能忘；"露泣连珠"，说心情之悲苦；"萤飘碎火"，喻前景之暗淡。感受着这种持续、浓重的忧愁对内心的侵蚀与煎熬，诗人以无奈的自问结束全篇：顺应天道变化，接受命运安排，方能消愁解忧，可是自己何时才能做到呢？那永远回不去的故国，才是忧愁无法消释的根源。

[1] 寻思：细思，细想。万户侯：食邑万户的爵位，指有功于国者。

[2] 中夜：半夜，深夜。忽然愁：深夜自思，未能为梁朝建功立业，深感遗憾，故忧愁不止。

[3] 琴：古琴。

[4] 梦蝴蝶：指庄周梦蝶故事。

[5] "定自"句：指诗人自己不可能如庄周那样豁达无忧。

[6] 残月：月末的月亮残缺如弓。初月：月初的新月。

[7] 旧秋：过去的秋天。

[8] 露泣：露水滴坠如泣如连珠。古人以为露水是自天落下。

[9] 碎火：指星星点点的萤火。

[10] 乐天乃知命：语见《易经·系辞》"乐天知命，故不忧。"指虽有乐天知命之说，自己还做不到乐天知命。

[11] "何时"句：什么时候能无忧呢？

江总 （519—594），字总持，今河南兰考人。

咏蝉诗

白露凉风吹[1]，朱明落照移[2]。鸣条噪林柳[3]，流响遍台池[4]。忖声如易得[5]，寻忽却难知[6]。

说明

这是一首哲理诗，通过对秋蝉活动环境、鸣声以及诗人寻蝉感受的描写，说明一个道理：许多事看起来容易，但做起来却很难。

注释

[1] 白露：白露节气，9 月 7 至 9 日。
[2] 朱明：夏季的别称。古代传说中的火神祝融。落照：落日。"白露"两句：季节变化，白露凉风生，夏季火辣的夕阳也变了。
[3] 鸣条：风吹树枝发声，此处指蝉在柳树枝条间的鸣声。
[4] 流响：蝉鸣叫的声音向外不间断传送。台池：楼台池苑。
[5] 忖：思量、推测。如：像。
[6] 寻：搜求、查找。忽：一作"踪"。

颜之推 （531—591？），字介，今山东临沂人。

和阳纳言听鸣蝉篇[1]

听秋蝉，秋蝉非一处。细柳高飞夕[2]，长杨明月曙[3]。历乱起秋声[4]，参差揽人虑[5]。单吟如转箫[6]，群噪学调笙[7]。乍飘流曼响[8]，多含继绝声。垂阴自有乐[9]，饮露独为清[10]。短绥何足贵[11]，薄羽不羞轻。螳螂翳下偏难见[12]，翡翠竿头绝易惊[13]。容止由来桂林苑[14]，无事淹留南斗城[15]。城中帝皇里[16]，金张及许史[17]。权势热如汤，意气喧城市。剑影奔星落，马色浮云起。鼎俎陈龙凤[18]，金石谐宫徵[19]。关中满季心[20]，关西饶孔子[21]。讵用虞公立国臣[22]，谁爱韩王游说士[23]。红颜宿昔同春花[24]，素鬓俄顷变秋草[25]。中肠自有极[26]，那堪教作转轮车[27]。

说明

周武帝建德六年（577），北周平北齐后，诗人与阳休之、卢思道等十八人应征随驾赴长安。阳、卢途中作《听鸣蝉篇》，诗人同作。该诗以自身的命运多舛和国家灭亡的悲惨境地总揽全诗感情基调，借蝉的鸣声，书写自己的人生沧桑。蝉生命短暂，尚能在生命的末期放声歌唱，反观自己竟连蝉都不如，这是何等的心灵创痛！诗歌开篇先叙事，写了对秋蝉的态度，从"城中帝皇里，金张及许史"开始发表议论，描述了北周长安城内贵族的奢侈生活，表达了诗人的不满之情。同时，北周关中人才济济，回想之前北齐的灭亡，诗人心中复杂的情绪难以排解。结尾处"红颜宿昔同春花，素鬓俄顷变秋草。中肠自有极，那堪教作转轮车"，感慨时光易逝，容颜易老。

注释

[1] 和：依照别人的诗词题材或体裁作诗词。阳纳言：阳休之（509-582），字子烈，天津蓟州人。

[2] 细柳：指细柳营。在今陕西咸阳市西南，为汉时屯兵之所。夕：傍晚。

[3] 长杨：秦汉时宫名。故址在今陕西周至县东南，为秦汉时游猎之处。曙：天刚亮。

[4] 历乱：纷乱、杂乱。秋声：指秋天自然界的声音，如风声、落叶声、虫鸟鸣叫声等。

[5] 参差：长短、高低、大小不齐。揽：招惹。虑：担忧、发愁。

[6] 箫：分为洞箫和琴箫，皆为单管，竖吹，是一种古老的汉族吹奏乐器。

[7] 笙：属于簧片乐器族内的吹孔簧鸣乐器类，是现存大多数簧片乐器的鼻祖。

[8] 乍：刚刚，起初。曼响：拉长的声音。

[9] 垂阴：亦作"垂荫"。树木枝叶覆盖形成的阴影。

[10] 饮露：古人认为蝉餐风饮露。

[11] 緌：古代冠带结在下巴下面的下垂部分。指蝉长在口腹之下的刺吸式口器。

[12] 螗螂：同"螳螂"。这里引用了螳螂捕蝉的故事。翳：遮掩。

[13] 翡翠竿：用翠羽装饰的竿子。这里指捕蝉的竿子。

[14] 容止：仪容举止。这里偏重举止（活动）。桂林苑：桂林杏苑。古时乡试例在农历八月举行，考中称折桂。会试例在农历三月举行，考中称探杏。因以"桂林杏苑"指乡试、会试。

[15] 无事：即"无使"，否定副词，"空教"的意思。淹留：长期逗留。南斗城：长安故城，为西汉初旧都。

[16] 里：居住的地方。

[17] 金、张：汉时金日磾、张安世二人并为显官，子孙相继，七世荣显。后因用为显官的代称。许、史：许伯，汉宣帝皇后之父。史高，汉宣帝外家。后借指权门贵戚。

[18] 鼎俎：鼎和俎。古代祭祀、燕飨时陈置牲体或其他食物的礼器。

[19] 金石：钟磬发出的乐声。宫徵：古代五音中宫音和徵音的合称，泛指乐曲、声调。

[20] 季心：代称侠士。《汉书·季布传》："布弟季心气盖关中，遇人恭谨，为任侠，方数千里，士争为死……少年多时时窃借其名以行。当是时，季心以勇，布以诺，闻关中。"

[21] 关西孔子：《后汉书·杨震传》："杨震字伯起，弘农华阴人也……震少好学，受《欧阳尚书》于太常桓郁，明经博览，无不穷究。诸儒为之语曰：'关西孔子杨伯起'。"饶：丰富，多。

[22] 诓用：不用。立国臣：指宫之奇。"诓用"句：指虞君不采纳宫之奇的忠告。春秋时，晋国想灭掉虢国，两次向虞国借路，虞大夫宫之奇识破了晋国的野心，两次向虞君进谏

不要借路都被拒绝，结果晋灭虢后又捎带灭了虞国。

[23] 游说士：这里指苏秦。"谁爱"句：指苏秦以合纵主张说韩王事。战国时，苏秦主张合纵（关东六国联合抗秦），曾以此说韩王，韩王起先赞同，后为张仪的连横主张（关东六国与秦联合）所破坏，韩王又放弃了合纵。

[24] 宿昔：从前，往日。

[25] 素鬓：白发。

[26] 中肠：犹内心。极：规则。

[27] 转轮车：肠转车轮。肠子里好像有车轮在转。极言思念之悲苦。也作"车轮转肠"。

卢思道（535—586），字子行，小字释奴，今河北涿州人。

听鸣蝉篇 [1]

听鸣蝉，此听悲无极 [2]。群嘶玉树里 [3]，回噪金门侧 [4]。长风送晚声 [5]，清露供朝食 [6]。晚风朝露实多宜，秋日高鸣独见知 [7]。轻身蔽数叶 [8]，哀鸣抱一枝。流乱罢还续 [9]，酸伤合更离 [10]。暂听别人心即断 [11]，才闻客子泪先垂 [12]。故乡已超忽 [13]，空庭正芜没 [14]。一夕复一朝，坐见凉秋月 [15]。河流带地从来崄，峭路干天不可越 [16]。红尘早弊陆生衣 [17]，明镜空悲潘掾发 [18]。长安城里帝王州 [19]，鸣钟列鼎自相求 [20]。西望渐台临太液 [21]，东瞻甲观距龙楼 [22]。说客恒持小冠出 [23]，越使常怀宝剑游 [24]。学仙未成便尚主 [25]，寻源不见已封侯 [26]。富贵功名本多豫 [27]，繁华轻薄尽无忧。讵念嫖姚嗟木梗 [28]，谁忆田单倦土牛 [29]。归去来，青山下。秋菊离离日堪把 [30]，独焚枯鱼宴林野 [31]。终成独校子云书 [32]，何如还驱少游马 [33]。

说明

据《隋书》思道本载：此诗作于北周灭北齐之际，同作者有阳休之等人，此次诗会以阳休之首唱，卢思道、颜之推等和作，是"久宦长安，不蒙隆遇，有感而思归隐之诗"。作者把自己的一腔情感皆寄于蝉，所写之蝉实际上是作者心中之蝉，是"情化"的蝉。诗文以听蝉鸣起兴，借秋蝉清高以寄怀。前半叙客愁乡思，流露着士族流散的悲哀。后半讥长安权贵，揭露出北周政治的混浊。最后以归耕田园作结，暗寓厌恶新朝的情绪。诗中以蝉声的"悲无极"来呼应客子离别的"酸伤"，以蝉的清洁高鸣反衬现实社会的鄙俗，抒发了"暂听别人心即断，才闻客子泪先垂"的思乡之情。对都城权贵"富贵功名本多豫，繁华轻薄尽无忧"的追求表示不屑，流露出与"青山""秋菊"长伴的出世想法。

注释

[1] 鸣蝉：蝉的鸣声。

[2] 无极：无限。

[3] 玉树：汉代甘泉宫旁槐树的别称。

[4] 金门：金马门，汉宫宫门名。

[5] 长风：远风、大风，此处指秋风。晚声：蝉傍晚时的鸣声。

[6] 朝食：早晨进餐。古人认为蝉饮露为食，而白天只有朝露，故称为"朝食"。

[7] 独见知：有独特见解。

[8] 轻身：轻盈的身体。

[9] 流乱：犹散乱。

[10] 酸伤：悲伤。

[11] 暂：突然、仓促。别人：分别的人。

[12] 才：刚刚、刚才。客子：离家在外的人。

[13] 超忽：遥远貌。

[14] 空庭：幽寂的庭院，指故乡老屋的院落。芜没：掩没于荒草间。

[15] 坐见：空见。

[16] "河流"两句有双关意，既是路途迢递，艰阻难行，更有个人仕途难测。

[17] 陆生：指晋·陆机，其在《为顾彦先赠妇》诗中云："京洛多风尘，素衣化为缁。"素：白色。缁：黑色。不仅指羁旅风霜之苦，又寓有京中恶浊，久居为其所化的意思。

[18] 潘掾：指晋·潘岳，岳曾为太尉贾充的掾吏，故称。潘岳《秋兴赋序》曰："余年三十有二，始见二毛。"二毛：斑白的头发。诗人用上述两个典实，表达无意仕宦、感伤岁月的情怀。

[19] 帝王州：帝王居住的地方、帝都。

[20] 鸣钟：指食则鸣钟。形容富豪之家的生活。列鼎：陈列置有盛馔的鼎器，古代贵族按爵品配置鼎数。自相求：相互往来。"长安"两句说长安是帝都，钟鸣鼎食之家相互往来，关系勾连。

[21] 渐台：汉建章宫中有太液池，池水中筑渐台，高二十余丈。

[22] 甲观：太子宫中楼观名。龙楼：太子东宫。

[23] "说客"句：用汉·杜钦事。杜钦为汉外戚大将军王凤谋士，自制小冠，高低仅二寸，京师人称"小冠杜子夏"。他曾屡屡进说，使王凤巩固地位，转危为安。

[24] "越使"句：用汉·陆贾事。陆贾奉命出使南越，说服南越王赵佗臣服中国。赵佗馈赠甚丰，陆贾所佩宝剑即值百金。

[25] "学仙"句：用汉·栾大事。尚主：娶公主为妻。汉武帝好求仙，宠信方士栾大，封为五利将军，乐通侯，并以卫长公主嫁之。后栾大入东海求仙，无验而身诛。

[26] "寻源"句：用汉·张骞事。张骞封博望侯，言黄河之源在盐泽之南，而终未见之。"说客"后四句：连举四个典故，表达得意者的趾高气昂。

[27] 豫：欢喜、快乐、安适。"富贵"两句讽刺长安权贵们擅宠封侯、何必功业、寻欢作乐、富贵自来的生活。

[28] 嫖姚：汉代大将霍去病，初为嫖姚校尉。木梗：用《战国策》中桃梗土偶事："土偶笑桃梗，大雨降，淄水涨，将把桃梗卷而漂去，不知所之。"

[29] 土牛，应为"火牛"之误。战国时齐将田单以火牛阵大败燕军，挽狂澜于既倒。"讵

念"两句：即使功高如霍去病，也会失势，嗟叹飘零而无人过问。田单力尽于火牛之战，又有谁顾念。慨叹功勋累累者，反受冷遇。荣衰对照，则仕宦之意阑珊，而归园之意自明。

[30] 离离：盛多貌。把：赏玩。"秋菊"句出于陶潜"采菊东篱下，悠然见南山。"

[31] "独焚"句：出自汉·应璩《百一诗》中"田家何所有，酌醴焚枯鱼。"

[32] 子云书：用汉·扬雄事。扬雄校书天禄阁，官小位卑，冷落贫困。

[33] 少游马：用汉·马少游事。马援从弟少游不满马援志向远大，声称自己人生理想是县邑小吏，衣食粗足，驱车乘马优游自适。守先人坟墓，为乡里称道。"终成"两句：立仕于朝，不过一闲官冷职，何如还乡自遣。

薛道衡 （540—609），字玄卿，今山西万荣人。

夏晚诗

流火稍西倾[1]，夕影遍曾城[2]。高天澄远色[3]，秋气入蝉声[4]。

说明

这首诗写夏末秋初的景色，诗人敏锐地捕捉到褪去的暑热和初露的秋意。首句化用《诗经·豳风·七月》中"七月流火"之句，点明是夏末。次句"夕影"照应标题中的"晚"字。夕阳西下，万物都抹上一层金色的余辉，天空显得清明高远，澄澈透明，构成了一幅壮大的视觉图像。全诗虽无主人公出现，但是笔触所及，似能感受到作者淡淡的忧伤。

注释

[1] 火：指大火星，夏历五月黄昏时火星在中天，七月则由中天逐渐西降，故称"流火"，夏历相当于现在使用的农历，后多指农历七月暑热渐褪秋凉将至之时。《诗·豳风·七月》："七月流火，九月授衣。"

[2] 夕影：夕阳。曾城：高大的城阙。

[3] 澄：透明。

[4] 秋气：秋天的清凉之气。

沈君攸 （？—573），一作沈君游，今浙江湖州人。

同陆廷尉惊早蝉诗[1]

日暮野风生，林蝉候节鸣[2]。望枝疑数处，寻空定一声[3]。

地幽吟不断 [4]，叶动噪群惊。独有河阳令 [5]，偏嫌秋翅轻 [6]。

说明

这首诗描绘了蝉鸣的时节、蝉若隐若现的身影、环境对蝉鸣的影响。静寂的氛围里蝉幽吟不断，日暮的野风吹动树叶，让它们更加噪动，惹起群蝉惊鸣。但对"河阳令"而言，不但不嫌蝉噪，反而觉得鸣声不够多，体现出诗人对蝉鸣的喜爱之情。

注释

[1] 廷尉：古代主管司法的最高官吏，相当于现在的国家司法部部长。早蝉：早秋蝉。

[2] 候节：适应季节。

[3] "望枝"两句：初闻疑似在几处枝条鸣叫，细寻之后终于确定蝉的位置。

[4] 地幽：僻静的环境。

[5] 河阳令：用西晋·潘安典故。潘安做河阳县令时，结合当地地理环境在满县栽桃树，浇花息讼甚得百姓爱戴。常用来形容为人潇洒。

[6] "偏嫌"句：说秋蝉的鸣声不够多。

纪少瑜 生卒年不详，字幼场，本姓吴，今江苏南京人。

月中飞萤诗 [1]

远度时依幕 [2]，斜来如畏窗 [3]。向月光还尽 [4]，临池影更双 [5]。

说明

这首诗写萤火虫的飞行神采。萤火虫从远处飞来，经常靠近帷幕。可能是畏光，斜斜地飞来，如同害怕窗子。对着明亮的月光，萤光就几不可见。但飞到池上，映水照影，萤火虫和光影相对成双。

注释

[1] 月中：月光之中、月光下。

[2] 远度：从远方飞来。依：紧挨着。幕：帷幕。

[3] 斜：侧着移动，从侧面飞来。

[4] "向月"句：在月光下飞行，萤光逐渐隐没在月色中。

[5] 临池：在水面上方飞行，则一萤一影配成双。

李镜远　生卒年、出生地不详。

蛱蝶行 [1]

青春已布泽 [2]，微虫应节欢 [3]。朝出南园里 [4]，暮依华叶端 [5]。
菱舟追或易 [6]，风池度更难 [7]。群飞终不远，还向玉阶兰 [8]。

说明

这首诗借蝴蝶的生活说诗人的理想。春天生机勃勃，蝴蝶也因时而生。它们清晨到南园嬉戏，夜晚依偎在花叶之间。可追随飘过的菱舟，但要迎风飞离这片水域却不易。但终究还是去向长满兰花的"玉阶"。"玉阶"之于蝴蝶如"朝廷"之于诗人，人才最终还是要报效国家。

注释

[1] 蛱蝶：蝴蝶。行：乐府古诗的一种体裁。通称歌行体。
[2] 青春：青青的春色。布泽：布施恩泽。此处指春天的气息已经温暖大地。
[3] 微虫：各种昆虫，此处指蝴蝶。应节：感受到季节的变化。欢：活动，活跃。
[4] 朝：早晨。南园：泛指园林。
[5] 华：花。
[6] 菱舟：泛指小舟。
[7] 风池：有风的池塘。
[8] 玉阶：玉石砌成或装饰的台阶，又是"朝廷"的别称。兰：兰花。

沈旋　生卒年不详，字士规，今浙江德清人。

咏萤火诗

火中变腐草 [1]，明灭靡恒调 [2]。雨坠弗亏光 [3]，阳升反夺照 [4]。
泊树类奔星 [5]，集草疑馀燎 [6]。望之如可灼 [7]，揽之徒有耀 [8]。

说明

这首诗由"腐草化萤"典故切入，以休闲自然的笔调展开了一幅萤火虫的生活场景。

注释

[1] 火：火星之简称。火中：农历六月。《礼记·月令》："季夏之月，日在柳……鹰乃

学习，腐草为萤。"

[2] 靡：没有。恒调：一定的光亮。"火中"两句：季夏六月，腐草化作萤火虫。飞去飞来，萤火明灭，时暗时明。

[3] 弗：不。

[4] "雨坠"两句：萤火虫下雨时发光，阳光下反而暗淡消失。

[5] 泊：停留。奔星：流星。

[6] 集草：落在草里。馀燎：焚烧草木剩下的火星。"泊树"两句：萤火虫停在树上，像天上掉下的流星。落在草里，明灭闪烁，像未灭的余火。

[7] 灼：烧。

[8] 揽：把持。徒有耀：只有光华。"望之"两句：远望萤火似乎在燃烧，近处接触才知有光无热。

褚沄 生卒年不详，字士洋，今河南禹州人。

赋得蝉 [1]

避雀乔枝里 [2]，飞空华殿曲 [3]。天寒响屡嘶 [4]，日暮声愈促 [5]。
繁吟如故尽 [6]，长韵还相续。饮露非表清，轻身易知足。

说明

这首诗描述了寒蝉坚强不屈的精神，以及远离世俗的情怀。首联写生境艰难：藏身于枝叶以躲避鸟类的捕食，愁苦的呻吟传入天空。颔联和颈联写精神之不屈：天寒之际嘶鸣，日暮之时幽咽。如果鸣声停歇，余韵依旧相续。尾联议论，蝉餐风饮露并非为了显示自己的清雅高洁，而是因为所求甚少，故而容易满足。尾联托蝉自喻，自己为官清廉，并非故意显示与众不同，而是懂得知足常乐，洁身自好。

注释

[1] 赋得：《赋得体诗》是一类按来源进行分类的诗体，凡摘取古人成句为题之诗，题首多冠以"赋得"二字，后来发展到科举时代之"试帖诗"，以及应用于应制之作及诗人集会分题，再发展到即景赋诗者亦往往以"赋得"为题。

[2] 雀：泛指捕蝉鸟类。

[3] 华：通"哗"，喧哗。殿：同"叩"，呻吟。飞空华殿曲：大声的呻吟传入天空。

[4] 嘶：凄切幽咽。

[5] 促：急促。

[6] 繁吟：不停地发出鸣声。故：有意，故意。故尽：指蝉的鸣声有意停歇。

隋唐五代

虞世南 （558—638），字伯施，今浙江慈溪人。

蝉

垂緌饮清露^[1]，流响出疏桐^[2]。居高声自远，非是藉秋风^[3]。

说明

李世民即位后，虞世南任弘文馆学士，成为重臣，但从不傲慢，踏实勤奋，深得李世民赏识，常邀他参加一些典礼活动。一天，李世民邀请弘文馆学士们共赏海池景色，谈诗论画，期间询问大家是否有新的诗歌作品，虞世南便诵读出该诗，其中可能含有对唐太宗知遇之恩的感谢之情。首句写蝉的外貌和生活习性。"緌"是古人帽带在颔下打结之后的下垂部分。蝉的头部下方有向后伸出的刺吸式口器，形状类似下垂的冠缨，故称"垂緌"。因为古代常以"冠缨"指代贵宦，这句中的"垂緌"暗示显宦身份。"饮清露"说明诗人已经知道这是蝉取食器官，但认为食物是露水。蝉栖高饮露，习性高洁。虽然表面上写的是蝉的形态与习性，但却含有象征的意味，塑造了一个清高的官宦形象。次句写蝉声传送之远。在古人心中梧桐是一种高贵而有灵性的树，作者以蝉自喻，梧桐树上蝉的鸣声自然不同凡响。"疏"暗示梧叶凋谢，与末句的"秋风"呼应。"流响"则表示蝉一直在鸣叫，而"出"则将蝉声传送形象化。三、四句是全诗比兴寄托的点睛之笔。既是对蝉鸣声响亮的解释，也是对自己清高人格的表白。作者觉得蝉的鸣声能流传很远，并不是借助于秋风的传送，而是靠着它自己居处之"高"，这里的"高"不仅指所栖息的梧桐树，还暗指"饮清露"的品格。不是指官位的高低，而是指人格和理想道德的高洁。诗人对人内在品格的赞美，也是一种情操和坚守：具有高尚人格的人，即使身处高位，也能严于律己，不断进行道德修养，清正廉洁，不被物欲所侵蚀。

注释

[1] 垂緌：古人结在颔下的帽缨下垂部分，蝉的头部下方有向后伸出的刺吸式口器，形状与"垂緌"相似。清露：纯净的露水。古人以为蝉是饮露水生活的，其实是刺吸植物的汁液。

[2] 流响：指连续不断的蝉鸣声。疏：开阔、稀疏。桐：梧桐。梧桐科落叶乔木，古人心中一种高贵而有灵性的树。

[3] 藉：凭借。秋风：此处比喻社会影响力，同时暗指诗中所言为秋蝉。

咏萤

的历流光小^[1]，飘飘弱翅轻^[2]。恐畏无人识^[3]，独自暗中明。

说明

这首诗借萤火虫说明刻苦努力才能实现自身价值的道理。前两句写萤火虫光小翅轻，似乎不为人们所注目。但它不甘心默默无闻，在黑暗中不断发光，顽强地表现了它的存在。

[1] 的历：小粒明珠的光点，灵巧微弱的样子。流光：闪烁流动的光芒。

[2] 飖飖：飘飘摇摇，很不稳定的样子。弱翅：萤火虫以膜质的后翅飞行，"弱翅"应指后翅。

[3] 畏：担心，害怕。

李百药（565—648），字重规，今河北饶县人。

咏蝉

清心自饮露[1]，哀响乍吟风[2]。未上华冠侧[3]，先惊翳叶中[4]。

说明

这首诗托蝉喻人，从赞美蝉高洁品性切入，对生活境遇进行了自嘲和调侃。蝉所以"清心"是因为"饮露"，即所求甚少。"哀响"是因为"吟风"时颤栗。"未上"句有自嘲意，指尚未显达。"先惊"句说在"翳叶中"战战兢兢地生活着。诗中"哀响""惊"的描写，寓托着诗人的感悟：显达之人未必不先经历苦寒，暗示作者在宦海沉浮中虽然经历挫折，但仍然怀有期盼。

注释

[1] 清心：心境恬静，没有挂虑。自：由于。饮露：古代人们认为蝉性高洁、餐风饮露，而作者认为这与其"清心"有关。

[2] 哀响：悲凉的蝉鸣。乍：颤栗，颤抖。"哀响"句："哀响"源于鸣声在风中颤抖。

[3] 华冠侧：古侍从之臣冠加蝉（以貂尾蝉纹为饰）。"未上"句：指尚未实现仕途理想。

[4] 翳：遮掩。翳叶：蝉翳叶。据说蝉躲藏的地方，它上面往往有一片叶子遮蔽着，螳螂鸟雀就看不见，也就不能伤害它了，这片叶子就叫"蝉翳叶"。要是有人能取得"蝉翳叶"来遮蔽自己，就能隐身，别人也就看不见他。惊：惊慌，恐惧。

咏萤火示情人[1]

窗里怜灯暗[2]，阶前畏月明[3]。不辞逢露湿[4]，只为重宵行[5]。

说明

这首诗抓住萤火喜暗畏光、露中宵行的特点，表现自己思念远人急切而矛盾的心情。

取譬明切，语多双关，于咏物中寓兴寄情，空灵流荡，别有寓意。前两句说萤火虫喜欢在幽暗的地方活动，而不愿到台阶前，因为害怕光亮。这样写切合萤火虫的习性，也关合诗人的心境。宦游在外、客居他乡的人，羁愁萦绕、心情郁闷，对亲人故旧的思念不再是一种甜美愉快的回忆，而几乎成了一种沉重的思想负担，惟恐忘之不及。诗人不敢去观赏皎洁的月光，就是怕将埋藏在心灵深处的愁思再次引发出来，所以用一"畏"字。后两句说萤火虫不怕秋露湿体，就是为了连夜飞行。形容诗人思情心切，归意似箭，所以不怕天黑路湿，连夜赶路。二句的"畏"和三句的"不辞"形成情绪上的转折变化，口中虽然说"畏"，行动上却仍然"不辞"，远人终难忘怀，所以才披星戴月、逢露宵行。

注释

[1] 情人：泛指有情之人，故人，旧友。不专指恋人，但也不妨理解为恋人。

[2] 窗里：指室内。怜：爱。

[3] 阶：台阶。

[4] 辞：躲避，推托。

[5] 宵：夜。重宵：深夜。

王绩 （约 589—644），字无功，号东皋子，今山西河津人。

秋夜喜遇王处士 [1]

北场芸藿罢 [2]，东皋刈黍归 [3]。相逢秋月满 [4]，更值夜萤飞 [5]。

说明

贞观初年（约 627），诗人弃官回乡。他心念仕途，却又难以显赫发达，便归隐田园，以琴酒诗歌自娱。此诗为作者归隐期间所作。前两句写农事活动归来。北场、东皋泛说屋北场圃、家东田野并非实指地名。诗人归隐生活条件优裕，参加"芸藿""刈黍"一类田间劳动，只是田园生活一种轻松愉快的点缀。这两句从随意平淡语调和舒缓从容节奏中透露出诗人对田园生活的习惯和萧洒自得、悠闲自如的情趣。带着日间田野劳动后轻微疲乏和快意安恬，怀着对归隐田园生活欣然自适，两位乡居老朋友不期而遇了。这是一个满月之夜，整个村庄和田野笼罩在一片明月辉映之中，显得格外静谧、安闲、和谐。穿梭飞舞着的星点秋萤，织成一幅幅变幻不定的图案，给这宁静安闲的山村秋夜增添了流动意境和欣然生意，反过来更衬出了整个秋夜山村的宁静。诗以"喜"字为中心，但全诗却没有一个"喜"字，而是通过皎洁月色、点点萤火，寓情于景地展现了农村宁静的生活和诗人愉悦的心情。

注释

[1] 处士：对有德才却不愿做官而隐居民间的人的敬称。

[2] 北场：房舍北边的场圃。芸藿：锄豆。芸：通"耘"，指耕耘。藿：此处指豆类作物。

[3] 东皋：房舍东边的田地。皋：水边高地。刈：割。黍：即黍子。单子叶禾本科作物，生长在北方，耐旱。

[4] 月满：月圆。

[5] 萤：萤火虫。

上官仪 （608—665），字游韶，今河南三门峡人。

入朝洛堤步月 [1]

脉脉广川流 [2]，驱马历长洲 [3]。鹊飞山月曙 [4]，蝉噪野风秋。

说明

这首诗作于唐高宗龙朔年间（661-663），诗人时任宰相。该诗描写他凌晨由家入朝时沿洛水大堤信马由缰的见闻和感受。高宗时，东都洛阳百官上早朝还未设"待漏院"可供休息，必须在破晓前赶到皇城外等候。当时的东都皇城依洛水而建，城门外便是天津桥。因官禁原因天津桥入夜落锁断绝交通，到天明早朝时才开锁放行。所以早朝的百官都提前来到桥下的洛堤上隔水等候开锁放行。前两句描写诗人策马沿洛堤到皇城门外天津桥头等候的场景，说洛水含情脉脉地流淌，我每天都策马沿着洛堤进宫早朝。诗句中暗含古诗《迢迢牵牛星》中"盈盈一水间，脉脉不得语"之意，以男女喻君臣，表明皇帝对自己的信任。次句"历"字，既有"重复""多次"的意思，又表明自己习惯成自然，怡然自适的感情。后两句是在天津桥头等候入朝时的即景抒怀。这是一个秋天的凌晨，曙光已现，红霞满天，月挂西山，雀鸟出林，金蝉鸣噪，加之河边野外的晨风吹拂，秋意更浓。第三句巧用曹操《短歌行》中"月明星稀，乌鹊南飞……周公吐哺，天下归心"之意，取其礼贤下士，收揽人心，艳阳欲出，鹊飞报喜之情，足见天下太平的景色，又流露出自己执政治世的不凡气魄。末句借用了陈朝张正见《赋得寒树晚蝉疏》中"寒蝉噪杨柳，朔吹犯梧桐……还因摇落处，寂寞尽秋风"之意，用以暗示即使在这样的太平盛世，也有人发出烦躁的杂音，流露出诗人对那些失意者所发"不平之鸣"的同情。该诗是诗人人生得意倨傲之时的精心之作，可谓志得意满。只是诗中"月曙""风秋"之语似是预示好景不长之感。麟德元年（664），诗人因武则天擅权而建议唐高宗废后，被许敬宗诬以谋反，以"离间二圣，无人臣礼"获罪被诛，家产和人口被抄没，其一子上官庭芝也同时被诛杀。中宗即位后，因上官庭芝女儿上官婉儿为昭容，对上官仪父子有所追赠，绣像凌烟阁，追封楚国公。读此诗还可知"谦受益，满照损"之深意。

注释

[1] 洛堤：东都洛阳皇城外百官候朝处，因临洛水而名。

[2] 脉脉：原意指凝视的样子，此处用以形容水流的悠远绵长貌。广川：洛水。

[3] 历：经过。长洲：指洛堤。

[4] 曙：明亮。

骆宾王 （619—687？），字观光，今浙江义乌人。

在狱咏蝉（并序）

余禁所禁垣西，是法厅事也，有古槐数株焉。虽生意可知，同殷仲文之古树[1]；而听讼斯在，即周召伯之甘棠[2]。每至夕照低阴，秋蝉疏引，发声幽息，有切尝闻，岂人心异於曩时[3]，将虫响悲於前听[4]？嗟乎，声以动容，德以象贤。故洁其身也，禀君子达人之高行；蜕其皮也，有仙都羽化之灵姿。候时而来，顺阴阳之数；应节为变，审藏用之机。有目斯开，不以道昏而昧其视；有翼自薄，不以俗厚而易其真。吟乔树之微风，韵姿天纵；饮高秋之坠露，清畏人知。仆失路艰虞，遭时徽纆[5]。不哀伤而自怨，未摇落而先衰。闻蟪蛄之流声[6]，悟平反之已奏；见螳螂之抱影[7]，怯危机之未安。感而缀诗[8]，贻诸知己。庶情沿物应，哀弱羽之飘零；道寄人知，悯余声之寂寞。非谓文墨，取代幽忧云尔。

西陆蝉声唱[9]，南冠客思深[10]。那堪玄鬓影[11]，来对白头吟[12]。
露重飞难进[13]，风多响易沉[14]。无人信高洁[15]，谁为表予心[16]。

说明

这首诗写于高宗仪凤三年（678），时作者任侍御史，因数次上疏论事，得罪了武后，以及遭到诬陷，以贪赃罪名下狱。入狱后那些曾被他上书揭发的官员对他进行了疯狂的报复，捏造罪名对他严刑拷打。也许身上的疼痛并不算什么，对人格的侮辱才是最深刻的痛。因为骆氏家族乃名门，虽然到了骆宾王祖父一代已经没落，但依旧是书香门第，对骆宾王的期待也非常高，从名字的选择到后天的培养，都希望骆宾王能够成为国家的栋梁之材，辅佐君王、造福黎民。骆宾王本人也是自幼才华出众，一心报效朝廷并崇拜英雄侠士而看轻权贵。正因如此，当他以清白之身去祛除那些满身污浊的官员时，却被诬陷自己也是满身污浊，这让骆宾王情何以堪。这首诗作于狱中，此时正值秋季，诗人借蝉自喻，表达自己遭谗被诬的悲愤心情。在诗序中，作者先从自己所囚禁的地方的槐树写起，因东晋殷仲文，见大司马桓温府中老槐树，叹曰："此树婆娑，无复生意。"借此自叹其不得志。随后又写了西周时召伯听民间的诉讼不烦劳百姓，而是在甘棠树下断案。这两句写出了作者身陷图圄的失落心情并希望有像召伯那样的明司为自己平反。蝉声伴着夕阳，苍茫萧索。诗人闻蝉鸣而生悲，并以反问的语句把蝉与己、心与物相联系。首联用蝉声来引起客思。"西陆"指时已入秋。"南冠"则表明囚徒身份。颔联一句说蝉一句说己，物我结合。诗人头上已经生出了白发，而高唱的秋蝉，则依然乌黑。回想当初的自己，就如同那秋蝉一样努力拼搏、恃才傲物，想要成就一番事业，而今却一事无成，落得入狱的下场。"白头吟"具有双关意，白头不仅是岁月的痕迹，更是由于自己的赤胆忠心换来的却是牢狱之灾，是愁白的。颈联两句既是托物言志，也是人生悲歌。"露重""风多"比喻环境压力。"飞难进"比喻政治上的不得意，"响易沉"比喻在言论上的受到压制。在朝廷的一片诡谲之声中，进言之路已遭阻塞。用蝉翼遭露和蝉鸣遇风，比喻自己身陷囹圄而无法申辩。尾联二句，以反问为结。寓含自嘲，表达了忠臣怀才不遇的孤独感和人生理想破灭的失落感。秋蝉高居树上，餐风饮露，有谁相信它不食人间烟火呢？诗人有高尚的品德，但不为人理解，还被诬下狱，何其悲愤！

注释

[1] 古树：槐树。东晋殷仲文，见大司马桓温府中老槐树，叹曰："此树婆娑，无复生意。"借此自叹其不得志。

[2] 召伯：即召公。周代燕国始祖名，因封邑在召（今陕西岐山西南）而得名；甘棠：棠梨。传说周代召伯巡行，听民间之讼而不烦劳百姓，就在甘棠下断案，后人因相戒不要损伤这树。

[3] 曩：从前、过去的。曩时：前时。

[4] 将：抑或。

[5] 徽纆：捆绑罪犯的绳索，此处指被囚禁。

[6] 蟪蛄：蝉的一种，体较小，雄性善鸣。

[7] 螳螂：螳螂目昆虫，以捕食其他小动物为食。螳螂之抱影：螳螂将要捕食的身影。

[8] 缀诗：成诗。

[9] 西陆：指秋天。《隋书·天文志》："日循黄道东行一日一夜行一度，三百六十五日有奇而周天。行东陆谓之春，行南陆谓之夏，行西陆谓之秋，行北陆谓之冬。"

[10] 南冠：楚冠，这里是囚徒的意思。《左传·成公九年》：春秋时，楚国有个叫钟仪的官员，被郑国所俘，押送到晋国。晋国的君王视察时看到了他，就问："戴着南方式样帽子的囚徒是谁？主管者答："郑国人俘获的楚国俘虏。"客思：流落异地者的思乡之情。深：一作"侵"。

[11] 那堪：怎么受得了。玄鬓：薄如蝉翼的黑色鬓发。诗序中有"闻蟪蛄之流声"，但此处有黑色翅膀的蝉不是现代昆虫学意义上的蟪蛄，可能为黑蚱蝉。抑或当时的"蟪蛄"就包括今天的黑蚱蝉。

[12] 白头吟：乐府曲名。传说是汉代卓文君因丈夫司马相如再娶而写的一首哀愁的诗。

[13] 露重：秋露浓重。飞难进：蝉难以高飞。

[14] 响：指蝉声。沉：沉没、掩盖。

[15] 高洁：清高洁白。古人认为蝉栖高饮露，是高洁之物。此处兼有作者自喻。

[16] 予心：我的心。

郭震 （656—713），字元振，今河北大名人。

蛩 [1]

愁杀离家未达人 [2]，一声声到枕前闻 [3]。苦吟莫向朱门里 [4]，满耳笙歌不听君 [5]。

说明

郭震是武则天时期的诗人，后来做过兵部尚书、宰相，被封为代国公。这首诗寄托了他早先不得意时苦闷的情怀。一、二句写愁之深：我这离家又未发达的人，深夜里在枕头边听到蟋蟀一声声鸣叫，真令人愁杀难眠。三、四句反写富贵人家不知愁。诗人对蟋蟀说："你别向富贵人家哀鸣苦吟，那里的人们整天生活在歌舞欢乐中，哪里会听你的悲苦之声呢？"用朱门之乐，反衬寒门之苦。既表达了自己的郁郁愁思，又辛辣讽刺了社会的不平等现象。

注释

[1] 蛩：即蟋蟀。直翅目蟋蟀科昆虫的成虫。
[2] 未达人：功名、仕途不畅之人。
[3] 枕前闻：说明夜深不眠的状态。
[4] 朱门：古代王侯贵族的府第大门漆成红色，以示尊贵，后泛指富贵人家。"朱门里"：指朱门里的已达人。
[5] 笙歌：奏乐唱歌。君：此处指"苦吟"之蛩。

萤

秋风凛凛月依依 [1]，飞过高梧影里时 [2]。暗处若教同众类 [3]，世间争得有人知 [4]。

说明

这首诗以流萤为喻，表达了积极向上、奋勇争先的人生观。秋风冷月下，萤光在梧桐间闪烁，由此引发诗人的感慨：如果它们像其他昆虫一样不能发光，也不在空中飞舞，世间又有谁会知道它呢？意即人的才能再高，若不自见，也无从为他人所知赏。

注释

[1] 凛凛：形容寒冷。依依：依稀、隐约。
[2] 梧：梧桐，梧桐科梧桐属落叶乔木。
[3] 处：居住，栖身。暗处：生活在暗处，喻逆境。众类：其他没有发光能力的昆虫。
[4] 争：表示疑问或感叹，相当于"怎么"。

李白 （701—762），字太白，号青莲居士，今四川江油人。

代秋情 [1]

几日相别离，门前生稚葵 [2]。寒蝉聒梧桐 [3]，日夕长鸣悲 [4]。
白露湿萤火 [5]，清霜凌兔丝 [6]。空掩紫罗袂 [7]，长啼无尽时 [8]。

说明

这首诗代独处思妇口吻写秋日思情，通过描写秋日萧瑟景物以衬托伤感气氛，以景寓情，相思之深见于言外。首联写虽然离别时间短暂，但主人公感觉十分漫长，门前已长野草，形容度日如年的思念之情。第二、三联通过寒蝉、白露、清霜等描画出秋天的萧瑟凄冷，从而写出主人公的凄苦心情。末联写主人公独守空房、长啼无尽。"空掩"句说身穿华丽服饰却无人欣赏，只能掩严实自己的服饰。"长啼"句将离别后的悲伤写得动人心弦。

注释

[1] 代：代替。

[2] 稚：野生的稻谷。葵：冬苋菜。

[3] 寒蝉：同翅目蝉科昆虫，又称寒螀、寒蜩，较一般蝉小。寒蝉通常用于表达离别感伤等悲戚之情。聒：聒噪、吵闹。

[4] 日夕：昼夜。

[5] 萤火：萤火虫发出的光亮。

[6] 兔丝：即菟丝子，旋花科一年生寄生草本植物，此处暗指情思。凌：侵犯、欺侮。

[7] 袂：衣袖。罗袂：丝罗的衣袖，亦指华丽的衣着。

[8] "长啼"句：一直伤心流泪。

思边 [1]

去年何时君别妾 [2]，南园绿草飞蝴蝶 [3]。今岁何时妾忆君 [4]，西山白雪暗秦云 [5]。
玉关去此三千里 [6]，欲寄音书那可闻 [7]。

说明

这首诗作于唐玄宗天宝二年（743），李白在长安待诏时期。开头两句是思妇对去年与丈夫离别时的情景追忆，南园绿草表示春夏之时。中间两句写思妇在丈夫离家一年之后对他的怀念，西山白雪说明是寒冬之时。末尾二句写思妇与丈夫天各一方，难通音信。思妇的丈夫戍守之地为"西山"，并非"玉关"，思妇欲往"玉关"投寄"音书"，貌似南辕北辙，其实这并非诗人失之粗疏。盖"玉关"自汉代以来，即为汉族统治者与西北各少数民族政权经常发生战争之地，也是闺怨诗中思妇经常梦魂萦系之地。本诗中的"玉关"并非实指，而是泛指征战戍守之地。诗人所以用"玉关"取代"西山"，很可能是出于修辞的需要。由于第四句已出现"西山"二字，故第五句换用"玉关"，以免重复。

注释

[1] 思边：一作春怨。

[2] 君：夫君、丈夫。妾：谦辞，旧时用于女子自称。

[3] 南园：泛指园圃。绿草：即春夏之时。

[4] 忆：回想。

[5] 西山：王琦注云："即雪山，又名雪岭，上有积雪，经夏不消。在成都之西，正控吐蕃，唐时有兵戍之。"白雪：即寒冬之日。秦云：秦地之云，此暗指思妇家在秦地。秦：泛指陕西，唐人诗中往往特指长安。

[6] 玉关：即玉门关，中原与西域分界的关隘。汉朝故址在敦煌西北小方盘城，六朝移至今甘肃安西县双塔堡附近。

[7] 音书：音讯，书信。

夜下征虏亭

船下广陵去[1]，月明征虏亭[2]。山花如绣颊[3]，江火似流萤[4]。

说明

据《建康志》记载，征虏亭在石头坞，建于东晋，是金陵一大名胜。此亭居山临江，风景佳丽。李白于唐肃宗上元二年（761）暮春由此登舟，往游广陵，即兴写下此诗。诗中描写了从征虏亭到广陵一带的江中夜景。前两句写诗人坐在小舟上回首征虏亭，只见那高高的古亭在月光映照下，轮廓格外分明。征虏亭畔的丛丛山花，在朦胧的月色下，绰约多姿，好像一群天真烂漫的少女，伫立江头，为诗人依依送别。江上的渔火和江中倒映的万家灯火，星星点点，闪闪烁烁，像无数萤火虫飞来飞去。

注释

[1] 广陵：郡名，在今江苏省扬州市一带。

[2] 征虏亭：东晋时征虏将军谢石所建，故址在今江苏省南京市南郊。

[3] 绣颊：涂过胭脂的女子面颊，色如锦绣，因称绣颊，亦称"绣面"，或"花面"。这里借喻岸上山花的娇艳朦胧。

[4] 江火：江上的渔火。

咏萤火

雨打灯难灭[1]，风吹色更明[2]。若飞天上去，定作月边星。

隋唐五代

三七

　　这首诗是李白 10 岁时所作。据说一个秋天的夜晚，父亲带李白到朋友家作客。雨后的秋夜，萤火虫四野飞舞。到主人家后，父亲与先到的客人闲聊。李白便与其他孩子捉萤火虫。晚宴开始后，有人提议："听说李公子诗作得好，何不作诗助兴？"在座的人都热情附和并鼓掌问："好！那以什么为题呢？"有人说："他们先前不是在捉萤火虫吗？就以《咏萤火》为题吧。"大家再次叫好。即席作诗，没有曹植七步成诗的才能怎么能行？父亲看作李白，不禁有些担心，但也不好说什么。可他见儿子并不谦让，略加思索，便朗声吟成此诗。该诗句句写萤火，却未见萤字。一、二句实写，赞美了萤火虫的整体形象。三、四两句以虚拟的笔触为萤火虫定位：如果能飞到天上，一定会化作月亮身边的星星。

注释

[1] 灯：萤火。
[2] 色：萤火的光华。

杜甫 （712—770），字子美，自号少陵野老，今河南巩县人。

病橘

　　群橘少生意[1]，虽多亦奚为[2]。惜哉结实小，酸涩如棠梨[3]。剖之尽蠹虫[4]，采掇爽其宜[5]。纷然不适口[6]，岂只存其皮。萧萧半死叶[7]，未忍别故枝[8]。玄冬霜雪积[9]，况乃回风吹。尝闻蓬莱殿[10]，罗列潇湘姿[11]。此物岁不稔[12]，玉食失光辉[13]。寇盗尚凭陵[14]，当君减膳时[15]。汝病是天意，吾谂罪有司[16]。忆昔南海使，奔腾献荔支[17]。百马死山谷，到今耆旧悲[18]。

说明

　　这首诗作于上元二年（761），时杜甫寓居成都浣花草堂。蜀地产橘，朝廷责贡。诗人发现橘子生病，果实变小，味道酸涩，内部长满"蠹虫"。诗人认为这是上天的惩罚，进而用杨贵妃喜食鲜荔枝，驿马死于山谷故事，表达劝谏之意。诗以橘之病喻民之病，托物寄兴，充满了忧民之情。诗前半部看似写橘病，实则写民情，蜀地因为虫害和天灾，作物歉收，百姓穷困。后半部则充分表达了对朝廷催贡的不满，认为此时连年战乱，民生凋敝，本应少征减贡，以养民情。而统治者为满足口腹之欲，征收贡橘，使老百姓不堪其苦。末四句以前朝的历史教训，借古讽今。

注释

[1] 橘：橘树。生意：富有生命力的气象，生机。

[2] 奚为：有什么用。"虽多"句：多又有什么用。

[3] 棠梨：棠梨树的果实。

[4] 蠹虫：柑橘果实内的害虫，可能是柑橘实蝇幼虫。

[5] 采掇：采摘、收集。爽：败坏。

[6] 纷然：杂乱的样子。

[7] 萧萧：稀疏状。半死叶：濒死的叶片。

[8] "未忍"句：凋萎的叶片还牵拉在枝头上。

[9] 玄冬：古代冬天的别称。

[10] 蓬莱殿：汉代的宫殿名。唐代有蓬莱宫，在长安，即大明宫。

[11] "潇湘姿"：指柑橘。潇、湘二水在今湖南境内，以产柑橘著称。开元末年，江陵进贡柑桔，玄宗种十株于蓬莱宫。天宝十载秋结实，玄宗命赐群臣。"尝闻"二句即指此事。

[12] 稔：庄稼成熟。朱注：橘结实，一年多必一年少，故日岁不稔。

[13] 玉食：美食如玉也。"此物"两句：诗人认为眼前四川因橘病而连年歉收，朝廷里帝王的御馔（即玉食）也失去了光辉。

[14] 寇盗：指安、史叛兵。凭陵：侵犯、欺侮。

[15] "当君"句：《汉书》：国有大灾，则减膳撤乐，示自责也。"寇盗"两句说何况正值战乱之秋，也应当是皇帝减膳的时候了。

[16] 谂：规谏。有司：官吏。"汝病"两句：如今橘病，也许正是天意使然。然而皇帝不察，反而责怪地方官吏进贡不力。

[17] 荔支：即荔枝，无患子科荔枝属常绿乔木的果实。

[18] 耆旧：年高望重者。"忆昔"四句：引汉代献荔枝故事，借古讽今，巧妙地用历史的教训对统治者的劳民进行了谴责。东汉和帝时，为了从南海进贡荔枝，曾五里十里密设驿站，快马奔驰，尘土飞扬，急如兵火，致使人倒马翻，尸骨成山。

促织

促织甚微细 [1]，哀音何动人 [2]。草根吟不稳 [3]，床下夜相亲 [4]。
久客得无泪 [5]，放妻难及晨 [6]。悲丝与急管 [7]，感激异天真 [8]。

说明

唐乾元二年（759）秋，杜甫放弃华州司功参军官职，来到边地秦州。这时的生活虽然困苦，但比较安定。使他有暇思考自己短暂的政治生涯，体味被贬官之不幸。诗人将蟋蟀的自然属性写成了人的心性，秋寒凄冷，在户外已经熬不住了，便进入到人的床下相依相伴，度过寒夜。首联介绍蟋蟀微细的外形后，用一"哀"字概括蟋蟀的鸣声，结构上总领全诗，同时奠定了全诗悲伤凄凉的感情基调。颔联写整夜闻蟋蟀鸣叫，表现夜不能寐的现实。蟋蟀先在户外的草根间吟唱，夜里又来到床下，引发不眠之人的无限愁思。颈联运用想象手法，写久居异地的游子和独守空房的妻子听到蛩音的心理状态，游子闻此哀鸣，思乡之情不由心生，而致泪落如雨。妻子听到蛩鸣，满怀愁心又被勾起，独对漫漫长夜而落寞。尾联说即便是悲凉或激越的丝竹管乐，在两地相思的人眼里，都比不上这天真的蟋蟀鸣声。

注释

[1] 促织：蟋蟀，直翅目蟋蟀科昆虫的成虫。微细：此处指促织体型较小。

[2] 哀音：哀婉的声音。何：为什么。

[3] "草根吟不稳"：一作"草根冷不稳"。不稳：鸣声时高时低、时缓时急。"草根"句：描述蟋蟀在野的情形，节令所迫，寒冬将至，故在"草根吟不稳"。

[4] 相亲：相近。"床下"句：指蟋蟀入居床下避寒。促织在野外草丛间叫得不畅，移到床下来叫，仿佛与作者的心情相近。

[5] 久客：长久漂泊在外的人。得：能够。意即怎么能够？

[6] "放妻难及晨"：一作"故妻难及晨"。放：驱逐、搁置。放妻：一作"故妻"：久客之妇。因为久客在外，夫妻长久别离，家中留守的妻子自然成了"放妻"。

[7] "悲丝与急管"：一作"悲弦与急管"。丝：弦乐器。管：管乐器。

[8] 感激：激动，有生气。天真：指促织自然真切的鸣声。"悲丝"两句说管乐急、弦乐悲，而最能打动人的依旧是蟋蟀的"天真"原音。

见萤火

巫山秋夜萤火飞[1]，帘疏巧入坐人衣[2]。忽惊屋里琴书冷[3]，复乱檐边星宿稀[4]。却绕井阑添个个[5]，偶经花蕊弄辉辉[6]。沧江白发愁看汝[7]，来岁如今归未归[8]。

说明

这首诗作于唐代宗大历二年（767），此时杜甫57岁，生活在夔州（今重庆市奉节县），距其离世不过三年。763年春，杜甫在梓州听到安史之乱即将平息的消息，禁不住欣喜若狂，挥毫写下了七律《闻官军收河南河北》，他急切地盼望回到故乡去，却未料在夔州滞留而不得出峡，虽归家之心迫切而归期杳然，故其见萤而发愁，生出羁旅漂泊之悲、落叶归根之愿。该诗借景抒情。萤火虫飞入挂着帘子的屋内，帘之疏、屋之陋可想而知。萤火虫灵动可爱，却忽然惊觉琴书因无人抚弄翻看，被冷落一旁。作者的心境亦像屋内的环境一样凄凉冷清。而萤火虫似乎耐不住屋中的寂寞，复出帘前乱飞，若星宿之稀。又退飞傍井，渐添伴侣。偶经花间而止者，则弄光辉以相照。诗人客居衰老，见萤生愁，不知来岁见萤之时，是否能够还乡。

注释

[1] 巫山：位于湖北、重庆、湖南交界处，主峰为重庆奉节境内的乌云顶。萤火：萤火虫发出的光亮。

[2] 帘疏：编织较为稀疏的帘子。坐人衣：萤火虫落在人的衣服上。

[3] 忽惊：忽然发现。

[4] 乱：扰乱。檐：房檐。"星宿稀"：萤火像稀疏的星光。"忽惊"两句说萤火虫忽然

发现屋内寂静无人，又回到檐下飞舞。

[5] 井阑：同"井栏"，又叫银床。水井四壁用"井"字形木架从下而上垒成，用来保护井壁使其不塌陷，而凸出地表的则是井栏。萤火照入井中，一萤两影，若添个个。

[6] 萤火闪过花间，其光互映，如弄辉辉。

[7] 沧江：泛指江，因水面呈青苍色，所以称为沧江。白发：有忧愁的意思，指作者。汝：你，指萤火虫。

[8] 来岁如今：明年的此时。"来岁"句表达了对光阴流逝、客居难归的感慨。

萤火 [1]

幸因腐草出 [2]，敢近太阳飞 [3]。未足临书卷 [4]，时能点客衣 [5]。
随风隔幔小 [6]，带雨傍林微 [7]。十月清霜重 [8]，飘零何处归 [9]。

说明

这首诗为乾元二年（759）于秦州时所作，抒发了诗人对细微弱小、不能自持之物的怜悯和悲叹。诗人认为萤火虫出身低贱，不敢接近煊赫的太阳。因其微小让人感到可怜，因其"时能点客衣"而使诗人觉得可亲可爱，进而为这可怜爱的小虫的归宿忧心忡忡：十月秋末，清霜遍野，你四处漂零，最终将归向何处呢？可能诗人此时也处于飘零境地，才能产生这样的恻隐和共鸣。

注释

[1] 萤火：指萤火虫，鞘翅目萤甲科昆虫，成虫腹部有发光器。

[2] 幸：侥幸。因：依靠，凭借。

[3] 敢：岂敢，不敢。"幸因"两句：萤火虫由腐草变化而成，实属侥幸。因出身低贱，不敢接近煊赫的太阳。

[4] 未足：不足以。临：照耀。

[5] 时：有时。点：触碰。客衣：客行者的衣着。"未足"两句：萤火虫光亮微弱不足以照亮书卷，但因"时能点客衣"而使人觉得可亲可爱。

[6] 幔：帷幔。"随风"句：随风在隔幔处飘荡，萤火显得微小。

[7] 傍：依附。"带雨"句：降雨时停在林木上，萤光微弱。

[8] 清霜：寒霜。喻天气转冷。

[9] 飘零：漂泊流落。"十月"两句：对清霜下萤火虫的命运表达了同情。

岑参 （718—769？），今湖北江陵或河南南阳人。

巩北秋兴寄崔明允 [1]

白露披梧桐 [2]，玄蝉昼夜号 [3]。秋风万里动，日暮黄云高。
君子佐休明 [4]，小人事蓬蒿 [5]。所适在鱼鸟，焉能徇锥刀 [6]。
孤舟向广武 [7]，一鸟归成皋 [8]。胜概日相与 [9]，思君心郁陶 [10]。

说明

这首诗以咏物作为铺垫，以与好友谈心的方式，通过感物抒怀，叙述友情及为人处事的原则。前两联以秋景兴：寒秋中的梧桐树挂满白露，树上的寒蝉在鸣叫。少昊行秋肃杀万里，日暮时分云黄天高。随后两联谈隐与仕，为诗人矛盾心理之反映。先谈君子小人之别：君子是美好清明世道的佐助，后者则常常会做草莽之人以及苟且之事。再进一步议论：君子、贤人所向往的乃是隐逸的桃源，岂会追逐世俗的蝇头小利？末两联写友情及相思：你驾孤舟驶向广武，我像一只离群的小鸟，去向那遥远的成皋。忆往昔我们曾同赏美丽景色，而今唯有思念在心头萦绕！

注释

[1] 巩：指巩县（今河南巩义）。崔明允：博陵（今河北定州、蠡县、博野、安平、深州一带）人。开元十八年进士。

[2] 披：覆盖。

[3] 玄蝉：玄：农历九月的别称；玄蝉即寒蝉。

[4] 佐休明：辅佐休美昌明之世，指为官。

[5] 事蓬蒿：指隐居。

[6] 徇：从，曲从。锥刀：即"锥刀之末"，喻细微之利。此句暗引萧何、曹参故事。从刀笔小吏做起的萧何、曹参，由于心存鸿鹄之志，不为眼前俗务所困，一旦遇到恰当时机，便能一飞冲天，成就一番事业。

[7] 广武：在今河南荥阳东北。此指明允乘舟沿黄河向广武方向而去。

[8] 成皋：在今荥阳汜水镇。"成"一作"城"。

[9] 胜概：美景，美好的境界。

[10] 郁陶：郁闷忧愁。

郎士元 （727—780？），字君胄，今河北定县人。

送别

穆陵关上秋云起[1]，安陆城边远行子[2]。薄暮寒蝉三两声[3]，回头故乡千万里[4]。

说明

友人要离开穆陵关西去安陆城，诗人为之送行。在"薄暮寒蝉三两声"中，诗人的心情愈发凝重。诗前两句交待送别时间、地点，后两句抒情。秋日傍晚，寒蝉凄切，又只有三两声，更衬托送别之人内心的孤寂。

注释

[1] 穆陵关：位于山东沂水、临朐两县交界处，为战国时齐长城关隘。古址在东西横亘数百里的大岘山（即沂山）上，山谷峻狭，称"齐鲁天险"。
[2] 安陆城：位于今湖北安陆市境内的一座古城，今存遗迹。
[3] 薄暮：傍晚，太阳快落山的时候。寒蝉：天冷时鸣声低微的蝉。
[4] 头：一作"望"。

戴叔伦 （约732—789），字幼公（一作次公），今江苏金坛人。

和尉迟侍郎夏杪闻蝉[1]

楚人方苦热[2]，柱史独闻蝉[3]。晴日暮江上，惊风一叶前[4]。
荡摇清管杂[5]，幽咽野风传[6]。旅舍闻君听[7]，无由更昼眠[8]。

说明

这首诗借蝉声写愁情，隐含地表达出诗人与尉迟侍郎之间的友情。首联从尉迟侍郎独自闻蝉切入。随后四句均写蝉声，是对以前闻蝉的追忆。尾联与首联呼应：如今在旅舍独自闻蝉，愁思百结，难以成眠。

注释

[1] 侍郎：古代官名，相当于现在的部长、副部长级别。杪：树枝的细梢。
[2] 楚人：古代楚国又称荆楚，核心区域包括湖南、湖北，全盛时期还包括重庆、河南、安徽、江苏、江西部分地区。楚人泛指现在的南方人。
[3] 柱史：也称柱下史，中国古代官名，因常在殿柱下工作而得名，此处的柱史指尉迟

侍郎。

[4]"晴日"两句：说蝉鸣的时间、地点，流动传神。

[5]清管：声音清越的管乐器。

[6]幽咽：形容低微声音。"荡摇"两句：形容蝉的鸣声特点，时而高亢，时而低沉。

[7]君：尉迟侍郎。君听：指蝉鸣。

[8]无由：无法。更：再。昼眠：午睡。"旅舍"两句：在旅舍里也听到了蝉鸣，没法再午睡了。

题友人山居

四郭青山处处同[1]，客怀无计答秋风[2]。数家茅屋清溪上[3]，千树蝉声落日中[4]。

说明

这首诗写友人山居环境的优美。前两句写氛围，虽然已是秋季，但由于群山环抱，气候温暖，四周仍是一派郁郁葱葱，行人到此，感受不到秋天的气息。后两句写山居美的具体内涵：几间茅屋依山而建，屋旁溪水潺潺流过。夕阳西下，晚霞笼罩群山，千树鸣蝉。动静结合，声色并茂，描绘出一幅美丽的山村夕照图。

注释

[1]郭：通"廓"。外部、外周。四郭：四周。

[2]客怀：身处异乡的情怀。无计：没有计策、办法。答秋风：感受秋天的气息。

[3]清溪上：指茅屋建在山溪的一侧。

[4]蝉声：秋蝉的鸣声。落日中：指夕阳西下时分。

耿湋（733—787？），亦作耿纬，字洪源，今山西永济人。

赋得寒蛩[1]

尔谁造，鸣何早，趯趯连声遍阶草[2]。复与夜雨和[3]，游人听堪老[4]。

说明

诗人贬谪离家、漂泊穷途、归思难禁。这首诗寄托的是人生失意的苦闷忧愁，对故乡的深情怀念以及年华易逝的无奈感叹。

注释

[1]寒蛩：深秋的蟋蟀。

[2] 趯趯：跳跃貌。遍：满。

[3] 和：以声相应。

[4] 游人：旅居他乡的人。堪：可也。"复与"两句：指蟋蟀鸣声和夜雨声相应，更增惆怅。

听早蝉歌 [1]

蝉鸣兮夕曛 [2]，声和兮夏云 [3]。白日兮将短 [4]，秋意兮已满。乍悲鸣兮欲长 [5]，犹嘶涩兮多断 [6]。风萧萧兮转清 [7]，韵嘒嘒兮初成 [8]。依婆娑之古树 [9]，思辽落之荒城 [10]。闲院支颐 [11]，深林倚策 [12]。犹惆怅而无语 [13]，鬓星星而已白 [14]。

说明

这首楚辞体诗歌借蝉鸣写青春不再、生命易衰、人生贫苦无依的感受。夏日的黄昏，蝉鸣声入云。但它已经觉察到夏日白天变短，肃杀的秋意将会来临。感受到生命的短促，它更加抓紧了时间去歌唱，直至声音哑涩多次中断。在这不懈的歌唱声里，终于清韵初成，但已是"风萧萧兮水亦寒"的季节。花已落，叶将老，生命即将来到尽头。蝉鸣于婆娑古树之上，辽落的荒城一片衰草凄迷。此情此景，诗人扶杖行走于深林之中，惆怅无语，星星数鬓斑。在蝉短短的生命与歌声中，诗人寄寓了人生苦短、奋斗艰辛、成功一瞬、大限将到的悲哀。"惆怅"的是事业无成而人生暮年却已悄然而至。没有反抗，没有牢骚，有的只是静静的悲哀与忍耐。

注释

[1] 早蝉：初夏的蝉。

[2] 兮：文言助词。大体相当于现代汉语的"啊"。夕曛：落日的余辉、黄昏。

[3] 和：响应。

[4] 白日：白天。

[5] 乍：刚刚、起初。

[6] 犹：还。嘶涩：沙哑干涩。

[7] 萧萧：风声。

[8] 嘒嘒：形容清亮的声音。

[9] 婆娑：枝叶扶疏的样子。

[10] 辽落：稀疏、冷落。

[11] 颐：颊、腮。

[12] 策：拐杖。

[13] 惆怅：伤感、失意。

[14] 鬓：鬓角，面颊两边靠近耳朵前面的地方，也指这个部位所长的头发。星星：头发花白貌。

韦应物（735—790），字义博，今陕西西安人。

玩萤火 [1]

时节变衰草 [2]，物色近新秋 [3]。度月影才敛 [4]，绕竹光复流 [5]。

说明

这首诗写萤火虫的来源和飞行神态。夏末时节，衰草化生出了萤火虫，四野此时已经开始呈现星星秋色。因光华微弱，所以萤火虫在月光下飞行时显得黯淡，但竹林间绕飞时，便又发出闪亮的萤光。

注释

[1] 玩：研讨，反覆体会。玩萤火：关于萤火。

[2] 时节：季节，节令。衰草：枯黄的草。"时节"句：古代认为萤火虫为季夏时节腐草所变。《礼记·月令》：季夏之月，日在柳，昏火中，旦奎中，其日丙丁，其帝炎帝，其神祝融，其虫羽，其音征，律中林钟，其数七，其味苦，其臭焦，其祀灶，祭先肺，温风始至，蟋蟀居壁，鹰乃学习，腐草为萤。

[3] 物色：指风物，景色。新秋：初秋。"物色"句：进一步说明"腐草化萤"的时节。季夏是夏季的最后一个月，其后为秋季。季夏时节萤火虫出现时，四野已现淡淡秋色。

[4] 度：泛指"过"，用于空间或时间，指萤火虫在月光下飞行。敛：收敛，指月色下萤光暗淡。

[5] 流：指萤光闪烁。"度月"两句：说不同场所萤光亮度的变化，月光下刚显得暗淡，到竹林里又闪亮起来。

咏琥珀 [1]

曾为老茯神 [2]，本是寒松液 [3]。蚊蚋落其中 [4]，千年犹可觌 [5]。

说明

这首诗描述了琥珀的由来，接着用一个"落"字道出琥珀中昆虫化石的形成过程。《博物志》卷一："松柏脂入地，千年化为茯苓，茯苓化为琥珀。"所以诗文说琥珀曾经是"茯神"，而"茯神"来源于"寒松液"。"千年犹可觌"则表达了对琥珀凝固了千年时光的赞美。

注释

[1] 琥珀：一种透明的生物化石，多为松柏目、云实科、南洋杉科等植物的树脂化石。树脂滴落，掩埋在地下千万年，在压力和热力的作用下石化形成，有的内部包有小昆虫。

[2] 茯神：此处指古代人认为能化为琥珀的松脂衍生物。

[3] 松液：松脂。

[4] 蚊蚋：蚊子等小型昆虫。

[5] 觌：见，察看。

卢纶 （约737—799），字允言，今山西蒲县人。

与畅当夜泛秋潭 [1]

萤火飏莲丛 [2]，水凉多夜风。离人将落叶 [3]，俱在一船中。

说明

这首诗描述与友人畅当夜泛秋潭的情景，意境清冷、凄凉，反映出诗人孤寂悲凉的内心世界。

注释

[1] 畅当：唐代诗人。潭：深的水塘。

[2] 飏：同"扬"，飞扬、飘扬。莲：荷、莲藕；莲科莲属多年生水生草本植物。"萤火"句：莲花丛中萤火高低明灭。

[3] 将：表示并列关系，相当于"又""且"。

司空曙 （740—805？），字文明，一字文初，今河北永年人。

新蝉 [1]

今朝蝉忽鸣 [2]，迁客若为情 [3]。便觉一年谢 [4]，能令万感生 [5]。
微风方满树 [6]，落日稍沉城。为问同怀者 [7]，凄凉听几声。

说明

这首诗写于诗人被贬长林（今湖北荆门）后，夏天渐临，忽来的蝉声触动了诗人内心的情感。身为"迁客"的诗人忽然感到自己也如同蝉一般，虽然正直高洁，却仕途被贬，时光流逝，徒增白发。首联承题而来，借蝉的鸣声，想到身处贬地的自己。虽是写蝉，然意不在蝉。颔联的重心则转移到感情的抒发上，不知不觉匆匆一年又过去了，已至暮年的诗人，人生还有几多年？随着时间的流逝，回归朝廷的希望也变得越来越渺茫，想到此怎能不令人百感交集。颈联中微风掠过树头，落日尚有余辉，这本是一番美景，然而对于诗人来说，撩人的景色却徒增伤感的气氛。尾联诗人想问问那些和自己志趣相投的人，凄楚的蝉声今朝听到了多少？事实上诗人是借蝉的凄凉之声诉说自己内心的凄苦。

注释

[1] 新蝉：初夏之蝉。

[2] 今朝：今晨、今日。

[3] 迁客：流迁或被贬谪在外地的官，这里是作者自指。若为：怎样、怎堪。"今朝"两句：忽然听到蝉的鸣声，迁客情何以堪？

[4] 便：立即。谢：一作"老"，告别。

[5] 能令：能使。万感生：万感交集。

[6] 方：正在。沉：隐伏、隐没。

[7] 同怀：同心。

早夏寄元校书 [1]

独游野径送芳菲 [2]，高竹林居接翠微 [3]。绿岸草深虫入遍 [4]，青丛花尽蝶来稀。珠荷荐果香寒簟 [5]，玉柄摇风满夏衣 [6]。蓬荜永无车马到 [7]，更当斋夜忆玄晖 [8]。

说明

这首诗通过景色的描写，表达作者对居所环境清幽的自得之意，深居僻处、无人造访的孤独伤感，以及对元校书的赞美和思念之情。"早夏""花尽""夏衣"点明此诗写的是早夏之景，"独游"两句写出了所处环境的清幽雅致，突出了对自然环境的享受，表达内心的静谧。"绿岸"句写出了风送虫鸣的画面。"珠荷"两句写出了内心的轻盈舒适、安宁与愉悦。"蓬荜"两句突出对友人的深切怀念，"忆玄晖"中的"忆"字写出对元校书的思念之情，作者将元校书比作谢朓，含赞美之意。

注释

[1] 元校书：唐朝宰相元载第三子元季能，时任校书郎。

[2] 送：送别。芳菲：指春天的花朵。

[3] 翠微：青绿的山色，也泛指青山。"高竹"句：种着高大竹子的居所紧挨着青翠的山峰，写出了居所环境的清幽。

[4] 遍：布满。"绿岸"句：写出了风送虫鸣的独特画面。

[5] 荷：荷叶。荐：进献。珠荷荐果：荷花结出的莲子。寒簟：凉席。

[6] 玉柄：指扇子。"玉柄"句中的"满"字，将扇子摇出的无形凉爽的风化为有形，写出了风入衣襟之态。

[7] 蓬荜：贫陋的居室。无车马：写出了无人光顾的情景。

[8] 玄晖：南朝谢朓，字玄晖，善为诗，后常以此指有文采的人，此处借指元校书。

刘商 （741—806？），字子夏，今江苏徐州人。

秋蝉声

萧条旅舍客心惊[1]，断续僧房静又清[2]。借问蝉声何所为[3]，人家古寺两般声[4]。

说明

这首诗描述萧瑟秋意和羁旅愁绪，旅居在外听到蝉鸣，更感凄清。蝉声一般而心境两样，所以家居和羁旅僧寺听到蝉声的感觉不同。用蝉声来反衬寺庙的安静和清幽，以闹衬静，重点为静，形成一种对比美。

注释

[1] 萧条：寂寞冷落，没有生气。惊：震动。客心惊：因蝉鸣而陡生凄凉感怀。
[2] 断续：蝉鸣时有时无。清：冷清，凄清。
[3] 何所为：所为何来，为什么这样。
[4] 两般声：两种声音。因家居与羁旅僧寺人的心境不同，故听到的蝉鸣亦不同。非蝉声两般，人心异也。

卢殷 （746—810），今河北涿州人。

晚蝉

深藏高柳背斜晖[1]，能轸孤愁减昔围[2]。犹畏旅人头不白[3]，再三移树带声飞[4]。

说明

这首诗写旅途寂寞，光阴流逝，诗人走一路愁一路的沉重心态。蝉高居树上，声声哀鸣，夕阳西下，四处苍茫，行路之人遇此情景，怎能不倍感孤愁？"能轸"句点出蝉鸣带来的触动。后两句采用拟人手法，将诗意进一步递进：秋蝉仍嫌作者的头发不够白，忧伤还不够多，在树间来回乱飞。

注释

[1] 背：避开。斜晖：傍晚的日光。
[2] 轸：伤痛。围：周长，引申为身体的肥胖程度。"能轸"句：晚蝉的鸣声可以引起人的愁绪、使人憔悴。
[3] 旅人：奔走在外的人。
[4] 再三：一次又一次。

刘言史 （750—812？），今河北邯郸人。

放萤怨 [1]

放萤去，不须留，聚时年少今白头 [2]。架中科斗万馀卷 [3]，一字千回重照见 [4]。
青云杳渺不可亲 [5]，开囊欲放徐怨 [6]。且逍遥 [7]，还酩酊 [8]，仲舒漫不窥园井 [9]。
那将寂寞老病身，更就微虫借光影 [10]。欲放时，泪沾裳。冲篱落 [11]，千点光 [12]。

说明

这首诗表现了诗人一生追求仕进，老来却仍然功名无望的愁苦。全诗借用晋朝车胤囊萤映读的典故。诗中所谓"放萤"，未必真有其事，不过借"聚萤"忆昔年之苦读，而今满头白发，却依然故我，功名事业，都无所成。故愤怨从中来，发出"开囊""放萤"，从此不再读书的牢骚话。"逍遥""酩酊"是聊以安慰之语。诗歌开头是规劝自己把萤都放走，象征着诗人想要放下入仕建功的执念，因为诗人已白了少年头。然而诗人追求了一辈子，如今放下并非易事。他不禁回想起自己寒窗苦读的情景。攻读万卷诗书，而"青云杳渺不可亲"，进取的希望微乎其微。"开囊欲放"，诗人欲待放下，但往日的种种辛苦哪会随之而去，反而一时间涌上心来，更增其苦。诗人以老病之身，知道一生追求的事业已经无望。终于还是将"萤"放走了，泪水打湿了他的衣裳。

注释

[1] 萤：萤火虫。

[2] 聚时年少：年轻时收集萤火虫"囊萤照读"，暗指年轻时刻苦学习。此处用晋人车胤"囊萤"之典，遥想当年尚处青春年少，而今苦读数载，已白发盈首。

[3] 架：书架。科斗：指古文经籍。

[4] 回：次。"架中"两句：满架的书籍经卷，当中的每个字都被阅读过千百遍，如今回头重见只能更添心酸。

[5] 青云：喻远大的抱负和志向，一说喻指朝廷。杳渺：悠远、渺茫貌。亲：接近、接触。

[6] 囊：袋子。"青云"两句：既然理想难以实现，萤囊作为读书照明的器具还有何用？而今想要开囊放萤，实际喻指放弃自己寒窗数载后的理想与抱负，怎能不怨？

[7] 逍遥：优然自得、优哉游哉。

[8] 酩酊：喝酒过量，醉得迷迷糊糊的样子。

[9] "仲舒"句：汉时，董仲舒专心于学习，三年不窥园。后世常用此典形容人学习刻苦、专心致志。此处借用董仲舒"不窥园井"之典，映射自身苦读数载的专心致志。

[10] 微虫：萤火虫。"那将"两句：如今已病老加身，不可能那样刻苦攻读了。

[11] 篱落：篱笆。

[12] 千点光：双关语，既指萤虫之光，亦喻诗人壮志成空、独怀寂寞的千点泪光。

孟郊 （751—814），字东野，今浙江德清人。

烛蛾 [1]

灯前双舞蛾，厌生何太切 [2]。想尔飞来心 [3]，恶明不恶灭 [4]。天若百尺高，应去掩明月 [5]。

说明

一反灯蛾逐明的常规观感，诗人认为烛蛾趋光是由其"厌生恶明"之心决定的，进而产生"天若百尺高，应去掩明月"的奇思妙想，足见诗人审美追求的奇诡变幻。

注释

[1] 烛蛾：灯前飞舞的蛾。
[2] 厌生：厌恶生命，断送生命。切：急切。
[3] 尔：你，指蛾。
[4] 恶：讨厌、憎恨。灭：灭亡。"想尔"两句：言其因憎恶光明，而不计自身之毁灭。
[5] 掩：遮盖、掩蔽。

羊士谔 （762—821），字谏卿，今河南洛阳人。

寻山家 [1]

独访山家歇还涉 [2]，茅屋斜连隔松叶 [3]。主人闻语未开门 [4]，绕篱野菜飞黄蝶 [5]。

说明

这首诗写诗人寻访山家的全过程，表达了作者对乡野恬静生活的向往。首句写访途之漫长幽深，暗示山居人家所处之偏远。次句写山家居所的外部景象：松树掩映中，倾斜的茅屋错落如画。三、四两句写在山家门前，主人"闻语"还未开门之时的画面：篱笆周围盛开着野菜花，黄蝶绕篱在菜花上翩翩起舞。诗人寻山家寻到了一派生机勃勃的田园风光，向往之情油然而生。

注释

[1] 寻：寻访。山家：山野人家。
[2] 歇还涉：休息一会马上再走，意指旅途艰苦。歇：休息。还：立即、马上。涉：即跋涉。

[3] 斜连：山居之错落如画。隔：遮断。"茅屋"句：松树掩映中的茅屋。

[4] 未：尚未，没有来得及。

[5] 篱：篱笆。黄蝶：黄色的菜粉蝶。

王建 （766—832），字仲初，一作仲和，今河南许昌人。

簇蚕辞 [1]

蚕欲老 [2]，箔头作茧丝皓皓 [3]。场宽地高风日多，不向中庭晒蒿草 [4]。神蚕急作莫悠扬 [5]，年来为尔祭神桑 [6]。但得青天不下雨，上无苍蝇下无鼠 [7]。新妇拜簇愿茧稠 [8]，女洒桃浆男打鼓 [9]。三日开箔雪团团 [10]，先将新茧送县官 [11]。已闻乡里催织作 [12]，去与谁人身上著 [13]。

说明

中唐时期，统治阶级一方面屈服于回纥奴隶主集团的政治压力，每年以大量锦帛进献。同时，为了满足他们自己奢侈生活的需求，对蚕农的盘剥十分严重，该诗就从一个侧面反映了这种情况。作者通过描写蚕妇的祝愿和祭神活动，刻划了她们期待蚕茧丰收的急切心理。诗文在描写蚕农辛劳和期望的同时，点出这些劳苦只不过是为他人作嫁衣。在刚刚品尝到丰收喜悦的同时，希望就化为泡影，劳动成果被盘剥净尽。从而将讽喻之意不着痕迹地融入其中，结尾"已闻乡里催织作，去与谁人身上著"，借蚕农心中的阴影突出了主题，冷峻犀利。

注释

[1] 簇：蚕作茧的地方，一般用草和柴杆扎成。簇蚕：让蚕上簇作茧。辞：古体诗的一种。

[2] 蚕：家蚕幼虫。蚕欲老：家蚕幼虫发育成熟，快要作茧了。

[3] 箔：草制帘箔，簇就放在箔上。皓皓：洁白发亮的样子。"箔头"句：言蚕已透出亮晶晶的丝色，快要到箔头去作茧了。

[4] 蒿草：草名，晒干后作蓑，制蚕箔用。中庭：建筑内部的庭院空间。"场宽"两句：场宽地高，风吹日晒的机会多，簇蚕用的蒿草就用不着在院子里晒了。晒：古作"晾"。

[5] 神蚕：蚕能吐丝，古人把它当成神物，称为神蚕。急作：快作，即快快吐丝。悠扬：缓慢。

[6] 年来：年节到来时。为尔：为你（蚕）。祭神桑：在桑树前举行仪式，祈祷来年桑叶茂盛。

[7] 苍蝇：双翅目蝇科昆虫。鼠：啮齿目鼠科动物。苍蝇和鼠分别为蚕幼虫的寄生和捕食性天敌。

[8] 新妇：新婚女子，引申为年轻妇女。拜簇：蚕事快结束时的祭神活动。稠：多而密。

[9] 洒桃浆：用桃枝蘸水洒在地上。打鼓：表示迎神。"新妇"二句：蚕上簇作茧，是养蚕劳动进入完成的最后一个阶段，要隆重地祭蚕神，叫做拜簇。养蚕是年轻女子的事，所以由新妇主祭。

[10] 雪团团：椭圆洁白的蚕茧。"三日"句：祭祀后的第三天，打开蚕簇一看，尽是一团一团白得像雪一样的茧子。

[11] 县官：这里指官府。

[12] 乡里：古代乡村官员。催织作：催着将丝织出成品，缴给官府。

[13] 谁人：指那些不劳而获的剥削者。著："着"的本字，此处为穿。"去与"句：用诘问语，表示愤慨不平。

田家行

男声欣欣女颜悦[1]，人家不怨言语别[2]。五月虽热麦风清[3]，檐头索索缫车鸣[4]。野蚕作茧人不取[5]，叶间扑扑秋蛾生[6]。麦收上场绢在轴[7]，的知输得官家足[8]。不望入口复上身[9]，且免向城卖黄犊[10]。回家衣食无厚薄[11]，不见县门身即乐[12]。

说明

安史之乱后，唐朝由盛转衰，各种社会矛盾日益激化。统治者不顾民众死活，肆无忌惮地从事兼并、征敛，广大农民生活在水深火热之中。这首诗通过农村丰收的喜乐情景，衬托农民的辛酸和绝望。在讽刺农村赋税的沉重、揭露封建剥削残酷的同时，表达了对劳动人民的深切同情。前八句描绘农村丰收的图景，以及农民面对麦、茧丰收的喜悦。农业丰收，麦子满场，绢匹在轴，农民们知道这些足够缴纳租赋，并且上交之后还略有剩余。后四句说他们不指望能够吃饱穿暖，只要不卖耕牛抵税，不被官府抓走，就谢天谢地了。农民在丰收后仍不免饥寒，收成平常的年份、歉收之年的苦况可想而知。

注释

[1] 欣欣：欢喜的样子。颜悦：脸上含笑。

[2] 别：特别，例外。"男声"两句：庄稼丰收了，男女都高兴，说话都带着喜悦，家家户户也没有什么怨言，说的话也和往常不一样了。

[3] 麦风：麦信风，麦熟时的风。"五月"句：虽然五月天气炎热，此时的麦风却给人以清凉的感觉。

[4] 檐头：屋檐下。索索：缫丝声。缫车：也作"缲车"，抽丝的器具，因有轮旋转抽丝，故名。

[5] 野蚕：鳞翅目蚕蛾科昆虫，茧丝利用价值低。

[6] 秋蛾：野蚕的成虫。"野蚕"两句：家蚕丰收，野蚕茧没有人要，在桑园内化出了蛾。

[7] 轴：此处指织绢的机轴，用于卷织成的丝绸。

[8] 的知：确切知道。输：交纳赋税。

[9] 望：一作"愿"。指望、希望。入口：指麦。上身：指绢。

[10] 黄犊：小牛，泛指耕牛。"不望"两句：不指望还有入口的粮食，也不指望还有绢布剩下来做件衣服穿在身上，只是暂且可以免除去城中卖掉自己的黄牛了。

[11] 无厚薄：讲求不了好坏。

[12] 县门：县衙门，指官府。"回家"两句：乡民自家无法计较是否吃得好穿得好，只要不吃官司那就是福气了。

晚蝶 [1]

粉翅嫩如水 [2]，绕砌乍依风 [3]。日高山露解 [4]，飞入菊花中。

说明

早晨的气候潮湿阴冷，蝴蝶的粉翅娇嫩如水，只能尝试着随风在台阶处低飞。可是等到太阳升高，露水化去，就会飞进菊花丛中。是否托蝶喻人，暗示等待机遇的降临，值得玩味。

注释

[1] 晚蝶：晚秋之蝶。
[2] 嫩如水：鳞片细腻光泽如水。
[3] 砌：进屋的台阶。绕砌：围绕石阶翩翩飞舞。乍：刚刚，起初。
[4] 日高：太阳升高。山露解：露水逐渐散去。

野菊

晚艳出荒篱 [1]，冷香著秋水 [2]。忆向山中见 [3]，伴蛩石壁里 [4]。

说明

贞元八年（792），王建学成。根据唐代科举制度规定，读书人要由地方掌管选举的官员选送长安应试，而王建游学异乡，无人延誉识拔。于是王建鄙弃轩冕，山居谷汲，学仙求道，饵药炼丹，在邢州（今河北邢台）漳溪过了一段山居生活，期间创作此诗。这首诗虽短小，但野菊之野劲、野香、野趣尽融其中，而作为"在野"的王建，其弃绝名利、超脱世俗的野逸之情，亦因此而得以寄托。首句说野菊之花在草木凋残、百卉纷谢、连园菊也枯黄萎落的时候，却舒展出它那艳丽的容颜，体现出野菊生命力的顽强。接句谓野菊花吐放的缕缕馥香荡漾在湛蓝的秋水之上，不但与时令、气候吻合，也渲染了香味的清纯无邪，一显野菊那冰清玉洁的姿质。三句展现野菊的出生地和来源处，紧扣题名中的"野"字，从而使诗意得以升华。末句是野菊在"山中"生活的写照，描绘出虽终日与低吟浅唱的蟋蟀为伴，但却立根岩缝、咬定青山、忍寂耐寒、矢志不移的强者形象，其孤标独显的高风亮节令人敬佩。

注释

[1] 晚艳：指菊花。中国古代又称菊花为"节花"和"女华"等。又因其花开于晚秋和具

有浓香故有"晚艳""冷香"之雅称。菊花历来被视为孤标亮节、高雅傲霜的象征，代表着名士的斯文与友情的真诚。艳：因菊花花色艳丽，故以艳指代花。出：胜过，超过。篱：篱笆。

[2] 冷香：野菊花吐放的缕缕清香。著：同"贮"，居积，引申为笼罩。

[3] 向：从前，往昔。

[4] 蛩：蟋蟀。

雨过山村

雨里鸡鸣一两家，竹溪村路板桥斜[1]。妇姑相唤浴蚕去[2]，闲着中庭栀子花[3]。

说明

这首诗描写了优美的山水田园风景，写出农忙时节的生活场景。前二句写山村景象，有霏霏细雨、阵阵鸡鸣、萧萧竹林、潺潺溪水、简单的板桥，雨中山村美景真切如画。三句开始描写人的活动，古时"浴蚕"往往在农历二月左右进行，由此可知时值仲春。嫂嫂和小姑招呼着一起冒雨浴蚕，既说明农民生活的不易，也说明山村人家的和谐。尾句从侧面写农事之繁忙。院子里的栀子花正值花季，却无人欣赏。花之闲正突出人之忙，含而不发，诗味更浓。劳动之辛勤愉悦和农家生活之勤劳快乐，自在词语之外。

注释

[1] 竹溪：小溪旁长着翠竹。

[2] 妇姑：嫂嫂和小姑。相唤：互相呼唤。浴蚕：古时候将蚕种浸在盐水中，用来选出优良的蚕种，称为浴蚕。

[3] 闲着：农人忙着干活，没有人欣赏盛开的栀子花。中庭：庭院中间。栀子：茜草科栀子属常绿灌木，花白色，花期3～7月。

雉将雏[1]

雉咿喔[2]，雏出㲉[3]。毛斑斑[4]，觜啄啄[5]。学飞未得一尺高[6]，还逐母行旋母脚[7]。麦垄浅浅难蔽身[8]，远去恋雏低怕人[9]。时时土中鼓两翅[10]，引雏拾虫不相离[11]。

说明

这首诗描述了母鸡带小鸡、母子相亲相依的欢乐情景。首二句说母鸡带着小鸡觅食，母鸡"咿喔"呼唤，小鸡发出"吱吱"叫声应答。"毛斑斑，觜啄啄"描绘小鸡的可爱形象。接着两句说小鸡恋母，"逐""旋"二字形象地写出依恋的情态。后四句转写母鸡，麦苗不高，难以遮蔽身体。母鸡放心不下，不敢远离小鸡。在近处活动又担心人的干扰。尾联说母鸡不时鼓翅扬土，找寻小虫喂食小鸡，以便将小鸡吸引在自己身边。眷眷爱子之心，令人动容。

注释

[1] 雉：鸡形目雉科鸟类，此处指家养的母鸡。将：带领。雏：指小鸡。

[2] 咿喔：母鸡的鸣声。

[3] 嗀：小鸡的叫声。出嗀：小鸡发出"吱吱"的叫声。

[4] 斑斑：斑点众多的样子。

[5] 觜：同嘴。啄啄：禽鸟取食貌，指母鸡和小鸡不停地啄食。

[6] 未：一作"不"。

[7] 逐：跟随。旋：打转，即小鸡在母鸡周围活动。

[8] 麦垄：麦田中的小路。浅浅：麦苗不深。难：一作"虽"。

[9] 低：此处与"远"相对，这句说母鸡跑得太远怕小鸡跟不上，在近处活动又担心人的干扰。

[10] 时时：常常。土中鼓两翅：刨土振翅。

[11] 拾：从地上捡起东西。虫：指土中的小动物。

张籍 （766—830？），字文昌，今安徽和县人。

江村行[1]

南塘水深芦笋齐[2]，下田种稻不作畦[3]。耕场磷磷在水底[4]，短衣半染芦中泥[5]。田头刈莎结为屋[6]，归来系牛还独宿[7]。水淹手足尽有疮，山虻绕身飞飓飓[8]。桑林椹黑蚕再眠[9]，妇姑采桑不向田[10]。江南热旱天气毒[11]，雨中移秧颜色鲜。一年耕种长苦辛，田熟家家将赛神[12]。

说明

　　这首诗描写了农民耕作的勤劳和生活的困苦，表达了对劳动人民的深切同情。在芦苇新梢露出池塘水面的季节，就要准备种稻插秧了。由于稻田地势低洼水深，因而在此种稻无法垒土作畦。"水深""不作畦"描绘出农民耕作土地所处地理环境的恶劣。耕种的水田水清见底，农民耕种时穿的短衣被芦笋杂草的淤泥污了半截。耕种时节在田头用莎草搭个棚子，作为临时居所，劳作归来后将牛拴在边上，便在屋中歇息。手脚由于长时间浸泡在水中，长出了疮。身边还有飞虻飞来飞去，伺机吸血。桑葚熟了，蚕儿开始第二次蜕皮，蜕皮后的蚕儿食量更大，小姑们忙着采桑喂蚕，没有时间给田间的人送饭了。江南一带天气炎热，太阳酷烈，农民天晴劳作时往往顶着烈日，挥汗如雨。在雨中移秧，秧苗经过雨水的冲刷颜色却显得分外嫩绿。一年辛苦耕作，等到稻熟农歇后都要去赛神，以祈求神灵，年年赐予好收成。末句并未以感慨或不平作结，而是写出对辛苦之后赛神娱乐活动的期待，以此燃起田家生活中仅有的心灵慰藉之光。

[1] 江村：诗人原籍吴郡（今江苏苏州），本人在和州乌江（今安徽和县乌江镇）长大，后又去过原籍吴郡。这个江村当是诗人在两地来往时所经过的长江边上的村庄。行：古体诗的一种，音节格律比较自由，采用五、七杂言古体，形式富于变化。

[2] 塘：池塘。芦笋：芦苇初生的嫩芽。齐：齐生，指露出水面。

[3] 下田：低洼的田。畦：田地上筑土埂把田分成一块块的小区。

[4] 耕场：耕种之地。磷磷：通"粼粼"，形容水清见底。意味着土地并不肥沃。

[5] 染：污染。

[6] 刈：割。莎：莎草，多年生草本植物。

[7] 独宿：独自在棚里休息。

[8] 虻：双翅目虻科昆虫，成虫吮吸人兽的血液。飔飔：飞舞貌。

[9] 椹：即桑葚，桑树的果实。椹黑：桑葚已经成熟。再眠：即二眠。蚕幼虫的第二次蜕皮。

[10] 饷田：送饭到田间。

[11] 天气毒：指太阳酷烈。

[12] 赛神：一年农事完毕，陈酒食以还愿酬神，聚饮作乐。

韩愈 （768—824），字退之，号昌黎，今河南孟州人。

盆池五首 其三

瓦沼晨朝水自清[1]，小虫无数不知名[2]。忽然分散无踪影[3]，惟有鱼儿作队行[4]。

说明

这首诗作于元和十年（815）。开篇点明"晨朝"，此时尘世的喧闹尚未苏醒，鱼儿还在水底做梦，小虫才偶得少许享受光明和恬静的机会。第三句用"忽然"作转折，盆池顿时热闹起来。小虫"分散无踪影"，虽不言鱼而鱼在其中，那种鱼虫追避、碧波荡漾的景象宛在眼前。在这里，人们看到诗人从官场角逐的重负中解脱出来，沉浸于自然风物之中，焕发出的童心稚趣，为小虫之败而惜，为鱼儿之乐而乐。

注释

[1] 瓦沼：瓦盆般的水池，形容池小而浅。晨朝：清晨。

[2] 小虫：水生小动物。

[3] 分散：四散奔逃，因为有鱼儿来了。

[4] 惟有：同"唯有"，只有。

张仲素 （769—819），字绘之，今安徽宿州人。

秋闺思二首 其一 [1]

碧窗斜月蔼深晖 [2]，愁听寒螀泪湿衣 [3]。梦里分明见关塞 [4]，不知何路向金微 [5]。

说明

这首诗描写闺妇思夫的内心活动。一觉醒来，自己依旧是独守空房，月光透过纱窗照到床前，闺房里洒满清冷的月光。与夫相会的愿望破灭，又听到寒蝉的声声悲鸣，怎不叫人潸然泪下。刚才在梦里，她分明见到关塞了，那"关塞"正是她魂牵梦萦的地方。因为她的丈夫就出征到那里，可是她却找不到去金微山的道路。情急之际，忽然惊醒。原来是南柯一梦，空欢喜一场。

注释

[1] 秋闺：秋日的闺房。泛指容易引起秋思之所。
[2] 碧窗：绿色的纱窗。蔼：古同"霭"，云气，此处指月光深暗。
[3] 寒螀：寒蝉、秋蝉，这里指蝉鸣。
[4] 关塞：边塞。
[5] 金微：金微山，又称金山，阿尔泰山，一部分在今新疆维吾尔自治区内。唐代曾于其地设置都督府。

卢仝 （770—814），自号玉川子，今河南济源人。

蜻蜓歌 [1]（自注：黄河中蜻蜓，其力小，犯险无溺）

黄河中流日影斜 [2]，水天一色无津涯 [3]，处处惊波喷流飞雪花 [4]。篙工楫师力且武 [5]，进寸退尺莫能度 [6]。吾甚惧。念汝小虫子 [7]，造化借羽翼 [8]。随风戏中流 [9]，翩然有馀力 [10]。吾不如汝无他 [11]，无羽翼。吾若有羽翼，则上叩天关 [12]。为圣君请贤臣，布惠化於人间 [13]。然后东飞浴东溟 [14]，吸日精 [15]，撼若木之英 [16]，纷而零 [17]。使地上学仙之子 [18]，得而食之皆长生。不学汝无端小虫子 [19]，叶叶水上无一事 [20]，忽遭风雨水中死。

说明

这首诗描写了黄河风浪的惊险，赞美蜻蜓搏击风浪的勇敢与顽强。可能也有以黄河难渡喻世路艰辛、民生困苦之意。看到蜻蜓自由地飞行，勾起对羽翼的渴望，抒发诗人的爱国忧民之情。通过一个"有羽翼"的假设展开想像的翅膀，"叩天关""飞东溟""吸日精""撼若木"，为的是请来贤臣辅佐国君，使朝政巩固，国家强盛。为的是劳苦大众能惠泽恩露、衣食无忧。即使那些学仙之子，也能够"得而食之皆长生"。想像中也隐含诗人对当时社会现实的愤懑。中唐时期，宦官专政，战乱频仍，赋税繁重，民不聊生。诗人在贫困的生活中，发出"不学汝无端小虫子"的呼喊，爱国忧民之情溢于言表。

注释

[1] 蜻蜓：蜻蜓目昆虫的成虫，包括蜻蜓和豆娘。歌：歌行，乐府诗中的一体。指汉魏以下题目为"歌"或"行"的一类诗，格律比较自由，可用五言、七言或杂言。

[2] 中流：水流的中央。

[3] 津涯：渡口，岸边。

[4] 惊波：惊险的巨浪。

[5] 篙工楫师：掌篙划船之水手。力且武：力气大而且很勇猛。

[6] 度：通"渡"。

[7] 汝：你，指蜻蜓。

[8] 造化：自然演化。

[9] 戏：嬉戏，自由自在的样子。

[10] 翩然：形容动作轻快的样子。馀：同"余"。

[11] 无他：没有别的。

[12] 天关：犹天门，指朝廷。

[13] 惠化：德政和教化。

[14] 东溟：东海。

[15] 日精：太阳的精华。

[16] 若木：古代神话中的树名，即东海的神木扶桑，传说太阳从这里升起。英：花朵。

[17] 零：零落，落下。

[18] 学仙之子：喻指平民百姓。

[19] 无端：无赖。

[20] 叶叶：飘叶样飞来飞去。

新蝉 [1]

泉溜潜幽咽 [2]，琴鸣乍往还 [3]。长风剪不断 [4]，还在树枝间。

说明

这首诗通过对新蝉鸣声的描写，表达一种顽强不屈的精神。"泉溜"突出了新蝉之声的低咽缠绵，"琴鸣"强调了新蝉之声高低往还。蝉声或高或低，起伏不定，从树枝间发出来，即便是长风如剪，却也剪之不断。

[1] 新蝉：初秋的鸣蝉。

[2] 溜：小水流。泉溜：泉水流淌。潜：隐藏。幽咽：轻微的哽咽。

[3] 琴鸣：像琴声一样。乍：忽然。往还：反复回荡。

[4] 长风：远风、大风，一般用于秋季，比喻秋风。潜在地表明诗题中的新蝉属于初秋的鸣蝉。

薛涛 （770—832），字洪度，今陕西西安人。

蝉

露涤清音远[1]，风吹数叶齐。声声似相接[2]，各在一枝栖。

说明

这首诗以蝉喻人，表现对高洁不俗、清澈远举品质的赞赏。秋露洗涤万物，蝉声因而更显清越悠远，微风吹过，树叶飒飒连声。声声蝉鸣好似连续不断，实际上它们来自不同的树枝。即使清澈高远如蝉声，实际上也是有远有近的。看来只是咏物，但实际上隐含着一种独占高标、清高自赏的心态。

注释

[1] 露涤：露水洗涤。清音：指蝉的鸣声。

[2] 声声：不同蝉发出的鸣声。

西岩[1]

凭阑却忆骑鲸客[2]，把酒临风手自招[3]。细雨声中停去马[4]，夕阳影里乱鸣蜩[5]。

说明

这首诗为诗人游西岩写景怀古之作。前两句凭眺怀古，叙写李白当年把酒临风，斗酒诗百篇的神采。诗人寻访李白旧时读书处，凭栏登高，极目远望，自然忆起此地昔日的主人。然李白已骑鲸远逝，空留昔日读书旧迹，感伤之情顿生。后两句描写山中景物，晴雨相间，动静交错，夕阳西下，蝉儿乱鸣。通过"细雨声中停去马"，表达出诗人徘徊流连，对李白的仰慕和怀念之情。

注释

[1] 西岩：位于重庆市万州区。曹学佺《万县西太白祠堂记》："县西有太白岩，在西山，即绝尘完也……相传李太白读书于此，有'大醉西岩一局棋'之语。"

[2] 凭阑：同"凭栏"，倚靠着栏杆。却：副词。就，便。却忆：就想起了，便想起了。骑鲸客：指李白。杜甫《送孔巢父谢病归游江东兼呈李白》诗末云："若逢李白骑鲸鱼，道甫问信今何如？"，后世更传李白临终乃骑鲸而去。"凭阑"句：诗人游西山太白岩，身倚栏杆，便想起李白及其诗句来了。

[3] 把酒：手持酒杯。"把酒"句：追忆李白当年饮酒赋诗的神采。

[4] "细雨"句：写诗人策马归去时怅惘若失的感受。在细雨霏霏、暮色苍茫之中，伫马回望，那渐渐消失在远处的楼台牵动着诗人黯然的愁绪，正像淅淅沥沥的雨丝接连不断。

[5] 蜩：蝉。"夕阳"句：写诗人在夕阳残照之中、蝉声凄切之时，感受到的一种心烦意乱的愁闷心情。即使天气转晴了，在夕阳影里，听到的也只有那雨后纷乱的声声蝉鸣。

白居易 （772—846），字乐天，号香山居士，又号醉吟先生，今河南新郑人。

捕蝗—刺长吏也 [1]

捕蝗捕蝗谁家子，天热日长饥欲死。兴元兵后伤阴阳 [2]，和气蛊蠹化为蝗 [3]。始自两河及三辅 [4]，荐食如蚕飞似雨 [5]。雨飞蚕食千里间，不见青苗空赤土。河南长吏言忧农，课人昼夜捕蝗虫 [6]。是时粟斗钱三百，蝗虫之价与粟同。捕蝗捕蝗竟何利，徒使饥人重劳费。一虫虽死百虫来，岂将人力定天灾。我闻古之良吏有善政 [7]，以政驱蝗蝗出境。又闻贞观之初道欲昌，文皇仰天吞一蝗 [8]。一人有庆兆民赖 [9]，是岁虽蝗不为害。

说明

这首诗作于元和四年（809），是对德宗兴元（784）、贞元（785）初期蝗灾的追忆。整体上属于蝗灾及其治理的记事诗。诗中主张"善政驱蝗"，体现了诗人的劝诫意图。诗题中的"刺长吏"当为托词。诗人认为兵乱伤害阴阳是蝗灾的成因，人力捕蝗徒劳无效，治蝗的根本之法是实行德政，体现了当时蝗灾治理知识的局限性。

注释

[1] 蝗：飞蝗，直翅目蝗科昆虫，有群体迁飞习性。刺：讽刺。长吏：旧称地位较高的官员，也指州县长官的辅佐人员。

[2] 兴元兵后：唐德宗建中四年（783），太尉朱泚发动叛乱，占据都城长安。唐德宗李适逃至奉天（今乾县），叛军追逼不舍，德宗在奉天难以立足。兴元元年（784）二月，率嫔

妃群臣沿傥骆道（古栈道名，其南口位于汉中洋县傥水河口，北口位于周至县西骆峪）南逃汉中。

[3] 和气：古人认为天地间阴气与阳气交合而成之气，万物由此"和气"而生。蛊：古代传说把许多毒虫放在器皿里使互相残杀，最后剩下不死的毒虫叫蛊，用来放在食物里害人。

[4] 两河：唐安史之乱后，称河南、河北二道为两河。三辅：汉代在都城长安附近的京畿地区所设立的三个郡级政区，即京兆尹、左冯翊、右扶风。

[5] 荐食：不断吞食。

[6] 课：督促完成指定的工作。

[7] 善政：清明的政治。

[8] 文皇：唐太宗李世民。贞观二年，京师旱，蝗虫大起。太宗入苑视禾，见蝗虫，掇数枚而咒曰："人以谷为命，而汝食之，是害于百姓。百姓有过，在予一人，尔其有灵，但当蚀我心，无害百姓。"将吞之，左右遽谏曰："恐成疾，不可。"太宗曰："所冀移灾朕躬，何疾之避？"遂吞之。

[9] 一人有庆：为歌颂帝王德政之词。《书·吕刑》："一人有庆，兆民赖之，其宁惟永。"兆民：泛指百姓。

村夜

霜草苍苍虫切切 [1]，村南村北行人绝。独出门前望野田 [2]，月明荞麦花如雪 [3]。

说明

这首诗写于元和九年（814），此前一年，白居易的母亲陈氏去世，按唐代礼制，白居易遂罢官丁忧在家守制，闲居陕西省渭南市渭河岸边的渭村。这是一个初秋的夜晚，月色下的田野，草木一片苍茫。诗人独自漫步在乡间的小道上，寒虫凄切，倍感孤独凄凉。然而月色下一片如雪的荞麦花海，深深地感染了诗人，使他暂时忘却了孤寂，情不自禁地发出了惊喜的赞叹。

注释

[1] 霜：比喻白色。霜草：月色下白茫茫的草木。苍苍：灰白色。切切：虫的鸣声。

[2] 门前：一作"前门"。野田：田野。

[3] 荞麦：一年生草本作物，初秋开花。

秋蝶 [1]

秋花紫蒙蒙，秋蝶黄茸茸。花低蝶新小 [2]，飞戏丛西东。日暮凉风来，纷纷花落丛。夜深白露冷 [3]，蝶已死丛中。朝生夕俱死，气类各相从 [4]。不见千年鹤，多栖百丈松。

这首诗写于长庆二年（822），白居易由长安赴杭州途中。前四联写冷秋中秋蝶的故事，后两联转为议论，说明物类相从的道理。其中第五联提出论点，末联进一步论证。诗中鹤的孤高独立与蝶的低身就死之间的比较，使诗文出现了寓意的成分，让人联想起诗人出任杭州的境遇。鹤超然于世之风范，与他躲避长安是非之地，闲赏江南美景的初衷是符合的，从而暗示自己选择的正确性。

注释

[1] 秋蝶：秋季黄茸茸的蝴蝶，当为蛱蝶。

[2] 蝶新小：此处的意思是新出现的蝶个体较小。实际上蝶作为成虫态，体型大小已经固定。"蝶新小"应指种类、大小不同的蝴蝶。

[3] "夜深"两句：与蝶类白天活动，夜晚静息的习性一致。

[4] 气类：意气相投、气质同类。

闻新蝉赠刘二十八 [1]

蝉发一声时 [2]，槐花带两枝 [3]。只应催我老，兼遣报君知。
白发生头速，青云入手迟 [4]。无过一杯酒 [5]，相劝数开眉 [6]。

说明

这首诗写蝉声新发引起的时光流逝、功名未成之叹，一种既感伤又无奈的情感。貌似轻松的文字却隐含失望与痛苦。首联点明初夏季节，蝉声初闻，槐花新发。次联转折，这些物候既是岁月的使者，催我老去，也是我与你交流的原因。三联则具体说明交流的内容，即老之将至，功业难成，高官爵位已是妄想。末联有无奈和调侃的意味，既然功名难成，那就安心喝酒吧！

注释

[1] 刘二十八：指诗人刘禹锡，在家族的同辈人中以长幼排序第二十八位。

[2] 蝉：此处指初夏的新蝉。

[3] 槐花：古人视槐树为科第吉兆的象征，此处兼指初夏季节。

[4] 青云：比喻高官显爵。

[5] 无过：不外乎，只是。

[6] 数：数次。开眉：笑，开颜。亦喻舒心。

蚊蟆

巴徼炎毒早 [1]，二月蚊蟆生 [2]。咂肤拂不去 [3]，绕耳薨薨声 [4]。斯物颇微细，中人初甚轻。如有肤受谮^[5]，久则疮痏成^[6]。痏成无奈何，所要防其萌^[7]。幺虫何足道^[8]，潜喻儆人情^[9]。

说明

这首诗为白居易被贬忠州任刺史时（819-820）所作。前五联介绍蚊蟆的发生与危害，末联点明诗旨，即借蚊蟆隐喻人事，以蚊蟆危害比拟和讽刺佞臣的行径，告诫人们提防类似蚊蟆的小人暗害。是回忆过去，也是对未能"防其萌"所造成后果的觉醒。隐含着忠州厄境下，对早前长安的激切直露的悔悟。

注释

[1] 巴徼：今四川、重庆一带。炎毒：酷热。

[2] 蚊蟆：蠓、小咬、墨蚊。双翅目蠓科昆虫，雌成虫吸血，黎明或黄昏为甚。

[3] 咂：用口器吸。指蠓吸吮人的血液。

[4] 薨薨：众虫齐飞声。

[5] 谮：伤害。

[6] 疮痏：疮疡。

[7] "痏成"两句：等叮咬成疮后就没有什么好办法了，防止叮咬最为重要。萌：发生。

[8] 幺虫：微小的虫。何足道：何足道哉，不值一提。

[9] 儆：使人警醒，不犯过错。

寓意诗五首 其五

婆娑园中树^[1]，根株大合围^[2]。蠢尔树间虫^[3]，形质一何微^[4]。孰谓虫之微^[5]，蛊蠹已无期^[6]。孰谓树之大，花叶有衰时。花衰夏未实，叶病秋先萎。树心半为土^[7]，观者安得知。借问虫何在，在身不在枝。借问虫何食，食心不食皮^[8]。岂无啄木鸟^[9]，觜长将何为。

说明

树木再大，也经不起蠹虫的蛀蚀。人如此、家如此、国亦如此。末联设问，既然蠹虫如此猖獗，那些啄木鸟竟然无所作为，还长着长长的嘴巴何用？隐喻的意味不言自明。

注释

[1] 婆娑：枝叶扶苏、纷披的样子。

[2] 根株：树干下部。合围：合抱。"根株"句：树干下部达到合抱粗细。

[3] 蠢尔：蠢蠢欲动的样子。

[4] 形质：形状大小。

[5] 孰谓：谁说。

[6] 蛊：毒害。蠹：蛀蚀。无已期：持续不停，没有完了的时候。

[7] 树心半为土：蛀虫与土白蚁复合危害状。

[8] 食心：蛀食木质部为害。

[9] 啄木鸟：鸟纲鴷形目啄木鸟科鸟类的通称，能啄食树皮下的蛀虫。

早蝉

月出先照山，风生先动水。亦如早蝉声，先入闲人耳。一闻愁意结[1]，再听乡心起[2]。渭上新蝉声[3]，先听浑相似[4]。衡门有谁听[5]，日暮槐花里[6]。

说明

这首诗作于元和十三年（818），诗人时任忠州刺史，所谓"闲人"当含有调侃之意。该诗从两个自然现象切入，借蝉声说乡愁，表达诗人对远方亲人的思念之情。一听蝉鸣，就勾起乡愁。再听蝉鸣，乡愁更浓。此地的蝉声与故乡的很像，可故乡此时有谁在聆听蝉鸣？在那夕阳下、槐花里。

注释

[1] 结：结聚。

[2] 再：第二次。乡心：思乡之情。

[3] 新蝉：初夏的蝉。

[4] 浑：全，完全。

[5] 衡门：横木为门，意即简陋的房屋，指作者旧居。

[6] "日暮"句：诗人对往昔听蝉景象的追忆。

刘禹锡 （772—842），字梦得，晚年自号庐山人，今河南荥阳人。

和乐天春词[1]

新妆宜面下朱楼[2]，深锁春光一院愁[3]。行到中庭数花朵[4]，蜻蜓飞上玉搔头[5]。

说明

这是诗人为主客郎中时，和白居易所作。白居易《春词》云："低花树映小妆楼，春入眉心两点愁。斜倚栏杆背鹦鹉，思量何事不回头。"写一个少妇春日妆楼凝思的状态。这首和作，则是描写她下楼来的活动。前两句说女主人公梳妆毕，然后下楼欲邀宠幸，然而庭院深深，院门紧锁，独自一人，更生寂寞，于是满目生愁。诗的三、四两句是进一步把"愁"字写足。女主人公下楼的本意不是为了寻愁觅恨，可是结果恰惹得无端烦恼上心头。这急剧变化的痛苦心情，使她再也无心赏玩，只好用"数花朵"来遣愁散闷。就在她默默地数着时，"蜻蜓飞上玉搔头"，含蓄地刻画出她那沉浸在痛苦中的凝神伫立的情态，还暗示这位女主人公有着花朵般的容貌，以至于使常在花中的蜻蜓也错把美人当花朵，轻轻飞上玉搔头。而且也意味着她的处境亦如这庭院中的春花一样，寂寞深锁，无人赏识，只能引来这无知的蜻蜓。花似人，人如花，春光空负，自然而含蓄地引出了人愁花愁一院愁的主题。

注释

[1] 乐天：白居易，唐代诗人。

[2] 妆：对容貌进行修饰、打扮。宜面：使脂粉和脸色匀称，一作"粉面"。朱楼：髹以红漆的楼房，多指富贵女子的居所。

[3] 深锁：院门紧锁。

[4] 中庭：庭院、庭院之中。

[5] 蜻蜓：蜻蜓目昆虫的成虫。玉搔头：玉簪，可用来搔头。"蜻蜓"句：蜻蜓错将玉搔头当成了花枝。

聚蚊谣

沉沉夏夜闲堂开[1]，飞蚊伺暗声如雷[2]。嘈然欻起初骇听[3]，殷殷若自南山来[4]。喧腾鼓舞喜昏黑，昧者不分聪者惑[5]。露华滴沥月上天，利觜迎人著不得[6]。我躯七尺尔如芒[7]，我孤尔众能我伤[8]。天生有时不可遏[9]，为尔设幄潜匡床[10]。清商一来秋日晓[11]，羞尔微形饲丹鸟[12]。

说明

这首诗作于元和年间（806—820）刘禹锡任朗州（治所在今湖南常德）司马时期。当时，王叔文政治集团失败，诗人受到牵连，被贬谪朗州。前八句写蚊子的特性。它们不敢正大光明地活动，只有在"沉沉夏夜"中才"喧腾鼓舞"，"伺暗"而动。首句点出时间，接着写"伺暗""喜昏黑"，深刻地表现出了"飞蚊"偷偷摸摸、鬼鬼祟祟的本性。因为它们在黑暗中活动，所以使糊涂人辨别不清，而聪明者也迷惑起来。其次，它们都善于聚众起哄，"嘈然欻起"，其声好像从南山传来的隆隆雷声。第三，它们都心地歹毒，在花滴露珠、月色初上的朦胧中，乘人不备，利嘴相加，给人以突然伤害。这些特性，既是"飞蚊"的特点，也是朝中那些腐朽官僚的特点。从"我躯七尺尔如芒"以下四句，写诗人对待"飞蚊"的态度。以堂堂七尺之躯与小如芒刺的"飞蚊"相比，体型悬殊，不啻霄壤，含有蔑视之意。但随之转折，"我孤尔众能我伤"。"飞蚊"虽小，但却很多，数量上占着明显的优势，所以是足以给人造成伤害的。"天生有时"二句写诗人对付它们的办法：蚊子孳生之时是无法抵挡的，只好暂时躲进蚊帐里去。所谓"惹不起，躲得起"。此时，作者贬官之后，待罪朗州，政治上孤立无援，明显处于劣势。那些如"飞蚊"一样的官僚把持朝政，已经形成了强大的政治气候，诗人一时无法与之相抗衡。他所能选择的，只能是暂时的退避，这对于一个有政治抱负的人来说，当是明智的选择。最后两句，诗人以坚定的信念，预言"飞蚊"的必然灭亡：等到秋天一来，你们这些小小的蚊子，都要去喂萤火虫了。

注释

[1] 沉沉：形容夜深。闲堂：宽敞的堂屋。

[2] 伺暗：趁着暗处。

[3] 嘈然：蚊子成群的嗡嗡声。欻：忽然。

[4] 殷殷：隆隆的声音。南山：终南山，在今陕西西安市南。《诗经·召南·殷其雷》："殷其雷，在南山之阳。"

[5] 昧者：糊涂人。聪者：聪明人。

[6] 觜：同"嘴"。"露华"两句：月上中天下露水时，利嘴的蚊子向人飞来是不容易被发现的。

[7] 尔：你，指蚊子。芒：针刺状物。

[8] 我伤：即伤我。

[9] 遏：遏止。

[10] 设幄：装上蚊帐。潜：躲避。匡床：方正的床。"天生"两句：蚊子孳生时无法抵挡，只好躲到蚊帐里面。

[11] 清商：指秋风。

[12] 羞：同"馐"，即将蚊子作为食物。丹鸟：萤火虫。据《大戴礼记·夏小正》及《古今法·鱼虫》说萤火虫能捕食蚊子。

贾岛 （779—843），字浪（阆）仙，曾为僧人，法名无本。今河北涿州人。

病蝉

病蝉飞不得[1]，向我掌中行[2]。折翼犹能薄[3]，酸吟尚极清[4]。
露华凝在腹[5]，尘点误侵睛[6]。黄雀并鸢鸟[7]，俱怀害尔情[8]。

说明

长庆二年（822）贾岛再次应举，被怀疑参与考场违纪活动，被取消录取资格。他由释而儒，本想在科场上大显身手，没料到多年的奋斗仍一无所获。《全唐诗话》载：岛久不第，吟《病蝉》之句，以刺公卿。或奏岛与平曾等为"十恶"，逐之。该诗以"病蝉"自况，而将那些公卿显贵比作加害于己的黄雀、鸢鸟。首联写病蝉不能起飞，而只能在掌中爬行。诗人屡屡落第，与他的命运何其相似。次联说蝉翼虽折，仍然拍打。叫声痛苦，却十分清越。此联状其形，仍然搏击却非常痛苦；摹其声，依然清越却无比哀怨。颈联上句赞它饮请露，腹内聚集高洁秀美。下句说它遭玷污，眼珠渐渐误被尘染。尾联告诫病蝉，也是自诫之语，意谓对功名利禄莫抱幻想。

[1] 病蝉：生病或受伤的蝉。飞不得：丧失了飞行能力，意谓"不得高举"。

[2] 向：表示动作的地点，犹"在"。掌中行：即落地（落第）之意。

[3] 折翼：折断翅膀，比喻受挫伤。薄：通"搏"，搏击、拍击。古人认为蝉靠振翅而鸣，翅越薄（搏）而鸣越高，自己虽然落第（折翼），但与才情无关，相反自己才能并不比别人差。

[4] 酸吟：痛苦呻吟，指病蝉有气无力地鸣咽。清：清脆悠扬，兼有清高、清白之义。指自己虽然屡试不第，但与品格无关，而是遭遇伤害（折翼）之故。

[5] 露华：露水。

[6] 睛：蝉的复眼。"露华"两句：虽然满腹才华，但因小人诽谤、名誉受损而不得高举。

[7] 黄雀：雀科金翅雀属鸟类。鸢鸟：别名老鹰，隼形目鹰科鸟类，黄雀和鸢鸟均可捕蝉。

[8] "黄雀"两句：有巧舌的黄雀和凶猛的鸢鸟窥伺其间，是自己这个"折翼""酸吟"的病蝉落第的原因。

早蝉

早蝉孤抱芳槐叶[1]，噪向残阳意度秋[2]。也任一声催我老[3]，堪听两耳畏吟休[4]。
得非下第无高韵[5]，须是青山隐白头[6]。若问此心嗟叹否[7]，天人不可怨而尤[8]。

说明

这首诗约作于长庆元年（821），以早蝉自喻，表达自己早岁应举直到老年不第的悲凉。是年所取进士皆无艺，以关节argue之。官僚集团内部互相攻讦，于是被迫复试。直到四月，"诏黜朗等十人"，并将知贡举及有关大员贬官。全诗托物言志，抒发社会压抑下的人生感慨。"早蝉"两句以蝉声起兴，与诗人的心境和身世极为贴切。诗人屡试不第，惶恐烦恼，担心自己要一直苦吟到白头，也修不成正果了。"孤"字状长期备考的寂苦，"噪"则说屡试不第的烦恼，"残阳"暗示诗人对未来命运的凄凉感。"也任"两句由"噪向残阳"的蝉声发出诗人的年命之感，通过感受蝉声的"噪"到"畏"蝉之吟而不休，传达出诗人感情的细微变化。"得非"两句说：难道是文章不好才落第的吗？还是那些年轻人挤掉我们老头子的位置呢？"若问"两句既是诗人无可奈何的自我解嘲，也是对黑暗腐朽的科举制度的抗议。用反语说出，尤其苦涩。落第是自己的命运，即便孤芳自赏，年华老去，也不可怨天尤人。

注释

[1] 早蝉：初夏的蝉。芳槐：高官的代称，比喻诗人高远的志向。

[2] 意：意思，想要。"早蝉"两句：蝉蜕壳出世就在槐树叶间鸣叫，日暮不歇，看它的意思是要一直叫到秋天、生命结束时才罢休。

[3] 任：听凭、任凭。一声：一声声。

[4] 吟休：停止鸣叫。

[5] 得非：莫非是。下第：落第，科举时代指考试没有考中。高韵：高雅的诗文。

[6] 青山：青发，指青年人。白头：年龄大的人，指诗人。

[7] 嗟叹：叹息。

[8] "天人"句：不可怨天尤人。

元稹 （779—831），字微之，别字威明，今河南洛阳人。

虫豸诗 蚁子三首

蚁子生无处[1]，偏因湿处生[2]。阴霪烦扰攘[3]，拾粒苦嘤咛[4]。
床上主人病[5]，耳中虚藏鸣[6]。雷霆翻不省[7]，闻汝作牛声[8]。

时术功虽细[9]，年深祸亦成[10]。攻穿漏江海[11]，嚼食困蛟鲸[12]。
敢惮榱栾蠹[13]，深藏柱石倾[14]。寄言持重者[15]，微物莫全轻[16]。

攘攘终朝见[17]，悠悠卒岁疑[18]。讵能分牝牡[19]，焉得有蜍蚔[20]。
徙市竟何意[21]，生涯都几时[22]。巢由或逢我[23]，应似我相期[24]。

说明

　　元稹在元和十年至十三年（815-818）通州司马任上作了 21 首《虫豸诗》，分别写了巴蛇、蛒蜂、蜘蛛、蚁子、蟆子、浮尘子、虻共 7 类当地常见的于人有害的蛇虫。这组诗的主题一体二用。其一如诗序所言，是为民防患。其二就是诗人皮里阳秋，指桑骂槐，借咏恶物以抨击邪恶。而且为了隐约其事，在组诗中大量用序，以障人眼目。此外，诗人一再把害物看作是相互勾结，狼狈为奸，就进一步加深了诗歌的寓意。《蚁子三首》一方面写蚁子的习性和危害，另一方面则是以蚁子暗喻朝廷中作威作福的宦官，揭示蚁子亦即宦官破坏的渐进性、隐蔽性。而"屋居者，不省其微，而祸成倾压。"与"寄言持重者，微物莫全轻。"则是对主人（皇上）的劝喻。第三首在对蚁子行为习性设问的同时，表达了诗人不屑与之同流的态度。《蚁子三首》诗序云："巴蚁众而善攻栋，往往木容完具，而心节朽坏。居屋者不省其微，而祸成倾压。"从现代昆虫学角度，这组诗描述的应该是白蚁的危害，实际上诗文中描述的"蚁子"包括白蚁和蚂蚁，且混杂于内容各处，这也反映了当时人们对"蚁"的认识水平。

注释

[1] 蚁子：此处指白蚁。生无处：生无定处。

[2] 偏因：偏好。"蚁子"两句：描写的对象为白蚁。

[3] 阴霪：连续不断的雨。烦：使厌烦。扰攘：纷乱搅扰。

[4] 拾粒：指蚁子捡拾食物颗粒。苦：使痛苦，使难受。嘤咛：细微之声。"阴霪"两句：说阴雨天为室内频繁活动的蚂蚁所"烦"，为它们悄悄叼走地面的食物而"苦"。

[5] "床上"句：主人因此担忧。

[6] "耳中"句：耳中全是蚂蚁扰攘的声音。

[7] 雷霆：雷霆之声反而听不见。

[8] "闻汝"句：出自《世说新语·纰漏》："殷仲堪父病虚悸，闻床下蚁动，谓是牛斗。"此处的"蚁"为蚂蚁。

[9] 时术：时刻进行的活动。《礼记·学记》："'蚁子时述之'，其此之谓乎！"孔颖达疏："蚁子，小虫。蚍蜉之子。时时述学衔土之事而成大垤。"时术功：初时的影响。细：细微。

[10] 年深：年长日久。祸亦成：形成大的危害。"时术"两句：描述白蚁危害的隐蔽性。

[11] 攻穿：穿透堤坝。攻穿漏江海：白蚁危害使堤坝溃决。

[12] 嚼食：啮食。蛟鲸：蛟龙和鲸鱼。指巨大的水中动物。"嚼食"句：蚂蚁叮咬也能困住大型动物。

[13] 惮：怕，畏惧。敢惮：怕什么。桷：椽子，放在檩上支持屋面和瓦片的木条。栾：建筑物立柱和横梁间成弓形的承重结构。蠹：蛀蚀。

[14] 深藏：隐身蛀空。"敢惮"两句：说什么桷栾被白蚁蛀蚀，严重时承重的柱子都会垮塌。

[15] 寄言：告诫。持重者：负有责任的人。

[16] 微物：细微之物，这里指白蚁。莫全轻：不要轻视。

[17] 攘攘：形容纷乱拥挤的样子。终朝：整天。

[18] 悠悠：连绵不尽貌，众多貌。卒岁：终年，整年。疑：迷惑，不明白。"攘攘"两句：常常见到蚂蚁，心中一直有许多疑惑不解的问题。

[19] 讵能：岂能。牝牡：雌雄。

[20] 焉得：怎么能。蟓蚳：蚂蚁卵。"讵能"两句：承上联，叙述疑问的内容：即这些蚂蚁的雌雄有何分别，又是如何产生后代的？

[21] 徙市：古礼，天子诸侯丧，庶人不外出求觅财利，以示忧戚，因移市于巷中以供其急需，谓之徙市。此处借喻雨前蚂蚁搬家的行为。

[22] 生涯：寿命。"徙市"两句：继续叙述诗人对蚂蚁的思考，说蚂蚁为什么要整巢搬家，寿命有多长？

[23] 巢由：巢父和许由的并称。相传皆为尧时隐士，尧让位于二人，皆不受。因用以指隐居不仕者。

[24] 相期：期待。"巢由"两句：叙述诗人的感慨：既然寿命有限，像巢由那样自由平淡地生活也很好。

春蝉[1]

我自东归日，厌苦春鸠声[2]。作诗怜化工[3]，不遣春蝉生[4]。及来商山道[5]，山深气不平[6]。春秋两相似[7]，虫豸百种鸣[8]。风松不成韵[9]，蜩螗沸如羹[10]。岂无朝阳凤[11]，羞与微物争[12]。安得天上雨[13]，奔浑河海倾[14]。荡涤反时气[15]，然后好晴明[16]。

说明

　　这首诗作于元和五年（810）诗人自长安赴江陵途中。诗歌开始时叙述厌恶春鸠的声音，期待听到春蝉鸣。等到在商山道听到蝉鸣，又觉得吵闹不堪忍受。诗人最后希望天降大雨，改变山中之气，让蝉鸣消失。作者将"朝阳凤"比作贤士，而将"春鸠""春蝉"比作朝中无真才实学却尸位素餐的人。同时，也表达出对长安"清明"时局好转的期待。蝉很少活动于春天，但因商山（在今陕西商州东）道中的气候"春秋两相似"，诱发了它在春天的活动。在作者看来，"荡涤反时气"是政治清平的前提，希望能扫除诱发蜩螗一类"微物""反时气"活动的不正常政治气候。从末尾两句看，诗人虽然对当时的政治环境心怀不满，但并没有完全失望。

注释

[1] 春蝉：春末活动的蝉。

[2] 春鸠：即布谷鸟、杜鹃。

[3] 怜：遗憾。化工：自然造化者。

[4] 遣：派，打发。"作诗"两句：很遗憾自然界没有造化出春蝉来。

[5] 商山：山名，在今陕西商县东。

[6] 气：气候。不平：不一致，有差异。

[7] "春秋"句：春、秋天气候相似。

[8] 虫豸：泛指虫类。

[9] "风松"句：风吹树梢发出不规则的声响。

[10] 蜩螗：蝉的别名。沸如羹：声音喧闹嘈杂。

[11] 朝阳凤：比喻清高正直，世上少有者。

[12] "岂无"两句：朝阳凤不是没有出现，是因为懒得与这些虫儿争鸣。

[13] 安得：如何能得，怎能得。

[14] 奔浑：犹奔涌。浑：水流声。

[15] 时气：四时的气候。

[16] 晴明：天清气朗，指政治清明。

姚系 （785—？），今山西永济人。

京西遇旧识兼送往陇西[1]

蝉鸣一何急[2]，日暮秋风树[3]。即此不胜愁[4]，陇阴人更去[5]。相逢与相失[6]，共是亡羊路[7]。

安史之乱后，西域和陇右、河西走廊都先后落入吐蕃人之手，通往西域的陇右道阻断，这种沉痛的现实引起诗人们伤感。诗人在京西的路途中遇到旧识，与友人彼此感慨现实的遭遇、世事的无常。秋蝉的嘶鸣渲染着离别在即的场景，诗人由此感发出人生悲绪，使诗歌蕴含着忧愁、迷惘的情感。作者开篇"急"字，既表现出蝉鸣之声高，又暗含出时光流转之快，恍惚中时已至秋。"不胜愁"奠定了诗歌的情感基调，"亡羊路"用典，指致人迷路的前途，比喻世事复杂。

注释

[1] 京：指唐朝的都城长安，即今天的西安。旧识：旧相识，故交。陇西：今陕西陇山以西、黄河以东地区。

[2] 一何：多么，何等。

[3] "日暮"句：指秋蝉鸣叫的环境。

[4] 即此：就此，此情此景。胜：能够承受，禁得起。不胜愁：愁得使人受不了。

[5] 陇阴：即陇西。"陇阴"句：更何况还要到陇阴去。

[6] "相逢"句：相见或是分别。

[7] 共是：都是。亡羊路：比喻使人迷误的歧路。《列子·说符》："杨子之邻人亡羊，既率其党，又请杨子之竖追之。……既反，问：'获羊呼？'曰'亡之矣。'曰：'奚亡之？'曰：'歧路之中又有歧焉，吾不知所之，所以反也'。""相逢"两句：相见或离别，都满怀忧愁和迷惘之情。

雍陶 （789—873?），字国钧，今四川成都人。

蝉

高树蝉声入晚云，不唯愁我亦愁君[1]。何时各得身无事，每到闻时似不闻[2]。

说明

诗人被科举困扰，多次落第而常年漂泊在外，羁旅情思牵绊着失望和无奈的心情。这首诗表达了诗人渴望结束这种难熬的历程，却又无法置身于科举之外的现实。

注释

[1] 君：你，指鸣蝉。

[2] 闻：听见。

李贺 （790—816），字长吉，今河南宜阳人。

胡蝶飞 [1]

杨花扑帐春云热 [2]，龟甲屏风醉眼缬 [3]。东家蝴蝶西家飞 [4]，白骑少年今日归 [5]。

这首诗当作于唐宪宗元和前期（806-815），描写了少妇盼望丈夫归来的心情，流露出诗人对思妇的同情。春光明媚，杨花扑帐，好像那云都热了起来。龟甲屏风上，搭置着彩色的绣带锦衣。古人有见蝴蝶和蜘蛛即喜的说法，如今蝴蝶纷纷飞个不停，肯定是那个"白骑少年"，即远行的丈夫，要回来了。结果却可能是空欢喜一场。诗歌讲少妇思夫故事，但却没有出现少妇的身影。春意融融、蝴蝶缤纷和少妇见蝶而起的喜庆，一派暖色调，更衬托出少妇的寂寞和凄冷。

[1] 飞：一作"舞"。胡蝶飞：古人认为蝴蝶飞是喜事，如果它忽然入宅舍，则"主远行人即返"。

[2] 杨花：即柳絮。春云：双关语，既指成阵的"杨花"，又指少妇思夫的春情。

[3] 龟甲屏风：用不同色彩的玉，拼成纹理像龟甲一样的屏风。醉眼缬：指网眼细、有花纹的彩色丝织品。此处指华美的彩带或彩色衣裳，形容衣着华丽，暗示女子为少妇，且身份高贵。

[4] "东家"句：蝴蝶从东家飞到西家，表示蝴蝶纷纷飞个不停。

[5] 白骑少年：骑白马的少年，指该少妇的丈夫。少年：古代指青年男子。

许浑 （791—858？），字用晦，一作仲晦，今江苏丹阳人。

蝉

噪柳鸣槐晚未休 [1]，不知何事爱悲秋。朱门大有长吟处 [2]，刚傍愁人又送愁 [3]。

这首诗通过描述蝉之悲与人之愁，表达对贫富不均现象的批判及对贫苦人的同情。蝉整天叫个不停，夜晚也不例外。它这样"爱悲秋"是何缘故？"不知何事"，故作虚笔，以写其愁思难以言尽。它为什么不去朱门大户鸣叫，却偏要在愁人身旁叫个不休。原来，蝉之有愁，是因为人有愁。结句"刚傍愁人又送愁"，连用两个"愁"字，将愁人之"愁"与蝉声之"愁"融为一体。而将愁人与朱门对比,点出了诗的主旨。

注释

[1] 晚未休:晚上还在鸣叫。蝉鸣叫需要一定的温度和光照,炎热的月明之夜才可能鸣叫。

[2] 朱门:指古代王侯贵族的府第大门漆成红色,以示尊贵,后泛指富贵人家。

[3] 傍:伴随,陪伴。

李廓 (792—851),今甘肃秦安人。

夏日途中

树夹炎风路[1],行人正午稀[2]。初蝉数声起[3],戏蝶一团飞[4]。
日色欺清镜[5],槐膏点白衣[6]。无成归故里[7],自觉少光辉[8]。

说明

诗人虽出身陇西世家,其父李程还做过宰相。在晚唐,世家大族在社会上仍具美誉度。但他们要想进入仕途,参加科举考试几乎是唯一办法。按唐时惯例,每年全国只录取二三十人,考进士的上榜率之低可想而知。诗人多次落榜,多次复试,每年奔走于赶考路上。此诗作于五月初,为下第归里途中所作。前四句写景,炎热寂寞的夏日正午,只有鸣蝉舞蝶作伴,倒是符合诗人落第羞于见人的心情。后四句抒情。"日色欺清镜"采用拟人手法,日光照射到水面,诗人却感到刺眼,仿佛太阳也欺人太甚。流露出对世事不公之愤慨。尾联直抒胸臆,抒发了情感。"归故里"交代诗歌是归途所见所想,"少光辉"看似轻描淡写,实际上却饱含辛酸和泪水。

注释

[1] 炎风:热风。

[2] 正午:中午十二点钟左右。

[3] 初蝉:初夏的蝉。

[4] 戏:玩耍。

[5] 日色:阳光。欺:压倒、胜过。清镜:指水面。

[6] 槐膏:国槐花的花粉。白衣:白色衣服,古代平民服。也指既无功名也无官职的人,未考中功名的叫白衣秀才。点:玷污。

[7] 无成:没有成就。

[8] 光辉:光荣、荣耀。

温庭筠 （801—866？），原名岐，字飞卿，今山西祁县人。

元处士池上 [1]

蓼穗菱丛思蟪蛄[2]，水萤江鸟满烟蒲[3]。愁红一片风前落[4]，池上秋波似五湖[5]。

说明

这首诗借咏元处士池中"蟪蛄"夏鸣秋死以及花落秋水的景象，以喻朝廷形势的庞杂起伏，表现了回乡归隐的心情。首联描写夏季池边风景的变换，繁茂的初秋菱丛使人回想起蟪蛄喧闹的时节，而此时已是水萤江鸟在烟雾迷茫的蒲草间飞行的景象。尾联描写秋季岸边落花与池水情景。身边落花一片红，池水如太湖一样波光荡漾。隐含学春秋末，越国大夫范蠡功成身退、乘轻舟隐于五湖之意。

注释

[1] 处士：古时候称有德才而隐居不愿做官的人，后亦泛指未做过官的士人。

[2] 蓼：蓼科蓼属植物的总称，一年生或多年生草本植物。菱：一年生草本植物，生在池沼中，根生在泥里，浮在水面的叶子略呈三角形，果实称菱角。蟪蛄：也叫伏天儿，蝉的一种。

[3] 水萤：萤火虫。烟蒲：烟雾笼罩的蒲草。

[4] 愁红：经风雨摧残的花。

[5] 五湖：泛指太湖流域一带的湖泊。

杜牧 （803—852?），字牧之，号樊川，今陕西西安人。

秋夕 [1]

银烛秋光冷画屏[2]，轻罗小扇扑流萤[3]。天阶夜色凉如水[4]，卧看牵牛织女星[5]。

说明

这首诗为杜牧在京任职时所作，诗题一作"七夕"。一般认为这是一首宫怨诗，可能也包含作者对自身命运的感叹。该诗描写一位失宠的宫女在七夕之夜仰望天空，看着银河两岸的牛郎织女星排遣寂寞的情景，表明宫女悲凉凄苦的心境，揭示封建社会宫廷制度对宫女的迫害，表达诗人对其不幸命运的深切同情。前两句描绘深宫生活的图景。一个秋天的夜晚，白色的蜡烛发出微弱的光，给屏风上的图画添了几分暗淡和幽冷。一个孤单的宫女正用小扇扑打着飞来飞去的萤火虫。"轻罗"句可能含有三层意思：第一，古人认为腐草化萤，萤总是生在草丛冢间荒凉的地方。如今在官女居住的庭院里有流萤飞动，其生活的凄凉可想而知。第二，从官女扑萤的动作可见她的寂寞与无聊。她无事可做，只好以扑萤来消遣孤独的岁月。第三，官女手中拿的轻罗小扇具有象征意义，扇子本是夏天用来挥风取凉的，秋天就少用了，所以古诗里常以秋扇比喻弃妇。"夜色"句暗示夜已深沉，寒意袭人，该进屋去睡了。而该官女丝毫没有睡意，可见其内心的悲苦与孤独。"坐看"句也许是牵牛织女的故事触动了她的心事，使她想起自己不幸的身世，抑或使她产生了对于真挚爱情的向往。

注释

[1] 夕：夜晚。

[2] 银烛：白色的蜡烛。冷：此处意为使屏风的图画增添了暗淡而幽冷的色调。画屏：带有图画的屏风。

[3] 轻罗小扇：丝绸面料制成的团扇。流萤：飞行漂移的萤火虫。

[4] 天阶：皇宫中的石阶。

[5] 牵牛织女星：牛郎织女星。从中国古代著名的民间爱情故事演化而来。传说古代天帝的孙女织女擅长织布，每天给天空织彩霞。但她讨厌这枯燥的生活，就偷偷下到凡间，私自嫁给河西的牛郎，过上男耕女织的生活。此事惹怒了天帝，把织女捉回天宫，责令他们分离，只允许他们每年的农历七月七日在鹊桥上相会一次。他们坚贞的爱情感动了喜鹊，无数喜鹊飞来，搭成一道跨越天河的鹊桥，让牛郎织女在天河上相会。七夕夜如果天色晴朗，仰望银河，可找到天琴座最亮恒星（织女星）和天鹰座最亮恒星（牛郎星）。

题扬州禅智寺 [1]

雨过一蝉噪 [2]，飘萧松桂秋 [3]。青苔满阶砌 [4]，白鸟故迟留 [5]。
暮霭生深树 [6]，斜阳下小楼 [7]。谁知竹西路 [8]，歌吹是扬州 [9]。

说明

唐文宗开成二年（837），杜牧三十五岁，任监察御史，分司东都洛阳。弟弟杜顗患眼疾，寄住在扬州城东的禅智寺。杜牧告假，从洛阳带了眼医石公集前去探视，此诗便作于此时。唐制规定："职事官假满百日，即合停解。"杜牧这次即因告假逾百日而离职。这首诗描绘了初秋时节禅智寺的空寂与清静。首联主要从听觉角度写静，用"蝉""秋"点出禅智寺的冷寂。颔联从视觉角度写静，台阶长满青苔，大蚊飞来飞去，说明空寂人稀。颈联从明暗的变化写静，树林茂密，阳光不透，夕阳西下，暮霭顿生，于浓荫暮霭的幽暗中可见静谧。"斜阳"句则从暗中见明。透过暮霭深树，一抹斜阳的余晖，使人觉得冷而不寒、幽而不暗。然而，毕竟是斜阳，而且已经"下小楼"。这种反衬的效果却是意外的幽、格外的暗、分外的静。尾联别开生面，以热闹的扬州作陪衬，静坐寺中，秋风传来远处扬州的歌吹之声。身处如此歌舞喧闹、市井繁华的扬州，却只能在禅智寺中凄凉度日，"冠盖满京华，斯人独憔悴"的伤感油然而生，流露出景中暗含的身世感受、凄凉情怀。

注释

[1] 扬州禅智寺：也称上方寺、竹西寺，在扬州使节衙门东三里。

[2] 蝉噪：秋蝉鸣叫。

[3] 飘萧：飘扬萧瑟。"飘萧"句：秋风中飘荡的松、桂枝头露出萧瑟秋意。

[4] 青苔：苔藓植物。阶砌：台阶。

[5] 白鸟：蚊子。故：因故。虽然初秋，因环境潮湿，因此依然有蚊子活动。此处的蚊子可能为潮湿环境中活动的食腐型大蚊。迟留：停留、逗留。

[6] 暮霭：黄昏的雾气。深树：形容树木稠密，因稠密而聚湿气生暮霭。

[7] 斜阳：夕阳。下小楼：夕阳斜照到小楼上。

[8] 竹西路：禅智寺前宫河北岸的道路，竹西在扬州甘泉之北，后人在此筑亭，名曰竹西亭，或称歌吹亭。

[9] 歌吹：歌声和音乐声。

闻蝉

火云初似灭^[1]，晓角欲微清^[2]。故国行千里^[3]，新蝉忽数声^[4]。
时行仍仿佛^[5]，度日更分明^[6]。不敢频倾耳^[7]，唯忧白发生^[8]。

说明

穆宗长庆（821）后，唐王朝危机进一步加深，藩镇不时发生叛乱，民不聊生。此诗主要抒发浓郁的、无法摆脱的哀愁，从一个侧面反映了当时社会的动荡环境。远离故国千里，不敢听新蝉的鸣叫。战火纷纭，人们生死难测，蝉声更添悲情。

注释

[1] 火云：即红云。清早有火烧云暗指炎夏。初似灭：愈来愈浓。

[2] 晓角：报晓的号角声。微清：逐渐清晰。

[3] 故国：故乡。

[4] 新蝉：初夏的蝉。

[5] 时行：季节变化。仿佛：好像、类似。"仍仿佛"：还是老样子。

[6] 度日：过日子，多指在困境中。更分明：更清楚。一天天数着过，暗指日子难过。

[7] 频：屡次。倾耳：侧着耳朵细听，此处指细听蝉鸣。

[8] "唯忧"句：免得烦白了头发。

韦楚老 （803—？），字寿朋，出生地不详。

江上蚊子

飘摇挟翅亚红腹[1]，江边夜起如雷哭[2]。请问贪婪一点心，臭腐填腹几多足[3]。越女如花住江曲[4]，嫦娥夜夜凝双睇[5]。怕君撩乱锦窗中[6]，十轴轻绡围夜玉[7]。

说明

这首诗借蚊子讽喻世风，通过蚊子的凶残隐喻豪门权贵的嚣张，通过"凝双睇""围夜玉"说正人君子生活的困境。首联写蚊子的凶残，依仗有翅能飞，到处吸血，吸血后挺着紫红色的肚皮，成群飞舞发出雷鸣般的蠹鸣声，使人恐怖。次联把人血吸入蚊子肚子，说成"臭腐填腹"，兼骂那些贪得无厌的狗苟蝇营之徒。三联中越女、嫦娥皆美人，比喻正人君子。在小人（蚊子）嚣张的时候，常人是无法入眠的。尾联以夜玉喻指睡女，说要逃避蚊子叮咬，唯有呆在蚊帐里。意即蚊子的侵扰是难以避免的，暗指世风日下，人世多艰。

注释

[1] 飘摇：也作飘飘，在空中飞舞。挟：倚仗势力或抓住人的弱点强迫人服从。亚：通"压"，低垂貌。亚红腹：吸血后蚊子下垂的红色腹部。"飘摇"句：蚊子仗着有翅，挺着紫红色的肚皮飞来飞去。

[2] 夜起：夜晚开始。雷哭：形容蚊群嗡嗡声如雷鸣。

[3] 几多：多少。

[4] 越女：越地美女。江曲：江湾处。

[5] 嫦娥：神话中的月宫仙子。此处越女、嫦娥皆美人，比喻正人君子。睇：眼睛。凝双睇：指睁眼不睡。

[6] 君：蚊子。撩乱：纷乱。锦窗：带有花纹的窗，指室内。

[7] 轴：织布机所织出的一机布。绡：生丝织的绸子。夜玉：此处喻指睡女。

赵嘏 （806—853），字承佑，今江苏淮安人。

风蝉

风蝉旦夕鸣[1]，伴夜送秋声[2]。故里客归尽[3]，水边身独行[4]。噪轩高树合[5]，惊枕暮山横[6]。听处无人见[7]，尘埃满甑生[8]。

这首诗由闻蝉而及乡愁，表达岁月流逝、异乡独处的孤寂之感。风中的蝉儿从早叫到晚，夜晚也鸣叫不停。别人都回乡了，只有诗人还在水边徘徊。房屋旁边高树上的蝉声响成一片，诗人惊觉流年飞逝、故交零落、暮色苍茫。尾联在失望中结笔：蝉鸣谁听、乡愁谁诉、贫困依旧。

注释

[1] 风蝉：指风中鸣叫的蝉。旦夕：早与晚。

[2]"伴夜"句：夜间也鸣叫不停。秋声：秋天的鸣声。蝉属于同翅目蝉科，雄蝉能发声，招引雌蝉交配。雄蝉鸣叫受温度和光亮等影响，一般高温月明之夜才会昼夜鸣叫。"风蝉"两句说蝉昼夜鸣个不停，说明这是一个炎热的初秋。

[3] 故里：故乡。客：离开家乡之人。

[4] 身：自己、本身。

[5] 轩：有窗的廊子或小屋子，屋檐。此处指房屋。合：结合到一起，凑到一起。"噪轩"句：房屋旁边高树上的蝉声连成一片。

[6] 枕：卧、睡。惊枕：将人从熟睡中惊醒。暮山：暮色中的山林。"惊枕"句：诗人被蝉声从午睡中吵醒后，眼见山林一派暮色苍茫。

[7] 见：看到、遇到。

[8] 甑：蒸食用具。"尘埃"句：用"甑中生尘"典故，谓久已停炊，以致甑中落满灰尘，形容家境极度贫困。

听蝉

噪蝉声乱日初曛[1]，弦管楼中永不闻[2]。独奈愁人数茎发[3]，故园秋隔五湖云[4]。

这首诗由蝉声而表乡愁，同时对那些热衷于歌舞享乐的权贵进行了讽刺。黄昏时秋蝉的鸣声如鼎沸，这些鸣声以及引起的愁绪，那些歌舞享乐的权贵是不会关心的。对蝉声敏感的只有那些忧愁的人，他们愁得头发都白了。忧愁因何而起？那就是远在他乡的乡愁啊！

注释

[1] 曛：落日的余光。

[2] 弦管：弦乐和管乐。泛指歌吹弹唱。永不闻：听不到。"弦管"句：蝉声及其引发的忧愁，那些歌舞享乐的权贵们是不关心的。

[3] 独奈：唯独感到无奈的。茎：量词。用于长条形东西的计数。"独奈"句：对蝉声敏感只有愁人头上的头发，他们因忧愁而变白了。发：一作鬓。

[4] 故园秋：故乡的秋色。五湖：太湖及其周边湖泊。"故园"句：故园秋色在五湖烟云

的那一边。

李群玉 （808—862），字文山，今湖南澧县人。

三月五日陪裴大夫泛长沙东湖

上巳馀风景 [1]，芳辰集远坰 [2]。彩舟浮泛荡 [3]，绣毂下娉婷 [4]。林树回葱蒨 [5]，笙歌入杳冥 [6]。湖光迷翡翠 [7]，草色醉蜻蜓 [8]。鸟弄桐花日 [9]，鱼翻谷雨萍 [10]。从今留胜会，谁看画兰亭 [11]。

说明

裴大夫即湖南观察使兼御史大夫裴休，会昌三年至大中元年（843-847）在任，李群玉曾为其幕僚。上巳节刚过，春日景象铺满大地，诗人陪同裴大夫一起泛舟东湖，看葱茏树木，激滟波光，听笙歌袅袅，直入九天。蜻蜓翩飞于草叶之间，鸟儿绕于泡桐花侧，湖中小鱼欢快地在绿水中游动。这般景致加上同行文人佳作，如此雅集盛会，当比昔日王右军兰亭集会更胜一筹。这首诗不仅寄托着诗人对春景的留恋，也透露出他希望一展才华的抱负。

注释

[1] 上巳：上巳节，俗称三月三，中国民间传统节日。人们结伴去水边沐浴，称为"祓禊"，此后又增加了祭祀宴饮、曲水流觞、郊外游春等内容。馀：丰足，宽裕。"上巳"句：上巳节风景秀丽。

[2] 芳辰：美好的时光，多指春季。集：聚集。远坰：遥远的郊野。"芳辰"句：在郊野度过一段美好的时光。

[3] 泛荡：荡漾之水波。

[4] 绣毂：华贵的车子。娉婷：指美人。

[5] 葱蒨：草木青翠茂盛貌。

[6] 笙歌：吹笙唱歌或奏乐唱歌。杳冥：极高或极远以致看不清的地方。

[7] 迷：辨认不清。翡翠：也叫翠雀，羽毛蓝绿色，可做装饰用。

[8] 蜻蜓：蜻蜓目昆虫。"湖光"两句：描写长沙东湖景色的美丽。湖水荡漾波光激滟，使翡翠分辨不清。草色浓郁，直使蜻蜓如醉如痴。风光可迷鸟虫，可见景色之美！

[9] 桐花：泡桐的花，清明"节日"之花。古代"桐"分类不细，梧桐（青桐）与泡桐（白桐）都可称为梧桐。梧桐花小，夏日开。泡桐花大，春日开。上巳节与清明节很近，此时泡桐花盛开于郊野，很适合宴乐游春。

[10] 谷雨萍：谷雨时的浮萍。

[11] 兰亭：地处绍兴城西南兰渚山下，曾是书圣王羲之的园林住所。"谁看"句：还有谁去看有关兰亭集的画呢？意思是如此的雅集盛会，当比昔日王右军兰亭集会更胜一筹。

方干 （809—888），字雄飞，号玄英，今浙江桐庐人。

听新蝉寄张昼 [1]

细声频断续 [2]，审听亦难分 [3]。仿佛应移处，从容却不闻 [4]。
兰栖朝咽露 [5]，树隐暝吟云 [6]。莫遣乡愁起 [7]，吾怀只是君 [8]。

说明

这首诗对蝉的鸣声进行了细致地描述，这些描述作为尾联的铺垫，最终点出诗旨：蝉声撩起的愁思都是对友人的牵挂，表达了诗人与张昼之间深厚的友情。

注释

[1] 新蝉：初夏的蝉。张昼：诗人之友，生平不详。

[2] 频：屡次。

[3] 审听：细听。"细声"两句：细微的声音时断时续，就是仔细听也分不清楚。

[4] "仿佛"两句：既然听不清楚，应换个地方，再从容细听，却又听不到了。

[5] 兰栖：住在兰花丛里。"兰栖"句：蝉栖息在兰丛里，早晨吸饮露水。

[6] 树隐：藏身在树上。"树隐"句：蝉隐藏在树木上，傍晚鸣声响彻云间。

[7] 遣：使，让。

[8] "莫遣"两句：莫道闻蝉乡愁起，我心中思念牵挂只是你。

陈陶 （812—885？），字嵩伯，自号三教布衣，今福建南平人。

春归去

九十春光在何处 [1]，古人今人留不住。年年白眼向黔娄 [2]，唯放蛴螬飞上树 [3]。

说明

这是一首惜春议论诗，前两句提论点：即时间一维性，春光不可留。后两句反证，如果春光可留，除非黔娄应聘、蛴螬上树。

注释

[1] 九十春光：春季三个月，共约九十天。在何处：犹春归何处。

[2] 白眼：看不起人的一种表情。黔娄：号黔娄子，战国时齐稷下先生，修身清节，不求进於诸侯。鲁恭公闻其贤，遣使致礼，赐粟三千钟，欲以为相，辞不受。齐王又礼之，以

黄金百斤聘为卿，又不就。着书四篇，言道家之务，终身不屈，以寿终。白眼向黔娄：遭到了黔娄的白眼。

[3] 蛴螬：金龟子甲虫的幼虫，在土壤中生活。

李商隐 （约 812—858），字义山，号玉溪生、樊南生，今河南荥阳人。

蝉

本以高难饱[1]，徒劳恨费声[2]。五更疏欲断[3]，一树碧无情[4]。
薄宦梗犹泛[5]，故园芜已平[6]。烦君最相警[7]，我亦举家清[8]。

说明

这首诗作于大中五年（851），当时诗人正在东川节度使柳仲郢的帐下当幕僚。诗人通过蝉表达自己寄人篱下的感受，抒发了无人同情的悲哀，同时还表达出虽然清贫，面临种种困境却不愿随波逐流，而要像蝉一样保持高洁的品质。"本以"句表面上说蝉栖息高树，在高树之上餐风饮露，所以"难饱"。实际上也是用蝉来比拟诗人的身世。诗人觉得自己如同蝉一样，正因品质高洁才会受到某些人的打击，就算是拼尽了力气也无法找到在朝廷中的立足之地。而由"难饱"引出"声"来，且带着怨恨，在作者看来也是徒劳。三、四两句进一步深化，从"恨费声"里引出"五更疏欲断"，通过大树的无情来衬托，将不得志的情绪推到顶点。蝉叫到快天明时已经声嘶力竭，而身旁的那棵满身碧绿闪亮的大树却只顾着自己，并不会因它的"疏欲断"而悲伤憔悴。"一树"句衬托出环境的冷漠，而这也是诗人自己的身世遭遇，蝉声嘶力竭的叫声就像自己政治上失意的哀鸣，而无论自己怎样呐喊，都不会得到半点同情。也暗喻寄人篱下，怨有力者不对他施以援手。颈联开始，诗人转而写己。借用"薄宦梗犹泛"这个典故，描述自己在各地做小吏四处漂泊的情景，就好像河水中的木偶一样到处漂流，这种生活也使诗人开始怀念家乡，从而萌生思归之情。于是便有了"故园芜已平"。末联回归咏蝉，是作者对蝉说的话。作者对蝉说多谢你来特意提醒我，要我保持高洁不要随波逐流。而作者答道：我和你一样清贫，所以情操十分高洁。一个"最"字，意即只有蝉对他最理解。

注释

[1] 以：因。"本以"句：古人认为蝉餐风饮露，是高洁的象征。此处意指蝉因栖于高树而难得一饱，暗喻自己的清高。

[2] 恨：怨恨。声：蝉的鸣声。鸣声因"难饱"而起，但鸣叫不停，却徒劳无益，因而生"恨"。

[3] 五更：中国古代把夜晚分成五个时段，用打更报时。疏欲断：指蝉声稀疏，接近断绝。雄蝉鸣叫和雌蝉择偶受温度和光照等影响，夜晚一般减弱或停止。蝉整夜鸣叫当为炎热

的月明之夜。

[4] 碧无情：树叶碧绿，生机盎然，对"疏欲断"的蝉鸣没有任何同情。

[5] 薄宦：官职卑微。梗：树木的枝条。梗犹泛：典出《战国策·齐策》，土偶人对桃梗说："今子东国之桃梗也，刻削子以为人，降雨下，淄水至，流子而去，则子漂漂者将何如耳。"后以梗泛比喻漂泊不定，孤苦无依。

[6] 故园：往日家园。芜：荒草。芜已平：荒草已经平齐没胫，覆盖田地。

[7] 君：指蝉。警：提醒。亦：也。

[8] 举：全。清：清贫。

蝶（孤蝶小徘徊）

孤蝶小徘徊[1]，翩翾粉翅开[2]。并应伤皎洁[3]，频近雪中来[4]。

说明

这首诗是借咏蝶以自表的自伤自怜之作。首句的"孤""小"写出了蝴蝶的单薄，"徘徊"则寄寓了彷徨和不安。下一联诗人用皎洁明志，表露出孤独自伤、无法寻觅同道的悲凉之感。

注释

[1] 蝶：早春的粉蝶。小：时间短，一小会儿。徘徊：在一个地方来回地飞。

[2] 翩翾：小飞貌。开：扇动。

[3] 并应：都是。伤：受伤害。皎洁：明亮而洁白、清白。"并应"句：蝶和诗人都为清白所苦。

[4] 频：古同"濒"。频近：接近，就像。"频近"句：皎洁的程度，就像雪花一样纯粹洁白。

蝶（叶叶复翻翻）

叶叶复翻翻[1]，斜桥对侧门。芦花惟有白[2]，柳絮可能温[3]。
西子寻遗殿[4]，昭君觅故村[5]。年年芳物尽[6]，来别败兰荪[7]。

说明

这首诗作于会昌六年（846）。当时诗人三十五岁，前一年刚服母丧期满重入秘书省。这一年，宣宗即位，重用牛党，大黜李党。面对翻天覆地的政局，因就婚王氏而被看作背叛牛党的诗人自然是心中惶惶了，他为自己处在党争的峡谷中而惴惴不安，是否能长期就职秘书省成了他心头的症结，此诗可窥探当时诗人矛盾不定的心情和时运不济的悲叹。秋蝶翩翩翻飞在斜桥侧门之间，寻觅着往日的风光，想重温春天的柳絮，然而看到的只是一片白色的芦花，三春的绚烂早已褪尽，遍地满眼都是秋日的凄清。寻寻觅觅，如西子之重访旧宫，如昭君之寻觅旧居，往事不堪回首。秋蝶年年总是在芳物凋零之时才来，往昔繁华不可复得，只能与衰败的兰荪告别。诗人借蝶秋日寻春光的不合时宜，寓自己历遭劫难、运际摇落、所遇非时之叹。

注释

[1] 叶叶：《本草》注："蛱蝶轻薄，夹翅而飞，叶叶然也。"此处指一只只翅。翻翻：翻飞、飞翔貌，指翅上下翻飞。

[2] 芦花：禾本科植物芦苇的花。此处的"芦花"也暗示诗中所咏之蝶为秋蝶。

[3] 温：重温，再次相遇。

[4] 西子：西施，本名施夷光，春秋时期越国美女。遗殿：西施在越国的故居。

[5] 昭君：王昭君，名嫱，字昭君，乳名皓月。晋朝时为避司马昭讳，又称明妃、王明君。湖北省兴山人。故村：故乡。"西子"两句：蝴蝶象西子、昭君那样找寻曾经的美好。

[6] 芳物：指花卉草木。

[7] 败：衰落。兰荪：香草。"年年"两句：承上联，曾经的美好已经不再，只能面对凄冷的现实。

蝶三首 其一

初来小苑中[1]，稍与琐闱通[2]。远恐芳尘断[3]，轻忧艳雪融[4]。
只知防皓露[5]，不觉逆尖风[6]。回首双飞燕[7]，乘时入绮栊[8]。

说明

这首诗作于敬宗开成四年（839）。是年，诗人释褐为秘书省校书郎，调补弘农尉。古时，秘书省校书郎是朝廷清要之职，乃文士起家之良途。本来就以"我系本王孙"自命的李商隐素怀凌云之志，历经了十年应举后获此美职，内心既喜且慨是可想而知的。然而，他不久就调任弘农尉。尽管唐时弘农是上县，但古代京官一向耻于外调，更何况尉簿比不得校书郎。李商隐内心的痛苦是可想见的，反映在诗歌中则多愤郁之音。这首诗真实描绘出他受挫时的心态。全诗以蝶的口吻写蝶的处境来隐寓诗人的遭遇。首联"小苑""琐闱"指宫禁，指诗人初入秘书省，得以接近宫廷。次联写飞入宫门的蝶深切感受着宫廷的森然，既担心自己远离芳尘，不能久留，又害怕自己粉消雪融，失去艳丽的姿容。"恐"与"忧"细腻而真切地传达出诗人志忐不安的心情。然而小心谨慎如此，却仍难免顾此失彼，虽已防浩露之侵，却未料及逆尖风之阻，只得坐看双飞燕乘时得意，空自慨叹而已。从蝶的处境，可以感受到颠簸在官场惊涛骇浪中的诗人，已无力驾驭他的人生小船，一任风吹雨打的凄苦与无助。

注释

[1] 苑：养禽兽种林木的地方，多指帝王的花园。

[2] 琐闱：镌刻连琐图案的宫中旁门。常指代宫廷。

[3] 芳尘：花的踪迹；《拾遗记》载："石虎于太极殿前起楼，高四十丈，春杂宝异香为屑，使数百人于楼上吹散之，名曰芳尘台。芳尘断指远离朝廷。"

[4] 艳雪：指蝶翅上的白粉。"轻忧"句：轻盈如雪，故担忧其像雪一样融化。

[5] 浩露：浓重的露水。

[6] 递尖风：迎面而来的风。

[7] 回首：回想、回忆。双飞燕：雌雄并飞的燕子。

[8] 乘时：利用时机。绮栊：雕绘美丽的窗户。栊：窗棂。

蜂

小苑华池烂漫通[1]，后门前槛思无穷。宓妃腰细才胜露[2]，赵后身轻欲倚风[3]。
红壁寂寥崖蜜尽[4]，碧檐迢递雾巢空[5]。青陵粉蝶休离恨[6]，长定相逢二月中。

说明

这首诗寄托了作者寄寓幕府之寂寥、怀想京华之怅惘、远别家室之离恨。首句一方面表现了春物昌昌，蜂来往于此时的烂漫和快乐，另一方面寄托作者对曾经在京任职时美好时光的追忆。"后门前槛"指"小苑华池"的里里外外，以具体的空间勾勒，点化出思之无穷。"宓妃"两句用两个典故，一方面刻画出细腰小蜂的栩栩形态，另一方面寄寓作者在茫茫人世间的细弱无依。"红碧"句描写春华点缀之娇红崖壁一片孤寂，因为蜂窠被破，崖蜜已尽，无所归依，寓幕府寂寥，新窠难寄。"碧檐"句刻画渺远迢递之翠碧梁檐下，旧时雾巢已空，令人怅惘，寓朝廷禁省，旧巢难归。"青陵"句用宋康王舍人韩凭夫妇事，喻指诗人妻室，即以蜂的口吻宽慰"青陵蜂蝶"，劝妻室莫要离恨重重，到二月春回日暖，"蜂""蝶"即会相逢。

注释

[1] 苑：养禽兽种林木的地方，多指帝王的花园。华池：景色佳丽的池沼。小苑华池：朝廷禁省。烂漫：随意也。烂熳通：即经常来往于此。

[2] 宓妃：中国神话里伏羲氏（宓羲）的女儿，因为于洛水溺死，而成为洛水之神，故称洛神。因迷恋洛河两岸的美丽景色，降临人间，来到洛河岸边。曹植在《洛神赋》中描绘洛神（即宓妃）有"腰如约素"之语。所以后世人使用"宓妃腰"来形容美人细腰。

[3] 赵后：赵飞燕，原名宜主，是西汉汉成帝的皇后。《三辅黄图》：成帝与赵飞燕戏于太液池，以金锁缆云舟于波上，每轻风时至，飞燕殆欲随风入水，帝以翠缕结飞燕之裙。今太液池尚有避风台。倚风：谓随风倾侧摇摆。

[4] 红壁：赤色的山壁。寂寥：寂静、空旷。崖蜜：山崖间野蜂所酿的蜜，又称石蜜、岩蜜。色青、味微酸。

[5] 碧檐：绿色的房檐，多指用琉璃瓦建筑的房檐。迢递：遥远的样子。

[6] 青陵粉蝶：用宋康王舍人韩凭夫妇事。

乐游原[1]

万树鸣蝉隔断虹[2]，乐游原上有西风[3]。羲和自趁虞泉宿[4]，不放斜阳更向东[5]。

说明

诗人登上古原，遥望西风斜阳，聆听万树蝉鸣，不禁感慨时光易逝，慨叹羲和御日脚步不停，就要宿于虞渊，不可能放太阳回头东行，从而表达了珍惜时光、感叹青春不再的深情苦志。

注释

[1] 乐游原：位于西安市东南二环外，得名于汉代，在秦汉时代，就以风景秀丽而负有盛名。

[2] 鸣蝉：秋蝉。断：一作岸。虹：气势如虹。"万树"句：万树蝉声响彻云霄。

[3] 西风：秋风。

[4] 羲和：古代神话中驾驭太阳车的神。趁：追逐。虞泉：亦作"虞渊"，传说为日没处。宿：过夜。

[5] 斜阳：傍晚西斜的太阳。

青陵台

青陵台畔日光斜[1]，万古贞魂倚暮霞[2]。莫讶韩凭为蛱蝶[3]，等闲飞上别枝花[4]。

说明

这首登临凭吊之作，借韩凭夫人的罗裙化蝶故事，表达了对坚贞爱情的赞美。首句以写实切入怀古主题，此后三句从不同角度抒发感慨。斜阳笼罩下的青陵台，就像万古贞魂依偎在暮霞之中。如果你知道了罗裙化蝶的动人故事，就不会惊讶，韩凭的魂魄会在不经意间，飞上了枝头的花朵，因为他把那花朵当成了妻子化成的蝴蝶。

注释

[1] 青陵台：韩凭妻自投之台。在河南封丘，一说在河南郸城。韩凭夫人罗裙化蝶故事：宋朝士大夫韩凭，妻姿色绝伦，被皇帝康王知道后，强行将韩凭之妻霸占，韩凭悲极而亡。康王对韩凭夫人的美貌垂涎三尺，封她为妃并逼她接受宠幸。韩凭夫人自知抵抗无用，便哄骗康王说："我与韩凭夫妻多年，总有一些情谊，如今他刚刚死去，我时时哭哭啼啼，怎能讨得君王您的欢心呢？不如让我为他守丧七天，悼祭一番，了却以前与他的情缘，然后再一心服侍皇上，不知可否？"康王答应了韩凭夫人的请求，并设高台于七天后祭奠韩凭。祭毕，韩凭夫人乘人不备，从高台跳下自杀。康王赶忙伸手去拉，想抓住韩凭夫人的裙带。想不到韩凭夫人早已将裙带腐蚀，康王着手后裙带寸寸断裂，全都化为蝴蝶飞去。日光斜：夕阳斜照。

[2] 万古：流芳万古。贞魂：指韩凭妻的忠贞精神。倚：依偎。

[3] 讶：诧异。蛱蝶：蝴蝶。为：为了。

[4] 等闲：随便。别枝：另一枝。"莫讶"两句：因为夫人化蝶而去，所以韩凭将枝头的花朵当成蝴蝶，飞身追逐也就不足为奇了。

李郢 （819—880？），字楚望，今陕西西安人。

蝉

饮蝉惊雨落高槐[1]，山蚁移将入石阶[2]。若使秦楼美人见[3]，还应一为拔金钗[4]。

说明

诗中蝉的遭遇也是诗人人生境况的化身，诗人长期沉于下僚，漂泊流落，对政治深度失望。蝉餐风饮露，孤鸣自赏，恰是诗人的知音。但在雨中骤然惊落，被群蚁作为美餐的惨淡结局，引起诗人的感喟和哀怨。并设想此情此景若为秦楼美人所见，定会黯然伤神，感物而伤己，触景而自怜，以至于放弃对自己形象的修饰。

注释

[1] 饮蝉：饮露的蝉。古代人们认为蝉餐风饮露。惊雨：蝉受降雨的惊扰。槐：国槐。

[2] 山蚁：蚂蚁。石阶：石阶的蚁穴。

[3] 若使：如果。秦楼：本指古乐府中秦罗敷所居之楼，后泛指美人居所。

[4] 金钗：妇女插于发髻的一种金制首饰，由两股簪子合成。

贯休 （823—912），俗姓姜，字德隐，今浙江兰溪人。

夜夜曲

蟋蛄切切风骚骚[1]，芙蓉喷香蟾蜍高[2]。孤灯耿耿征妇劳[3]，更深扑落金错刀[4]。

说明

此诗描写丈夫驻守边塞的征人妇，在寂寥孤独的深夜，独守孤灯劳作的情景，表现出诗人对征人妇的怜悯。仲夏之夜，清风徐徐，蟋蛄鼓腹，发出吱吱长鸣。明月高悬，月色清辉下的荷花，开得正闹，含露喷香。反衬"征人妇"孤寂与辛劳，缝衣直至深夜，困倦之中剪刀都掉落了。

[1] 蟪蛄：蝉的一种，成虫5～8月活动，发出吱吱吱的鸣声，所以称为"切切"。骚骚：风声。

[2] 芙蓉：指荷花，花期6～9月。蟾蜍：月亮。

[3] 耿耿：明亮的样子。

[4] 扑落：落下。金错刀：错金剪刀。双关语，既指缝制衣服的剪刀，同时剪刀两片相交，也比喻男女匹偶，夫妻同心。

罗邺 （825—900？），今浙江杭州人。

萤二首

水殿清风玉户开[1]，飞光千点去还来[2]。无风无月长门夜[3]，偏到阶前点绿苔[4]。

裴回无烛冷无烟[5]，秋径莎庭入夜天[6]。休向书窗来照字[7]，近来红蜡满歌筵[8]。

说明

这两首诗以萤为托，写中晚唐时期世风颓坏、朝政日非、帝国大厦将倾的情景。第一首描写宫殿废墟的破落景象，无风无月，沉闷黑暗，千点萤光飞去飞来。用陈皇后被废故事，加重了凄凉的色彩。第二首前两句延续前一首悲凉的气氛。后两句进一步深化，教育废弛，书也不读了，只有红烛歌筵、醉生梦死。

注释

[1] 水殿：建在水边的殿宇。玉户：玉饰的门户，亦用作门户的美称。

[2] 飞光：萤火虫之光。

[3] 长门：长门，汉宫名。长门宫原是馆陶长公主刘嫖的私家园林，后来刘嫖的女儿陈皇后被废，迁居长门宫。相传皇后陈阿娇不甘心被废，千金买赋，得司马相如所做《长门赋》，以期君王回心转意。长门宫亦成为冷宫的代名词。"无风"句：风大则萤火虫禁受不住，有月则萤光显现不出来，故此设置"无风无月"的背景。

[4] "点绿苔"：在绿苔上闪闪烁烁。阶前生满绿苔，说明君王久不游幸。宫女见萤点绿苔，说明她幽怨无寐。

[5] 裴回：彷徨、徘徊，指萤火飘荡。

[6] 秋径：秋日荒凉的小路。莎庭：长满莎草的庭院。

[7] 休向：反用"囊萤映读"故事。

[8] 红蜡：红烛。歌筵：有歌者唱歌劝酒的宴席。

司马札 （826—878），一作司马扎、司马礼，今陕西西安人。

蚕女

养蚕先养桑[1]，蚕老人亦衰[2]。苟无园中叶[3]，安得机上丝[4]。妾家非豪门[5]，官赋日相追[6]。鸣梭夜达晓[7]，犹恐不及时。但忧蚕与桑，敢问结发期[8]。东邻女新嫁，照镜弄蛾眉[9]。

说明

这首诗以自述的口吻，讲述了养蚕女忧伤而悲苦的人生命运，反映了中晚唐时期赋税对妇女的剥削和压榨。养蚕女除体力极度透支之外，心理负担也极大。羡慕邻家女子照镜梳妆，自己却要应付征调，只好无奈而不分昼夜地劳作，连考虑终身大事的空闲和财力都没有。蚕一批批地老去，养蚕女又怎能不随之衰老呢？在诗文朴素的描述中，蕴含着对贫苦大众的同情，以及对贫富悬殊社会现实的质疑。

注释

[1] 养桑：栽种桑树。

[2] 衰：衰老、疲倦。

[3] 苟：如果、假使。

[4] 安得：哪里会有。

[5] 妾：古时女子对自己的谦称，这里是蚕女的自称。

[6] 官赋：官府征收的赋税。

[7] 梭：也叫梭子，在织布机上用来引导纬纱，使纬纱与经纱交织的主要机件。

[8] 结发：指第一次结婚的夫妻，这里是指成婚。古礼，成婚之夕，男左女右共髻束发，故称。

[9] 蛾眉：同"娥眉"。蚕蛾触角细长而弯曲，用于比喻女子美丽的眉毛。

感萤[1]

爱尔持照书[2]，临书叹吾道[3]。青荧一点光[4]，曾误几人老。夜久独此心，坏垣闭秋草[5]。

说明

这首诗借萤抒怀，表达诗人对人生际遇的不满与失望，以及对读书人的落拓不遇、终老书窗的惆怅。首句赞美萤火虫"持照书"的"功绩"，引用"囊萤映读"故事以扣题，暗中点明自己读书的勤奋，为"临书叹吾道"的转折打下伏笔。次联则借题发挥，抒发对勤苦攻读应考却终老无成的愤恨，感叹读书应举贻误士人，暗含对读书应举制度的批判。尾联说心中痛苦的程度：每念及此，夜不能寐，心情象残垣荒草样一片凄凉。

注释

[1] 感萤：见萤光有感。

[2] 尔：你，指萤火虫。"爱尔"句：暗用"囊萤映读"故事。

[3] 临：面对、当着。临书：面对书本。吾道：人生道路，指读书应举、求取功名。

[4] 青荧：青光闪映貌，指萤光和灯光。

[5] 垣：墙。闭：泛指闭合、合拢，引申为充满。"夜久"两句：深夜难眠，常念及此，心中如同旧墙荒草，一片凄凉。

陆龟蒙（830—881），字鲁望，别号天随子、江湖散人、甫里先生，今江苏苏州人。

蝉

祇凭风作使[1]，全仰柳为都[2]。一腹清何甚[3]，双翎薄更无[4]。
伴貂金换酒[5]，并雀画成图[6]。恐是千年恨[7]，偏令落日呼[8]。

说明

这首诗借蝉讽刺了那些毫无真才实学，却凭借关系做官，做官后自大骄傲的人，从而彰显坚守高洁的隐逸之志。首联中的"祇凭""全仰"饱含了诗人对那些利禄之徒的鄙夷之情。颔联"双翎薄更无"直截了当地指出他们没有本事。尾联则讽刺他们没有自知之明，对自己能力之外的事情咋咋呼呼、指手画脚，好像很能干一样。

注释

[1] 祇：只。使：奉命办事的人。"祇凭"句：蝉的鸣声全靠风儿传递。

[2] 仰：依赖。都：都城，此处指蝉的居所。

[3] 甚：非常、异常。"一腹"句：比喻腹中空空，没有才学。

[4] 翎：鸟翅膀和尾巴上的长而硬的羽毛，指蝉的翅。薄更无：意即没有比它更薄的。

[5] 貂、蝉：古代王公显宦冠上的两种饰物。金貂换酒：取下金冠换美酒，形容不拘礼法、恣情纵酒。换酒：一作"置影"。

[6] 并：同。雀：黄雀。"并雀"句：即"螳螂捕蝉，黄雀在后"图。

[7] 恐：恐怕。千年恨：暗指"齐后化蝉"故事。

[8] 落日：天色渐晚。呼：指蝉鸣。

萤诗

肖翘虽振羽 [1]，戚促尽疑冰 [2]。风助流还急，烟遮点渐凝 [3]。
不须轻列宿 [4]，才可拟孤灯 [5]。莫倚隋家事 [6]，曾烦下诏征。

说明

这首诗前三联描绘了萤火虫飞行的神态：小小萤火虫虽然奋力地扇动翅膀，但吃力的样子让人怀疑它是一颗随风摇摆的冰粒。风吹来，萤火漂移得更快了，烟雾遮掩了它的光芒，它的身影仿佛凝结不动了。夜空里，萤火虫成不了星星，至多像一盏孤灯。尾联用隋炀帝放萤故事：隋炀帝夜晚为了游山，在景华宫放飞数斛萤火虫作为照明，光遍岩谷。讽刺隋炀帝为了享乐穷奢极欲，提醒当朝统治者不要步隋炀帝的后尘。

注释

[1] 肖翘：细小能飞的生物。羽：翅。
[2] 戚促：仓促，窘迫。
[3] 流、点：均指萤火。
[4] 不须：不必。轻：轻视。列宿：群星。
[5] 拟：比拟。
[6] 倚：仗恃。引申为随着、学着。隋家事：隋炀帝夜游放萤的典故。《隋书·炀帝纪》："大业十二年，上于景华宫征求萤火，得数斛，夜出游山放之，光遍岩谷。"

于濆（832—？），字子漪，自号逸诗，今河北隆尧人。

对花 [1]

花开蝶满枝，花落蝶还稀 [2]。惟有旧巢燕 [3]，主人贫亦归 [4]。

说明

诗人将蝶和燕的行为进行对比，以物喻人，感慨世态炎凉。以蝴蝶比喻那些趋炎附势、唯利是图的小人，以燕子比喻那些忠贞不二的君子，并对贫贱故交的真诚情义深加赞赏。

注释

[1] 对花：因赏花产生的感想。
[2] 还：随即。
[3] 惟：同"唯"。旧巢燕：以前在此巢生活过的燕子。

[4] 归：归来，回归。

野蚕 [1]

野蚕食青桑，吐丝亦成茧 [2]。无功及生人 [3]，何异偷饱暖 [4]。我愿均尔丝 [5]，化为寒者衣 [6]。

说明

野蚕吃那青青桑叶，吐丝亦形成圆圆的茧。可对于生民没有什么用处，就像偷着吃饭穿衣一样。要是能将野蚕丝加工利用起来，变成穷人的衣服抵御严寒，那该多好！末句表达了诗人对贫苦人的关怀，使诗意得以升华。

注释

[1] 野蚕：鳞翅目蚕蛾科昆虫，幼虫取食桑叶，是蚕桑业的害虫，发生数量大时，影响桑树生长和蚕业发展。

[2] "吐丝"句：野蚕幼虫老熟后也能吐丝结茧。

[3] 及：对于。生人：人民、人类。"无功"句：唐代时大概不用野蚕茧缫丝，所以诗人说它对人民无功。

[4] 饱暖：衣食。

[5] 均：调和、调制，此处指加工。尔：你，指野蚕。

[6] 寒者：贫寒的百姓。"我愿"两句：我希望能够对野蚕茧进行加工，使野蚕丝得到利用，用于做衣供贫者御寒。

罗隐 （833—909），原名横，字昭谏，自号江东生，今浙江富阳人。

蝉

天地工夫一不遗 [1]，与君声调借君綏 [2]。风栖露饱今如此 [3]，应忘当年滓浊时 [4]。

说明

这首诗讽刺春风得意之人，忘了他当年贫贱的生活。蝉在登高嘶鸣之前，在地下过着孤独阴暗的生活。但当它高栖树上，吸风饮露飘然若仙之时，则已忘记了自己曾经的苦难与拼搏了。

注释

[1] 天地工夫：自然造化之功。遗：遗漏。"天地"句：天地造化对蝉有特殊眷顾。

[2] 声调：蝉的鸣声。缕：古时帽带打结后下垂的部分，实际上是蝉的刺吸式口器。

[3] 风栖露饱：餐风饮露。如此：如此得意。

[4] 滓浊：污秽、污浊。滓浊时：蝉若虫在地下生活的时光。

蝶

汉王刀笔精 [1]，写尔逼天生 [2]。舞巧何妨急 [3]，飞高所恨轻。
野田黄雀虑 [4]，山馆主人情 [5]。此物那堪作 [6]，庄周梦不成 [7]。

说明

这首题画诗赞美蝶画之精美，同时借蝴蝶喻人生。首联写汉王蝶画的精美，之后两联写画中情景，借蝶的生活困境说人生之艰难。蝴蝶看似轻巧地飞舞，实则很轻难以飞高，同时野田里的黄雀又时刻危胁着它的生命，馆驿的人们也有扑蝶的爱好。尾联议论：画蝶甚难，庄周梦蝶的神韵就很难表达。通过强调难度，再次表达对汉王蝶画的赞美，并与首联呼应。

注释

[1] 汉：疑为"滕"字误。滕王：唐有二人，一为太宗第十二子滕王元婴，一为嗣滕王湛然。《广川画跋》载李祥家收滕王《蛱蝶图》临本，有人据唐史称滕王元婴善画，所以认为是元婴所作。经董逌考于书，湛然当时亦尝封为滕王，且善画花鸟蜂蝶，其所画之蝶还有大海眼、小海眼、江夏班、树里来、菜花子等许多品种，并加诸其他佐证。而如此种种均可见之于图中精微之处，显见是图当属湛然之作。此诗中"汉王"应为嗣滕王李湛然。刀笔：古代书写工具。古时书写于竹简，有误则用刀削去重写。

[2] 尔：你，指蝴蝶。写尔：摹写你。逼：十分接近。

[3] 妨：一作"防"。

[4] 野田：田野。黄雀：泛指食虫鸟类。

[5] 山馆：山中馆驿、宅舍。情：情趣，兴趣。"山馆"句：馆驿的人们也有扑蝶的爱好。

[6] 此物：指蝶画。"此物"句：蝴蝶的风采是无法描绘的。

[7] 庄周：庄子，名周，战国时期宋国蒙人，战国中期道家学派代表人物。"庄周"句：庄周梦蝶故事中蝴蝶的神采更是如诗如幻、难以具象。

蜂

不论平地与山尖 [1]，无限风光尽被占 [2]。采得百花成蜜后 [3]，为谁辛苦为谁甜。

说明

这首诗前两句写蜜蜂的辛勤、忙碌，平地和山尖到处奔忙，其目的只是为了酿蜜。它们虽然很辛苦，自身却很少享用。但它们任劳任怨，无怨无悔。然后诗人笔锋一转，抓住蜜蜂"为他人作嫁"的劳动性质，发出了"为谁辛苦为谁甜"的议论和联想。以"蜂"比喻辛勤的劳动人民，他们一年四季不停奔波，到处忙碌，但却受到统治者的剥削而饱受生活的艰辛和困顿。表达了作者对劳动人民的同情。

注释

[1] 山尖：山峰。
[2] 风光：风景。指风和日丽、鲜花盛开的场景，也是蜜蜂活动的场所。
[3] 百花：各种花卉的总称。蜜：指蜂蜜。

萤

空庭夜未央[1]，点点度西墙[2]。抱影何微细[3]，乘时忽发扬[4]。
不思因腐草[5]，便拟倚孤光[6]。若道能通照[7]，车公岂肯长[8]。

说明

这首诗从秋夜萤火虫飞行神态写起，表面上通篇说萤光，包括萤光的来源、条件及其传说等。实际上借萤光讽刺那些无才无德夤缘得进的新贵小人。萤火虫本身很小，一旦时机合适，马上腾飞而起，完全忘记了自己出身卑微，依赖萤光四处招摇。其实，萤光极其有限，如果能处处照到，那就没有必要"囊萤映读"了。

注释

[1] 庭：一作"秋"。空庭：幽寂的庭院。夜未央："未央"就是未到最高点，还要往上意思。"夜未央"指长夜没有到最深，子时以前。
[2] 点点：点点萤火。西：一作"危"。
[3] 抱影：指萤火虫处于静息、没有飞行时的状态。微：一作"卑"。
[4] 发扬：指萤火虫飞行、萤光闪烁。
[5] 因腐草：指腐草化萤。《礼记·月令》："季夏之月，温风始至。蟋蟀居壁，腐草为萤。"
[6] 倚：仗恃。
[7] 通：整个、全部。
[8] 车公：东晋车胤。车公业：车胤创造的"囊萤照读"方法。肯：表示反问，犹岂。

张乔（836—889？），字伯迁，今安徽贵池人。

蝉

先秋蝉一悲[1]，长是客行时[2]。曾感去年者[3]，又鸣何处枝。
细听残韵在[4]，回望旧声迟[5]。断续谁家树[6]，凉风送别离[7]。

这首诗写往年之蝉，通过对当年赴京赶考路上蝉声的追忆，表达人世的艰辛和悲凉。当年秋蝉鸣叫时，也是应试之期，赶考的举子们就出发了。那些年应考路上曾使人伤感的蝉儿，如今在哪个树枝上鸣叫呢？仔细聆听那些蝉声仿佛还在耳边萦绕。虽然断断续续，无法分辨从哪些树上发出的，但那些别离的情景一直深摄在心坎，依然历历在目。

注释

[1] 先：时间或次序在前的。先秋：以前的那些秋天。蝉一悲：蝉一开始鸣叫。

[2] 长：常常，经常，通常。客行时：赴京赶考的时间。

[3] 去年：过去的年头。"曾感"句：那些年赶考路上使人伤感的蝉儿。

[4] 细听：仔细倾听。残韵：余音。

[5] 迟：委迟，回远貌。"回望"句：回首遥望，那些声音仿佛还在空中萦绕。

[6] 断续：鸣声断续。

[7] 凉风：秋风。"断续"两句：回忆中的蝉声断断续续，已经无法辨别从哪家树上发出，但那些离别的情景依然历历在目。

促织 [1]

念尔无机自有情[2]，迎寒辛苦弄梭声[3]。椒房金屋何曾识[4]，偏向贫家壁下鸣[5]。

说明

这首诗前两句貌似赞扬，实则嘲讽。说促织"有情"，因为它"迎寒辛苦"叫个不停。后两句质问促织为什么不到富贵人家催促，却偏到贫苦人家催促不停？这首诗将"椒房金屋"和"贫家壁下"进行联系和对比，因而具有为穷人鸣不平的社会意义。

注释

[1] 促织：蟋蟀。

[2] 尔：你，指促织。机：织机。"念尔"句：想来促织虽然没有织机，不能织布，却对织布有感情。

[3] 迎寒：冒着寒冷。梭声：促织发出类似织布的鸣声。

[4] 椒房：汉代皇后所居之宫，以椒和泥涂壁，取温、香、多子之意。金屋：《汉武故事》："（胶东王）数岁，长公主嫖抱置膝上，问曰：'儿欲得妇不？'胶东王曰：'欲得妇。'长主指左右长御百余人，皆云不用。末指其女问曰：'阿娇好不？'于是乃笑对曰：'好！若得阿娇作妇，当作金屋贮之也。'椒房、金屋均指豪贵者的住处。"

[5] 贫家：贫穷人家。

皮日休 （约838—883），字袭美，一字逸少，自号鹿门子，又号闲气布衣、醉吟先生，今湖北天门人。

蚊子

隐隐聚若雷[1]，嘬肤不知足[2]。皇天若不平[3]，微物教食肉[4]。
贫士无绛纱[5]，忍苦卧茅屋。何事觅膏腴[6]，腹无太仓粟[7]。

说明

这首诗可能是诗人少年时期的作品。皮日休少年时在襄阳（今湖北省襄樊市）读书，家中虽有薄田，但因时局动荡，生活较为贫困，有他那时的《贫居秋日》一诗为证："亭午头未冠，端坐独愁予。贫家烟爨稀，灶底阴虫语。门小愧车马，廪空惭雀鼠。尽室未寒衣，机声羡邻女。"此境况正与《蚊子》诗中所述相符。《蚊子》一诗中的蚊子实际上是指那些贪得无厌、以吮食民脂民膏为能事的寄生虫们。对自身衣食不足，还要遭受重重盘剥的"贫士"，则寄予深切的同情，借此表达对当时社会吏治腐败、民不聊生的愤慨与不满。

注释

[1] 聚若雷：蚊子成群的嗡嗡声，吼鸣如雷。

[2] 嘬：叮、咬。

[3] 皇天：天、苍天。若：如此，这样的。不平：不公平。

[4] 微物：蚊子。教：使。"皇天"两句：老天爷如此不公，使蚊子能吸血，而许多人只能吃糠咽菜。

[5] 贫士：穷人。绛纱：红色纱罗，指蚊帐。

[6] 何事：为何、何故。膏腴：肥美的食物，指人的血液。

[7] 太仓：古代京师储谷的大仓。"何事"两句：蚊子为何要来贫士身上寻觅肥脂，贫士肚里又没有国家的粮米，瘦骨嶙峋，哪里有血可吸啊！

胥口即事六言二首 其一[1]

波光杳杳不极[2]，霁景澹澹初斜[3]。黑蛱蝶粘莲蕊[4]，红蜻蜓袅菱花[5]。
鸳鸯一处两处[6]，舴艋三家五家[7]。会把酒船偎荻[8]，共君作个生涯[9]。

说明

这首诗描绘了江南水乡的秀丽淡雅，表现出诗人对自由田园生活的向往。诗歌色彩对比鲜明，语言轻灵优美，写景细密准确，抒情真实自然，可称田园诗中的上乘之作。

[1] 胥口：太湖入口处，约位于今苏州市胥口镇附近。

[2] 波光：太湖波光。杳杳：深远幽暗貌。不极：无边。

[3] 霁：雨雪止、云雾散，皆曰霁。景：太阳。霁景：雨后的太阳。潋潋：水波荡漾的样子。初斜：午后太阳开始偏西。"霁景"句：午后云开雾散，斜阳下水波荡漾。

[4] 黑蛱蝶：可能为柑橘凤蝶。宋·范成大《桂海虞衡志·志虫鱼·黑蛱蝶》："黑蛱蝶，大如蝙蝠。橘蠹所化。北人或名为玄武蝉。"宋·周去非《岭外代答·虫鱼·黑蛱蝶》："黑蛱蝶，大如扇，橘蠹所化，翅墨黑而有翠彩一行，特为鲜明。北人或名玄武蝉。"

[5] 蜻蜓：蜻蜓目昆虫的成虫，稚虫水生，成虫在水域附近活动。裛：缭绕，缠绕。"红蜻蜓"句：红色的蜻蜓在菱花间徘徊。

[6] 鸳鸯：雁形目鸭科鸟类，鸳鸯是合成词，鸳指雄鸟，鸯指雌鸟。

[7] 舴艋：小船。

[8] 酒船：亦作"酒舡"，供客人饮酒游乐的船。偎：紧挨着。荻：多年生草本植物，形状像芦苇，生长在水边。偎荻：靠岸。

[9] 君：主人。生涯：生意，生活。"共君"句：与船主人一起做招呼客人的生意。

周繇 （841—912），字为宪，今安徽池州人。

萤

熠熠与娟娟[1]，池塘竹树边。乱飞同掷火[2]，成聚却无烟。
微雨洒不灭，轻风吹欲燃。旧曾书案上，频把作囊悬[3]。

说明

这首诗描述了萤火虫活动场所和飞行状态，表达对萤火虫的喜爱之情。首联点出萤火虫的典型栖息环境，颔联描写萤火虫群飞的形象，提出萤火与普通烟火的区别。颈联进一步描述萤火的非凡品质和萤火虫的勇敢精神。尾联借晋代车胤"囊萤夜读"故事，将萤火虫带入读书生活。

注释

[1] 熠熠：闪烁貌。娟娟：姿态柔美貌。

[2] 掷：扔、抛。

[3] 囊悬：将萤火虫装在袋内，挂在书案上方。取晋代车胤"囊萤夜读"的典故。车胤自幼好学，家贫，常无油点灯，无奈大量捕捉萤火虫放入囊中，为读书照明。

韩偓 （842—923），字致尧，又字致光，小字冬郎，号玉山樵人，今陕西西安人。

火蛾 [1]

阳光不照临，积阴生此类 [2]。非无惜死心，奈有灭明意 [3]。
妆穿粉焰焦 [4]，翅扑兰膏沸 [5]。为尔一伤嗟 [6]，自弃非天弃 [7]。

说明

这首诗当作于梁乾化元年（911），借咏飞蛾扑火而寓讽意。诗人后半生，经历了唐昭宗从即位到被宦官杀害、朝臣们联合朱温尽杀宦官、朱温又杀朝臣篡唐等政治风暴。在这些沧桑巨变里，许多趋炎附势之徒，就像扑火的飞蛾，不断地在政治的烈焰中化为灰烬，这首诗正是出于诗人对现实生活的感触。至于所讥讽的对象，则是那些投靠朱温后梁政权的原李唐王朝臣子。这些前朝官员大多遭到了朱温的无情杀戮。诗人在表示伤惋的同时，不仅有对他们不辨是非、助纣为虐的痛恨，也有对他们不幸遭遇的同情。诗歌首先交代火蛾产生的环境，就是那些阳光无法照临的阴暗之处，它们扑向灯火，好像是为了扑灭灯火，然而扑火的结果就是"妆穿粉焰焦，翅扑兰膏沸"，让人不禁为之感叹，这些火蛾是自己抛弃自己而不是老天抛弃它们。

注释

[1] 火蛾：夜晚活动有趋光性的蛾类。
[2] "阳光"两句：火蛾由阳光常年照不到的积阴所生。
[3] "非无"两句：火蛾不是不怕死，而是要扑灭灯火。
[4] 妆：身上的装饰。粉：飞蛾体、翅上的鳞片。
[5] 兰膏：古代用泽兰子炼制的油脂，指虫体。
[6] 尔：你。指火蛾。伤嗟：悲伤感叹。
[7] 自弃：自取灭亡。

蜻蜓 [1]

碧玉眼睛云母翅 [2]，轻於粉蝶瘦於蜂 [3]。坐来迎拂波光久 [4]，岂是殷勤为蓼丛 [5]。

说明

这首诗作于后梁末帝乾化三年（913）。由于担心被朱温杀害，诗人于昭宣帝天佑三年（906）投奔忠于李唐的闽王王审之所在的福州。后来王审之逐渐被朱温软化称臣，后梁开平三年（909）受封闽王。诗人感到失望，离福州北上，被王审之派人劝回。不过，他已经不愿再回福州，而是到泉州的南安县落脚。在该诗中诗人以蜻蜓自比，为国为君不辞劳苦地奔波而消瘦憔悴，为的是希望能够争得唐朝的光复，而决不是寻求蓼丛那样个人苟且偷安的小天地。

注释

[1] 蜻蜓：蜻蜓目昆虫的成虫，包括蜻蜓和豆娘。

[2] 眼睛：蜻蜓的复眼，位于头部前方两侧。云母：一种造岩矿物，呈现六方形的片状晶形，可以分成极薄的透明薄片，很像蜻蜓的翅。

[3] 轻于粉蝶：指蜻蜓的翅比蝴蝶的轻。瘦于蜂：指蜻蜓的体型比蜜蜂的瘦长。

[4] 坐：指蜻蜓点水产卵时的体态。拂：点水。

[5] 殷勤：巴结讨好。蓼丛：丛枝蓼、簇蓼，蓼科植物，多生长于溪边或阴湿处。"坐来"两句：表面说蜻蜓偶尔来到这片水面上迎着波光飞翔，岂只是为了这片小小的蓼丛！实际上说诗人辛辛苦苦地走南闯北，来到这八闽之地，是希望有朝一日能共同光复李唐王朝，并非是为了寻找苟且偷安之地。

杜荀鹤 （846—904），字彦之，自号九华山人，今安徽石台人。

蚕妇[1]

粉色全无饥色加[2]，岂知人世有荣华[3]。年年道我蚕辛苦[4]，底事浑身着苎麻[5]。

说明

这首诗通过对养蚕农妇的外貌、心理描写，写出了蚕妇辛勤劳作却不能身着罗绮的现实，反映出内心的悲愤与不满。她每年都在辛苦养蚕、纺织，可自己却丝毫享受不到劳动成果，只能穿着简陋的苎麻衣衫，脸上红润气色全无，空余常年挨饿的神色。

注释

[1] 蚕妇：指养蚕的妇人。

[2] "粉色全无"：指因贫困忙碌无钱购买或无时间装饰打扮。饥色：即脸色因劳累和营养不良而变得蜡黄。

[3] 岂知：哪里知道。荣华：豪华富贵的生活。

[4] 蚕：养蚕。

[5] 底事：何事，为何。苎麻：一种草本植物，茎部韧皮可供纺织。着苎麻：指穿粗麻布织成的衣服。

离家

丈夫三十身如此[1]，疲马离乡懒著鞭[2]。槐柳路长愁杀我[3]，一枝蝉到一枝蝉[4]。

诗人三十岁，是为乾符二年（875）。诗人一生仕途坎坷，曾数次赴长安应试，但都以失败而告终。此次离乡依然是进京赶考。该诗通过从家乡到京城路上情景的叙写表现了人生之"困"和离乡之"难"。"懒著鞭"，即便马儿行进速度很慢，诗人也不愿举鞭催它快行。一路行来只见路边槐柳，只闻蝉声。路似乎没有尽头，蝉也是叫个不停。诗人烦乱、愁闷的心绪主要通过马之"疲"、人之无精打采以及景物之单调写出。语言清新，感情真挚，匠心独妙。

注释

[1] 丈夫：男子，男儿。丈夫三十：古代人寿命短，三十岁相当于现代五十岁。身：一作"今"。身如此：没有建功立业。

[2] 疲：一作"瘦"。疲马：疲惫无精神的马匹。著：同着。

[3] 愁杀：一作"愁煞"。指使人极为忧愁。

[4] "一枝"句：一路蝉声不断。

唐彦谦 （848—893？），字茂业，号鹿门先生，今山西太原人。

采桑女

春风吹蚕细如蚁[1]，桑芽才努青鸦嘴[2]。侵晨采桑谁家女[3]，手挽长条泪如雨[4]。
去岁初眠当此时[5]，今岁春寒叶放迟[6]。愁听门外催里胥[7]，官家二月收新丝[8]。

说明

据《唐会要》记载，唐宪宗元和十一年（816）六月的一项制命说："诸县夏税折纳绫、绢、絁、绸、丝、绵等"。虽然税收的名目繁多，但也明文规定征税的时间是在夏季。因为只有夏收后，老百姓才有丝织品可交。可到了唐末，朝廷财政入不敷出，就把征收夏税的时间提前了：官家在二月征收新丝。而农历二月，春风料峭，寒气袭人。采桑女凌晨即起采桑，可她却无法使"桑芽"变成桑叶，更无法使蚂蚁般大小的家蚕幼虫马上长大吐丝结茧。而里胥（里中小吏）早就逼上门来，催她二月交新丝。采桑女手攀桑枝、泪下如雨。诗人以一位勤劳善良采桑女子的身份，描写了在苛捐杂税的压榨下所遭到的痛苦，深刻揭露了唐末"苛政猛于虎"的社会现实。

注释

[1] 细如蚁：蚕刚由卵孵化成幼虫，色黑，小如蚂蚁。

[2] 努：用力冒出。青鸦嘴：像青鸦嘴一样的桑树新芽。

[3] 侵晨：凌晨，天刚亮。

[4] 挽：攀着。长条：桑树枝条。

[5] 去岁：去年。初眠：蚕幼虫第一次蜕皮。

[6] 春寒：指春天的倒春寒。"去岁"两句：去年这个时候蚕已经初眠，可今年春季寒冷，桑树发叶迟，蚕的发育也推迟了。

[7] 里胥：古代的一种官职，相当于旧时的里约、地保一类官员。催里胥：即里胥催。

[8] 新丝：新的蚕丝。

萤

日下芜城莽苍中[1]，湿萤撩乱起衰丛[2]。寒烟陈后长门闭[3]，夜雨隋家旧苑空[4]。星散欲陵前槛月[5]，影低如试北窗风[6]。羁人此夕方愁绪[7]，心似寒灰首似蓬[8]。

说明

这首诗表达了诗人在旅途中思乡、感伤以及向往稳定生活的情绪。诗人考科举，十余年不第，被河中节度使王重荣聘为节度从事，刚刚稳定，王重荣被杀，诗人又远走江南避祸。漂泊近一年，任兴元节度判官，在此前后，还发生了庞勋起义、黄巢起义、剑南西川节度使陈敬瑄谋反等社会动乱，诗人常常避祸辗转，生活极不安定。在这样的状态下，诗人想寻求生活平静。该诗影射了晚唐统治的衰败，由"湿萤撩乱"引起古今之思，面对江山零落不禁愁绪万千。前六句勾勒出一幅了无生气的画面。日下荒城，莽莽苍苍，湿萤撩乱于毫无生机的衰草之中。这样的夜晚，陈后的长门宫应是重门深锁，隋代的旧苑也应空寂无人。风儿刮过北窗，月朦胧，星影疏。末句点出诗人心绪愁闷，心如寒灰。

注释

[1] 日下：太阳落山。芜城：扬州别称。南朝宋竟陵王刘诞作乱，城邑荒芜，遂称芜城。莽苍：一望无际、草木迷茫的景象。

[2] 湿萤：萤火虫素喜湿，故曰"湿萤"。撩乱：杂乱，纷乱。衰：一作"花"。

[3] 长门闭：《昭明文选》卷十六汉·司马长卿（相如）《长门赋·序》："孝武皇帝陈皇后时得幸，颇妒。别在长门宫，愁闷悲思。闻蜀郡成都司马相如天下工为文，奉黄金百斤为相如、文君取酒，因于解悲愁之辞。而相如为文以悟主上，陈皇后复得亲幸。"

[4] 隋家旧苑：隋炀帝的宫苑，隋炀帝曾在宫苑内放萤火虫作乐。"寒烟"两句：用长门宫烘托荧光的幽冷。

[5] 星散：像星星散布在天空那样，指萤火四处闪烁。陵：超越、逾越。

[6] 影：萤火的身影。

[7] 羁人：旅客。

[8] 寒灰：燃尽并且已经冷却的灰。"心似"句：心像寒冷的灰烬，头像散乱的蓬草。形容心灰意冷，蓬首垢面，心力憔悴。

郑谷 （848—909？），字守愚，今江西宜春人。

十日菊

节去蜂愁蝶不知[1]，晓庭还绕折残枝[2]。自缘今日人心别[3]，未必秋香一夜衰[4]。

说明

古时有重阳赏菊习俗，诗题《十日菊》意指过了时令的菊花。前两句说节后拂晓，蜜蜂、蝴蝶还在庭菊丛中飞绕，虽然由于重阳节人们的采撷，菊花已经凋残疏落了。"蜂愁"与"蝶不知"互文见义，即蜂蝶都既"愁"又"不知"。后两句议论：时隔一日，九日、十日的菊花差别真的有这么大吗？菊花芳香依旧，庭菊的冷落是因为节后人们赏菊的兴趣发生了变化。诗人肯定"十日菊"的"秋香"，为其所受冷遇鸣不平，于惜花中说明一个道理，人们对许多事情的看法更多是由于人心之别，而非事物的本来面目。

注释

[1] 节：重阳节。古时有重阳赏菊习俗。
[2] 折残枝：折剩余的花枝，并非说折得只剩枝叶。
[3] 缘：因为。别：亦作"薄"。
[4] 秋香：指菊花。

徐夤 （849—921），一作徐寅，字昭梦，今福建莆田人。

蝉[1]

寒鸣宁与众虫同[2]，翼鬓緌冠岂道穷[3]。壳蜕已从今日化[4]，声愁何似去年中。朝催篱菊花开露[5]，暮促庭槐叶坠风[6]。从此最能惊赋客[7]，计居何处转飞蓬[8]。

说明

这首诗咏物明志，以蝉喻人，从蝉的生活说人生之艰难，从蝉之不同流俗可见诗人的坚持。开篇从声和形两个方面写蝉与众虫的区别，在寒冷的秋天，它的鸣叫更加凄切，翼鬓緌冠自是与众不同。颔联写寒蝉虽然是新近蜕壳羽化而成，但鸣声之愁依旧，寄寓了诗人的沧桑之感。颈联写在寒蝉的悲鸣里自然景物的变化，朝催菊花开，暮促枯叶落，怎不令人感慨？听蝉的寒吟，见蝉的蜕化，想到自己漂泊不定的生活遭遇，感慨良多。往事不堪回首，前景更是黯淡。蝉的高洁品性在浊世中难以存续，诗人也像"飞蓬"一样在野外飘零，成了无家过客。

[1] 蝉：指秋蝉。

[2] 寒鸣：此处指寒冷秋天的蝉鸣。宁：岂。

[3] 翼鬓：蝉鬓。古代汉族妇女的发饰之一，其鬓发薄如蝉翼，黑如蝉身，故称。緌：冠缨。指长在蝉腹的针喙。緌冠：服之尊者。

[4] 壳蜕：蝉蜕。

[5] 篱菊：篱下的菊花。

[6] 庭槐：国槐。叶坠风：落叶。

[7] 赋客：古代对辞赋作者的尊称。指作者。

[8] 转飞蓬：蓬是蓬草，俗称飞蓬。蓬草根短浅易断，秋季枯干后，由于体轻，遇风根断，随风而走。"转蓬"指蓬草团随风旋转飞舞。文学中"飞蓬"一词有野外飘零、身不由己的象征意义，蕴含着无奈、哀愁与悲叹。

蝴蝶二首

缥缈青虫脱壳微[1]，不堪烟重雨霏霏[2]。一枝秾艳留教住[3]，几处春风借与飞。
防患每忧鸡雀口，怜香偏绕绮罗衣[4]。无情岂解关魂梦，莫信庄周说是非[5]。

拂绿穿红丽日长[6]，一生心事住春光[7]。最嫌神女来行雨[8]，爱伴西施去采香[9]。
风定只应攒蕊粉[10]，夜寒长是宿花房[11]。鸣蝉性分殊迂阔[12]，空解三秋噪夕阳[13]。

说明

第一首写出蝶初羽化时的弱小及作者的怜爱之情。在破茧而出化为蝴蝶后，经历烟重雨霏的考验。但在秾艳的花香召唤下，借助春风，还是迫不及待地努力起飞。这种对美好的渴望和对飞舞的坚持，使人感动。同时，它还要逃避"鸡雀"的侵害。由于爱慕香气，喜欢在贵身身边飞舞。所有这些都是蝴蝶的自然习性，与"庄周梦蝶"中所说的变幻无关。第二首描述蝴蝶的浪漫之性。在美丽的花的世界中，蝴蝶穿红戴绿，生活在美好的时光里。它不喜欢阴雨天，因为只有在晴朗的天气中，它才能陪伴西施去采香。风定攒蕊，夜宿花房，多么美妙的一天！在它的眼里，蝉是迂腐的，是不解风情的，"空解三秋噪夕阳"一个"空"字写出了蝴蝶的不屑与蝉的孤单落寞。

注释

[1] 缥缈：形容隐隐约约，若有若无。青虫：蝴蝶的幼虫。微：隐蔽、隐匿。

[2] 烟：云雾。霏霏：浓密盛多。

[3] 秾艳：色彩艳丽的花朵。

[4] 怜香：喜爱花香。绮罗：华贵的丝织品或丝绸衣服。指穿着绮罗的人，多为贵妇、美女之代称。

[5] 庄周：庄子，名周，战国时期宋国蒙人，道家学派代表人物。庄周说是非：庄周梦蝶。梦醒后不知是庄周变成了蝴蝶，还是蝴蝶变成了庄周。

[6] 绿：绿叶。红：红花。丽日：明亮的太阳。

[7] 住：停、止、歇下。

[8] 神女：巫山神女。行雨：降雨。雨天蝶类不能飞行，所以最嫌。

[9] 西施：本名施夷光，春秋时期越国美女，一般称为西施，后人尊称其"西子"。西施采香：当年夫差雄霸天下，联络诸侯黄池会盟，带着西施途径张家港伏虎山禹王庙进香。禹王庙长老拿出香山特有的香山茶，茶香四溢，西施爱不释手。又恰逢采茶季，一阵清风带着花草香吹进屋里，伴随着茶香和西施的胭脂香，夫差醉了。西施自己也为满屋的香气所倾倒，一定要亲自去采茶。茶山无路，长老怕伤了西施，派人披荆斩棘为之开路，西施漫步留香，这条新开辟的山路就被称为采香径，伏虎山改名香山。

[10] 攒：积聚。

[11] 花房：花冠、花瓣的总称，意即蝴蝶夜间在花上停歇。

[12] 鸣蝉：同翅目蝉科昆虫，雄成虫善鸣。性分：本性、天性。殊：很、极。迂阔：迂腐而不合实际。

[13] 空解：只知道。三秋：古代将秋季的七、八、九月份分别称为孟秋、仲秋、季秋，合称"三秋"，代指秋天。噪夕阳：在夕阳下鸣叫。

蝴蝶三首

不并难飞茧里蛾[1]，有花芳处定经过[2]。天风相送轻飘去[3]，却笑蜘蛛漫织罗[4]。

苒苒双双拂画栏[5]，佳人偷眼再三看[6]。莫欺翼短飞长近[7]，试就花间扑已难[8]。

栩栩无因系得他[9]，野园荒径一何多[10]。不闻丝竹谁教舞[11]，应仗流莺为唱歌[12]。

说明

这组诗刻画了勤劳勇敢、智慧敏捷、轻盈美好的蝴蝶形象，表达了作者对蝴蝶的喜爱。第一首表现蝶的勤劳勇敢。古代对蛾、蝶及其结茧化蛹习性还没有清晰了解，因此首句的"蛾"应指蝴蝶，说茧里蛾不破茧而出就难以飞翔，难以成为蝴蝶。次句说蝴蝶的访花习性。三句写蝴蝶在"天风"相助下，机警而轻盈地躲过了天敌——蜘蛛对它的张网诱捕。尾句"却笑"二字，活画出蝴蝶翩然掠过蜘蛛苦心营构的"罗网"，流露出对蜘蛛的鄙夷不屑。第二首表现蝶的智慧敏捷。双飞的蝴蝶，体态轻盈，十分可爱。它们迎拂画栏，惹得佳人偷眼相看。这对蝴蝶显然触动了佳人的闺房情思，蝴蝶似乎也很懂得佳人的心情，虽然翼短，但总爱靠近佳人身边飞舞。佳人想把蝴蝶捉住，然而花间蝴蝶，飞来飞去，又怎能落到佳人之手呢？第三首表现蝶轻盈美好的舞姿。蝶活泼生动的神态与生俱来，野园荒径到处有蝶的身影。它们的舞姿是如何学来的，应是依仗流莺歌声的伴奏在翩翩起舞吧。

[1] 并：通"屏"，屏除。不并难飞：不破除茧的束缚蝴蝶就难以飞出。

[2] 花芳：花的香味。

[3] 天风：高处的风，还有得天助力之意。

[4] 漫：到处。罗：罗网，指蜘蛛网。漫织罗：到处织网。

[5] 苒苒：缓缓飞动。拂：掠过。

[6] 佳人：少女或青年女子。偷眼：暗中窥视。

[7] 长：常。

[8] 就：到。

[9] 栩栩：欣然自得活泼生动的样子。无因：无缘由。

[10] 一何多：何其多。

[11] 丝竹：弦乐与管乐器，多泛指音乐。

[12] 仗：依仗。

吴融（850—907?），字子华，今浙江绍兴人。

蛱蝶 [1]

两两自依依 [2]，南园烟露微 [3]。住时须并住，飞处要交飞 [4]。
草浅忧惊吹 [5]，花残惜晚晖 [6]。长教撷芳女 [7]，夜梦远人归 [8]。

说明

这首诗借蝴蝶结伴，说人间恩爱，写出了不离不弃、相互交欢的旨趣。翩翩飞舞、难舍难分的两只蛱蝶，仿佛具有了人类的灵性，担忧着被大风吹散，珍惜夕阳的余晖，也让摘花的女子触景伤情，梦见心上人的归来。

注释

[1] 蛱蝶：蝴蝶。

[2] 依依：留恋、不忍分离。

[3] 南园：泛指园圃。烟露：烟雾露水。"两两"两句：露水渐干的时候，园圃中的蝴蝶结伴飞行了。

[4] 交飞：齐飞。

[5] 吹：风。惊吹：指猛烈、强劲的风。

[6] 晚晖：傍晚的日光、夕阳。

[7] 教：一作"交"。撷芳：采花，摘花。

[8] 远人：远行的人，指女子的丈夫。

王驾 （851—？ ），一说字大用，今山西永济人。

雨晴

雨前初见花间蕊[1]，雨后全无叶底花[2]。蜂蝶纷纷过墙去[3]，却疑春色在邻家[4]。

说明

　　王驾进士及第后，官至礼部员外郎，后弃官归隐。本诗是作者归隐后所作。该诗原作："雨前初见花间蕊，雨后兼无叶底花。蛱蝶飞来过墙去，应疑春色在邻家。"后王安石改为："雨来未见花间蕊，雨后全无叶底花。蜂蝶纷纷过墙去，却疑春色在邻家。"，到了明清时代，《千家诗》的编者只采用了改诗的后三句，第一句保持王驾诗原样，于是成为今天的这个样子。诗写雨后花园景象，表达作者的惜春之情。第一句追忆雨前的花园景象。下雨之前，花儿刚刚开放。"初见"表明诗人还没有来得及仔细欣赏，天就下起雨来了，写出了诗人赏花不成的遗憾心情。第二句写眼前景象：久雨过后，连一朵花也见不到了，全在雨水中零落了。"全无叶底花"写出明处的花全被雨水打落了，诗人不甘罢休，拨开花叶，想找到藏在叶底的没受雨淋的花来，可见赏花之心多么热切。但连叶底的花也"全无"，令人失望、惆怅。第三句写对蜜蜂和蝴蝶的失望，不但花儿没了，蜂蝶也走光了。尾句写诗人的心理活动。诗人看到蜜蜂和蝴蝶纷纷越墙而去，不禁猜想：莫非春色还保留在邻家吗！不然的话，蜂蝶怎么飞过去了呢？如果是这样多好，自己便可以追随蜂蝶，前去欣赏了。

注释

[1] 蕊：花朵开放后中间露出的柱头、花丝等。
[2] 叶底：绿叶中间。底：底部。
[3] 蜂蝶：蜜蜂和蝴蝶。纷纷：接连不断。
[4] 疑：怀疑。春色：春天的景色。邻家：邻居的家。

齐己 （864—937），出家前俗名胡德生，字迩沩，晚年自号衡岳沙门，今湖南宁乡人。

蝴蝶

何处背繁红[1]，迷芳到槛重[2]。分飞还独出，成队偶相逢。远害终防雀[3]，争先不避蜂[4]。桃蹊牵往复[5]，兰径引相从[6]。翠裛丹心冷[7]，香凝粉翅浓[8]。可寻穿树影，难觅宿花踪。日晚来仍急，春残舞未慵[9]。西风旧池馆[10]，犹得采芙蓉[11]。

这首诗通过蝴蝶从春到秋的活动，折射人们的日常生活，隐含诗人的生活态度。从蝴蝶偶然离开花丛进入栏杆开始，款款写来，细致地描绘了蝴蝶与群芳共舞的情形，同时还注意到蝴蝶在春天成群翻飞，在夏天与秋初跟荷花相伴的图景。写它们的成对和分飞，写生活环境的危险和活动场所，写它们的坚韧，在"日晚""春残""西风"中，都快乐地生活着，从春到秋终日的繁忙。从中不难发现诗人以及人类生活的影子，这就是生活啊！

注释

[1] 何处：哪里，什么地方，指不知在什么地方。背：离开。繁红：繁花。

[2] 迷芳：受花香的诱惑。槛重：重槛，一层层护持鲜花的栏杆。

[3] 远害：避免祸害。雀：食虫鸟类。

[4] 蜂：蜜蜂。

[5] 蹊：小路。

[6] 兰：兰花。兰径：开满兰花的小路。

[7] 裹：缠绕。翠裹：被浓绿色环绕。丹心：赤诚的心，指蝴蝶的心。

[8] 粉翅：指蝴蝶有鳞片的翅。

[9] 春残：春将尽。慵：困倦、懒。

[10] 西风：秋风。

[11] 芙蓉：荷花的别称。

蟋蟀

声异螳蛄声 [1]，听须是正听 [2]。无风来竹院，有月在莎庭 [3]。
虽不妨调瑟 [4]，多堪伴诵经 [5]。谁人向秋夕 [6]，为尔欲忘形 [7]。

说明

这首诗写蟋蟀的鸣声、鸣声中淡远清寂的僧侣生活以及隐藏其中的淡淡忧伤。蟋蟀的鸣声与螳蛄的不同，你得认真仔细才能听得明白。无风时的竹院，月光下的草丛，都是蟋蟀喜欢鸣叫的场所。蟋蟀鸣叫虽然对弹奏琴瑟影响不大，但陪伴诵经较为合适。谁人会在秋天里闻蟋蟀鸣叫而伤感失态呢？用否定之肯定说明诗人因蟋蟀鸣声而起的伤感与愁思。

注释

[1] 螳蛄：蝉的一种。

[2] 正：真诚。正听：谛听，认真仔细地听。

[3] 莎：莎草，莎草科多年生草本植物。

[4] 调瑟：弹奏琴瑟。

[5] 多堪：能够，可以。

[6] 秋夕：秋夜。

[7] 尔：你，指蟋蟀的鸣声。忘形：失去礼貌或言行的分寸。

新秋雨后

夜雨洗河汉[1]，诗怀觉有灵。篱声新蟋蟀[2]，草影老蜻蜓[3]。
静引闲机发[4]，凉吹远思醒[5]。逍遥向谁说[6]，时注漆园经[7]。

说明

这首诗写新秋夜雨后的月夜景色，流露出诗人的孤寂与哀愁。首联说夜雨洗净了天河，触动了思绪。颔联写景：篱笆旁有新蟋蟀在鸣叫，如草之影者乃是停歇的蜻蜓，暗示雨后月夜的环境。颈联说秋夜的静谧牵动了的诗心，凉风爽意将心意带向远方。尾联抒情：满腹情怀向谁诉说？只有时不时去注解漆园经而已，孤独和忧伤依稀可辨。

注释

[1] 河汉：出自《庄子·逍遥游》：本义指黄河和汉水，后来指天上的银河。

[2] 篱声：篱笆里蟋蟀的鸣声。新蟋蟀：指新秋开始鸣叫的蟋蟀。

[3] 草影：蜻蜓夜晚飞停歇时的身影。秋季蜻蜓即将活动结束，故称为"老蜻蜓"。

[4] 闲机：作诗的灵感。

[5] 远思：深远的思虑。

[6] 逍遥：彷徨。

[7] 漆园：中国古代国家设立的专门种植漆树的园子。管理漆树园种植与生产的官吏，称之为"漆园吏"或"漆园啬夫"。源自庄子啸傲王侯故事。《史记·老庄申韩列传》：庄子曾做过"漆园吏"这一小官。楚威王派小吏厚币迎庄子为相，庄子笑着对使者说："子亟去，无污我！我宁游戏污渎中以自快，无为有国者所羁。"

李建勋 （868—952？），字致尧，今江苏扬州人。

蝶

粉蝶翩翩若有期[1]，南园长是到春归[2]。闲依柳带参差起[3]，困傍桃花独自飞[4]。
潜被燕惊还散乱[5]，偶因人逐入帘帏[6]。晚来欲雨东风急[7]，回看池塘影渐稀[8]。

说明

这首诗飘逸洒脱、浑然天成，是诗人自由闲逸人格的自然流露。"蝶"与春光有个约定，南园春色时，翩翩的蝴蝶，像是掐着日期归来了。它们时而和着垂柳起舞，时而在桃花间漫飞。曾因燕雀惊吓而飞散，也曾因人类的追逐而闯入帘帏。风雨欲来的池塘边，蝴蝶的身影在夜幕下渐渐远去，留下了难以消逝的朦胧美。诗人借咏蝴蝶，写蝴蝶无拘无束，悠然自得的生活，表现对自己远离朝堂，自由自在生活的满足。

注释

[1] 粉蝶：蝴蝶。翩翩：轻快地飞舞。期：约定的时间、约定。

[2] 南园：园圃。长是：时常，老是。

[3] 参差：长短、高低不一致。

[4] 困：疲倦。傍：靠近。

[5] 潜：隐藏、隐蔽。

[6] 帏：通"帷"，即"帷帘"，设于内室的帷幕。

[7] 东风：春风。

[8] 影：蝴蝶的身影。

李中 （约 920—974 ？），字有中，今江西九江人。

蛩 [1]

月冷莎庭夜已深 [2]，百虫声外有清音 [3]。诗情正苦无眠处，愧尔阶前相伴吟 [4]。

说明

夜色已深，明月高悬，夜风吹过，庭院里一片沁凉。院外秋虫唧唧，响成一片。侧耳细听，不时传来蟋蟀的鸣声。吟诗不得佳句而辗转难眠，真是愧对你的一番清吟。

注释

[1] 蛩：蟋蟀，直翅目蟋蟀科昆虫的成虫，雄性善鸣。

[2] 莎庭：长满莎草的庭院。

[3] 百虫：未知名的秋虫。清音：清越的声音，指蟋蟀的鸣声。

[4] 愧：辜负、对不起。尔：你，指蟋蟀。

秋日途中

信步腾腾野岩边 [1]，离家都为利名牵 [2]。疏林一路斜阳里 [3]，飒飒西风满耳蝉 [4]。

说明

漫步荒野时忽然觉得，人生辛苦皆为生活所迫。夕阳西下，西风飒飒里，蝉声鼎沸。若能像蝉那样餐风饮露，不为名利所累真好。

[1] 信步：随意走动、散步。腾腾：舒缓貌。岩：一作岸。

[2] 利名：一作名利。牵：牵累。

[3] 斜阳：夕阳。

[4] 飒飒：风吹动树木枝叶等的声音。西风：秋风。蝉：蝉鸣。满耳蝉：蝉声鼎沸。暗指像蝉那样餐风饮露，不为名利所累多好。

苏涣 出生地、生卒年不详。

变律 其二 [1]

毒蜂成一窠 [2]，高挂恶木枝 [3]。行人百步外，目断魂亦飞。长安大道边 [4]，挟弹谁家儿 [5]。右手持金丸，引满无所疑 [6]。一中纷下来，势若风雨随 [7]。身如万箭攒 [8]，宛转迷所之 [9]。徒有疾恶心，奈何不知几 [10]。

说明

《变律》十九首是诗人大历五至七年（770-772）在广州时，写给岭南节度使李勉的作品。"安史之乱"后，唐代宗非但没有从历时八年的事变中吸取教训，改弦更张，反而更加宠信宦官程元振、鱼朝恩之辈，重用依附宦官的元载为相，排斥异己，纳贿聚敛，民不聊生，导致吐蕃入侵，生灵涂炭。在该诗中，诗人以"毒蜂""恶木"比喻雄踞当朝的恶势力，用无畏少年比喻没有斗争经验而又嫉恶如仇的反抗者。作者认为斗争要讲究策略，除毒蜂如此，除恶人也应如此，只有嫉恶之心是不能战胜恶人的。

注释

[1] 变律：变排律为古体。

[2] 毒蜂：胡蜂。膜翅目胡蜂科昆虫的成虫。窠：指蜂巢。

[3] 恶木枝：生有胡蜂巢的树枝。

[4] 长安：西安。

[5] 挟弹：带有弹弓。

[6] 金丸：弹弓的弹丸。引满：将弹弓拉满。无所疑：毫不犹豫。

[7] "一中"两句：蜂巢被击中后，胡蜂像风雨一样群飞而至。

[8] 攒：通"钻"，穿孔，钻入。

[9] 宛转：翻滚身体挣扎。

[10] 几：同机，机宜，策略。

变律 其三

养蚕为素丝[1]，叶尽蚕不老[2]。倾筐对空林，此意向谁道[3]。
一女不得织，万夫受其寒，一夫不得意，四海行路难[4]。
祸亦不在大，福亦不在先[5]。世路险孟门[6]，吾徒当勉旃[7]。

说明

这首诗表现了诗人对处于逆境时的态度。既然之前的努力付诸流水，并且不知前路几何，经受的祸不能再大，福也不会转瞬即到，就应该将这世间的艰险当作考验，自我勉励，不断挑战自己。全诗以养蚕而未得其丝的失落感为基调，将倾尽心力而未完成事业的经历描述了出来。指出人生在世福祸常有，虽然无丝织衣会受寒，仕途不顺会四处碰壁，但只要有不断自勉的意志、冲破世俗枷锁的雄心，世间的险路都会成为摆脱苦难的龙门。

注释

[1] 素丝：本色的丝，白丝。

[2] 蚕不老：蚕没有完成发育。

[3] 道：诉说。

[4] "四海"句：说处处碰壁。

[5] 先：先后。

[6] 孟门：在今山西省吕梁市柳林县西北黄河之滨。

[7] 吾徒：犹我辈。勉旃：努力。

来鹄 （？—883），一名来鹏，今江西南昌人。

蚕妇

晓夕采桑多苦辛[1]，好花时节不闲身[2]。若教解爱繁华事[3]，冻杀黄金屋里人[4]。

说明

这首诗描述蚕妇采桑的情景，表达了对劳动妇女的深切同情，同时也抨击了统治阶级对百姓的欺压，对他们的不劳而获进行了揭露与讽刺。前两句说蚕妇每天早晚都要忙着采桑，日子过得忙碌而辛苦，即使是百花盛开的时节，她也没有片刻停下来去享受生活。后两句说如果让蚕妇们也懂得赏花宴游一类的事情，那么富贵人家的人们早就冻死了。富贵人家的欢乐是建立在劳动人民的辛苦之上的。

[1] 晓夕：早晚。

[2] 好花时节：百花盛开的时节，也正是采桑大忙的时候。不闲身：没空闲时间。

[3] 教：使、令。解：了解、懂得。繁华事：指赏花之类的事。

[4] 杀：死。用在动词后，表示程度。黄金屋里人：这里指富贵人家的小姐太太们。黄金屋：语出《武帝故事》：汉代陈婴的曾孙女名阿娇，其母为汉武帝姑姑馆陶长公主。武帝幼时，长公主将其抱置膝上，问道："儿欲得妇否？"又指阿娇问道："好否？"武帝笑着回答说："若得阿娇，当以金屋贮之。"后武帝继位，立阿娇为皇后。后人遂以"黄金屋"指代富贵人家女子的居处。

蒋贻恭 一作诒恭，又作诏恭，今江淮间人，生卒年不详。

咏蚕

辛勤得茧不盈筐[1]，灯下缲丝恨更长[2]。著处不知来处苦[3]，但贪衣上绣鸳鸯[4]。

这首诗揭露了劳动人民遭受的残酷剥削，表达了对劳动人民的同情。诗人并未直接叙述统治阶级的剥削是如何的繁重，而是用养蚕人的辛苦劳动反衬了剥削者的贪婪与奢靡。"不盈筐"暗示了养蚕人的收成并不好，但他依然得交纳繁重的赋税，一番辛苦劳作之后能得到什么呢？在灯下缲丝，想到自己的劳动成果只是为别人作嫁衣，心中恨意横生。后两句说那些穿着锦衣绸缎的富贵人家，不知道养蚕缲丝是多么辛苦，只知道贪恋衣服上的美丽图案。

[1] 盈：满。

[2] 缲丝：把蚕茧浸在热水中抽出丝来。恨更长：怨恨比蚕丝还长。

[3] 著：穿衣。来处：养蚕、缲丝、织布的过程。

[4] 鸳鸯：雁形目鸭科鸟类，此处指衣服上绣的鸳鸯图案。

李嘉祐 字从一，今河北赵县人，生卒年不详。

咏萤

映水光难定[1]，凌虚体自轻[2]。夜风吹不灭，秋露洗还明[3]。

向烛仍分焰[4]，投书更有情[5]。犹将流乱影[6]，来此傍檐楹[7]。

说明

这首诗描述萤火虫的美丽、可爱和顽强。首两句写轻盈美丽。萤火虫微弱的光亮映照在水中摇曳不定，小巧的身体在夜空中飞舞显得轻盈自在。"夜风"二句写顽强。夜风吹不灭它的光焰，秋露浸洗依然明亮，其韧性令人钦佩。"向烛"二句写多情多娇。萤火虫飞向蜡烛时，烛光旁会多出一个光点，仿佛两支蜡烛在发光。飞向书卷，似乎为阅读增添光亮，提供照明。末二句表达了诗人的感慨和喜爱之情。夜深人静的时候，举目窗外，仍可见三三两两的萤火虫，带着流动纷乱的光影，在屋檐下聚集活动。

注释

[1] "映水"句：萤火虫的光影在水波中闪烁不定。

[2] 凌虚：升向高空或高高地漂浮在空中。"凌虚"句：能在空中轻盈飘荡，自然显得身体很轻。

[3] "夜风"两句：萤火风吹不灭、露洗还明，说明萤火虫虽光微体轻，但凌风斗露，意志坚强。

[4] 焰：光亮。"向烛"句：即使光亮微弱，但在烛光旁飞行，还会分散烛光的光亮。

[5] 投书：照亮书本。更有情：暗指"囊萤映读"故事。

[6] 犹：还、尚且。流乱影：流光乱影。

[7] 傍：依附、依托。檐楹：屋檐下厅堂前部的梁柱。

李咸用　今甘肃临洮人，生卒年不详。

送人

一轴烟花满口香[1]，诸侯相见肯相忘[2]。未闻珪璧为人弃[3]，莫倦江山去路长[4]。
盈耳暮蝉催别骑[5]，数杯浮蚁咽离肠[6]。眼前多少难甘事[7]，自古男儿当自强[8]。

说明

这首诗是送人去赴科举，作为一位屡试落第者，送人时却全是勉励与祝福之辞，令人感动。在美景如画的时节把酒话别，此情此景令人难忘。美好的事物不会被舍弃，前路漫漫，不可倦息。暮蝉声声犹如催离，酒入愁肠更知离别滋味。千难万苦，不改男儿豪情。晚唐国力衰弱，宦官把持朝政，朝政腐败，社会动乱，文人仕途之路更为坎坷，该诗是难得的强劲之音，体现了不向艰难困苦屈服的抗争精神。

[1] 轴：画轴。烟花：繁华的景象。一轴烟花：指美景如画。满口香：指饮酒话别。

[2] 诸侯：诸君。肯：哪肯，怎么会。"诸侯"句：此时别离的情景真能忘记？

[3] 珪璧：珪与璧是两种玉器。此句意为宝贵的玉器不会被人遗弃，喻友人有真才实学总会受到赏识。

[4] "莫倦"句：江山万里，前路漫漫，千万不要倦怠。

[5] 盈耳：满耳。暮蝉：傍晚的蝉声。别骑：要启程的马。

[6] 浮蚁：本指酒上的泡沫，也作为酒的代称。

[7] 难甘事：不如意的事。

[8] 自强：自己奋发努力。

李远 字求古，一作承古，今重庆市云阳人，生卒年不详。

咏壁鱼 [1]

鳞细粉光鲜 [2]，开书乱眼前 [3]。透窗疑漏网 [4]，落砚似流泉 [5]。
潜穴河图内 [6]，吞钩乙字边 [7]。莫言蟫鬵小 [8]，食尽白苹篇 [9]。

说明

诗人对壁鱼生活习性的观察细致入微，对它的危害性也有深刻认识。打开书本，映入眼帘的首先是四处乱窜的壁鱼，它全身的鳞片，象银粉闪闪发光。它钻出窗缝，好似鱼儿漏网。它逃出砚池，墨迹恰似飞泉奔流。蛀蚀使书画文字支离破碎。蛀虫虽小，危害甚大，任其发展，真可食尽天下文章。

注释

[1] 壁鱼：衣服、书籍中的蠹虫。又称蟫、蠹鱼、衣鱼、白鱼，衣鱼目昆虫。

[2] "鳞细"句：《尔雅·释虫》："蟫，白鱼。"郝懿行疏："白鱼长仅半寸，颇有鱼形而岐尾，身如傅粉，华色可观，亦名壁鱼。"

[3] 开书：打开书本。

[4] 透：穿过。

[5] 落：掉进。"落砚"句：壁鱼落入砚池墨水中爬出乱串，形成流水样踪迹。

[6] 河图：传说中的古书名。《周易·系辞上》："河出图，洛出书，圣人则之。"《汉书·五行志》："刘歆以为虙羲氏继天而王，受《河图》，则而画之，八卦是也。"这里泛指书籍。

[7] 乙字：古人读书在停顿之处所作的标记，形如"乙"字。《史记·滑稽列传》："（东方）朔初入长安，至公车上书，凡用三千奏牍。……人主从上方读之，止，辄乙其处。"乙

字如鱼钩状，故谓壁鱼毁书如吞钩。

[8] 鬐鬣：鱼脊背上的鬐。"莫言"句：不要说衣鱼象鬐鬣般微小。

[9] 白苧篇：南朝梁柳恽《江南曲》有"汀洲采白苧，日落江南春"之句，号为绝唱，后世遂以白苧喻美妙的诗章。这里也泛指书籍。

廉氏 出生地、生卒年不详。

怀远

隙尘何微微[1]，朝夕通其辉[2]。人生各有托[3]，君去独不归[4]。
青林有蝉响[5]，赤日无鸟飞[6]。裴回东南望[7]，双泪空沾衣[8]。

说明

这首诗叙述妻子对远行丈夫的思念，情深而意切，独特而婉约。诗歌以比喻起兴，说"隙尘"虽然微不足道，却可借朝辉夕映而现出身影。人皆有伴，而你却远游不归，使我孤独无依。树上蝉声响起，可却没有你的踪迹。天上碧空如洗，也不见鸟儿带来你的消息。朝着丈夫所去的东南方向徘徊远望，不禁泪沾衣襟。

注释

[1] 隙尘：在透过隙缝的光柱中游动的尘埃。

[2] 通：传达，使知道。

[3] 托：陪衬，铺垫。

[4] 君：指丈夫。

[5] 青林：苍翠的树木。

[6] 赤：空，尽，一无所有。赤日：此处指阳光灿烂、碧空如洗。

[7] 裴回：彷徨，徘徊不进貌。

[8] 双泪：双眼流泪。

廖凝 字熙绩，今江西宁都人，生卒年不详。

闻蝉

一声初应候[1]，万木已西风[2]。偏感异乡客[3]，先于离塞鸿[4]。
日斜金谷静[5]，雨过石城空。此处不堪听[6]，萧条千古同[7]。

南唐灭楚后，诗人迁金陵，以降人为官，常郁郁不得志。该诗表达了异域为官的浓浓乡情。作者在异乡之秋，听雨后黄昏的蝉鸣，勾出浓浓的思乡之情。随着鸣蝉的一声长吟，万木已迎着萧瑟的西风枝枯叶落，鸿雁亦将开始南飞。蝉声依旧，"金谷""石城"空寂，已无当日面貌。夕阳下，诗人感到了像自然界树木一样萧条的悲哀，更感到了一代代怀才不遇之士共同的落魄命运。

注释

[1] 应候：顺应时令节候。

[2] 西风：秋风。

[3] 偏：只、独。

[4] 离塞鸿：鸿雁南飞。

[5] 金谷、石城：古地名，指蝉鸣的场所。

[6] 不堪：指承受不了、不能、不可。

[7] 萧条：寂寥冷清的样子。

刘方平 今河南洛阳人，生卒年不详。

秋夜泛舟

林塘夜发舟 [1]，虫响荻飕飕 [2]。万影皆因月 [3]，千声各为秋。
岁华空复晚 [4]，乡思不堪愁。西北浮云外，伊川何处流 [5]。

说明

这首诗描写夜里乘船从林塘出发，泛舟过程中的所见所闻，以及由此引发的乡愁。前两联通过月下影象、声响对秋夜的气氛进行烘托，为写乡思做了铺垫。后两联写乡愁。诗人终生未仕，隐居生活，能诗善画，虽结交了一些志趣相投的朋友，却身处底层，留恋山村乡野并产生乡思愁绪也在情理之中。该诗虽有秋夜凄清、萧瑟的一面，却无伤秋、悲秋意味，更多的是绵长浓厚的乡愁。诗人极有才情，又不追名逐利，诗中乡愁正是他甘于清贫，情倾乡野的写照。

注释

[1] 林塘：泛指堤岸树木和河流。发舟：开船。

[2] 荻：多年生草本植物，生在水边，叶长形，似芦苇。飕飕：风吹荻叶的声音。

[3] 万影：月下草树的阴影。

[4] 岁华：时光，年华。空：使空虚，使罄尽。指草木凋零。

[5] 伊川：即伊水。在河南省西部，源出栾川县伏牛山北麓，东北流向，在偃师县杨村附近入洛河。《山海经·中山经》："又西二百里，曰蔓渠之山，其上多金玉，其下多竹箭。伊水出焉，而东流注于洛。""西北"两句：作者的乡愁如流水一样绵绵无尽！或曰作者寄望将乡愁托付于流水，只有流水才能将满腹乡思转送出去。

月夜

更深月色半人家[1]，北斗阑干南斗斜[2]。今夜偏知春气暖[3]，虫声新透绿窗纱[4]。

说明

这首诗描写了初春月夜景色及其流露的春消息。夜半更深，朦胧的斜月映照着家家户户，庭院一半沉浸在月光下，另一半则笼罩在夜的暗影中。天空的北斗星和南斗星都已横斜，碧海青天笼罩着一片夜的静寂，只有一轮斜月和横斜的北斗南斗默默无言地伴随着时间的流逝。在这夜寒袭人、万籁俱寂时刻，一阵虫声，透过窗纱，传来了春的消息。诗前二句写景物，不着一丝春的色彩，却暗中关合春意，颇具蕴藉之致。第三句的"春气暖"，结句的"虫声""绿窗纱"互为映发。于是春意俱足。

注释

[1] 更深：古时计算时间，一夜分成五更。更深即夜深。

[2] 北斗：在北方天空排列成斗形的七颗亮星。阑干：这里指横斜的样子。南斗：有星六颗，在北斗星以南，形似斗，故称"南斗"。

[3] 偏知：才知，表示出乎意料。

[4] 虫声：蚊子越冬成虫振翅发出的嗡嗡声。蚊子为窗纱所隔，唯嗡嗡声可闻。新透：第一次透过。

刘驾 字司南，出生地、生卒年均不详。

秋夕

促织灯下吟[1]，灯光冷于水[2]。乡魂坐中去[3]，倚壁身如死[4]。求名为骨肉[5]，骨肉万馀里。富贵在何时[6]，离别今如此。出门长叹息，月白西风起[7]。

说明

寒愁起于蟋蟀鸣声和清冷的灯光之中。诗人倚着墙壁，心如死灰，生命在此刻仿佛失去了温度，诗人唯一牵念的人世温暖，也只有远处那一缕乡愁了。为了寻求富贵功名，让骨肉至亲过上幸福的生活，常年在外只身闯荡，却未曾有过一刻的安稳快乐，如今仍然孤身一

隋唐五代

人，毫无所成，只能低微卑贱地活着。诗人发现富贵功名遥遥无期，为自己带来的只有离别的痛苦与人世的凉薄。尾联通过"月白西风"和"叹息"进一步描述悲苦无奈的处境，"出门"则暗示生活还得继续。

注释

[1] 促织：蟋蟀。

[2] 冷于水：比水还冷。

[3] 乡魂：思乡的心情。

[4] 倚：靠着。"乡魂"两句：心飞去了家乡，靠在墙壁上的仅有躯壳而已。

[5] 骨肉：比喻血缘关系近的亲人。

[6] 富贵：指有钱财、地位。

[7] 月白：月色皎洁。西风：秋风。

刘兼 今陕西西安人，生卒年不详。

新蝉

齐女屏帏失旧容[1]，侍中冠冕有芳踪[2]。翅翻晚鬓寻香露[3]，声引秋丝逐远风[4]。旅馆听时髭欲白[5]，戍楼闻处叶多红[6]。只知送恨添愁事[7]，谁见凌霄羽蜕功[8]。

说明

诗人用"齐女"化蝉，说新蝉的来源和蝉的文化内涵。在诗人的笔下蝉是多情齐女的化身，人们闻蝉想到的往往是离愁别恨等烦恼之事，可是又有谁知道它羽蜕凌霄时的艰难。

注释

[1] 齐女：蝉的别名。据说蝉是齐王后忿死尸变而成，故名。屏帏：宫室中的帷幕。"齐女"句：指齐女化蝉故事。晋·崔豹《古今注·问答释义》："牛亨问曰：'蝉名齐女者何？'答曰：'齐王后忿而死，尸变为蝉，登庭树嘒唳而鸣。王悔恨。故世名蝉曰齐女也。'"

[2] 侍中：古代官名。冠冕：冠帽的总称。芳踪：冠冕上的蝉纹饰。

[3] 翅翻：振翅。晚鬓：指蝉的翅，来源于"鬓发薄如蝉翼"。香露：露水。

[4] 秋丝：有双关意，本指秋天飘荡在空中的游丝，这里又谐"秋思"。逐远风：随风飘向远方。

[5] 髭：嘴上边的胡须。

[6] 戍楼：古代边防用以防守、瞭望的岗楼。叶多红：深秋时节。

[7] 送恨添愁：秋蝉鸣叫引发愁怨。

[8] 凌霄：凌云。羽蜕：蝉末龄若虫蜕皮羽化形成成虫的过程。

刘昭禹 字休明，今湖南桂阳人，生卒年不详。

闻蝉

一雨一番晴，山林冷落青 [1]。莫侵残日噪 [2]，正在异乡听。
孤馆宿漳浦 [3]，扁舟离洞庭 [4]。年年当此际 [5]，那免鬓凋零 [6]。

说明

这首诗通过蝉声写羁旅之思。雨后残阳，山林苍翠静寂，蝉声阵阵，送入洞庭扁舟之中。乱世飘零的坎坷无助，情志难伸的无奈苦情，恰似林中小溪，叶间蝉声，若隐若现。黄昏是如此落寞的黄昏，微雨是如此伤情的微雨，那些纷乱的蝉鸣如同纷乱的心，一声声透着苍凉！

注释

[1] 冷落：寂寞冷清。
[2] 莫：古同"暮"。侵：接近，临近。"莫侵"句：邻近傍晚，残阳下蝉声此起彼伏。
[3] 漳浦：古地名。
[4] 洞庭：洞庭湖。
[5] 此际：指蝉鸣时候。
[6] 那：如何、怎么。鬓：面颊两边靠近耳朵前面的地方，指头发。凋零：凋谢零落。

陆畅 字达夫，今江苏苏州人，生卒年不详。

闻早蝉 [1]

落日早蝉急 [2]，客心闻更愁 [3]。一声来枕上 [4]，梦里故园秋 [5]。

说明

这首诗以蝉鸣起兴，写旅途寂寞，感怀年华逝去和对故乡的思念之情。落日苍茫之中，蝉鸣切切急迫。漂泊之人心情本就孤独凄凉，落日苍茫，蝉鸣如丝，就更增加了他的愁绪。从落日时分开始，一直到作者上床入睡，蝉鸣之声一直在耳畔回响，直至将他带入梦中的故乡，那里秋色旖旎、风光如画。

注释

[1] 早蝉：早秋蝉。
[2] 急：鸣声急促。

[3] 客：旅客。

[4] "一声"句：早秋天气较热，蝉夜晚鸣叫、蝉声入梦可能源于真实体验。

[5] 故园：故乡。

卢照邻 （约636-695），字升之，自号幽忧子，今河北涿州人。

含风蝉[1]

高情临爽月[2]，急响送秋风。独有危冠意[3]，还将衰鬓同[4]。

说明

这首诗写衰老的蝉，秋风明月之时，蝉的大限将至。面对着明朗的月色，蝉儿多想永远栖息在那高高的树冠之上啊！可是它正一步步地走向死亡。它不甘心地在秋风中一个劲地鸣叫，仿佛在告诉这世界：虽然老了，但高洁的情怀依然，想栖息于高高的树冠之上的心愿不会改变。联系到诗人志大才高却终身不得志以及多年卧病不起的境遇，就会发现，诗中的蝉已经同诗人的人格融为一体。蝉的"高情""危冠意"其实寄托了诗人的一种理想，是诗人心性的再现。暗喻自己即便身患重疾，依然有报效朝廷之志。

注释

[1] 含风蝉：风中鸣叫的蝉。

[2] 爽月：清朗明亮的月色。

[3] 危冠：高高的树顶、树头。用以表现清高不群的节操。

[4] 衰鬓：衰老斑白的鬓发，代指诗人自己。

沈鹏 出生地、生卒年不详。

寒蝉树[1]

一叶初飞日，寒蝉益易惊[2]。入林惭织细[3]，依树愧身轻[4]。大干时容息，乔枝或借鸣[5]。心由饮露静，响为逐风清[6]。忝有翾翾分[7]，应怜嘒唳声[8]。不知微薄影，早晚挂緌缨[9]。

说明

这首诗借蝉描绘了一个战战兢兢、谨小慎微的士人形象，这也是晚唐诗人的真实写照。

首联言季节，用一叶知秋的典故。当树上出现第一片落叶，蝉便开始惊恐不安。次联写寒蝉的活动。虽有林可入，却惭愧羽翼太薄而不能高飞。纵使有树相依，却生怕身体太轻而有一天会被风吹落。三联进一步写寒蝉的活动。树干枝叶不过是用于临时栖息，高耸的树枝也只是临时的鸣叫场所。四联生发议论，上句说寒蝉心之静在于其饮清露，象征寒蝉之高洁。下句分析寒蝉叫之所以清旷，是由于追逐风动。五联说寒蝉亦有轻举远飞能力，所以希望有人倾听其内心之声。如果说次联中的"惭""愧"尚有模拟蝉心之意，此处"忝"字则充分显示出作者代蝉"立言"，以蝉自比。末联以寒蝉之挂綏缨象征官员之挂冠带，乃上联"嘒唳声"的具体内涵，是"蝉"提请注意的内容：不知道自己的微薄之身，何时会挂上冠带。其言下之意希望本次能及第，从而委婉地表达了向慕功名的心态。

注释

[1] 寒蝉：天冷时的蝉，通常表达悲戚之情，用于表达离别的感伤。

[2] 益：更加。

[3] 织细：引申为衣单，指蝉翅薄。

[4] 依：倚。

[5] 乔：高耸。

[6] 响：鸣声。逐：追逐、跟随。

[7] 忝有：愧有。翩翾：轻飞貌。分：一作"翼"。

[8] 嘒唳：蝉鸣声。

[9] 早晚：引申为迟早。綏缨：冠带与冠饰，亦借指官位或有声望的士大夫。綏本指蝉腹下的针喙，诗中将它与"缨"字组合成词，语义双关。

释子兰 出生地、生卒年不详。

秋日思旧山 [1]

咸言上国繁华 [2]，岂谓帝城羁旅 [3]。十点五点残萤，千声万声秋雨。白云江上故乡，月下风前吟处。欲去不去迟迟，未展平生所伫 [4]。

说明

"十点五点残萤"，数字由十到五，可见残萤愈来愈少。"千声万声秋雨"，数字由千到万，显得秋雨愈来愈多。轻重消长的比例，宣布了日益秋深的讯息，极具灵趣。诗人是唐末昭宗时受朝廷尊重的高僧，当时朝政废弛，国家将乱，上国的繁华将成梦影，羁旅在京城，还谈什么平生期许的抱负？迟迟徘徊，欲去不去，又何尝不似秋雨中的残萤？这些稀落的残萤，被千声万声的秋雨所笼罩所吹打，自显得格外孱弱了。

注释

[1] 旧山：指旧日隐居修行之处，因隐修处多在山林，故称旧山。

[2] 咸：都。上国：大国，强国，此处指大唐帝国，其时为九世纪末，李唐王朝已衰败至极，即将覆亡，上国是恭维之词。

[3] 帝城：首都，都城，此处指长安（今陕西西安）。羁旅：寄居作客。

[4] 佇：通贮，积储。指平生所怀之雄图大志。

王申礼 出生地、生卒年不详。

赋得高柳鸣蝉诗 [1]

园柳吟凉久 [2]，嘶蝉应序惊 [3]。露下緌恒湿 [4]，风高翅转轻 [5]。
叶疏飞更迥 [6]，秋深响自清。何言枝里翳 [7]，遂入蔡琴声 [8]。

说明

这首诗描写蝉生活环境变化和生活态度，表现了奋力抗争的精神。首联说蝉儿早就感受到了秋天的凉意，一直为此鸣叫不休。但现在的嘶鸣表明季节又发生了改变，这使他惊恐。尽管如此，蝉儿依旧努力地生活着。露下时努力饮露，风高时奋力飞行。树叶凋零，那就飞得更远。天气渐凉，鸣声自然凄清。既然没有枝叶可以藏身，索性放声歌唱吧。

注释

[1] 赋得：借古人诗句或成语命题作诗。诗题前一般都冠以"赋得"二字。这是古代人学习作诗或文人聚会分题作诗或科举考试时命题作诗的一种方式，称为"赋得体"。

[2] 吟：蝉的鸣叫。

[3] 嘶：大声鸣叫。序：指季节。

[4] 露下：露水凝结。緌：古时帽带打结后下垂的部分，指蝉的刺吸式口器。

[5] 风高：风大。"风高"句：风儿大了，吹干了露水，所以"翅转轻"了。

[6] 迥：远。

[7] 翳：遮掩。

[8] 遂：于是，索性。蔡琴：蔡邕制的"焦尾琴"，泛指良琴。《后汉书》载，蔡邕游历吴中时，遇有人用桐木烧饭。蔡邕听到木材在火中的爆裂之声，认为是造琴的良材，就要了来研制成琴。经弹奏，琴音果然优美非凡，遂成为举世名琴。因琴尾烧焦处尚存，人们名之为"焦尾琴"。

翁宏 字大举，今广西贺州人，生卒年不详。

春残 [1]

又是春残也，如何出翠帏 [2]？落花人独立 [3]，微雨燕双飞 [4]。
寓目魂将断 [5]，经年梦亦非 [6]。那堪向愁夕 [7]，萧飒暮蝉辉 [8]。

说明

这首诗写女子春末怀人，抒写其触景伤怀，忧思难解之情。首句"又"字与下文的"经年"对应，暗示这女子与亲人分别，正是去年此时，故对物候变化特别敏感。第二句"如何"一词，体现出不堪的情绪。联系第一句看，这位女子正是在去年此时此地，经受着别离的苦痛。时隔一年，记忆犹新。而且，此时又是在同一时间和同一地点，她不敢再身临其境，重新经受这样的苦痛，所以说不敢出翠帏。"落花人独立，微雨燕双飞"为佳句。诗人以燕双飞反衬人独立，把女子的内心愁苦之情推到了顶点。"寓目魂将断"表面伤春，实则自伤，花之飘零使她想到春之将尽，又想到自己的青春渐逝。"经年梦亦非"追溯既往，内藏不尽曲折：亲人初别却常在梦中相聚，而分别渐久，相思日苦，反倒好梦不再。"那堪"两句说傍晚时分，蟾月初升，景物凄凉，此情此景，人何以堪！

注释

[1] 春残：春将尽。
[2] 翠帏：绿色的帷帐，此代指女子闺房。帏：四周相围而无顶的篷帐。
[3] 独立：独自一人站立。
[4] 微雨：小雨。"落花"两句将景语化为情语，落花人立、双燕人孤两相映衬，足见女子的孤独和愁苦。
[5] 寓目：观看，过目。语出《左传·僖公二十八年》："请与君之士戏，君凭轼而观之，得臣与寓目焉。"断：断绝。
[6] 经年：经过一年。梦亦非：梦境也不同了。
[7] 那堪向：怎能忍受。那：通"哪"。向：语气助词，无实义。夕：傍晚。
[8] 萧飒：萧条冷落、萧索。暮：傍晚。蝉：蟾蜍，通"蟾蜍"，月亮的别称。暮蝉辉：犹言晚月光。蟾蜍为月的别称，故云。

项斯 字子迁，今浙江仙居人，生卒年不详。

闻蝉

动叶复惊神 [1]，声声断续匀。坐来同听者，俱是未归人 [2]。

一棹三湘浪[3]，单车二蜀尘[4]。伤秋各有日[5]，千可念因循[6]。

这首诗通过闻蝉感受抒写怀乡之情。"动叶"两句说蝉鸣断断续续，叫得树叶颤动，令人心神不安。"坐来"两句说蝉的鸣声对离乡的游子触动最大。"一棹"两句接着说：这些游子来自各地。尾联说这些未归人伤秋思乡很久了，归乡心切，都是在熬一天算一天。

注释

[1] 动叶：指蝉的鸣声使树叶振动。惊神：使心灵震撼。

[2] 未归人：旅居外地的人。

[3] 棹：划船的一种工具，形状和桨差不多。三湘："沅湘""潇湘""资湘"三水，泛指湘江流域和洞庭湖地区，即今湖南一带。

[4] 二蜀：即二川，川东和川西，古时蜀地，今四川省。三湘、二蜀都是泛指，概言四方。

[5] 伤秋：秋天引起的伤感。秋天天气转冷，草木开始凋零，古代诗人往往用来象征哀伤、思乡等。各：各自。有日：不止一日。

[6] 千可：俗语，意为"只好"。因循：沿用、守旧而不改变。念因循：想着得过且过。

许棠 字文化，今安徽泾县人，生卒年不详。

闻蝉十二韵

造化生微物[1]，常能应候鸣[2]。初离何处树，又发去年声[3]。未蜕唯愁动[4]，才飞似解惊[5]。闻来邻海徼[6]，恨起过边城[7]。骚屑随风远[8]，悠扬类雪轻[9]。报秋凉渐至，嘶月思偏清。互默疑相答，微摇似欲行。繁音人已厌，朽壳蚁犹争[10]。朝士严冠饰[11]，宫嫔逞鬓名[12]。乱依西日噪[13]，多引北归情[14]。筱露凝潜吸[15]，蛛丝忽迸萦[16]。此时吟立者，不觉万愁生。

这首诗从不同角度写蝉的鸣声和生活习性，同时借蝉写人，表达了世事维艰之际士人们的两难选择。"报秋凉渐至，嘶月思偏清。互默疑相答，微摇似欲行。""默守""欲行"语义双关，不但写蝉，而且写人，诗人的离愁别恨寄寓于蝉，而蝉的孤单悲凉却是诗人的化身。作者的羁旅之悲通过蝉得以充分表达，体现出人在面对生离死别和官场失意时，那种孤独无助、寂寞无奈之感。

注释

[1] 微物：指蝉。

[2] 应候：顺应时令节候。

[3] 去年声：与去年类似的鸣声。

[4] "未蜕"句：没有蜕皮羽化之前，蝉末龄若虫静伏。唯愁动：就是不愿意动。

[5] 似解：好像明白。惊：害怕。

[6] 邻：接近，靠近。海徼：近海地区。指边远地带。

[7] 边城：偏远地方的城镇。"闻来"两句：不同地方蝉的鸣声相同，在边城闻蝉尤其能动乡愁。

[8] 骚屑：风声；此处指凄清愁苦的蝉鸣。

[9] 悠扬：形容蝉鸣时高时低、持续而和谐。

[10] 朽壳：蝉蜕。

[11] 朝士：古代官名，掌外朝官次和刑狱等。冠饰：帽子上的饰物，以蝉纹表示清廉。

[12] 宫嫔：帝王的侍妾。蝉鬓美人多用来形容古代美女的发式，其鬓发薄如蝉翼，黑如蝉身，故称。

[13] 西日：夕阳。

[14] 北归情：候鸟北归，北归情引申为思乡之情。

[15] 筊：同"小"。

[16] 萦：回旋缠绕。

杨凌 字恭履，今河南灵宝人，生卒年不详。

送客往睦州 [1]

水阔尽南天 [2]，孤舟去渺然 [3]。惊秋路傍客 [4]，日暮数声蝉 [5]。

说明

友人乘一叶扁舟，渐行渐远，直至消失于渺渺水天之际。夕阳下的数声蝉鸣，更是让诗人徒增孤寂。

注释

[1] 睦州：古州名。治所在今浙江建德。

[2] 尽南天：向南边延伸，漫无边际。

[3] 渺然：茫茫然，看不清楚，指消失在天际。

[4] 傍：旁边。路傍客：路边的人，指诗人自己。

[5] 日暮：太阳快落山的时候，傍晚。

雍裕之 今四川人，出生地、生卒年不详。

秋蛩

雨绝苍苔地[1]，月斜青草阶[2]。蛩鸣谁不怨[3]，况是正离怀[4]。

说明

这首诗写思乡情怀。前两句写氛围，即游子客居之地，雨后明月斜照在苍苔地和青草阶上的景致，渲染了浓重的凄凉气氛。"苍苔地"点明秋雨连绵，即秋雨持续了一段时间。现在雨停了，在"斜月"的映照下，青草台阶，周围的一切，都蒙上了凄清的光彩。后两句议论：在这朦胧的凄清里，蟋蟀声声，动人心弦。独处异乡，别绪离愁，情何以堪！

注释

[1] 绝：停止。苍苔：青色苔藓。
[2] 阶：就地势修成的梯形道路。
[3] 蛩：蟋蟀。
[4] 离怀：离人的思绪。

早蝉[1]

一声清溽暑[2]，几处促流年[3]。志士心偏苦[4]，初闻独泫然[5]。

说明

诗中的"早蝉"为初秋之蝉，秋蝉鸣叫，意味着溽热的夏天即将结束，夏日的苍翠与繁华也将渐渐消逝。声声蝉鸣仿佛也在催促时光的流逝，提醒生命的短暂。诗人曾满怀希望地走上求仕的道路，但宏伟的抱负与一事无成的现实形成强烈反差。天步悠长，人道居短。时光流逝，壮志难酬。因而其心更苦，感受更深，故一听到蝉鸣就感伤泪流。

注释

[1] 早蝉：夏末秋初的蝉。
[2] 溽暑：夏天潮湿而闷热的气候。
[3] 几处：处处。形容蝉鸣后物候处处皆有变化。用"几处"是为了与上句的"一声"对应。流年：如水般流逝的光阴、年华。
[4] 志士：有远大志向和高尚节操的人。
[5] 初闻：刚一听到。独：唯独。强调"志士"的感受与众不同，既有兀傲高洁之意，也有孤独凄凉之感。泫然：水（眼泪）滴下的样子。

于季子 出生地、生卒年不详。

咏萤

卉草诚幽贱[1]，枯朽绝因依[2]。忽逢借羽翼[3]，不觉生光辉[4]。
直念恩华重[5]，长嗟报效微[6]。方思助日月，为许愿曾飞[7]。

说明

这首诗借腐草化萤的传说，表达愿意为国尽力的意愿。花草本弱小，自生自灭也属正常。但有的却枯朽时生出翅膀，意外获得发光的能力，这种再生之德如同君王对出身孤微寒士的再造之恩。恩重如山，使之不揣身微力弱，奋力高飞，发光以助日月。

注释

[1] 卉草：花草的统称。幽贱：微贱；此处指弱小的生灵。
[2] 因依：原因，原委。"卉草"两句：花草本是弱小的生灵，自生自灭亦属正常。
[3] 忽：突然，没有想到。逢：遭遇，碰到。"忽逢"句：没想到命运赋予了翅膀。
[4] "不觉"句：在不知不觉中获得了发光的能力。
[5] 直：一直，一个劲儿，不断地。恩华：犹恩荣；喻指受皇帝恩宠的荣耀。
[6] 长嗟：犹长叹。
[7] 为许：犹言为此。曾：高举的样子。曾飞：高飞。

于邺 字武陵，今陕西西安人，生卒年不详。

白樱树[1]

记得花开雪满枝[2]，和蜂和蝶带花移[3]。如今花落游蜂去[4]，空作主人惆怅诗[5]。

说明

这首诗借白樱树说世态炎凉、人情冷暖。花开时蜂蝶纷纷。折下花枝还会招来蜂蝶。如今花谢，蜂蝶消失。由虫及人，身居高位时日日高朋满座，可一旦失势潦倒，便是门庭冷落。昔日越是荣盛越发衬得今日的衰颓，世事如此，无奈只好"空作惆怅诗"了。

注释

[1] 樱桃树：蔷薇科李属落叶小乔木。白樱树：开白花的樱桃树。
[2] 雪：白色的花朵。

[3] "和蜂"句：把花枝折下来的时候，蜂和蝴蝶舍不得花，一起随花而去。

[4] 游蜂：飞来飞去的蜜蜂。

[5] 空：徒然，白白地。主人：指诗人。"空作"句倒装，原为"主人空作惆怅诗"。惆怅：失意，伤感。

张纮 一作张泌，出生地、生卒年不详。

闺怨 [1]

去年离别雁初归 [2]，今夜裁缝萤已飞 [3]。征客近来音信断 [4]，不知何处寄寒衣 [5]？

说明

这是代征人妇怀念丈夫的诗，表现了妻子对行役在外丈夫的思念之情。首联说从去年雁归到今年萤飞，感叹已离别经年。"征客"两句除写消息断绝，不知将征衣寄往何处外，还暗示为征客的安全担忧。一方面写出了对丈夫的思念，另一方面也反映出对战争的厌倦。

注释

[1] 闺：妇女的卧室。闺怨：女子的怨恨。

[2] 雁初归：指秋天。雁每年春分后飞往北方，秋分后回南方。

[3] 萤已飞：指夏末秋初。

[4] 征客：出征在外的人，指诗中妇女的丈夫。

[5] 寄寒衣：寄冬衣。盛唐之前实行府兵制，被征入伍的人须自备武器、粮食和服装，故需家中"寄寒衣"。

张祜 （792-854），字承吉，今河北清河人。

赠内人 [1]

禁门宫树月痕过 [2]，媚眼唯看宿鹭窠 [3]。斜拔玉钗灯影畔 [4]，剔开红焰救飞蛾 [5]。

说明

唐代选入宫中宜春院的歌舞妓称"内人"，她们入宫后与外界隔绝。这首宫怨诗匠心独运，只从"内人"在月下、灯畔的两个微妙的动作，就折射出她们的遭遇、处境和心情。首句"禁门宫树"点明地点，同时烘托出宫禁森严、重门深闭的环境气氛。"月痕过"点明时间，"月痕"

给人以暗淡朦胧之感，"过"既暗示即将出场的月下之人百无聊赖伫立凝望已久，又暗示此人青春的虚度。第二句紧承上句所写的禁门边月过树梢之景，引出了地面上仰首望景之人。"媚眼"说明美貌的少女空有明媚的双目，却看不到禁门外的世界。此刻在月光掩映下，她正在看宿鹭的窠巢。此时月过宫树，飞鸟投林，也许她在凝望时会想：飞鸟还有归宿，还可以飞出禁门游翔天地，而自己不知何时才能飞出牢笼，重回民间。诗的下半首从户外转向户内。前一句描画动作，后一句则说明"斜拔玉钗"的目的是为了救出飞蛾，显示了这位少女的善良。

注释

[1] 内人：入选宫中的歌舞妓。

[2] 禁门：宫门。月痕：月影，月光。

[3] 媚眼：娇媚迷人的眼睛或眼神。宿鹭：栖息的鹭鸟。窠：此处指鸟巢。

[4] 玉钗：玉制的钗。由两股合成，燕形。

[5] 红焰：指灯芯。

朱放 字长通，今湖北襄阳人，生卒年不详。

乱后经淮阴岸 [1]

荒村古岸谁家在 [2]，野水浮云处处愁。唯有河边衰柳树 [3]，蝉声相送到扬州 [4]。

说明

这首诗写诗人乘船沿大运河经淮阴到扬州沿途所见战乱后的凄惨情形。前两句写视觉感受：视野所及，村庄荡然无存，人烟稀少，野水浮云触目成愁。后两句主要写听觉感受：衰柳上的蝉声相送，如泣如诉，一片苍凉凄婉之情。运河两边柳树上的蝉鸣声，一路相伴，直到扬州。只有"蝉声相送"也衬托出运河两岸人烟荒芜的惨状。

注释

[1] 乱：此处指战乱。据《资治通鉴》载：唐肃宗广德元年（763），淮西节度使刘展据江淮之地起兵谋反，田神功奉命讨伐，大破之，继而大掠扬州、楚州（今江苏淮安市），江淮大地惨遭劫难。淮阴：今江苏省淮安市淮阴区。

[2] 荒村古岸：荒凉的村庄，古老的码头。谁家在：没有谁家还存在了，表示人烟稀少。

[3] 河：此处指大运河，由淮阴直通扬州。

[4] 扬州：今江苏省扬州市。

宋代

向敏中 （949—1020），字常之，今河南开封人。

春暮其三

蜂蝶如知春欲归[1]，雨余莺亦缕金衣[2]。东风尽把杨花翦[3]，吹作满城轻雪飞[4]。

说明

这首诗描绘了一幅静谧、朦胧的暮春图景：蜂蝶好像知道春将归去，于暮春时节忙着访花采蜜。黄莺在雨后梳理羽毛，柳絮风中翻飞。诗人借此表达了爱春、惜春、怜春之情。

注释

[1] 蜂蝶：蜜蜂、蝴蝶。如：像，如同。如知：好像知道。欲：一作"已"。

[2] 余：后。雨余：雨后。莺：黄莺，雀形目黄鹂科鸟类，多为夏候鸟。缕：梳理。缕金衣：梳理金色羽毛。黄莺活动意味夏季即将到来。

[3] 东风：春风。杨花：柳絮。翦："剪"的异体字。

[4] 轻雪：柳絮。

王禹偁 （954—1001），字元之，今山东巨野人。

寒食[1]

今年寒食在商山[2]，山里风光亦可怜[3]。稚子就花拈蛱蝶[4]，人家依树系秋千[5]。郊原晓绿初经雨[6]，巷陌春阴乍禁烟[7]。副使官闲莫惆怅[8]，酒钱犹有撰碑钱[9]。

说明

这首诗约作于淳化三年（992），时值诗人被贬商州的第二年。诗中流露出思念京都汴梁之情，亦描绘了商州的风土人情，反映了作者在无奈的清闲中自得其乐的情绪。因为是贬官商州后过的第一个寒食节，首联便以"今年"领句，说今年在商州过寒食节，所见是山里的风光。强调"今年"正是在回味往年的热闹，"山里"也是与昔年时都城郊外做对比。又在"可怜"前加"亦"字定位，遭贬的不满就含蓄地表达出来。颔联、颈联承上"可怜"而来，写山中景色，四句诗分远近两组四个画面，稚子捕蝶、人家秋千、郊原绿色、巷陌春阴，无一不切山中景物及寒食节令，远近高下，层次分明，表现出一派恬淡清幽的气氛。尾联是对景的感叹，强调"官闲""莫惆怅"是自我旷达，正表示对官闲的不满，而"酒钱犹有撰碑钱"则是诗人的自嘲，自己还能靠替人撰写碑文得钱买酒，显示出诗人虽对官闲无奈，但仍旧能够开解自己的洒脱旷达之情。

[1] 寒食：古代的一个节日，在清明节前两天。古代风俗，这几天不举火，只吃冷东西。

[2] 商山：位于陕西商县。淳化二年，王禹偁被贬为商州团练副使，此诗应写于次年寒食节。

[3] 可怜：可爱。

[4] 稚子：小孩子。就花：走向花边。拈蛱蝶：捉蝴蝶。

[5] 系：悬挂。秋千：游戏用具，将长绳系在架子上，下挂蹬板，人随蹬板来回摆动。汉代以后，秋千逐渐成为清明、端午等节日进行的民俗活动并流传。

[6] 郊原：城外的平原。

[7] 巷陌：大街小巷。乍：刚刚。

[8] 副使：团练副使，宋朝安插降职官员的一种闲职。惆怅：伤感，失意。

[9] 撰碑钱：替人家写碑文的酬金，这句意思说总算还有酬金可以买酒喝。

和仲咸杏花三绝句 其一

莫道商山节候犀[1]，晓来帘外半空枝[2]。明朝落尽无蜂蝶[3]，冷暖人情我最知[4]。

说明

淳化二年 (991)，王禹偁因替徐铉辩诬，贬商州团练副使，眨眼间从荣耀的皇帝近臣变为商州谪官，心中感慨可想而知。该诗借杏花与蜂、蝶的关系说人情冷暖、世态炎凉。杏花枝头怒放时，娇艳妩媚，蜂蝶流连往返。一旦零落，失去往日魅力，蜂蝶就会一去不返，这种自然现象在作者看来，与自己所经历的人事变迁何其相似。"明朝"一句加入作者的想象，把"我"之情感外射于杏花，意味深长，引出"冷暖人情我最知"的感慨。

注释

[1] 商山：在陕西商县。节候：季令和气候。犀：一作"迟"；犀利，引申为变化快。

[2] 晓来：天亮时。半空枝：花落一半。

[3] 蜂蝶：蜜蜂、蝴蝶。

[4] 我：双关语，兼指杏花和作者。

寇准（961—1023），字平仲，今陕西渭南人。

新蝉

寂寂宫槐雨乍晴[1]，高枝微带夕阳明。临风忽起悲秋思[2]，独听新蝉第一声[3]。

这首诗借咏蝉诉悲秋之思，写出了诗人的孤独和沧桑。尽管身居高位，寇准在宫禁中并无优游闲适之感。首句"寂寂"和尾句的"独"呼应，点出孤独感。孤独的人在寂静的宫城里听到了蝉鸣，发现时光流逝，遂兴起悲秋之思。多少时光就这样不知不觉中过去了，沧桑感油然而生。诗歌整体上含蓄自然、愁而不怨，悲秋之思、人生感慨都溶进了淡淡的雨后斜阳里。

注释

[1] 寂寂：寂静、寂寞。宫槐：国槐。《周礼》：周代宫廷植三槐，三公位焉，故后世皇宫中多栽植。乍晴：刚晴。

[2] 忽：突然。

[3] 新蝉：诗人在宫城里第一次听到鸣声的秋蝉。

林逋（967—1028），字君复，又称和靖先生，今浙江奉化人。

蝶

细眉双耸敌秋毫[1]，荏苒芳园日几遭[2]。清宿露花应自得[3]，暖争风絮欲相高[4]。情人殁后魂犹在[5]，傲吏齐来梦亦劳[6]。闲掩遗编苦堪恨[7]，不并香草入离骚[8]。

说明

这首诗先写蝴蝶清丽的神态和潇洒的行为，然后引用典故给蝴蝶附会离奇身世和梦幻色彩。如此美丽神奇的蝴蝶，值得描绘和赞美，而屈原没把蝴蝶和香草一起写进《离骚》，真是可叹可惜。

注释

[1] 细眉：蝶的触角。敌：相当、对等。秋毫：鸟兽在秋天新长的细毛。"细眉"句：蝴蝶头上长着的一对高高耸立的触角，比鸟兽秋天长出的毛还细长。

[2] 荏苒：辗转迁徙。遭：回、次。

[3] "清宿"句：蝴蝶夜宿花丛志得意满。

[4] 絮：柳絮。"暖争"句：白天在空中飞舞欲与柳絮比高。

[5] 殁：去世。"情人"句：用韩凭妻化蝶故事。

[6] 傲吏：战国时漆园吏庄周，曾拒绝楚威王拜他为相的聘请。晋·郭璞称他为傲吏。"傲吏"句：用庄周梦蝶故事。

[7] 遗编：指前人留下的著作。此处指《离骚》。

[8] 香草：含有香味的草，指《离骚》中描写的香草、美人。离骚：战国楚人屈原作。"情人"后四句通过对韩凭妻、庄周梦蝶对蝴蝶赞美，表示屈原没有将蝴蝶与香草、美人一起写入《离骚》，令人叹息。

山园小梅二首 其一

众芳摇落独暄妍[1]，占尽风情向小园。疏影横斜水清浅[2]，暗香浮动月黄昏[3]。霜禽欲下先偷眼[4]，粉蝶如知合断魂[5]。幸有微吟可相狎[6]，不须檀板共金樽[7]。

说明

白居易《大林寺桃花》："人间四月芳菲尽，山寺桃花始盛开。长恨春归无觅处，不知转入此中来。"写出山高地深、时节绝晚、"与平地聚落不同"的节候景物特点。该诗在对梅花物候描写方面有异曲同工之妙。你看其他地方的梅花已经"众芳摇落"，只有山园内的梅花依旧明艳鲜丽、"占尽风情"。"疏影横斜"似"水清浅"，"暗香浮动"如"月黄昏"。霜禽疑其为同类，欲落其上而先暗窥偷觑。粉蝶如果知道梅花如此艳丽，也当自叹不如、黯然神伤。幸好可以吟诗与梅花亲近，这微吟的情趣远胜于檀板、金樽的浮华热闹。

注释

[1] 众芳：百花。此处指"平地聚落"的其他梅花。摇落：凋残，零落。暄妍：景物明媚鲜丽，这里指山园内梅花开放的景色。

[2] 疏影：指梅枝的形态。横斜：梅花疏疏落落，斜横枝干。

[3] 暗香浮动：梅花散发的清幽香味缓缓飘过。月黄昏：指月色朦胧。

[4] 霜禽：羽毛白色的禽鸟。根据林逋"梅妻鹤子"的趣称，可理解为"白鹤"。偷眼：偷偷地窥看。

[5] 粉蝶：蝴蝶，早春活动的蝴蝶多为现代昆虫学意义上的粉蝶。合：应该。断魂：黯然神伤。

[6] 狎：玩赏，亲近。

[7] 檀板：檀木制成的拍板，歌唱或演奏音乐时用以打拍子，这里泛指乐器。金樽：豪华的酒杯，此处指饮酒。

范仲淹 （989—1052），字希文，今江苏苏州人。

咏蚊

饱似樱桃重[1]，饥若柳絮轻[2]。但知求旦暮[3]，休要问前程[4]。

诗人通过蚊子吸血前后的体形变化，生动地描述了蚊虫贪婪的本性。它们整天盼望的就是夜晚来临，以遂口腹之欲。同时，通过描述蚊虫的贪婪，讽刺那些只顾私利，不顾民生艰难的贪腐之徒。

注释

[1] "饱似"句：饱餐后的蚊子腹部膨大如球，"樱桃重"属于诗人的夸张手法。

[2] 饥：吸血之前。柳絮：柳树种子上面的白色绒毛，随风飞散如飘絮。

[3] 但：只，仅仅。

[4] "但知"两句：只知道夜晚吸血，其他的就不管了。

晏殊（991—1055），字同叔，今江西进贤人。

蛱蝶[1]

莺欲绵蛮柳欲阴[2]，露丛烟蕚恣搜寻[3]。那将两翅轻涂粉[4]，绕遍千花百卉心[5]。

说明

这首诗从蝴蝶采花历险切入，但虽有黄莺鸣叫，蝴蝶还是冒着生命危险，在白露未晞、晨雾初散的环境中访花。为什么呢？只因"两翅轻涂粉"，便有"绕遍千花百卉心"，即是职责使然。可见该诗的意旨仍然是"咏蝴蝶，叹人生"，委婉地表达人生之艰难。前两句是说"不可为"，后两句则说"不可不为"，透露出诗人的敬业和献身精神。

注释

[1] 蛱蝶：蝴蝶。春季活动的多为粉蝶。

[2] 莺：黄莺，雀形目黄鹂科鸟类。绵蛮：小鸟的模样。莺欲绵蛮：黄莺要哺育小鸟。阴：通"荫"。柳欲阴：柳树正抽叶成荫。

[3] 露丛：带露水的草木。烟：烟雾，水汽。烟蕚：水汽弥漫的花蕚。恣：肆意、放纵、无拘束。

[4] 那：《正字通》：借为问辞，犹何也。如何、奈何之合音也。

[5] 心：心情，心意。

宋庠 （996—1066），初名郊，字伯庠，入仕后改名庠，更字公序，今河南杞县人。

禁中寒蝉

何处幽林蜕[1]，来依禁树鸣[2]。风緌非冒宠[3]，露腹祗知清[4]。
晓韵飘觚阙[5]，残嘶逗采甍[6]。秋螳多怒臂[7]，寂寞好全生[8]。

说明

诗人虽曾贵为宰相，但在激烈的政治斗争中，依然有诸多隐忧埋藏于心。这首诗通过描述寒蝉的生境，表达了诗人忧谗畏讥、高处不胜寒的感伤。诗人以蝉自喻，并成为其人格化身。首联表面说蝉的来源，同时暗含诗人的自述。诗人本自寻常人家，偶然际遇得以在朝中任职。颔联既是对蝉优良德行的赞美，亦借以自我辩白：自己的所作所为非为邀宠，自我是清白的。颈联言蝉声从早至晚围绕宫阙不去，言下之意即对朝廷忠心耿耿，对蝉声的咏叹即是对诗人品格的赞咏。尾联要秋蝉警惕螳螂猎捕，应该寂静无声，免得引起螳螂注意，才能保全生命，实是以蝉声自喻，自戒自警。

注释

[1] 幽林：幽深茂密的树林。蜕：蝉末龄若虫蜕皮羽化形成成虫。
[2] 禁树：禁苑中的树木。
[3] 緌：古代冠带结在下巴下面的下垂部分；《礼·檀弓下》：蚕则绩而蟹有匡，范则冠而蝉有緌。〈注〉蝉，蜩也；緌为蜩喙，长在腹下。冒宠：谓无勋德而受恩宠。
[4] 祗：只、仅。清：清廉高洁。
[5] 觚：古同"弧"，独立不群。阙：宫阙。
[6] 采：彩色。甍：屋脊。
[7] 螳：螳螂，螳螂目昆虫。臂：螳螂的前足为捕捉足，用于捕食猎物。
[8] 全生：保全生命。"秋螳"两句：秋季捕食的螳螂很多，静默而不鸣叫有利于保全生命。

刘涣 （998—1078），字仲章，今河北保定人。

秋蝶

欲歇还休却又飞，芙蓉叶底恋秋厓[1]。自知翅粉浑销尽[2]，羞近尊前舞女衣[3]。

说明

这首诗采用拟人化的手法，描写不甘衰竭、奋力抗争的秋蝶形象。它疲倦，想歇息，却又奋力飞起。在芙蓉树下飘来绕去，留恋温息尚存的秋晖。可能是知道身上的翅粉已脱落殆尽，自惭形秽，不好意思去追逐舞女的漂亮裙裾。"羞近"两字仿佛使我们感受到蝴蝶的心理活动。

注释

[1] 芙蓉：合欢，又名绒花树、马缨花；豆科合欢属落叶乔木，夏季开花。厓：同"崖"；泛指事物的边际，界域。秋厓：秋季。

[2] 浑：全，都，皆。浑销尽：基本上掉光了。

[3] 尊前：酒樽之前，指酒筵上。

宋祁 （998—1061），字子京，小字选郎，今河南杞县人。

秋园见蝶

扑粉曾过宋玉墙[1]，一身生计托流芳[2]。不须长结东风怨[3]，秋菊春兰各有香[4]。

说明

这首诗从蝴蝶恋花切入，表现诗人"秋菊春兰各有香"的旷达情怀。首句追忆往日芳华，暗示秋蝶生不逢时。次句进一步说明其原因：既然是"一身生计托流芳"，那么生于秋季的"秋蝶"，错过了烂漫春光，自然是可悲可叹的。第三句极轻盈地把句意转开，说不必在意春末风吹花落，没有春天的百花，蝴蝶也能快乐地生活，因为"秋菊春兰各有香"。诗人摆脱了传统的伤秋情调，在逆境中发现生机，表达了积极乐观的人生态度。

注释

[1] 扑粉：追逐花粉。宋玉墙：即宋玉墙东。战国时期，楚国著名诗人宋玉的东面邻居有一个长得非常美丽的女子，堪称楚国第一美人，她仰慕宋玉的才能，每天登上墙头窥视宋玉，非常爱慕。后以"宋玉墙东"指美丽的女人，亦借指墙边花开处。

[2] 托：依赖。流芳：散发香气，此处指花朵。

[3] 东风：春风，代指春天。

[4] 秋菊春兰：分别代指秋天和春天的花朵。

闻蝉

秋风日夕惊，庭树咽蝉声[1]。衰意先鶗鴂[2]，繁音伴沸羹[3]。
斜阳挂高柳[4]，落日淡遥城[5]。此际君怀苦[6]，非徒客子情[7]。

一三七

诗人通过秋风萧瑟、寒蝉嘶鸣、日近黄昏这些景物描写来渲染秋天的悲寂，也是在诉说自己客居他乡的孤苦。"非徒客子情"说这些伤感并不限于漂泊他乡的苦闷，可能还有年华易逝、时不我待、怀才不遇之苦。

注释

[1] 喝：高声鸣叫。

[2] 先：超越，居前。鶗鴃：杜鹃鸟。"衰意"句：秋蝉声带来的草木凋零比杜鹃鸟啼叫更加明显。

[3] 沸羹：形容声音嘈杂喧闹。

[4] 斜阳：午后或傍晚西斜的太阳。

[5] 遥城：远城。

[6] 君：蝉，喻指作者。

[7] 徒：只、仅仅。客子：旅居异乡的人。

梅尧臣 （1002—1060），字圣俞，世称宛陵先生，今安徽宣城人。

蝉

柳上一声蝉 [1]，沙头千里船 [2]。行经朝雨后，思乱暑风前 [3]。
物趣时时改 [4]，人情忽忽迁 [5]。感新犹感旧 [6]，更复几多年 [7]。

说明

至和二年（1055），梅尧臣54岁，丁母忧居宣城。九月后启程回汴京，一路上停停走走，直到夏末才抵达目的地。行程中写了十几首咏物诗，此为其中之一。这是一首哲理诗，河边柳树上的一声蝉叫，船已经到了千里之外了。任何事物或是人的感情都会随着时间的变化也逐渐发生变化，新的东西也会变成旧的东西，这是亘古不变的道理。这首诗可视为之后诗人和欧阳修一起，利用知礼部贡举之机，对当时的"太学体"文风进行改革的铺垫。

注释

[1] 一声蝉：蝉的一声鸣叫。

[2] 沙头：沙滩边。

[3] 暑风：夏季的热风。

[4] 物趣：事物的情形。

[5] 人情：人与人之间的社会关系。忽忽：迅速，突然。迁：改变。

[6] 感新：觉得新潮的事物。感旧：觉得落伍的事物。

[7] 更复：重复。

秋日家居

移榻爱晴晖 [1]，翛然世虑微 [2]。悬虫低复上 [3]，斗雀堕还飞。
相趁入寒竹 [4]，自收当晚闱 [5]。无人知静景，苔色照人衣 [6]。

说明

这首诗是作者晚年归隐故园时所作，离开了喧闹的都市，诗人心情放松。"移榻"句传达出诗人热爱大自然，喜欢美好的阳光和清新的空气。"翛然"句描写了作者无拘无束、超脱自在。"悬虫"联是"状难状之景如在目前""含不尽之意见于言外"。悬在自己丝上的虫子，逐渐低垂，又逐渐上升；飞翔的鸟儿互相打斗，双双堕落，接着又逐一飞起。这些当然是动景，但尾联说"无人知静景"，这是在以动的小景表现静的大景。鸟儿在眼前打斗，表现"秋日家居"的环境之寂静，倘若车马盈门、笑语喧哗，就不会有这般景象。更重要的是以景物之动表现心情之静，一个人能够循环往复地注视"悬虫低复上""斗雀堕还飞"，其心情之恬静，不言可知。

注释

[1] 榻：指狭长而较矮的床形坐具。爱：喜爱，珍惜。晴晖：晴天的阳光。

[2] 翛然：不关心貌。

[3] 悬虫：垂在丝上的虫。

[4] 相趁：相随。

[5] 闱：门户，出入口。"自收"句：暮色渐浓，鸟儿飞走了。

[6] 苔色：秋苔色；暗绿色，指暮色。

秋日咏蝉

群虫喜炎热 [1]，此独爱高阴 [2]。薄蜕聊依叶 [3]，清声已出林 [4]。
人闲感衰节 [5]，风急杂遥砧 [6]。虚腹曾何竟 [7]，常忧螗斧侵 [8]。

说明

这首诗通过表述蝉的品行与生境，物我互释，表达自己的志趣。大多数昆虫都喜欢在炎热的夏天活动，唯有秋蝉喜欢生活在高树之阴凉。羽化后不久即开始吟唱，声音清远幽长。心静才能享受深秋时节的美丽，风儿太急就会混杂远方的的砧声。清心饮露、小心谨慎，因为身边螳螂一直在静静地窥伺着。现实中，蝉与人的命运和处境又何其相似。

[1] 群虫：其他昆虫。

[2] 此：指秋蝉。高阴：高树的阴凉。

[3] 蜕：蝉蜕。蝉末龄若虫蜕皮羽化后在枝叶表面留下蜕皮壳。聊：姑且，勉强，凑凑合合。

[4] 清声：蝉鸣。

[5] 人闲：内心平静。衰节：深秋时节。

[6] 砧：捣衣声。

[7] 虚腹：指蝉清心饮露。竟：通"竞"，竞争。曾何竟：与世无争。

[8] 螗斧：螳斧。螳螂的捕捉式前足。侵：侵害。

荇

荇叶光於水 [1]，钩牵入远汀 [2]。浅黄双蛱蝶 [3]，五色小蜻蜓 [4]。
老去怀江女 [5]，飘浮笑楚萍 [6]。西风莫苦急 [7]，孤蕊有余馨 [8]。

说明

这首诗描写了荇菜的形象和品质，寄寓了诗人对困窘命运的浩叹。荇菜漂浮在水面上，叶片光亮如镜，远看像相互勾连的翠带，伸入远方的水域。青翠的荇带上落下了浅黄色的双蛱蝶和五色的小蜻蜓，可是仔细一瞧，原来是荇菜开的花。疑似之际，荇花的动态美也显示出来了。三联表面上写荇菜和江女的关系：荇菜可食，江女采之。江女不采，任其老去，荇菜怀之。暗指诗人老之将至，心中依然没有放弃建功立业的人生理想。但不放弃又能怎样？漂浮的荇菜调侃楚萍，但都一样漂浮着，凋谢了。尾联表面说西风冷雨，荇菜即将凋亡，实际上暗指诗人的景况。妻女死后，诗人过着孤苦的晚年生活。诗中的"孤"是他晚年境况的写照，"孤蕊有余馨"则是对晚年与命运抗争的自勉。

注释

[1] 荇：多年生草本植物，叶略呈圆形，浮在水面，根生水底，夏天开黄花。光于水：比水面还光滑。

[2] 汀：水边平地，小洲。

[3] 蛱蝶：蝴蝶。

[4] 五色：青、黄、赤、白、黑五色，也泛指各种色彩。小蜻蜓：螅、豆娘。此处蛱蝶和蜻蜓喻指荇菜的花朵。

[5] 老去：兼指荇菜和诗人。

[6] 楚萍：楚江萍。

[7] 西风：秋风。苦：紧迫。

[8] 余馨：残留的香味。

雨燕

雨燕去还来，衔虫为雏食[1]。雄雌湿已倦，梁栋冷并息[2]。
缘础蚍蜉群[3]，拾馂蜻蜓翼[4]。谷粟满京囷[5]，任从黄雀得[6]。

说明

　　雨燕来去匆忙哺育幼雏，冒雨频飞，全身带雨，疲倦不堪。梁柱下生活的蚂蚁，捡拾雨燕进食时掉落的蜻蜓翅膀，而黄雀则从粮仓中盗食粮食。但雨燕自有雨燕的情操，尽管疲倦不堪，捕食困难，既不会像蚂蚁那样吃嗟来之食，更不会像黄雀那样饱食官仓。这首诗借雨燕写自己安贫乐道的节操，绝不与无所事事、尸位素餐、鱼肉百姓之人为伍。

注释

[1] 雏：燕子的幼鸟。
[2] 并息：并排停在那休息。
[3] 础：垫在柱下的石磴。蚍蜉：蚂蚁。
[4] 馂：吃剩下的食物。
[5] 京囷：粮仓。
[6] 任从：任凭、听凭。黄雀：雀科鸟类，此处比喻官吏。

欧阳修 （1007—1072），字永叔，号醉翁、六一居士，今江西吉安人。

小池

深院无人锁曲池[1]，莓苔绕岸雨生衣[2]。绿萍合处蜻蜓立[3]，红蓼开时蛱蝶飞[4]。

说明

　　这首诗作于嘉祐四年（1059），时诗人以病免去开封知府，转官给事中，同提举在京诸司库务，仍以翰林学士主修《唐书》。诗境中的深院小池，空荡无人，又因多雨潮湿，池岸青苔环绕。诗人在空旷寂寥之中，却乐观地憧憬来日的春和景明，一定会有绿萍上停立的蜻蜓、红蓼中飞舞的蝴蝶，展示作者寂寞中不失向往的平衡心态。

注释

[1] 曲池：曲折回绕的水池。
[2] 莓苔：青苔。雨生衣：雾水使衣服润湿。
[3] 绿萍：满江红科小型漂浮植物。蜻蜓：蜻蜓目昆虫的成虫。
[4] 红蓼：蓼科一年生草本植物。蛱蝶：泛指蝴蝶。

张方平 （1007—1091），字安道，号乐全居士，今河南商丘人。

蝉

红树依依古驿西[1]，一声长是报秋期[2]。新晴忽见横飞过[3]，落晚最伤孤啸时[4]。
阴激英雄增感愤[5]，潜催节物至萧衰[6]。草根蟋蟀霜前雁[7]，共与愁人染鬓丝[8]。

说明

这首诗描述了秋蝉的生存环境和其鸣声的文化内涵。首联点出了夏末秋初的季节时令。
颔联捕捉蝉"新晴横飞"的瞬间镜头，点染出蝉傍晚孤啸，令人凄然神伤的情景。颈联转入
议论：英雄闻蝉鸣，有感于岁华流逝、功业未就而感慨愤激。蝉鸣还在不知不觉中使景物更
加萧瑟衰颓。尾联进一步说蝉鸣与秋愁，蝉鸣与蟋蟀、归雁一起，引人秋愁，使人鬓发染霜。

注释

[1] 红树：秋天树上出现红叶。依依：树枝轻柔随风摇动的样子。驿：驿站，旧时供来
往送公文的人或出差官员中途换马或暂住的地方。

[2] 一声：蝉鸣。

[3] 忽见：突然见到。横飞：交错飞行。"新晴"句：晴天时，会突然看到交错飞行的蝉。

[4] 落晚：傍晚。孤啸：蝉鸣。

[5] 阴：暗中、暗地里。感愤：有所感触而愤慨。

[6] 节物：季节物象。萧衰：萧条衰落。

[7] 蟋蟀：直翅目蟋蟀科昆虫的成虫。雁：大雁，雁形目鸭科鸟类的通称。

[8] 染鬓丝：使鬓发变白。

李觏 （1009—1059），字泰伯，今江西南城人。

蝉

一蜕嚣尘向此生[1]，柳枯槐老正伤情[2]。高吟尽日知谁听[3]，零露充肠且独清[4]。
螳斧不劳阴致害[5]，貂冠犹可共传名[6]。骚人若有遗魂在[7]，应放冤声伴尔鸣[8]。

说明

这首诗采用拟人手法，寓情志于蝉。蝉经过蜕化而脱俗超世，然所居处柳枯槐老，自
己孤高而鸣，却无人理会。蝉以零露为餐，并无奢望，独守高洁，然却处境维艰。在蝉的身
上，也映照出诗人的影子。诗人有高洁的人格、远大的志向、渊博的学识，却不被重用，与

孤高而鸣的蝉命运何其相似。

注释

[1] 蜕：指蝉末龄若虫羽化形成成虫。嚣尘：纷扰的尘世，此处指蝉若虫生活的土壤。向：面对。此生：一生。

[2] 正：的确，实在。"一蜕"两句：蜕皮羽化来到这个世界，"柳枯槐老"的确"令人伤情"。"柳枯槐老"或有所指。

[3] 尽日：犹终日、整天。

[4] 零露：降落的露水。独清：谓清白自处，不同流合污。

[5] 螳斧：螳螂的前足，为捕捉足。阴：隐藏的。

[6] 貂冠：古代侍中、常侍之冠。因以貂尾为饰，故称。貂冠上饰以蝉纹表示品行高洁，身份高贵。"螳斧"两句：螳螂啊，就不用劳烦你暗中使坏了，因为那样也是徒劳！貂冠蝉饰已足以传名于世。

[7] 骚人：屈原作《离骚》，因称屈原或《楚辞》作者为骚人，后也泛指诗人。

[8] 冤声：怨恨之声。"骚人"两句：正直之人精神不死，年年蝉声中就有他们的悲鸣。

邵雍 （1011—1077），字尧夫，今河南林州人。

蠹书鱼[1]

形状类於鱼，其心好蠹书[2]。居常游箧笥[3]，未始在江湖[4]。
为害千般有，言烹一物无[5]。年年当盛夏，曝了却如初[6]。

说明

这首诗用幽默风趣的笔调，写衣鱼的形状、危害和防治，表现出作者面对猖獗的衣鱼危害无奈的心情。

注释

[1] 蠹书鱼：衣鱼，衣鱼目昆虫。

[2] 蠹：蛀蚀。

[3] 居常：经常。箧笥：藏物的竹器，多指箱和笼，在古代主要是用于收藏文书或衣物。

[4] 未始：未曾、从未。江湖：江河湖泊。

[5] 言烹：《老子》："治大国，若烹小鲜。"意思是治理大国要像煮小鱼一样。"言烹"句：衣鱼虽然称为鱼，但是不能煮作吃。

[6] 曝：同晒。却如初：衣鱼危害如初。

刘敞 （1019—1068），字原父，一作原甫，号公是，今江西新余人。

蝉

微躯定谁恨^[1]，清啸不知劳^[2]。屈宋悲秋苦^[3]，夷齐卧隐高^[4]。
风林含咽绝，露叶动萧骚^[5]。何必催摇落^[6]，人今已二毛^[7]。

说明

这首诗用拟人化的手法，从悲秋的表现、原因和程度等方面展示蝉之悲。首联从推断切入：一定是有什么怨恨，不然小小的蝉儿不会叫个不停。接着分析悲哀的原因：可能是因为屈宋那样壮志未酬，也可能是夷齐那样报国无门。你们是如此悲哀：秋风里抽泣欲绝，露叶洒泪是何等凄凉！尾联点出诗歌的要旨：即通过蝉之悲诉说人之哀。秋叶啊，你慢些落，无须你提醒光阴流逝，因为我已头发斑白。

注释

[1] 定：究竟、到底。谁：什么。定谁恨：肯定是有什么怨恨。

[2] 清啸：清越悠长的鸣叫。不知劳：不知疲倦。

[3] 屈宋：屈原和宋玉。屈原是伟大的爱国诗人，中国浪漫主义文学的奠基人，"楚辞"的创立者和代表作家。宋玉是屈原诗歌艺术的直接继承者，在楚辞与汉赋之间，起着承前启后的作用。

[4] 夷齐：伯夷和叔齐。商朝末年孤竹国君的儿子。伯夷和弟弟叔齐，在周武王灭商以后，不愿吃周朝的粮食，一同饿死在首阳山。后人称颂他们忠于故国。

[5] 萧骚：风吹树叶等的声音，形容景色冷落。

[6] 摇落：树叶凋残、零落。

[7] 二毛：头发花白。

螳螂

玄蝉无所营^[1]，风露正凄清^[2]。执翳机何密^[3]，当车勇自轻^[4]。
将迷黄雀患^[5]，已变玉琴声。得丧还相召^[6]，南华所以惊^[7]。

说明

这首诗描述了《庄子·山木》中"螳螂捕蝉，黄雀在后"的故事。首联写蝉的状态。古人认为秋蝉"饮露而不食"，意思是说蝉无欲无求，只凭借着风露就可以生存。颔联写准备捕蝉的螳螂。"执翳机何密"，描写螳螂心思缜密，它用树叶隐蔽自己，打算见机扑上去捕捉蝉。"当车勇自轻"，说螳螂身体渺小，却试图阻挡车子前进。"将迷"句是说螳螂执迷于捕蝉，完全忽略了自己即将遭受被黄雀捕食的祸患。果然，螳螂随后被黄雀抓到，丢了性

历代咏虫诗选

命。"已变"句引用了"人琴俱亡"的典故：东晋的王徽之和弟弟王献之都身患重病，王献之去世后，王徽之前往弟弟家中处理丧事的时候，取了弟弟的琴来弹，却发现琴弦的声音变得不协调了，于是悲伤地说："人琴俱亡。"玉琴声变，音调不准，代指死亡，诗人在这里用来说明螳螂的死亡。尾联诗人发出感叹：这种得利丧身，两者互为利害的关系，不仅存在于人类社会，在自然界中也有，其实也是庄子感到惊讶的原因。

注释

[1] 玄蝉：秋蝉、寒蝉。无所营：无所求。

[2] 凄清：凄凉冷清。

[3] 执翳：源自"蝉翳叶"的传说。据说蝉躲藏的地方，它上面往往有一片叶子遮蔽着，螳螂鸟雀就看不见它，不能伤害它了，这片叶子就叫"蝉翳叶"。要是有人能取得"蝉翳叶"来遮蔽自己，就能隐身，别人也就看不见他。此处指指螳螂借树叶隐蔽自己，伺机发起对蝉的捕捉。

[4] 当车：螳臂当车，一说螳臂挡车。《庄子·人间世》："汝不知夫螳螂乎，怒其臂以当车辙，不知其不胜任也。"比喻不正确估计自己的力量，去做办不到的事情，必然招致失败。

[5] 黄雀：雀科鸟类。黄雀患：螳螂捕蝉，黄雀在后。螳螂专心捕蝉，被黄雀抓到，丢了性命。

[6] 得丧：犹得失。相召：相互关联。

[7] 南华：即庄周，唐玄宗天宝元年（公元724）二月封庄周为"南华真人"，所著书《庄子》为《南华真经》。

蚁斗

扰扰嗟何急 [1]，营营若有侵 [2]。由来穴知雨 [3]，非尔旱为霖 [4]。
王霸强并弱 [5]，兴亡古到今。愿君推达观 [6]，安得异机心 [7]。

说明

这首诗描述了蚂蚁和人类社会争权夺利的现象和诗人的见解。首联言蚂蚁终日营营扰扰，若有相侵。颔联说蚂蚁能知道天将下雨，但降雨消除旱灾绝非是蚂蚁活动的功劳。后四句就蚁斗一事发出感慨：古往今来，恃强欺弱，王霸相侵，争权夺利，胜者兴而败者亡，"蚁斗"也不例外。末联规劝蚂蚁要有旷达之心，不要老是互相侵斗。实际上这也是对存有"异机心"的统治者的忠告。

注释

[1] 扰扰：形容纷乱。嗟：叹词，表示忧感。

[2] 营营：纷乱错杂貌。侵：入侵者。

[3] 由来：历来。穴知雨：动物有感知气象的功能，天将雨，蚁集于洞穴口，以防水淹没其巢穴。

宋代

[4] 尔：你，指蚂蚁。霖：久旱喜雨，三天为霖。"非尔"句：不是因为你就能使旱天降雨。

[5] 王霸：王业与霸业。

[6] 推：由已知之点想到其他。达观：泛指畅通，转义为明白事理。

[7] 安得：岂可。机心：巧诈之心、机巧功利之心。异机心：异样的心计。

司马光 （1019—1086），字君实，号迂叟，今山西夏县人。

野菊 [1]

野菊未尝种，秋花何处来。羞随众草没 [2]，故犯早霜开 [3]。
寒蝶舞不去 [4]，夜蛩吟更哀 [5]。幽人自移席 [6]，小摘泛清杯 [7]。

说明

这首诗为皇祐六年（1054）诗人任郓州州学教授时作。运用拟人化的手法，表达了诗人对野菊的赞美之情，同时也表现出诗人孤傲高洁的心志。野菊无人栽培，自然生长，秋日依然一派灿烂。野菊具有高洁不俗的秉性，以随众草枯萎为羞，喜爱迎着早霜傲然开放。蝴蝶为之流连，蟋蟀的鸣声里满含怜惜。幽人在野，恰如野菊，采菊饮用，宛如知己相逢。

注释

[1] 野菊：菊之野生者，多年生宿根草本植物，花多发于晚秋初冬，多而小，有黄、白、紫等色。

[2] 没：枯萎消失。

[3] 犯：顶着，冒着。"早霜"句：特意冲破早霜而盛开。

[4] 寒蝶：深秋的蝴蝶。

[5] 蛩：蟋蟀。

[6] 幽人：幽居之士。移席：离开自己的座位；形容谦虚、尊敬。

[7] 泛：漂浮，指用菊花泡茶；清杯：用菊花泡的茶水澄澈透明。

王安石 （1021—1086），字介甫，号半山，今江西抚州人。

促织 [1]

金屏翠幔与秋宜 [2]，得此年年醉不知 [3]。只向贫家促机杼 [4]，几家能有一绚丝 [5]。

因促织鸣声像织布机的声音，古人认为促织有催人织布之意。该诗借此寓意，以生活在华美笼中的蟋蟀比喻养尊处优、醉生梦死之徒，讽刺那些只知搜刮百姓不管民间疾苦的人。尾句指出一个严峻的事实：剥削者对农民的残酷榨取，使农民连一缕丝都没有，如何织布？暗示阶级矛盾的尖锐，从诗中还可进一步看出诗人关心百姓，推动社会变革的决心。

注释

[1] 促织：蟋蟀。直翅目蟋蟀科昆虫的成虫。因其鸣叫的声音很像织布机运转的声音，且经常在夜间鸣叫，仿佛在敦促妇女们辛勤工作，所以也叫促织。

[2] 金屏：装蟋蟀的金色笼子。翠幔：碧绿的帐幔。宜：适合。"金屏"句：促织在金色笼中，陶醉于养尊处优的生活，跟凉爽的秋天相适应，暗喻富人们奢华的生活。

[3] 得此：居住在金屏翠幔之中，过着奢华的生活。"得此"句：过着这样纸醉金迷的日子，却泰然处之。

[4] 机杼：织布机。

[5] 绚：古代量词，丝五两为一绚。"只向"两句：促织只是无休止地向贫家鸣叫，促贫家纺织，但贫家已一无所有，有多少户还能有一缕丝可供纺织呢？

蝶

翅轻於粉薄於缯[1]，长被花牵不自胜[2]。若信庄周尚非我[3]，岂能投死为韩凭[4]。

说明

这首诗作于北宋神宗元丰八年（1085），借用庄周梦蝶和韩凭夫人的罗裙化蝶两个故事，表现蝴蝶的一片痴情和爱情的美丽浪漫。前两句说蝴蝶的形态，以及对花的迷恋。翅比粉轻，比丝织品还薄，常常被花吸引，不能自制。后两句说如果相信蝴蝶和庄周之间说不清道不明的关系，韩凭夫人就不会殉情化蝶了。

注释

[1] 粉：粉末、粉尘。缯：丝织品。

[2] 牵：吸引。不自胜：不由自主。

[3] 庄周：即庄子。周烈王七年（约公元前369年），出生于宋国蒙邑。战国中期思想家、哲学家、文学家，道家学派代表人物，与老子并称"老庄"。《庄子·齐物论》："昔者庄周梦为胡蝶，栩栩然胡蝶也，自喻适志与！不知周也。俄然觉，则蘧蘧然周也。不知周之梦为胡蝶与，胡蝶之梦为周与？周与胡蝶，则必有分矣。此之谓物化。"尚非我：不知是庄周做梦变成了蝴蝶呢，还是蝴蝶做梦变成了庄周。即不知道是庄周还是蝴蝶。

[4] 岂能：怎么能。韩凭：亦作"韩冯""韩朋"。战国时期宋国商丘人。东周战国时，宋康王见舍人韩凭的妻子何氏貌美，就把何氏霸占过来，为此韩凭夫妇双双殉情自杀。

题西太一宫壁二首 [1]

柳叶鸣蜩绿暗 [2]，荷花落日红酣 [3]。三十六陂流水 [4]，白头想见江南 [5]。

三十年前此地，父兄持我东西 [6]。今日重来白首，欲寻陈迹都迷 [7]。

说明

景祐三年（1036），十六岁的王安石随父王益、兄王安仁到过汴京（今河南开封），并随父兄游西太一宫。嘉祐五年，王安石入京任职，三年后其母去世，即扶柩回江宁（今江苏南京）居丧。熙宁元年（1068），王安石奉诏入京，准备变法，重游西太一宫时，距初游已有三十二年了。旧地重游，触景生情，百感交集，于是即兴吟成这两首诗题写在宫墙之上。元祐元年（1086）五月，王安石在失意中离世。七月立秋，朝廷祭祀西太一宫，苏轼、黄庭坚等此时见到王安石的题壁诗，王诗令作为政治对手的苏、黄二人赞赏不已，自叹弗如。两首诗都蕴含了落叶归根之意，亦兼有韶华易逝的慨叹和日暮乡关的愁绪。第一首由眼前的夏日美景联想起江南故乡的风光，抒发了对故乡、亲人的思念，情景交融，浑然天成。第二首回忆初游西太一宫的情景，表现了对当年父兄同游之乐的无限眷恋之情，以叙事方式通过今昔对比来传达诗意，意境感人。第一首从写景切入，先写陆地、高处之见闻。柳树枝叶繁密，绿色深浓，蝉儿在柳叶中尽情地鸣叫。次句写低处、水上景物。荷花在落日斜照下无比娇艳。第三句由眼前汴京的三十六陂流水，想起江南景色，并触发已生白发的诗人对初游西太一宫的回忆，对岁月如流、人生短暂的感慨，对父母兄弟等亲人的思念，对故乡江南的眷恋，以及不知何时能功成身退返回故乡的忧虑。第二首首联回忆初游西太一宫的情景，当年初游此地，他还幼小，父亲和哥哥王安仁牵着他的手漫游。而岁月流逝，三十多年过去了，父、兄均已去世，真是"向之所欢，皆成陈迹"，"今日"两句表现了对当年父兄同游之乐的无限眷恋。然而连"陈迹"都无从寻觅了。第一首以兴象的方式传达诗意，既有意境，也有意味。第二首则以叙述的方式来传达诗意，同样动人心弦。

注释

[1] 西太一宫：道教庙宇。位于汴京西南的八角镇，乃祭祀天神"太一"之神祠，建成于仁宗天圣六年（1028）。每逢立春、立夏、立秋、立冬之日，朝廷皆派官前来祭祀。太一：尊神名。

[2] 鸣蜩：鸣蝉。绿暗：形容树荫浓密。

[3] 酣：浓透。"柳叶"二句：一作"草色浮云漠漠，树阴落日潭潭"。

[4] 三十六陂：池塘名，在汴京附近。陂：池塘。

[5] 江南也有三十六陂，故诗中云"想见江南"。

[6] 父：诗人的父亲王益。兄：诗人的哥哥王安仁。持：携带。东西：由东到西，即走动。

[7] 陈迹：过去的痕迹。迷：分辨不清，一片迷惘。

王令 （1032—1059），初字钟美，后改字逢原，今江苏扬州人。

和人促织

秋虫何尔亦匆匆[1]，何处人心与尔同。梦枕几年悬客泪[2]，晓窗残月破西风[3]。人思绝漠冰霜早，妇叹穷阎杼柚空[4]。更有孤砧共岑寂[5]，平明华发满青铜[6]。

说明

这首诗表达诗人对生活的困顿以及功业未成、年华匆匆的感受。秋虫的生命和转瞬而逝的季节一样短暂，回想几年来寄人篱下的生活，晓窗残月下秋风萧瑟。人心凉了，天气都觉得格外寒冷，贫困的生活和孤寂的夜，催生了诗人的白发，一夜之间青铜镜里的人就憔悴了。

注释

[1] 秋虫：指促织，即蟋蟀。何：为什么。尔：你。

[2] 悬：牵挂。

[3] 残：一作"秋"。破：开始，进入。西风：秋风。"晓窗"句：晓窗残月下，秋风吹起了。

[4] 穷阎：陋巷、穷人住的里巷。杼柚：织布机上的两个部件，即用来持纬（横线）的梭子和用来承经（直线）的筘，亦代指织布机。杼柚空：杼柚其空，形容生产废弛，贫无所有。

[5] 砧：砧声，捣衣声。岑寂：寂静、寂寞。

[6] 平明：天亮的时候。华发：花白的头发。青铜：青铜镜。

闻促织

衰草风来响不知[1]，破窗灯灭月藏辉[2]。白头老妇无机织，卧听邻儿懒捣衣[3]。

说明

该诗歌描写了穷人极度贫困的凄惨生活。一间破屋子，没有点灯，月亮也藏在了云彩后面，风吹衰草的声响盖过了蟋蟀的鸣声。白发老妪没有织布机，促织鸣叫催也无用。在这昏暗的夜晚，只有早早睡下，听邻家疲惫的捣衣声。

注释

[1] 响：促织的鸣声。

[2] 月藏辉：月光被遮蔽起来。

[3] 懒：一作"慢"。疲惫地，有气无力地。捣衣：将半衣料放在石砧上用棒槌捶击，使衣料绵软以便裁缝，或将洗过的脏衣放石板上捶击，去浑水，再清洗。

张舜民 （1034—1112？），字芸叟，自号浮休居士，又号矼斋，今陕西彬县人。

萤

江皋萤火故辉辉[1]，仍解穿帘夜点衣[2]。但取见时增意思[3]，莫嫌生处太卑微[4]。月明敢向星中乱[5]，天黑偏能雨里飞[6]。今日分明知我去[7]，何年漂泊照吾归[8]。

说明

这首诗看似写萤，实质上是通过"萤"来写诗人的生活。首联说江边的流萤闪闪发光，仿佛能读懂诗人的心，用自身的光芒陪伴难以入睡的诗人。颔联说只要能增加情趣，何必计较出生贵贱。颈联说萤火虫虽然自身渺小，但却敢于与自然抗争。能在月明之时挑战星空，在下雨的夜色中翩翩起舞。体现了一种宁可世间冷漠无情、环境恶劣，但有天空之大任我飞的境界。尾联写出了作者的无奈与不舍，明知道我今日离开，我却不知道归期。

注释

[1] 江皋：江边临岸之地。故：仍、还是。辉辉：闪亮的样子。
[2] 解：懂得。点：短暂接触。
[3] 见时：现在，眼前。增意思：增加情趣，得乐且乐。
[4] 生处：出生之地，相传萤为腐草所化，故云生处卑微。"生处"句：双关语，兼说腐草化得的萤火虫和出生贫寒的人。
[5] 月明：月光之下。
[6] 雨里飞：当为诗人想象，雨太大时萤火虫静伏不飞行。
[7] 知我去：指作者在神宗元丰年间贬监郴州酒税事。
[8] 漂泊：漂流或停泊；比喻生活不固定，居无定所，犹如在水上漂流。吾：我，指诗人。

苏轼 （1037—1101），字子瞻、和仲，号铁冠道人、东坡居士，世称苏东坡，今四川眉山人。

二虫[1]

君不见，水马儿[2]，步步逆流水。大江东流日千里，此虫趯趯长在此[3]。君不见，鹢溺堆[4]，决起随冲风[5]。随风一去宿何许[6]，逆风还落蓬蒿中[7]。二虫愚智俱莫测[8]，江边一笑无人识。

这首诗作于元丰五年（1082）二月，诗人时在黄州（今湖北黄冈）。这首诗借写水马儿和鹩滥堆，来表达他对随波逐流、好高骛远人的讥刺，和对坚强不屈、临难不苟人的赞扬。前四句写水马儿步步都逆流而行，大江之水日夜不停地向东流去，水马儿却不随波逐流，而长久留在江上跳跃。下四句写鹩滥堆，随风疾速地飞起，一遇逆风，仍然落在蓬蒿里。最后两句议论：两者的做法到底谁愚谁智还真说不清，我在江边悟到这个道理也只能会心一笑。诗人写二虫，实际是讽喻人事。写水马儿不随大江东流，逆流而行，反而得到"长在此"的结果。这是比喻不受任何迷惑，不随波逐流，而能独立于世的坚强有志之士，这才是真正的智者。鹩滥堆随风决起，一遇逆风，便落在蓬蒿之中。这是比喻易受迷惑，随波逐流，好高骛远的人，他们自以为智，实际愚蠢，其结局只能是身败名裂。而作者江边一笑，竟无知音者，实际上也讥笑世上愚惑如鹩滥堆者之多。诗人一生宦海浮沉，几经贬谪，虽处逆境，但能坚持端正的人品，廉洁自守，不为暂时的挫折所迷惑，依然独立于世，乐观自信，可以看出此诗的深意在于表现作者坚强高傲、不屈不阿的性格，对那些好高骛远、随波逐流、与俗浮沉的人则给予讽刺。

注释

[1] 虫：古代"虫"的概念宽泛，该诗中将昆虫和鸟类均称为"虫"。

[2] 水马：即水黾，半翅目黾蝽科昆虫，中、后足端部着生有油质的细毛，有防水作用，能在水面行走。

[3] 趯趯：跳跃貌、跳动貌或细长貌。长在此：一直在原处。

[4] 鹩滥堆：鹑雀，鹑的一种；也称斥鹑、尺鹑。弱小不能远飞，为麦收时的候鸟。亦喻小人。

[5] 决起：急速地飞起。随：顺着。

[6] 何许：何处。

[7] 落：跌落。

[8] 莫测：不知道。

陌上花三首

游九仙山[1]，闻里中儿歌陌上花，父老云，吴越王妃[2]每岁春必归临安，王以书遗妃曰："陌上花开，可缓缓归矣。"吴人用其语为歌，含思宛转，听之凄然。而其词鄙野[3]，为易之云。

陌上花开蝴蝶飞[4]，江山犹是昔人非[5]。遗民几度垂垂老[6]，游女长歌缓缓归[7]。

陌上山花无数开，路人争看翠辇来[8]。若为留得堂堂去[9]，且更从教缓缓回[10]。

生前富贵草头露[11]，身后风流陌上花[12]。已作迟迟君去鲁[13]，犹教缓缓妾还家[14]。

这组诗约作于宋神宗熙宁六年（1073），作者时任临安（今浙江杭州）提点。五代时，钱镠据浙江，称吴越王。到他的孙子钱俶，降宋，国除，移家汴京（开封）。临安是吴越王遗迹所在。苏轼游山时闻乡里小儿唱歌谣，歌谣背后有一段感人的故事。吴越王钱镠妻子戴氏，本是横溪农家女，嫁随钱镠征战，虽成国母，仍情结乡土，年年回娘家小住。那年戴氏又回娘家去了，钱镠理政杭州，一日走出官门，但见凤凰山麓，桃红柳绿，心生思念，便提笔书信呼唤王妃早日归来。信中的其他内容早已消散，唯有"陌上花开，可缓缓归矣"这九个字含蓄委婉，饱含深情，随时间沉淀留存下来。诗人游九仙山时见花开繁盛、蝴蝶飞舞，借诗咏怀感慨钱镠一世英豪，成就吴越王国，传国百年后终归降于宋。江山仍在物是人非，生前的荣华富贵，皆如那草头露、陌上花，转眼即"风流云散"。死后留下的美好名声，也全如那路边的花朵，很快就会凋枯谢落。一切尘世的虚名浮利都逃不过时间的冲洗，远不如丈夫想念妻子酿成的一句话，反而流芳百世。第一首对吴人歌《陌上花》事作了概括的叙述。春天时节，陌上鲜花盛开，蝴蝶翩翩飞舞。这迷人的春色，跟"吴越王妃每岁春必归临安"时的景象并无不同。然而，吴越王朝早已灭亡，吴越王妃也已不复存在，只留下凄美的故事传说。由眼前的景物联想到已成过往的人事，发出了"江山犹是昔人非"的感慨。尽管吴越王朝的遗民已渐渐衰老，但游女们仍在长声歌唱《陌上花》，以寄托对王妃的追忆与悼念。第二首写吴越王妃春归临安情景。春天来了，陌上的无数山花争奇斗艳，王妃按照惯例，乘坐富丽的翠軿，又来到了临安，吸引了过往的路人竞相观看。诗人以"山花""翠軿"衬托王妃的青春美貌，又以"路人争看"渲染王妃归来的盛况，透露出吴越王朝曾有的承平气象。三四句是设想之辞，意谓如能留得青春在，王妃即可遵从吴越王的嘱咐"缓缓而回"，尽情观赏临安旖旎的春光。然而，无论是春天还是人的青春年华，都不可能永存长在。因而，"陌上花开，可缓缓归矣"之类的风流轶事也必然有终结之时。第三首慨叹吴越王的去国降宋。吴越王及其妃子生前的富贵荣华，犹如草上的露珠，很快就消失了，但其风流余韵死后仍流传于《陌上花》的民歌中。后两句写吴越王虽然已去国降宋，丧失了帝王之尊，却仍保留着"陌上花开，可缓缓归矣"的惯例。可叹的是，"王妃"的身份已改变为"妾"，"路人争看翠軿来"的盛况大概不会再出现了。细品诗味，其中不无诗人的深沉感慨和委婉讽喻。

[1] 九仙山：在临安县西，曾是葛洪、许迈炼丹之地。

[2] 吴越王妃：指五代吴越王钱俶之妃。《新五代史·吴越世家》载，宋兴，吴越王钱俶"始倾其国以事贡献。太祖皇帝时，俶尝来朝，厚礼遣还国。……太平兴国（宋太宗年号）三年，诏俶来朝，俶举族归于京师，国除。"

[3] 鄙野：粗鄙俚俗。易之：谓变换其词（保留其调）。

[4] 陌：田间小路。陌上花：吴地山歌名。蝴蝶：疑为粉蝶。

[5] 昔人非：作者作此诗时，距离太平兴国三年，已近一百年，当时之人自无在者。

[6] 遗民：亡国之民。垂垂：渐渐；"垂垂"一作"年年"。

[7] 游女：出游陌上的女子。

[8] 翠：青绿色。軿：车幔，代指贵族妇女所乘有帷幔的车子。

[9] 堂堂：指青春，青春年华，也有春天之意。

[10] 从教：听任，任凭。

[11] 草头露：草头的露水，一会儿就干掉，比喻生前富贵不长久。

[12] "身后"句：意为身后大家没有忘记她，仍为她唱《陌上花》。

[13] 迟迟：《孟子·尽心下》："孔子之去鲁，曰：迟迟吾行也，去父母国之道也。"是说孔子离开鲁国的时候，走得很慢，因为他离开的是父母之邦。比喻钱俶离杭州朝宋，迟迟其行，恋恋不舍。

[14] "已作"两句：吴越王虽然已去国降宋，却仍保留着"陌上花开，可缓缓归矣"的惯例，但"路人争看翠軿来"的盛况料已不再。

雍秀才画草虫八物 其一 促织 [1]

月丛号耿耿 [2]，露叶泣溥溥 [3]。夜长不自暖 [4]，那忧公子寒 [5]。

说明

这组题画诗作于宋神宗元丰七年（1084）。秀才是宋代对应举读书人的通称，雍秀才生卒未详。该诗通过将促织之名称与织布御寒相联系，想象画中的促织形象。以蟋蟀比喻贫寒交加的劳动人民，他们自身不得温饱，哪里还有余力为"公子"们缝制寒衣呢？

注释

[1] 促织：即蟋蟀。直翅目蟋蟀科昆虫的成虫。

[2] 月丛：月色下的草丛。号：拖长声音大声叫喊，指蟋蟀鸣叫。耿耿：内心烦躁、声音不安。

[3] 溥溥：露多貌。"月丛"两句：描绘促织努力赶织的情形。促织一直鸣叫，彻夜不宁，无论是"月丛"之中，还是"露叶"之下，为生存的需要，任何情况都不会停下织机（鸣叫）。

[4] 夜长：长夜。不自暖：自己不得温暖。

[5] 公子：中国古代一种对别人的称谓。"夜长"两句：漫漫长夜中促织自身很冷，谈何催促别人织布御寒。

其二 蝉

蜕形浊污中 [1]，羽翼便翾好 [2]。秋来闲何阔 [3]，已抱寒茎槁 [4]。

说明

这首诗通过人格化的蝉，描写清高自好者的悲惨结局。首句写蝉若虫生活在污秽的土壤中，但它能通过羽化离开这个环境，自以为已经鄙弃世俗，洁身自好。次句说蝉翅丰满后便飞上树木、独占高枝，长鸣不歇，风姿神态颇为清高孤傲。后两句说时光流逝，好景不长，蝉所依托的树枝凋零，木叶萧疏，气候转冷，蝉就身形枯槁，抱树长眠了。

注释

[1] 蜕：蝉若虫羽化形成成虫。

[2] 羽翼：翅。翻：飞行。翻好：形态、功能完整。"蜕形"两句：从土壤爬出羽化后，蝉的翅就形态完整，能够飞行。

[3] 闲：同"间"，长久。阔：久别。闲何阔：长久没有见面，指长久没有见到蝉。

[4] 寒茎：寒冷的枝干。槁：枯干、死亡。"秋来"两句：秋来很久没有见到蝉，后来发现它已抱茎而亡。

其四 蜣螂

洪钟起暗室[1]，飘瓦落空庭[2]。谁言转丸手[3]，能作殷床声[4]。

说明

这首诗描述了蜣螂飞行和跌落的状态，并由此生发联想，说明微贱之物也不可轻忽的道理。从暗处传来很大的轰鸣声，鸣声停止后传来瓦片跌落的声响，那是蜣螂停飞跌落了。很难想象如此大的动静是由这个推粪球的屎壳郎闹出来的。

注释

[1] 洪钟：洪亮的钟声，指蜣螂飞行时发出的轰鸣声。暗室：暗处，看不见的地方。

[2] 飘瓦：坠落的瓦片。"飘瓦"句：飞行的蜣螂跌落时发出瓦片跌落的声响。空庭：幽寂的庭院，因寂静使声音更加响亮。

[3] 谁言：有谁敢说，难以想象。转丸：推粪球。转丸手：即蜣螂。

[4] 殷：震、震动。床：一作"雷"。殷雷：轰鸣的雷声。

其五 天水牛[1]

两角徒自长[2]，空飞不服箱[3]。为牛竟何事[4]，利吻穴枯桑[5]。

说明

诗人扣住"牛"的名称，说"天水牛"名不副实。实际上寄寓了作者对现实生活中庸碌无能，不仅不为民谋利，反而残酷压榨百姓的官吏的批判。天水牛的头上白白长了两根犄角，看起来就像牛一样，但是又不能像牛那样拉着车箱劳作，为人做事。接下来则是说，天牛虽然借用了牛的美名，但是它作为"牛"都干了些什么事呢？它只会用自己锋利的嘴，在桑树上打洞，使树木干枯死亡。

[1] 天水牛：天牛，鞘翅目天牛科昆虫，此处指天牛成虫。

[2] 角：指天牛的触角。徒：徒然，白白地。

[3] 空飞：漫无目的地乱飞。服箱：负载车箱，犹拉车。"两角"两句：天牛的头上白长了两个像牛角一样的角，但只能乱飞，而不能像牛一样拉车。

[4] 为：作为。竟：穷究、追究。事：一作"益"。

[5] 吻：天牛的口器。穴：挖凿、洞穿。"为牛"两句：作为"牛"，天牛到底有什么益处呢？只会用锋利的口器在桑树枝干上开凿蛀道，使树枯死。此处的天牛可能是桑天牛，其幼虫开凿蛀道，可使桑树枯死，成虫啃食枝皮。

其八　鬼蝶 [1]

双眉卷铁丝 [2]，两翅晕金碧 [3]。初来花争妍 [4]，忽去鬼无迹 [5]。

说明

这首诗所咏的"鬼蝶"可能就是晋代崔豹《古今注》所说的"有大如蝙蝠者，或黑色，或青斑，名为凤子，一名凤车，一名鬼车，生江南柑橘园中。"即柑橘凤蝶。《桂海虞衡志》："黑蛱蝶大如扇，橘蠹所化，北人云玄武蝉。"俗传梁山伯与祝英台、韩凭夫妇的故事，凄艳动人，说他们死后化为蝴蝶。明代彭大翼《山趔肆考》："俗传大蝶必成双，乃梁山伯、祝英台之魂，又韩凭夫妇之魂，皆不可晓。"凤蝶称为鬼蝶，大概是与韩凭或梁山伯夫妇死后化蝶的传说有关，或者因为它的颜色是黑色的。诗前两句描写静态的蝴蝶形象，蝴蝶头部生有"双眉"，即蝴蝶的棒状触角。此外，还有一个"卷铁丝"样的构造，即虹吸式口器。两侧的翅膀上有金碧色的晕彩。后两句对蝴蝶作动态刻画。蝴蝶飞来飞去，百花为蝴蝶的美丽所倾倒，它们争奇斗艳，想获得蝴蝶的欢心和喜爱。末句则抓住鬼蝶的特点，突出它来无影、去无踪，如鬼使神差般飘忽不定的生活习性。一说该诗通过对鬼蝶形态和行为的描述，讽刺那些只凭表面艳丽、哗众取宠而又善变无常的投机者。

注释

[1] 鬼蝶：《桂海虞衡志·虫鱼志》："鬼蛱蝶，大如扇，四翅，好飞。"根据诗中的描述，可能为柑橘凤蝶。

[2] 双眉：蝶的棒状触角。卷铁丝：蝶卷曲的虹吸式口器的喙管。"双眉"句：形容触角和口器的形态，而不是说一对触角像铁丝样卷曲。

[3] 晕：因折射而形成的光圈。此处指翅面上的鳞片因折射产生的金色的幻彩。

[4] 争妍：竞相逞美；"初来"句：鬼蝶在白花盛开时出现，百花为蝴蝶的美丽所倾倒，它们争奇斗艳，想获得蝴蝶的欢心和喜爱。

[5] 忽：突然，不经意间，"忽去"："鬼蝶"突然精灵一样地消失了。

苏辙 （1039—1112），字子由，一字同叔，晚号颍滨遗老，今四川眉山人。

题王生画三蚕蜻蜓二首

饥蚕未得食，宛转不自持[1]。食蚕声如雨[2]，但食无复知[3]。
老蚕不复食，矫首有所思[4]。君画三蚕意，还知使者谁[5]？

蜻蜓飞翩翩[6]，向空无所著[7]。忽然逢飞蚊，验尔饥火作[8]。
一饱困竹梢[9]，凝然反冥寞[10]。若无饥渴患，何贵一箪乐[11]。

说明

第一首诗描写了饥蚕、食蚕、老蚕的不同神态，最后提出一个问题："君画三蚕意，还知使者谁？"第二首描写蜻蜓，仿佛回答了这个问题。前二句写蜻蜓饥飞，次二句写其饱食，五、六句写饱食后的困卧，末两句做富有哲理的总结。饥蚕、食蚕、老蚕的不同神态以及蜻蜓的饥飞饱困，都说明民以食为天的道理。人之所以战战兢兢奔走于仕途经济，也是为饥渴所驱。国家、社会的安定祥和，也当以关注民生为本。

注释

[1] 宛转：身体或物翻来覆去，不断转动。自持：自我克制和把持。

[2] 食蚕：正取食的家蚕幼虫。

[3] 无复知：对其他不再关心。

[4] 矫首：昂首、抬头。

[5] 使者：泛指奉命办事的人，此处指造成蚕不同行为的原因。

[6] 蜻蜓：蜻蜓目昆虫的成虫。翩翩：飞行的样子。

[7] 著：同"着"。

[8] 饥火：难忍的饥饿感。

[9] 困：疲倦欲睡。

[10] 凝然：安然。反：返。冥寞：死亡。"一饱"两句：捕食飞蚊之后，蜻蜓在竹梢静息，安然不动无生息。

[11] 箪：古代用竹子等编成的盛饭用的器具。

黄裳 （1043—1129），字冕仲，号演山、紫玄翁，今福建南平人。

观蚕

大巧不为蚕上簇[1]，机妇飞梭双注目[2]。腹空万绪徒自劳[3]，缣素如山人未足[4]。

这首诗前两句描写蚕上簇后专注于吐丝结茧的情景，大巧在有所不为，蚕心无旁骛才能结出茧来。其结茧时专心致志的神态可与织妇媲美。后两句议论，由蚕及人，蚕空有腹中万絮丝，一丝不留地吐出，但得到如山缣素之人却仍不会满足，写出人的贪欲，强化了诗歌的思想深度。

注释

[1] 大巧不为：《荀子·天论》："大巧在所不为，大智在所不虑。"最能干的人在于不做不能做且不应做的事，最聪明的人在于不考虑不能考虑又不应考虑的事。上簇：发育成熟的家蚕幼虫爬上草束吐丝结茧，又名"上山"。

[2] 机妇：织布的妇女。双注目：一作"注双目"。注目：注视，把视线集中在一点上，此处比喻蚕全神贯注地吐丝结茧。

[3] 徒自劳：白白地辛劳。

[4] 缣素：细绢。

道潜 （1043—1106？），也称道潜，本姓何，字参寥，人称参寥子，今浙江临安人。

临平道中 [1]

风蒲猎猎弄清柔 [2]，欲立蜻蜓不自由 [3]。五月临平山下路 [4]，藕花无数满汀洲 [5]。

说明

这首诗描写五月仲夏临平山下水边风光，是"诗中有画"的名篇。首句推出近景：一片水边的蒲草，在风中翩翩起舞，好像是在表现自己轻柔的舞姿。次句突出描写蜻蜓因风吹蒲动，想要站在蒲草上，却身不由己，站立不稳。诗人把蒲草拟人化，写出了它的知觉、感情和有意卖弄的轻柔，蜻蜓与风蒲仿佛在互相争戏。第三句宛转变化，补叙出前两句所写风景的时间、地点、位置，也为结句的写景作了交代和铺垫。第四句于风蒲背后展开自近到远的风景：在山下道路两边，一望无际的荷花开满了水面，鲜明地表现出夏日江南水乡清丽动人的景色。

注释

[1] 道中：途中。

[2] 蒲：蒲草，多年生草本植物，茎可供编织。猎猎：拟声词，形容风的声音。清柔：清明温和。清：一作"轻"。

[3] 欲立：想要站立。蜻蜓：泛指蜻蜓目昆虫，包括蜻蜓和豆娘的成虫。不自由：身不由己。"风蒲"二句：风儿吹拂，蒲叶轻柔摆动，连蜻蜓也站立不稳。

[4] 临平山：在今浙江省杭州市东北，山东南曾有临平湖，传说湖中曾现石函、宝鼎，故别称鼎湖。湖中遍植莲荷，宋时又名"藕花洲"。

[5] 藕花：荷花。汀洲：水中平地或水边平地，此处指汀洲间的水面。

黄庭坚

（1045—1105），字鲁直，小字绳权，号清风阁、山谷道人、山谷老人、涪翁、涪皤、黔安居士、八桂老人，今江西修水人。

次韵王荆公题西太乙宫壁二首

风急啼乌未了[1]，雨来战蚁方酣[2]。真是真非安在，人间北看成南[3]。

晚风池莲香度[4]，晓日宫槐影西。白下长干梦到[5]，青门紫曲尘迷[6]。

说明

这组诗是宋哲宗元祐元年（1086）所作。西太一宫是汴京的一座道观，王安石有《题西太一宫壁二首》组诗，黄庭坚用王安石的诗韵和诗题来写，所以称"次韵"。其时王安石人亡势去，诗人寄以同情，深觉是非荒唐之悲，其情辞诚挚深婉。"风急"两句描写当年王安石变法期间的政治风云。宋神宗熙宁二年（1069），用王安石参政知事，筹划变法。元丰年间（1078—1085），变法实行，这段时期以王安石为是。宋哲宗元祐元年（1086），用司马光为相，反对新法，认为王安石变法为非。从而，形成了历史上有名的王安石与司马光，主张变法与反对变法两种势力的激烈斗争。"啼乌""战蚁"，则指新旧两派斗争的剧烈。"真是"两句，诗人表明了对这场政治争斗的看法：是非不清，是因为人们从不同角度、不同立场看问题，所以得出的结论也不同。新旧两派的是非观念不同，各自皆以己为是，以对方为非，他们都不能客观地看待双方之间的矛盾，所以在他们的眼中并没有真正的是非。第二首是对王安石《题西太一宫壁二首》的呼应。先是景观的呼应，用"池莲""宫槐"呼应王诗的绿柳红荷。然后是心境的呼应：王诗有"白头想见江南"，该诗便有"白下长干梦到"。而"青门紫曲尘迷"则呼应了"欲寻陈迹都迷"的感慨。青门紫曲都是通往京城的道路，这条路上的尘土使人迷茫。人生路纷繁芜杂，何况是这条通往名利、权势、是非恩怨纠结之地——京城的道路呢！

注释

[1] 急：一作"息"。啼乌：《述征记》："长安宫南有灵台，有相风铜乌。或云：此乌遇千里风乃动。"乌可以用来观察风。"风急啼乌"：这里以乌比人，在政治风向变化时随风转动，为保全自己，趋利忘义。

[2] 战蚁：《易林·震之蹇》："蚁封穴户，大雨将至。"蚁是知道大雨要来，为了争穴而斗。"雨来"句：借喻势利之徒见风使舵，弄权酣战。

[3] 北看成南：指站在谋私利或小集团的立场上看问题。

[4] 香度：晚风送来莲花的芳香。

[5] 白下：地名，本名白石陵，后人在此筑白下城，故址在今南京市金川门外南区。唐代武德九年（626），曾改金陵为白下，因用以代指金陵。长干：地名，在今南京市南。

[6] 青门：《三辅黄图》："长安城东出南头第一门曰霸城门，民见门色青，名曰青城门。"这里借指汴京的城门。紫曲：即紫陌，指长安的道路。

蚁蝶图

胡蝶双飞得意[1]，偶然毕命网罗[2]。群蚁争数坠翼[3]，策勋归去南柯[4]。

说明

这首题画诗，也是一首政治讽刺诗。一说作于绍圣二年（1095）诗人贬谪黔州以后，一说是崇宁元年（1102）诗人在湖南、江西、湖北时期的作品。但都认为它与诗人的坎坷命运有关。持前说的岳珂在《郢史》中记载，该诗是黄庭坚居黔时题在一个画屏上的诗，屏上画的是飞舞的蝴蝶被蛛网网住，一队蚂蚁正在其间匆匆爬行。崇宁年间他被贬宜州，这幅画屏被人带到北京相国寺出售。新党首领蔡京手下的人买下呈现蔡京，蔡京大怒，表示要更重地处罚，不久黄庭坚逝世，他才作罢。诗写一双蝴蝶触网死去，这不是蝴蝶的罪，是设置网罗者的陷害。群蚁收拾坠翼，也算不得立功，在蚁国里因此策勋，更加可笑。该诗是对党争乱象的讽刺，后两句则比喻当时政坛上一些狡猾阴险之徒专靠架罗网、设陷阱、陷害正直人士，向朝廷领官受赏。可见当时朝廷的一些策封是多么荒唐！奸佞狡狯，忠良受欺，朝廷赏罚不明，便是当时黑暗的政治现实。

注释

[1] 胡蝶：蝴蝶。
[2] 网罗：蜘蛛网。此处指陷害好人的陷阱。
[3] 蚁：蚂蚁。群蚁：比喻一群宵小。
[4] 策勋：记功勋于策书之上，指领功受赏。南柯：大树南枝。唐·李公佐《南柯太守传》："淳于棼梦至槐安国，娶公主，封南柯太守，荣华富贵，显赫一时。后率师出征战败，公主亦死，遭国王疑忌，被遣归。醒后，在庭前槐树下掘得蚁穴，即梦中之槐安国。南柯郡为槐树南枝下另一蚁穴。后因以指梦境，亦比喻空幻。"

秦观（1049—1100），字太虚，又字少游，号邗沟居士，世称淮海先生，今江苏高邮人。

冬蚊[1]

蚤虱蜂虻罪一伦[2]，未如蚊子重堪嗔[3]。万枝黄落风如射[4]，犹自传呼欲噬人[5]。

这首诗作于绍圣四年（1097）冬。其时诗人奉召编管广西横州。由于南方湿热，是蚊子最活跃的环境，秦观为此吃了不少苦头。诗一开始，就拿"罪一伦"的"蚤虱蜂虻"与蚊子相比，接着写即使在"万枝黄落风如射"的冬天，那嗜血成性的蚊子，还是嗡嗡地叫嚷，想要吸血。当然，人类中也不乏像蚊子者，他们不顾大局，只谋私利，为了私利在暗地里捅你一刀，同时嘴里还说个没完，兴高采烈、大义凛然，仿佛咬人有理、害人无罪。在秦观看来，那些不顾北宋朝廷已因党争而变得十分虚弱，却仍紧咬元祐党籍问题不放而参劾其罪状的政敌，正是此类。

注释

[1] 冬蚊：蛰伏越冬的蚊子成虫，此处还比喻那些陷害忠良的小人。

[2] 蚤：跳蚤，蚤目昆虫。虱：蛇、蝎类的古称。蜂：螫人的毒蜂，膜翅目胡蜂科昆虫。虻：双翅目虻科昆虫，雌成虫能吸血。伦：同类。"蚤虱"句：蚤虱蜂虻一样有害。

[3] 重：重大、程度深。嗔：怪罪。"未如"句：蚊子比蚤虱蜂虻更可恨。

[4] 黄落：草木枯萎凋零。风如射：喻寒风刺骨。

[5] 传呼：嗡嗡声。噬：叮、咬。

贺铸 （1052—1125），字方回，又名贺三愁，人称贺梅子，号庆湖遗老，今河南卫辉人。

烛蛾 [1]

鬼蛾来翩翩 [2]，慕此堂上烛 [3]。附炎竟何功 [4]，自取焚如酷 [5]。
感彼万动微 [6]，保生在无欲 [7]。不见青林蝉 [8]，饮风聊自足 [9]。

说明

这首诗作于元丰三年（1080），贺铸踏上仕途不过十年，但对险恶的政治环境已开始产生畏惧。该诗以贪恋烛火却被灼伤的飞蛾来比喻趋炎附势的小人，他们奉承和依附有权势的人，却终被自己的欲望所累。附炎逐烛的蛾最终为自己换来的是"焚如酷"，相反那无欲的青蝉却自由自在，得以自全。表明若想在复杂的官场保全自己，最好的做法便是无所欲求、明哲保身。

注释

[1] 烛蛾：扑灯之蛾。

[2] 鬼蛾：可能为夜蛾科昆虫。翩翩：轻快地飞舞。

[3] 慕：向往。

[4] 附炎：蛾类趋光、趋热。比喻依附权势。竟：完成。竟何功：有什么下场。

[5] 酷：酷刑。

[6] 感彼：感触。万：很多的。动微：洞察精微。"感彼"句：由此感受到许多深刻的道理。

[7] 保生：犹"保身"，保护自己，避免处于危险之中。无欲：指无贪欲，对权力、金钱没有过分的追求。

[8] 青林：苍翠的树林。

[9] 饮风：古人认为蝉餐风饮露。聊：姑且、勉强、凑合。

晁补之 （1053—1110），字无咎，号归来子，今山东巨野人。

村居即事

小麦青青大麦稀[1]，蚕娘拾茧盈筐归[2]。放牛薄暮古堤角[3]，三四黄莺相趁飞[4]。

说明

诗人以简淡的笔调描绘出一幅乡村晚景图，对乡村生活的热爱则蕴含其中。小麦青葱而茂密，大麦已接近成熟，显得稀疏。蚕娘忙于捡拾野外放养的柞蚕茧，装满了大筐小筐。日暮天晚，牧牛的人吹起回家的号角，几只黄莺也倦飞归巢。

注释

[1] 小麦：指冬小麦；6月下旬至7月上旬成熟。大麦：禾本科大麦属一年生草本植物，一般6月成熟。

[2] 蚕娘：养蚕的妇女。茧：野外放养所结的蚕茧，可能为柞蚕茧。柞蚕是鳞翅目大蚕蛾科昆虫，古称春蚕、槲蚕、栎蚕、山蚕，因食柞树叶得名。

[3] 薄暮：傍晚，太阳快落山的时候。堤：河堤。

[4] 黄莺：雀形目黄鹂科鸟类。相趁：跟随、相伴。

陈师道 （1053—1102），字履常，一字无己，号后山居士，今江苏徐州人。

次韵萤火[1]

年侵观物化[2]，共被岁时催[3]。熠熠孤光动[4]，翩翩度水来[5]。
稍能穿幔入[6]，已复受风回[7]。投卷吾衰矣[8]，微吟子壮哉[9]。

一六一

这首诗以哲理入笔，通过观物化表达年华易逝的人生感受，一种人生无奈之感笼罩全篇。然后写萤火虫形态及被命运摆布的遭遇，最后生发慨叹。诗人将萤火虫与自身境况比较，融入了强烈的主观情感。"熠熠""翩翩"都是美好状，但一个"催"字却巧妙地表达出美好时光倏忽即逝的感伤之情。末联点明抒怀之意：年纪大了，已经没有博取功名的机会了，写诗只是抒发感慨而已。

注释

[1] 次韵：依照别人作诗所用的韵来和诗。

[2] 年侵：年底渐近。

[3] 岁时：每年一定的季节或时间。"共被"句：诗人和萤火虫都感受到时光流逝的压力。

[4] 熠熠：闪烁的样子。

[5] 翩翩：飘动貌。"熠熠"两句：用"孤光""翩翩"描述孤独落寞之情。

[6] 幔：张在屋内的帐幕。

[7] "稍能"两句：用"穿幔入""受风回"形容萤火生存境遇，暗喻诗人生境之困。

[8] 投卷：中国古代的科举取士，不仅看考试的成绩，很多情况下还要有当时名人的推荐。因此，考前考后，考生们纷纷奔走于当时的名公巨卿之门，向他们"投献"自己的代表作，称为"投卷"。

[9] 微吟：此处指吟诗。子：只。"微吟"句：写这首诗只是表达感慨而已。

秋怀四首 其二

小雨断复续，回斜落晚风 [1]。寒心生蟋蟀 [2]，秋色傍梧桐 [3]。
草与遥山碧，花欺晚照红 [4]。口须谈世事 [5]，目已失飞鸿 [6]。

说明

这首诗作于元符元年（1098）乡居徐州时，其时诗人免官赋闲已近五载。虽然难以忘怀世事，但功名渐远，山水之情日浓。但该诗在咏物之外，情怀寄托依稀可辨。首联说秋雨时断时续，来去每乘风势。颔联说听见蟋蟀的鸣声使人感到寒意，看到梧桐叶色变化发现秋天来临。颈联说近处的草和远山一样青翠，花儿比晚照更加红艳。且晚照将逝而花红仍在，故言"花欺晚照红"。末联点明诗旨，表达了一份闲情与旷达。口中虽然仍然会谈论世事，但更多的是关注那些去向远方的飞鸿。

注释

[1] "小雨"两句：小雨断断续续，在晚风中斜斜洒落。

[2] 蟋蟀：直翅目蟋蟀科昆虫。"寒心"句：从蟋蟀的鸣声中感受到寒意。

[3] 梧桐：梧桐科落叶乔木。"秋色"句：从梧桐的叶色可见秋之踪迹。

[4] 欺：压倒、胜过。

[5] 须：虽。

[6] 失：不见、消失。飞鸿：飞行的鸿雁。

张耒 (1054—1114)，字文潜，号柯山，又号谯郡先生、宛丘先生，今江苏淮安人。

春日书事

虫飞丝堕两悠扬[1]，人意迟迟日共长[2]。春草满庭门寂寂[3]，数楹窗日挂空堂[4]。

说明

这首诗通过对景物的描写，表达诗人春日闲居的寂寞与孤独的心情。蛛网破了，虫儿飞走了，留下的只有意兴阑珊了。人在心绪不佳的时候，总觉得日子特别漫长。庭院里长满了春草，说明来客稀少、门可罗雀。阳光透过窗棂，照射在空堂之上，更加显示出厅堂的空旷。

注释

[1] 丝堕：破落的蛛网。悠扬：形容虫飞和丝堕之后的飘荡之状。

[2] 人意：人的意愿、情绪。迟迟：眷念貌，依恋貌。

[3] 庭：院子，院落。

[4] 楹：窗棂，窗格子。

海州道中二首[1]

孤舟夜行秋水广[2]，秋风满帆不摇桨[3]。荒田寂寂无人声，水边跳鱼翻水响[4]。河边守罾茅作屋[5]，罾头月明人夜宿[6]。船中客觉天未明[7]，谁家鞭牛登陇声[8]。

秋野苍苍秋日黄[9]，黄蒿满田苍耳长[10]。草虫咿咿鸣复咽[11]，一秋雨多水满辙[12]。渡头鸣舂村径斜[13]，悠悠小蝶飞豆花[14]。逃屋无人草满家[15]，累累秋蔓悬寒瓜[16]。

说明

熙宁九年（1076）前后，诗人曾因事寓居海州，诗当作于此间。前一首写夜航。开头写宽阔的河面上，一叶孤舟顺风扬帆，飘摇直下。中间四句写夜景："荒田"句写远处静景，"水边"句写近处动景。以水边鱼跳之动反衬四处无人之静，更增凄凉。"河边"二句写明月高悬，渔翁守罾，意境静谧、空灵。末两句以鞭牛声点出天明，诗由夜晚写到天亮，构成一

一六三

个时间流程，同时为下一首作了时间提示，使二诗成为一体。后一首写日航。舟行一夜，时过境迁。诗人眼目所及仍是"秋野苍苍秋日黄"，到处一片荒凉，尤其是"逃屋无人草满家"一句，极言田野荒凉之深，时间之久，为前诗"荒田寂寂无人声"作了注脚。放眼望去，秋野苍苍，黄蒿满田，秋蔓累累，草虫咿咿，小蝶悠悠。北宋末年苏北农村的萧条景象展现眼前，惨不忍睹。这两首舟行纪实诗，以舟行为序，移步换形，逐一描绘。诗重在纪行，几乎无一句抒情。然而作者寓情感于叙述之中，"河边守罾茅作屋，罾头月明人夜宿""谁家鞭牛登陇声"，记述农家辛劳情景，充满赞叹；"荒田寂寂无人声""逃屋无人草满家，累累秋蔓悬寒瓜"，描摹了田园荒芜与农家逃亡的悲惨情景，哀伤、怜悯之情充溢其间。诗人通过纪实，反映了社会的黑暗和衰败，寄托了悯农伤时的情怀。

注释

[1] 海州：州名。今江苏连云港市一带。道中：路途中。此处指舟行途中。

[2] 舟：船。广：指水势很大。

[3] "孤舟"两句：我乘孤舟夜行在辽阔的秋水里，秋风很大，吹得风帆满满的，用不着摇桨。

[4] 跳鱼：鱼从水中跳出水面。"荒田"两句：荒芜的田里静悄悄地，渺无人烟，只听见鱼儿跃出水面的声响。

[5] 罾：一种用竹竿或木棍支起来的方形鱼网。守罾：看守鱼网并扳罾捕鱼。茅作屋：用茅草搭成的草棚。

[6] 罾头：网边。"河边"两句：河边有人用茅草搭成草棚，看守鱼网、扳罾捕鱼，捕鱼人晚上就在鱼网边的明月下住宿。

[7] 觉：睡醒。

[8] 谁家：不知道哪一家的人。鞭牛：用鞭子赶牛。陇：田岸。鞭牛登陇声：农人赶牛上田陇的叱责声。"船中"两句：当船上睡着的旅客一觉醒来的时候，天还没有大亮，却已经听到有人赶着牛到田里去了。

[9] 苍苍：青绿色。

[10] 黄蒿、苍耳：菊科杂草。

[11] 草虫：秋季荒田的鸣虫，主要为蟋蟀、螽斯等直翅目昆虫。咿咿：虫叫声。鸣复咽：叫叫又停停。

[12] 辙：车轮轧过留下的痕迹。因道路泥泞，车辙较深，能盛雨水。

[13] 渡头：渡口。舂：捣谷物去皮壳的工具。鸣舂：舂捣谷物时发出的声音。径：小路。

[14] 悠悠：从容飞行的样子。小蝶：可能为灰蝶。

[15] 逃屋：外出逃亡者留下的空屋。

[16] 寒瓜：经受秋霜寒流而略显萎缩干瘪的瓜。

和应之灯蛾 [1]

万物皆畏死，尔生何独愚 [2]。由来附炎热，鲜不丧其躯 [3]。
浅浅权利客 [4]，趾趾轻薄夫 [5]。高门甚烈火 [6]，相劝以奔趋 [7]。

说明

这首诗由灯蛾扑火的习性联想到趋炎附势的行为，以灯蛾扑火必然灭亡的现象，喻指那些挖空心思趋附豪门以求名利富贵的权利客、轻薄夫，实际上也是在以身投火，其结果必然是自取灭亡。对其竞相奔走的丑态，直言"尔生何独愚"，其鄙视之情溢于言表。

注释

[1] 应之：诗人和晁应之、杨应之均有诗词唱和，此诗中的"应之"为谁，待考。灯蛾：夜间活动有趋光性的蛾类昆虫。

[2] 尔：你，指灯蛾。生：生物，生灵。

[3] 鲜：少。

[4] 浅浅：水急流的样子。

[5] 趾趾：舞貌，此处指踊跃的样子。

[6] 高门：旧时指显贵人家。甚：超过、胜过。

[7] 相劝：互相勉励。"高门"两句：名利富贵比火还热，趋炎附势之徒竞相奔走趋附之。

田家二首 其一

门外清流系野船 [1]，白杨红槿短篱边 [2]。旱蝗千里秋田净 [3]，野秫萧萧八月天 [4]。

说明

这首诗描写严重的旱蝗灾情，表达了诗人对百姓生活的关注与同情。干旱已经很久了，河水清浅，船儿也用不上了，静静地系在河边。农家篱笆外仅剩白杨红槿艰难地活着。八月本应是丰收在望的季节，可放眼秋野却没有庄稼的身影，只有稀疏的野高粱秆儿在秋风中不停地颤动，发出令人揪心的萧萧声。

注释

[1] 清流：清浅的河流。野船：废弃不用的船只。

[2] 白杨：一种杨树。红槿：一种红色的落叶灌木。农家常把它种在住宅周围，枝条可编结作为篱笆。

[3] 旱：旱灾。蝗：蝗灾。千里：形容受灾面积的广大。秋田净：秋天的田野里不长庄稼，赤地千里。

[4] 野秫：野高粱。萧萧：野秫被风吹动的声音。

饶节 （1065—1129），字德操，一字次守，自号倚松道人，出家后法名如壁，今江西抚州人。

偶成 [1]

松下柴门闭绿苔 [2]，只有蝴蝶双飞来。蜜蜂两股大如茧 [3]，应是前山花已开。

说明

这首诗描写诗人在河南邓县香岩山居处倚松庵中即目之景。前两句表现山居环境的清幽，第三句写倚松庵不只有蝴蝶，还有两股上拖着重重花粉团的蜜蜂。蝴蝶双双飞来，蜜蜂股大如茧，由此可知前山一定繁花遍野、姹紫嫣红。花开之处只在前山，并不算远，庵中主人却不知道，还要从推断中得知前山花开遍野的盛景。可见主人是好静不好动的。庵中不只他人少来，主人行迹也是很少的。难怪青苔满庭了。

注释

[1] 偶成：偶然有所感，信笔写成。
[2] 闭绿苔：诗人所居倚松庵院内已长出绿苔。
[3] 两股：一作"两脾"，指蜜蜂储存花粉的地方，即一对后足（携粉足）。

谢逸 （1068—1113），字无逸，号溪堂，今江西抚州人。

蝴蝶

粉翅双翻大有情 [1]，海棠庭院往来轻。当时只羡滕王巧 [2]，一段风流画不成 [3]。

说明

这首诗描述蝴蝶飞舞之姿。首句写出了蝴蝶上下翻飞的美妙形姿。本来蝴蝶展翅飞舞是其自然习性，但在诗人看来却是"大有情"的，这实际上是诗人"移情于物"的结果，是他对蝴蝶飞舞形姿赞叹之情的自然流露。第二句交待了蝴蝶戏舞的地点。蝴蝶和海棠都美艳动人，一静一动，相映成趣。"轻"字则准确地描绘出蝴蝶翻飞时轻盈自由的形态。后两句说：自己当时很羡慕欣赏滕王元婴所画蛱蝶图笔法的工巧，却没想到他的画不过是对蛱蝶形姿的定格描画，是静态的。而对蝴蝶往来庭院，流连海棠，展翅翻飞的动态身影，风流神韵，则难以描画了。从而更突出了蝴蝶神态的美妙。

[1] 双翻：两侧的翅成对扑击。大有情：很有情，有深情。

[2] 滕王：指唐高祖子李元婴，受封为滕王。巧：指滕王元婴所画蛱蝶图笔法的工巧。

[3] 风流：指蝴蝶戏舞海棠的神韵。画不成：图画无法表达。

许景衡 （1072—1128），字少伊，人称横塘先生，今浙江瑞安人。

萤

不知何处出 [1]，牢落水村边 [2]。隐隐犹含雨 [3]，飞飞欲近船。
诗书看老矣，事业尚茫然 [4]。今夕知何夕 [5]，篷窗犹未眠 [6]。

说明

这首诗看似写萤，实则写自己无奈的境况。诗人恰如流萤，不知去向何处，只能在水村边寂寞独处。天色隐然欲雨，萤火虫想在船上寻找遮蔽之所，处境何其悲凉无奈。诗人饱读诗书，满腹才华却无处施展，怎能没有"诗书看老矣，事业尚茫然"的感慨。今夜忧思难解，凝望蓬窗难以入眠。

注释

[1] "不知"句：不知道萤火虫如何产生的。

[2] 牢落：犹寥落，稀疏零落貌。

[3] 隐隐：不清楚、不明显的样子。

[4] 事业：功名，成就。茫然：没有着落，模糊不清的样子。

[5] "今夕"句：今夜是何夜？指今晚不同于寻常的夜晚。

[6] 篷窗：犹船窗。

周紫芝 （1082—1155），字少隐，号竹坡居士，今安徽宣城人。

秋晚二绝 其二

月向寒林欲上时 [1]，露从秋后已沾衣 [2]。微萤不自知时晚 [3]，犹抱余光照水飞 [4]。

说明

这首诗托物言志，以萤火虫的坚强，歌颂生命不息、奋斗不止的斗争和奉献精神。秋日的夜晚，月儿即将升起的时候，露水已经沾湿了衣裳。秋意已深，大自然留给萤火虫的时间已经不多了。可它不知道已进入生命的残年，或者说即使知道也不在意，它的生命之火和精神之光依然闪亮，一如既往，带着光亮掠过水面，履行自身的天职。

注释

[1] 向：犹从，由。"月向"句：月儿即将从树梢升起的时候。

[2] 秋后：深秋。沾衣：沾湿衣服。

[3] 不自知：自己不知道。时晚：时至深秋，萤火虫余日无多。

[4] 余光：残存的萤光。

吕本中 （1084—1145），字居仁，号东莱先生，今安徽凤台人。

别夜

薄酒残灯欲别情[1]，暗萤依草不能明[2]。悬知先入他年话[3]，一夜蛙声连雨声。

说明

这首诗写与朋友离别前夜的心情。先从昏灯淡酒衬托其情绪抑郁低沉，再以萤火依稀不明进一步渲染。末句写离别之夜的情境，而前一句"悬知先入他年话"，从时间上将今夜的离别境况带入了今后，把今夜的实景变成了虚拟的"他年话"。就是说别情虽苦，但他年回忆，反成不可追回的美好佳话。蛙声雨声，虽使离人不免寂寞之感，但亦于别夜中另具情致，他年回首，反成美妙之音，勾起彼此相思之情。

注释

[1] 薄酒：指浓度低、味道淡的酒，常用做谦辞。古代朋友到访，主人常常备酒相应。残灯：昏暗的灯，不太明亮的灯。别情：离别的情意。

[2] 暗萤：因为雨夜，萤火虫静栖在草上，没有飞行闪烁，所以昏暗不明。

[3] 悬知：料想，预先知道。他年话：以后的话题。

曾几 （1084—1166），字吉甫，一作吉父，号茶山居士，今江西赣州人。

蛱蝶[1]

不逐春风去[2]，仍当夏日长[3]。一双还一只，能白或能黄[4]。

恋恋不自已 [5]，翩翩空复狂 [6]。计功归实用 [7]，终日愧蜂房 [8]。

说明

这首诗描写夏日之蝶情。春风已逝，蝴蝶还在，夏日正长。各色蝴蝶或单独或成群活动，流连徘徊或轻快飞舞，美妙空灵。但从实用的角度，蝴蝶与蜜蜂相比一直觉得自愧不如。

注释

[1] 蛱蝶：泛指蝴蝶。

[2] 逐：跟随。

[3] 当：在。"不逐"两句：春光已逝，而蝴蝶犹存，漫长的夏日里依然可见它们的身影。

[4] "一双"两句：蝴蝶单飞或成群，白色或黄色。

[5] 恋恋：爱慕、留恋。不自已：情不自禁，感情激动地不能控制。

[6] 翩翩：轻快地飞舞。

[7] 计功：计算功绩。"计功"句：按实用价值评价事物。

[8] 终日：一直，良久。蜂房：蜜蜂用分泌的蜂蜡造成的六角形的巢，是蜜蜂产卵和储藏蜂蜜的地方，此处指蜜蜂。

蚊蝇扰甚戏作

黑衣小儿雨打窗 [1]，斑衣小儿雷殷床 [2]。良宵永昼作底用 [3]，只与二子更飞扬 [4]。
开尊匕箸须一洗 [5]，破卷灯火尤相妨 [6]。从来所持白羽扇，自许百万犹能当 [7]。
安知手腕为汝脱 [8]，以小喻大真成狂。挥之使去定无策，葛帐十幅眠空堂 [9]。
朝喧暮闹姑听汝 [10]，坐待九月飞严霜。

说明

这首诗以诙谐的笔调描述了蚊、蝇对生活的滋扰，诗的结尾将希望寄托于九月飞霜的到来。似乎在告诉读者天道轮回，诸事自有定数，不必为眼前的苦难而困扰。

注释

[1] 黑衣小儿：指蝇。雨打窗：蝇在窗户纸上碰撞的声音。

[2] 斑衣小儿：指蚊。雷殷：隐隐然的雷声，指蚊子飞行振翅发出的嗡嗡声。

[3] 良宵：景色美好的夜晚。永昼：指漫长的白天。底：何、什么。作底用：做什么用。

[4] 二子：蚊子和苍蝇。飞扬：兴奋得意。

[5] 开尊：开樽。举杯饮酒。匕箸：食具，羹匙和筷子。

[6] 破：分开。破卷：指读书。相妨：互相妨碍、干扰。

[7] "从来"两句：暗用诸葛亮挥扇破敌故事。

[8] 汝：苍蝇和蚊子。

[9] 葛帐：用葛草纤维织成的蚊帐。

[10] 朝喧：指蝇在上午活跃。暮闹：蚊子傍晚开始活动。

萤火

浑忘生朽质[1]，直拟慕光辉[2]。解烛书帷静[3]，能添列宿稀[4]。
当风方自表[5]，带雨忽成微[6]。变灭多无理[7]，荣枯会一归[8]。

说明

这首诗借萤火赞美努力和奋斗精神，这种精神不应受环境的顺逆左右，也不必太在意
一时的盛衰得失，表达了诗人积极向上的人生观和豁达的胸襟。萤火虫不因出身卑微而自
卑，而是尽力发光发亮。它为读书人增光，为星星添彩，在风中绚丽，在雨中衰微。它努
力、闪光、盛衰、穷达，这是萤火，也是人生。

注释

[1] 浑：完全。浑忘：完全忘了。生朽质：指腐草化萤。

[2] 直拟：打算，计划。慕：思慕，向往。慕光辉：指萤火虫向往发光。

[3] 解：能够，会。烛：照，照亮。书帷：书斋的帷帐；借指书斋。"解烛"句：在人们
安静读书时萤火照亮书斋。

[4] 列宿：星宿。"能添"句：天空星星稀少时，萤火能增添星星的数量。

[5] 自表：自我展示其独特别致。

[6] "带雨"句：雨中萤火暗淡衰微。

[7] 无理：道理上说不清楚。

[8] 荣枯：草木茂盛与枯萎。喻人世的盛衰、穷达。一归：犹言同归。谓逝去。

陈与义（1090—1138），字去非，号简斋居士、园公、无住道人，今河南洛阳人。

萤火

翩翩飞蛾掩月烛[1]，见烹膏油罪莫赎[2]。嘉尔萤火不自欺[3]，草间相照光煜煜[4]。
却马已录仙人方[5]，映书曾登君子堂[6]。不畏月明见陋质[7]，但畏风雨难为光[8]。

说明

这首诗表达了诗人对生命价值及生存智慧的思索，名为咏物，实则写人。飞蛾象征那
些追名逐利之徒，为达目的而不计后果。萤火虫虽发光微弱，但量力而行，只求实现自己的
生命价值，在草间也能发出闪亮的光芒。意即自己虽然能力有限，但仍愿意为国效力。"不

畏"两句：点出不能为国效力原因，不是担心自己才能有限，遭圣上所弃，但恐奸佞当道而报国无门。仕与隐的矛盾及进退维谷的窘境可见一斑。

注释

[1] 翩翩：轻快地飞舞。蛾：蛾类，多在夜间活动，有趋光性。掩：遮盖。月烛：以明月为烛。掩月烛：妄图遮挡明月的光辉。

[2] 烹：烧煮。膏油：灯油。见烹膏油：飞蛾投火，自取灭亡。罪莫赎：不能弥补其掩月烛的罪过。

[3] 嘉：夸奖，赞赏。萤火：萤火虫发出的光。自欺：蒙骗自己。"嘉尔"句：萤火虫对自己的能力有清醒认识，不会去做"掩月烛"那样超出能力的事情。

[4] 煜：闪耀。

[5] 却：阻止。仙人方：相传的仙人方术，取萤火，裹以羊皮，置土中，马见而鸣，却不敢行。汉代武威太守刘子南佩戴萤火丸，敌箭不近身，安然脱险。

[6] 映书：囊萤映书：晋朝车胤家贫爱读书，为节省灯油钱，捉了许多萤火虫放在白色薄布口袋里，作为光源照着看书。"却马"两句：通过典故中萤火虫的作用，表达自己尚有报国的能力。

[7] 陋质：与月光相比，萤火自惭形秽。

[8] 风雨难为光：雨天萤火虫静伏，不发出萤火的光亮。

早行

露侵驼褐晓寒轻[1]，星斗阑干分外明[2]。寂寞小桥和梦过[3]，稻田深处草虫鸣。

说明

诗歌通过在"早"字上灌注笔墨，描绘出一幅独特的"早行"图。主人公为了防露特意穿上驼褐，如今已被"露侵"，并感到"晓寒"，说明"早行"已久，"早行"之早不言而喻。"星斗阑干"且"分外明"，说明这是农历月终的夜晚，没有月亮。露是在下半夜晴朗无风的情况下形成的，晴朗无风无月，"星斗"自然"阑干"。星光灿烂，是因为黎明前特别黑，所以星斗特别亮，表现早。"寂寞"句写人寂寞，即写环境的静，路上没有行人，是说时间早。"和梦过"是写起得早，还没有睡够。赶路而作梦，则不可能是"徒步"。独自骑马，一般也不敢放心地作梦。说明"寂寞小桥"竟敢"和梦过"，其人在马上，且有人为他牵马。既进入梦乡，又怎么知道在过桥呢？就因为他骑着马。马蹄踏在桥板上发出的响声惊动了他，意识到在过桥，于是略开睡眼，看见桥是个"小"桥。桥外是"稻"田，朦朦胧胧中听到了"稻田深处草虫鸣"，更反衬出大地的阒寂。该诗从视觉、听觉、感觉上写出早行的种种感觉，给人以回味，可与温庭筠的《商山早行》媲美。

注释

[1] 驼褐：一种用兽毛（不一定是驼毛）制成的上衣，露水不易湿透。晓寒：清晨的寒意。

[2] 阑干：纵横貌。星斗阑干：满天星光灿烂，正是黑沉沉的黎明前。

[3] 和：跟、与、连带。

中牟道中二首 [1]

雨意欲成还未成，归云却作伴人行。依然坏郭中牟县[2]，千尺浮屠管送迎[3]。

杨柳招人不待媒[4]，蜻蜓近马忽相猜[5]。如何得与凉风约，不共尘沙一并来！

说明

这组诗为宣和四年（1122）夏，诗人途经中牟县（今属河南）而作。其时，诗人为母服丧已满三年，七月被任命为太学博士而入京。丧服之后再登仕途，官位又有了提升，心情是舒畅而兴奋的。第一首首句写气氛，满天乌云正酝酿雨意，次句写雨前天空浮云游动，诗人名之曰"归云"，可见时近黄昏，该投宿了。不过中牟已在眼前，雨意又"还未成"，所以诗人并不担心中途遇雨，反而以闲适自在的心情感到飞渡的"归云"在伴送自己行路。第三句写中牟县城，城郭虽残破，但"依然"二字表明是旧地重来，所以还是给诗人以亲切之感。末句写高高的千尺宝塔迎送着过往行人，三年前他送自己回乡，而今又迎接自己重返仕途。第二首首句写雨前微风，杨柳摇曳多姿，如同向行人讨好。次句写雨前蜻蜓低飞，当它飞近过往人马时，又像有所猜疑，远远飞开。凉风也卷来尘沙，凉风虽适意，尘沙却恼人。于是诗人展开异想，怎样才能与凉风约定，不要挟带尘沙前来！

注释

[1] 中牟：河南省中牟县。

[2] 郭：在城的外围加筑的一道城墙，即外城。内城叫城，外城叫郭。坏郭：残破的城郭。

[3] 浮屠：佛塔。亦作浮图。

[4] 媒：媒介，介绍。

[5] 蜻蜓：蜻蜓目昆虫的成虫。

张嵲 （1096—1148），字巨山，今湖北襄樊人。

暮春道中闻蝉

西山日落东山明[1]，长风吹花客心惊[2]。房州气候不可解[3]，嫩叶暗中蝉乱鸣[4]。

说明

诗人徽宗宣和三年（1121）上舍中第，此后目睹靖康之难（1127）。这首诗通过花、鸟、蝉三种事物来写暮春，睹物伤情，用拟人的手法，表达出亡国之痛，离乱之悲。

注释

[1] 东山明：月上东山。

[2] 长风：远风。客心：旅人之情、游子之思。"长风"句：借用唐代诗人杜甫《春望》："感时花溅泪，恨别鸟惊心"之意，有感于国家的衰败、社会的动荡，长风吹花都为之惊心。

[3] 房州：今湖北房县，古称"房陵"，以"纵横千里、山林四塞、其固高陵、如有房屋"得名。不可解：不可理解、不可思议。

[4] 嫩叶暗中：新叶成荫处。蝉乱鸣：应为春蝉，鸣声唧唧。

陆游 （1125—1210），字务观，号放翁，今浙江绍兴人。

窗下戏咏三首 其三

何处轻黄双小蝶[1]，翩翩与我共徘徊[2]。绿阴芳草佳风月[3]，不是花时也解来[4]。

说明

这首诗用蝶的悠游写出"我"的安闲，诗人把嬉戏飞舞的一对小蝶当作朋友，和它们亲昵叙谈、交流感情，轻松惬意，充满无限喜爱之情。轻盈美丽的黄蝴蝶，成双成对自由地飞行。跟随你们的舞步，我的心宁静而幸福。但愿花不开时，你们也能常来，那就是我们的幸福时光。

注释

[1] 何处：何处来的。轻黄双小蝶：一对淡黄色的粉蝶。

[2] 翩翩：轻快地飞舞。共：指蝶与作者。徘徊：在一个地方来回地走。

[3] 佳风月：良辰美景。

[4] 花时：花开时节。解：了解、明白。

蝶

庭下幽花取次香[1]，飞飞小蝶占年光[2]。幽人为尔凭窗久[3]，可爱深黄爱浅黄[4]？

说明

这首诗写于庆元五年（1199），陆游在山阴。该诗表现了诗人的无奈与闲适。院子里花儿开了，一阵阵芳香引来蝴蝶飞舞，不知不觉中季节又变换了。诗人在窗前注视很久很久，看它们喜爱深黄还是浅黄。花是"幽花"，人是"幽人"，只有翩翩小蝶打破静寂。

宋代

一七三

[1] 庭下：院子。幽花：僻静处开放的花朵。取次：一个一个地，指一阵阵。"庭下"句：蝴蝶在庭里花丛中飞来飞去，好像在依次地吸取鲜花的芳香。

[2] 飞飞：飘扬貌、飞行貌、纷乱貌。占：占据，拥有。占年光：享受大自然的美好风光。

[3] 幽人：幽隐之人，指诗人。尔：你，指小蝶。凭：靠在东西上。

[4] "可爱"句：看小蝶喜欢深黄还是浅黄的花朵。

蜉蝣行 [1]

蜉蝣至细能知时 [2]，春风磑雨占无遗 [3]。蜻蜓满空乃不知 [4]，庭除一出无归期 [5]。乐哉蜻蜓高下飞 [6]，蜉蝣未尽何忧饥。檐间蜘蛛亦伺汝 [7]，吐丝织网腹如鼓。

说明

这首诗中描述的"蜉蝣"应该是白蚁的长翅生殖蚁，它们在春夏雨季离巢分飞。诗歌结合其成群出现的习性，叙述了其面临的生存险境。它短暂的生命总是和风雨交加的天气联系在一起，而这种恶劣的天气随时都会导致其死亡。满空飞舞的蜻蜓等着捕捉它们来填饱肚子。它们离巢纷飞是一条不归路，需要一往无前的决绝。在侥幸逃过了风雨交加的险境，避开了蜻蜓捕食的危机之后，还有"檐间蜘蛛"织好的罗网在等着呢。但正因为环境的险恶，才彰显出它们生存的勇气。于人而言，这种勇气就是完成人生使命时努力的姿态。

注释

[1] 行：古诗的一种体裁，统称"歌行体"，是乐府诗的一种体裁。它的特点是"篇无定句，句无定字"，音节、格律比较自由，句法长短不一，富于变化。唐代以后，歌行一般用五、七言古诗体裁。

[2] 蜉蝣：该诗中的蜉蝣应该是白蚁的分飞蚁，即有翅生殖蚁。细：微小。时：季节、节令。

[3] 舂：把东西放在石臼或乳钵里捣，使破碎或去皮壳。磑：切磨、磨碎。春风磑雨：比喻某种事情发生前会有一定的征兆。郭图赞曰：'小虫似蚋，风春雨荬。'谓其飞上如舂则天风，回旋如靡则天雨。"占：占卜。无遗：没有遗漏。"蜉蝣"两句："蜉蝣"能精确预测天气变化，在风雨来临之际飞出。

[4] 蜻蜓：蜻蜓目昆虫的成虫，包括蜻蜓和豆娘。满空：漫天飞行。乃：竟。

[5] 庭除：庭院。"蜻蜓"两句：蜻蜓满天"蜉蝣"竟然不知道，从庭院里飞出就被捕食了。

[6] 乐哉：快乐或愉悦的样子。

[7] 蜘蛛：节肢动物门蛛形纲动物。伺：侦察、守候。汝：你，指蜉蝣。

蛱蝶词 [1]

蛱蝶子[2]，去复来。草长齐腰花乱开[3]。蜜蜂辛苦为人计[4]，林莺百啭胡为哉[5]？嗟尔蛱蝶独得意[6]，飞来飞去无嫌猜[7]。追花逐絮阑干角[8]，人生安得如汝乐[9]！

说明

这首诗淳熙七年（1180）五月作于抚州。该诗表面上羡慕蛱蝶"飞来飞去无嫌猜……人生安得如汝乐"之自在，实际上用"蜜蜂辛苦为人计，林莺百啭胡为哉"倾诉人生之艰难，透露出诗人的人生态度和对闲适生活的期待。

注释

[1] 蛱蝶：蝴蝶，诗中描述之蝴蝶可能为粉蝶。词：古代诗歌的一种。

[2] 子：作为后缀，加在某些名物、形状成分后面构成名词，如帽子。蛱蝶子：蛱蝶。

[3]"草长"句：指春夏之交季节。

[4] 蜜蜂：膜翅目蜜蜂科昆虫的成虫。人：他人。计：生计。

[5] 莺：小型鸣禽。啭：鸟婉转地鸣叫。胡为：为了什么。

[6] 嗟：叹息、感叹，相当于唉。尔：你、那。得意：深得生活的真意。

[7] 嫌猜：猜疑、嫌忌。无嫌猜：没有复杂的想法和目的。

[8] 阑干：栏杆。

[9] 汝：你，指蝴蝶。"人生"句：要是人能像蝴蝶那样快乐地生活多好！

秋日闻蝉

断角斜阳触处愁[1]，长亭搔首晚悠悠[2]。世间最是蝉堪恨[3]，送尽行人更送秋[4]。

说明

长亭送别，本已愁苦。断角斜阳，更添离恨。恰逢蝉声响起，于是怒气尽迁。恨蝉儿不知离别之苦、依依之情，不懂惜别后不会再有"大好秋色"。以蝉为怪罪的对象，表达惜别时依依不舍之情和推想惜别后不再有"大好秋色"的惆怅之感。

注释

[1] 角：号角、号角声。断角：断断续续的号角声。斜阳：傍晚西斜的太阳。触处：处处、到处。

[2] 长亭：古时设在城外路旁的亭子，多作行人歇脚用，也是送行话别的地方。搔首：以手搔头，焦急或若有所思貌。悠悠：忧愁思虑的样子。

[3] 堪：可。

[4] 行人：出行的人。送秋：蝉鸣标志秋日将逝。

范成大 （1126—1193），字致能，一字幼元，号山中居士、石湖居士，今江苏苏州人。

初夏二首 其一

清晨出郭更登台[1]，不见余春只么回[2]。桑叶露枝蚕向老[3]，菜花成荚蝶犹来[4]。

说明

这首诗描写初夏的乡村风景。前两句写寻春不见，出郭寻春，登台望春，结果是全无踪迹，只好怏怏而返。后二句表面写初夏景色，却以蚕与蝶为媒，不动声色地写出画外的春光。"桑叶"句提示了一种因果关系。桑叶虽然被吃光了，而蚕却即将吐丝，片片绿叶孕育成锦绣未来。末句写菜花已经成荚，蝴蝶犹自飞来，可见蝴蝶之留恋多情。这两句使人想见桑叶沃若、黄花遍地的阳春烟景，援条采桑的村姑，成群采花的蝴蝶。而这一切又与眼前实景构成对比，加重了惜春的情绪。于"不见余春"处写出春之精魂。

注释

[1] 郭：古代在城的外围加筑的一道城墙。台：平而高的建筑物，便于在上面远望。

[2] 余：剩余，残余。余春：残春；时值初夏，故称余春。只么：就这么，只是如此，只是这样。

[3] 桑叶露枝：养蚕用了桑树的叶片，使其露出了枝条。蚕：家蚕，以桑叶为食。向老：幼虫即将发育成熟，吐丝结茧。

[4] 荚：通常指豆类植物的果实，此处指油菜的果实。蝶：菜粉蝶。

次韵温伯苦蚊

白鸟营营夜苦饥[1]，不堪薰燎出窗扉[2]。小虫与我同忧患[3]，口腹驱来敢倦飞[4]。

说明

这首诗是范成大在徽州参军任上所作。在任期间宦途沉滞，共历三位州官。该诗从蚊虫艰难生活的角度，流露出对社会人生的不满和苦闷无奈的心情。夏秋的夜晚，饥肠辘辘的蚊子饿得嗡嗡乱叫，进入屋内伺机取食，但受不了浓烟的薰燎，慌慌张张飞出窗外。诗人借蚊子被薰而出想到自己也为口腹之驱奔波劳碌，心生无限感慨。

注释

[1] 白鸟：蚊的别称。营营：往来不绝状。苦饥：困于饥饿。

[2] 薰燎：指烟熏驱蚊。扉：窗户和门。

[3] 小虫：蚊子。

[4] 敢：怎么敢，不敢。倦：懈怠。"小虫"两句：作者与蚊子一样，整天为生活奔波，

不敢懈怠。

蛩

壁下秋虫语^[1]，一蛩鸣独雄^[2]。自然遭迹捕^[3]，窘束入雕笼^[4]。

说明

这首诗通过蟋蟀鸣声与被捕获的关系，说明一个基本的道理，即闹得越凶，危险越大。夜幕降临，墙根处秋虫乱语，其中有一只叫得特别凶，人们自然很容易循迹将其捕获。投入雕笼之中后，这只蟋蟀马上现出一副惶束、颓靡的窘态。

注释

[1] 秋虫：秋季鸣虫。语：指虫鸣。

[2] 蛩：蟋蟀。鸣独雄：鸣叫得特别响。

[3] 迹捕：人们按迹寻踪把它抓住。

[4] 窘束：约束，拘谨。"窘束"句倒装，指蟋蟀在笼子里呈现出惶束、颓靡的窘态。

秋日田园杂兴十二首 其一

杞菊垂珠滴露红^[1]，两蛩相应语莎丛^[2]。虫丝罥尽黄葵叶^[3]，寂历高花侧晚风^[4]。

说明

这首诗描绘出一幅秋园花卉图，画面主体是高大的向日葵。全诗着力写"静"：枸杞的红果和秋菊的红花，把垂滴的水珠映成了红色。而水珠缓缓垂滴的闪光和敲打在花叶上的声响，构成了一片宁静的气氛。草丛里，两头蟋蟀低唱，好像在一呼一应，窃窃私语，反映出田野的沉寂。夕照中，虫儿吐的细丝挂满了向日葵的黄叶，那高挂着的花盘在晚风里歪着头，好像怪寂寞似的。诗中只写晚风，未及夕阳，然而写虫丝即是写夕阳，无夕阳斜射的柔辉，便见不出纤细轻盈的虫丝。虫儿在悄悄地布丝，这当然是阒寂的一角。而诗人在这里领略到的僻静寂寥，则集中在垂首而立的向日葵身上。

注释

[1] 杞菊：枸杞的果实和菊花花朵。垂珠：欲滴的露珠。

[2] 蛩：蟋蟀。相应：相互应和。语：鸣叫。莎：莎草，此处应指杂草。

[3] 罥：挂，缠绕。黄葵：向日葵。

[4] 寂历：凋零疏落。高花：葵花。侧：向旁边歪斜。"寂历"句：由于叶片缠满虫丝，只剩下花朵在晚风中摇曳。

其三

橘蠹如蚕入化机[1]，枝间垂茧似蓑衣[2]。忽然蜕作多花蝶[3]，翅粉才乾便学飞[4]。

说明

这首诗写蝴蝶的羽化过程。诗中所说的"橘蠹"可能指凤蝶，其幼虫取食柑橘叶片。首句说"橘蠹"幼虫像蚕一样开始化蛹。次句中的"垂茧"可能是凤蝶的"缢蛹"。"似蓑衣"则可能是分节的灰褐色蛹体。三、四句说蝴蝶羽化，从蛹中破壳而出，成为美丽的蝴蝶。羽化后静止栖息一段时间，进行体壁硬化和展翅，这就是末句写的"翅粉刚干便学飞"。诗中新羽化的蝴蝶急于飞行，体现出新生命急于获取本领飞向广阔天地的情景。

注释

[1] 橘蠹：可能是柑橘凤蝶。蚕：家蚕幼虫。"橘蠹"句：凤蝶的幼虫像家蚕那样蜕皮化蛹。

[2] 茧：这里的茧应为凤蝶的"缢蛹"。

[3] 蜕：蜕变，指蝴蝶的蛹羽化形成成虫。"多花蝶"：可能为柑橘凤蝶，其体、翅上有许多色彩和斑纹。

[4] 翅粉：翅上的鳞片。羽化后翅干表明体壁硬化完成，获得了飞行能力。

其四

静看檐蛛结网低[1]，无端妨碍小虫飞[2]。蜻蜓倒挂蜂儿窘[3]，催唤山童为解围[4]。

说明

这首诗作于宋孝宗淳熙十三年（1186）。诗人以农家屋檐下的蜘蛛、蜻蜓、蜜蜂与山童之间的趣事，表现了农家生活中别样的乐趣。诗人以儿童心理刻画作品，体现出朦胧的"万物有灵"和同情弱者的心理，也可窥见诗人处理物我之间关系时的哲理趣味。前两句说诗人看到屋檐下的蜘蛛网和飞来飞去的小虫子，想来是蜘蛛网结得太低了，所以就妨碍了小虫子们的自在飞行。"静"说明诗人此刻的安静闲逸，"低"表面上说蜘蛛网结得低，言外之意是屋檐太低，契合农家小院的特点。"无端"两字也颇有兴味，蜘蛛结网是为了猎取飞虫，但诗人却责怪它平白无故妨碍了小虫子。第三句用拟人化手法表现虫子被网住的窘态：蜻蜓头大身细，着网后往往倒挂。蜜蜂头小体大，着网后不停挣扎。末句转到山童身上，虫子挣扎的困窘触动了诗人，急忙呼唤山村的孩子们来给虫子解围。为什么要找孩子来解围呢？因为成人看来这些是自然现象，没有什么好玩，只有孩子才会同情它们，愿意花功夫解救它们。

注释

[1] 檐蛛：屋檐下的蜘蛛。

[2] 无端：无来由。小虫：泛指昆虫。

[3] 蜻蜓：蜻蜓目昆虫的成虫，包括蜻蜓和豆娘。蜂儿：胡蜂或蜜蜂的成虫。窘：表示难堪、觉得应付不了。

[4] 山童：山村的儿童。为解围：为之解围，将被蛛网缠绕的昆虫解救出来。

晚春田园杂兴十二绝 其三

蝴蝶双双入菜花[1]，日长无客到田家[2]。鸡飞过篱犬吠窦[3]，知有行商来买茶[4]。

说明

这首诗描写了农村晚春恬静的景色。前两句写静景，油菜花盛开的时候，时令已经到了晚春初夏。蝴蝶双双在菜花田里飞来飞去，太阳升得很高了，田户人家没有客人来临，村子里十分恬静。后两句写茶商来到时的动景，茶在宋代由官府专营，诗中的行商与种茶户自相交易，当属私贩。茶商来是为了采购茶叶，但却连鸡犬都为之震动，反衬出平时极少有外人到来，进一步说明农村的恬静。

注释

[1] 蝴蝶：菜粉蝶。双双入菜花：菜花丛中蝴蝶成双结对地飞舞。

[2] 日长：日头升得老高。

[3] 篱：篱笆。窦：孔，洞，这里指狗窝。

[4] 行商：来往各地流动经商的商人。

夏日田园杂兴 其一

梅子金黄杏子肥[1]，麦花雪白菜花稀[2]。日长篱落无人过[3]，惟有蜻蜓蛱蝶飞[4]。

说明

这首诗表现了夏日乡村恬静的风景。前两句写静，以果实的大小、颜色、花类的盛衰点明时令。第三句从侧面写出初夏农事正忙，农民早出晚归，所以白天很少见到行人。末句以"惟有蜻蜓蛱蝶飞"衬托村中的寂静，静中有动，显得更静。全篇以动衬静，着力凸显的是一种静态美，在优美的田园风光里透出一派勃勃生机。

注释

[1] 梅子：梅树结的果，夏季成熟时金黄色。肥：指果实饱满硕大。

[2] 麦花：荞麦花，花期 5～9 月。菜花：油菜花。稀：稀疏，农历四五月间菜花凋谢后，结油菜籽。

[3] 长：高。日长：太阳升高。篱落：篱笆，用竹条或木条编成的栅栏。

[4] 惟：同"唯"。蜻蜓：蜻蜓目昆虫的成虫。蛱蝶：蝴蝶，可能为粉蝶。

杨万里 （1127—1206），字廷秀，号诚斋，今江西吉水人。

初秋行圃 [1]

落日无情最有情，遍催万树暮蝉鸣 [2]。听来咫尺无寻处 [3]，寻到旁边却不声 [4]。

说明

这首诗通过描写傍晚蝉鸣此起彼伏，而闻声寻蝉却蝉儿噤口的情形，说自然界有和无的哲理。落日自照，暮蝉自鸣，相互间本无特殊的情意，但正是太阳的照耀促使暮蝉使劲地鸣叫，从这一层关系来说，太阳又是最有情的。循声寻蝉，从听觉上判断蝉近在咫尺，但又难以发现它的身影。待发现了它大致藏身的地方，蝉察觉动静又停止了鸣唱，以致失去了寻找的目标。

注释

[1] 圃：种植菜蔬、花草、瓜果的园子。行圃：在园子里散步。
[2] 暮蝉：傍晚时分的蝉。
[3] 咫尺：周制八寸为咫，十寸为尺。形容距离很近。
[4] 不声：不发声。

道傍小憩观物化 [1]

蝴蝶新生未解飞 [2]，须拳粉湿睡花枝 [3]。后来借得风光力 [4]，不记如痴似醉时 [5]。

说明

这首诗作于淳熙六年（1179），当时诗人从常州知州任上离任，回乡途中一路观察思考，创作了大量诗篇。诗写蝴蝶羽化展翅的过程，蝴蝶成虫刚羽化时还不能飞行，只能卧在花枝上，须、足蜷曲，鳞粉潮湿。后来借助风吹、光照之力，翅膀干燥硬化，获得飞行能力，也就忘记了当初蜷缩枝头、痴傻呆萌的样子。上述蝴蝶羽化的过程也可以看作诗人对万物变化规律的一种理解，"后来借得风光力"则说一个人的成功，一方面靠自身的发展，同时还有外力的帮助。"不记如痴似醉时"则是告诫人们不要在成长成熟之后忘了促使自己变化的力量。成长时不仅要自身努力，还要善借外部力量的帮助。成熟后则要不忘当初帮助过自己的"风光力"。

注释

[1] 傍：旁边、侧近。憩：休息。物化：事物的变化，此处指蝴蝶的羽化过程。
[2] 蝴蝶新生：刚从蛹羽化形成的成虫。解：明白、理解。
[3] 拳：蜷曲。粉：体和翅上的鳞片。睡：静卧。

[4] 风光：指适宜的风吹和光照。

[5] 如痴似醉时：静卧花枝盼望飞行的时光。

冻蝇[1]

隔窗偶见负暄蝇[2]，双脚接挲弄晓晴[3]。日影欲移先会得[4]，忽然飞落别窗声[5]。

说明

这首诗将寒天里苍蝇的动作描写得细腻传神。"冻蝇"见到窗棂上的阳光，其足就搓摩抚弄，一副高兴开心的样子。忽然它跳向邻近的窗户，原来它感到日影即将移动了。诗文充满了童心与理趣。

注释

[1] 冻蝇：越冬的家蝇成虫。

[2] 暄：（太阳）温暖。负暄：背负着日头，晒太阳。

[3] 脚：足。蝇有六足，相互接挲的可能为左右前足。接挲：互相搓摩。晓晴：指晴天天刚亮的时候。

[4] 会得：理会、懂得。

[5] 声：蝇在另一个窗户纸前飞行扑打发出的嗡嗡声。

蜂儿[1]

蜜蜂不食人间仓[2]，玉露为酒花为粮[3]。作蜜不忙采花忙[4]，蜜成犹带百花香[5]。蜜成万蜂不敢尝[6]，要输蜜国供蜂王。蜂王未及享，人已割蜜房。老蜜已成蜡，嫩蜜方成蜜。蜜房蜡片割无余，老饕更来搜我室[7]。老蜂无味秖有滓[8]，幼蜂初化未成儿[9]。老饕火攻不知止，既毁我室取我子[10]。

说明

这首诗描述了蜜蜂的活动和行为，批评了旧法养蜂取蜜的缺点，体现了对蜜蜂辛苦劳作的赞美与同情。蜜蜂忙忙碌碌，采花授粉，不仅不占用人间粮食，反而还酿香美的蜂蜜，准备献给蜂王。可是贪吃的人类把蜂王未及享用的蜂蜜擅自抢走，严重威胁了蜂群的生存。更过分的是，有些人把蜜蜡全部割走，毁坏蜜蜂蜂巢不说，还要根据蜜蜂老幼或直接烧成渣滓，或制成美食佳肴，最后一句"既毁我室取我子"，是作者替蜜蜂发出的呐喊，也是对人类自私和贪婪行为的控诉。

注释

[1] 儿：名词后缀。蜂儿：蜂、蜜蜂。

[2] 仓：谷藏也，此处指粮食。

[3] 玉露：露水。"蜜蜂"两句：蜜蜂并不取食人们粮仓里储存的粮食，而是以露水为酒，以花作为食物。

[4] "作蜜"句：在花儿盛开的季节，它们并不急于酿造蜂蜜，而是忙着采花。这样一来，等到蜂蜜酿好后，还残留着百多种花的香味儿。

[5] "蜜成犹带"句：旧法养蜂，一年只取一两次蜜，很多种花蜜都混合在一起。因此，可以说是百花（蜜）香了。

[6] "蜜成万蜂"句：蜂蜜是全群蜜蜂共有的生活物质，非专供蜂王享受，无须蜂王的"赏赐"。再说蜂群活动期间，哺育蜂一直喂给蜂王营养丰富的王浆，到冬季蜂王停止产卵期间，它才吃蜜。如蜂群严重缺蜜，工蜂们会将蜂蜜优先饲喂蜂王。

[7] 饕：凶恶或贪吃的人。老饕：养蜂老人。

[8] 老蜂：指蜜蜂成虫。

[9] 幼蜂：蜂的幼虫。未成儿：还没有变态形成蜜蜂的蛹。

[10] 取我子：把蜜脾带幼虫一起取走。

观蚁二首

偶尔相逢细问途[1]，不知何事数迁居[2]。微躯所馔能多少[3]，一猎归来满后车[4]。

一骑初来只又双[5]，全军突出阵成行[6]。策勋急报千丈长[7]，渡水还争一苇杭[8]。

说明

这组诗写蚂蚁的活动和行为，并通过蚂蚁写人生，以小见大，影射人间名利场中自私贪婪的人。第一首首句点出事情的起因，蚂蚁奔走不息，它们在忙些什么？它们为何屡屡搬家？想蚂蚁些微之躯能吃得多少？每次都拖带这么多食物！第二首承前首而发，描写为争夺猎物而展开的一场蚁战，几乎每个个体都参加了战斗，组成战斗队列。获胜时忙于报功请赏，遇水时争一叶苇舟过渡。

注释

[1] 细：仔细。"偶尔"句：不同的蚂蚁个体偶然相遇时彼此以触角相互触碰进行仔细辨别，类似于人类的打招呼问路。

[2] 数：屡次、频繁。迁居：蚂蚁搬家。

[3] 微躯：细小的身体。馔：饭食，这里的意思为取食。

[4] 猎：出外觅食。后车：即付车，古代贵族出行时跟随在后面的车辆，这里代指蚁的猎物。

[5] 一骑：一人一马合称为一骑，此处指一只蚂蚁。初来：新来，刚来。只又双：从单个个体，数量逐渐增加。

[6] 全军：整个军队，这里指聚集的全部蚂蚁。突出：窜出、冲出、突然出现。阵成行：排成队列。

[7] 策勋：记功勋于策书之上。千夫长：古武官名。

[8] 一苇：以苇叶作舟。杭：古同"航"，渡河。

秋暑三首 其三

半柳斜阳半柳阴[1]，一蝉飞去一蝉吟。岸巾亭子钩栏角[2]，送眼江村松树林[3]。

说明

这首诗写初秋暑日情趣。在斜阳的照射下，柳树一面明亮，一面阴暗。一只蝉鸣声乍断，倏然飞去，另一只蝉鸣声又起。掀起头巾，在水边亭角举目远眺，一片松林郁郁葱葱。表明暑热虽在，但凉意已经不远。

注释

[1] 斜阳：午后西斜的太阳。

[2] 岸巾：掀起头巾，露出前额，暗指天气很热。钩栏：曲折的栏杆。"岸巾"句：在水亭曲折的栏杆边乘凉。

[3] 送眼：放眼，远眺。"送眼"句：在水边亭角举目远眺，一片松林郁郁葱葱。

水螳螂歌[1]

清晨洗面开篷门[2]，巨螳螂在水上奔[3]。前怒两臂秋竹竿[4]，后拖一腹春渔船。偶然拾得破蛛网[5]，挈取四角沉重渊[6]。柳上螳螂工捕蝉[7]，水上螳螂工捕鳣。捕蝉顿顿得蝉食，捕鳣何曾得鱼吃[8]。

说明

这首诗作于宋光宗绍熙三年（1192），诗人在巡察安徽、江西各州县途中，看到渔民辛苦捕鱼却仅得温饱，故以此诗来讽刺这种不公且令人痛心的现象。在诗人眼里渔民和渔船宛如一只只奔走在水上的水螳螂，渔民执竿划水的动作就如螳螂挥臂一般。首联说，清晨时分，我开门打水洗脸的时候，就看到巨大的水螳螂在水面上奔忙了。可见天还没亮渔民就已经起身捕鱼了，劳作辛苦，可见一斑。二联写"水螳螂"与真螳螂的形似。渔船上的渔民在前面撑起的竹竿像螳螂的两只怒臂，后面的船身像螳螂的肚腹。三联说，"水螳螂"提起渔网，撒网于深水处捕鱼。四联说，生长在柳树上的螳螂，即真正的螳螂，擅长捕蝉。而水上的"螳螂"善于捕鱼。尾联说树上的螳螂捕蝉，一日三餐都能吃蝉，而捕鱼的"水螳螂"却根本吃不上鱼。表达了诗人对底层社会劳动人民命运的思考以及对世道不公的愤怒。

注释

[1] 水螳螂：此处指捕鱼的渔民和渔船。歌："歌""行""吟"是古诗的体裁，"歌"有纵情歌唱的意思。

[2] 蓬门：用蓬草编成的门。

[3] 巨螳螂：比喻撑着渔船捕鱼的渔民和渔船。

[4] 怒：奋起。秋竹竿：捕鱼工具。怒臂：奋臂。这里形容渔民用竹竿奋力撑船的姿态。

[5] 破蛛网：捕鱼的渔网。说"蛛网"是为了和"螳螂"形象相配。

[6] 挈：提起，悬持。重渊：深渊，此处指深水。

[7] 螳螂：螳螂目昆虫。工：擅长、善于。蝉：同翅目蝉科昆虫的成虫。

[8] 鳢：泛指鱼虾。何曾：何尝，几曾，用反问的语气表示未曾或并不。

宿新市徐公店二首 其二 [1]

篱落疏疏一径深[2]，树头新绿未成阴[3]。儿童急走追黄蝶[4]，飞入菜花无处寻[5]。

说明

这首诗当作于宋光宗绍熙三年（1192），诗人时任江东转运副使，任所是建康（今江苏南京）。诗题中的"新市"是当时的一处城镇，在今浙江德清东北，位于临安（今浙江杭州）与建康之间。这里水陆环绕，舟车通利，是作者往返临安与建康之间的必经之地。作者在这里短期借宿，触景生情，赋写此诗。诗文展示了春末夏初的景色，描绘了一幅暮春儿童扑蝶图。稀疏的篱落间一条小路延伸向远方，枝头叶子新出尚未成荫。一个孩童正在追着一只翩翩飞舞的黄蝴蝶。为了从孩童的穷追不舍中脱身，蝴蝶一头扎进了一旁的油菜花田，于是黄色的蝴蝶没入油菜花黄色的海洋，这样一来蝴蝶自然是无处可寻了。

注释

[1] 新市：地名。在今浙江德清东北。徐公店：姓徐的人家开的客店。公：古代对男子的尊称。

[2] 篱落：篱笆。疏疏：稀疏。径：小路。

[3] 新绿：发出的新叶。阴：树叶茂盛浓密而形成的树荫。

[4] 急走：奔跑。黄蝶：黄色的粉蝶。

[5] 无处寻：再也找不到了。

题山庄草虫扇

风生蚱蜢怒须头[1]，纨扇团圆璧月流[2]。三蝶商量探花去，不知若个是庄周[3]。

说明

诗人开篇通过风吹蚱蜢触角挺立将风引入，使画面活化。接着写画外，说风源于团圆如月的"纨扇"挥动，所带来的阵阵凉风。后两句由画内蝴蝶联想到庄周梦蝶的典故，扇面上的几只蝴蝶似乎正在商量探花采蜜之事，如此富有灵性的生命，不知哪个才是庄子的化身。

注释

[1] 蚱蜢：直翅目螳科昆虫。怒：奋起。须头：触角。

[2] 纨扇：又称团扇、罗扇，是中国汉族传统工艺品及艺术品。璧月：对月亮的美称。流：指气体流动。"纨扇"句："纨扇"团圆如月带来阵阵凉风。

[3] 若个：哪一只蝴蝶。庄周：庄子，此处暗用庄周梦蝶故事。

听蝉八绝句 其二

一只初来报早秋 [1]，又添一只说新愁。两蝉对语双垂柳，知斗先休斗后休 [2]。

说明

这首诗将蝉写得有如天真无邪、逗人喜爱的顽皮孩童。雄蝉鸣叫实为觅偶，两雄蝉对语，疑为竞争配偶。它们比什么呢？或者是比谁先停，也可能是比谁后停。

注释

[1] 报早秋：暗示为早秋蝉。

[2] "知斗"句：不知道是比谁先停还是比谁后停。

其五

说露谈风有典章 [1]，咏秋吟夏入宫商 [2]。蝉声无一些烦恼，自是愁人枉断肠 [3]。

说明

这首诗认为蝉的鸣声不仅自有韵律，而且悠扬动听，不会给人带来烦恼。蝉鸣本不关愁，人们闻蝉鸣而愁，那是自身心中有愁、枉自断肠罢了。

注释

[1] 说露谈风：蝉在风露中鸣叫。典章：制度、法令、行为规范，此处指蝉鸣声的韵律、节奏。

[2] 咏秋吟夏：蝉在夏、秋季节的鸣叫。宫商：古代音律中的宫音与商音，引申为音乐、音律，此处指蝉鸣。

[3] 枉：徒然。枉断肠：空自伤心。"蝉声"两句：蝉鸣是自然现象，将其与烦恼联系当为愁人多情。

嘲金灯花上皂蝶 [1]

花须为饭露为浆 [2]，黑雾玄霜剪薄裳 [3]。飞绕金灯来又去 [4]，不知能有几多香。

这首诗描写黑色蝴蝶在金灯花上飞舞取食的过程。首句说蝴蝶的食性，次句说访花蝴蝶的形态。三句写蝴蝶访花的行为特点，不是在一朵花上久久停留，而是在花上飞飞停停、反复往来。末句是对诗题中戏嘲的具体阐释。蝴蝶这样飞来飞去，欲罢不能，真不知这金灯花究竟有多芳香。

注释

[1] 金灯花：也称曼珠沙华、彼岸花、红花石蒜。百合目石蒜科石蒜属植物。皂：黑色。皂蝶：黑色的蝴蝶，8、9 月份金灯花的花期，访花的黑色蝴蝶，主要为麝凤蝶、玉带凤蝶、蓝凤蝶等凤蝶。

[2] 花须：花蕊。

[3] 玄霜：厚霜，翅的鳞片。薄裳：蝶的翅。

[4] 金灯：金灯花。来又去：在花上停下又飞起。

戏题常州草虫枕屏[1]

黄蜂作歌紫蝶舞[2]，蜻蜓蚱蜢如风雨[3]。先生昼眠纸帐温[4]，无那此辈喧梦魂[5]。眼中了了华胥国[6]，蜂催蝶唤到不得[7]。觉来匆见四摺屏[8]，野花红白野草青。勾引飞虫作许声[9]，何缘先生睡不惊[10]。

说明

本是静态屏风上的山水草虫，诗人将枕屏上所画的花与虫当做生命之物，通过昆虫活动赞美画中草虫之生动逼真。黄蜂作歌、紫蝶飞舞、蜻蜓纷飞、蚱蜢跳跃，一派喧闹的昆虫世界。主人分明已见到了"华胥国"，却因蜂催蝶唤而去不得。一觉醒来后，梦中的虫儿全然不见。只有满屏的花草昆虫还在，原来是画屏上红花绿草诱引飞虫才引发如此喧闹。

注释

[1] 枕屏：枕前屏风。

[2] 黄蜂：蜜蜂。紫蝶：蝴蝶。

[3] 蜻蜓：泛指蜻蜓目昆虫的成虫。蚱蜢：蝗虫。如风雨：飞行跳跃状。

[4] 纸帐：藤皮茧纸缝制的帐子。

[5] 无那：无奈。此辈：草虫。

[6] 了了：清楚明白。华胥国：梦游华胥。黄帝白天睡觉，梦游华胥氏之国，其国之人无欲无念，不知荣辱爱憎，一切顺乎自然，黄帝认为这是他理想的国家。后以此典指心目中的理想境界，或用以形容梦境、睡眠，多指白天睡觉。

[7] 到不得：去不了。

[8] 四摺屏：即草虫枕屏。

[9] 勾引：引起。许：这样。

[10] 何缘：怎么。"何缘"句：虫儿如此喧闹，怎么能不将人吵醒呢。

小池

泉眼无声惜细流[1]，树阴照水爱晴柔[2]。小荷才露尖尖角[3]，早有蜻蜓立上头[4]。

说明

这首诗作于淳熙三年（1176），诗中的泉流、树荫、小荷与蜻蜓，构成一幅初夏勃勃生机的小池风物图，表现了自然万物间亲密和谐的关系。小泉无声，细流缓缓，本来泉眼小则流水细，但诗人用一"惜"字，说"流"所以"细"，是因为泉眼情浓，怜惜涓滴而致。树在池旁，树荫照水，只要晴天亦为势所必然。但诗人用一"爱"字，说树荫所以映照在水中，是因为它浓情密意地爱慕那晴天池水的温柔。新荷的尖角刚刚露出水面，而蜻蜓已经早早立在上面了。一个"才露"和一个"早立"逼真地描绘出蜻蜓和荷叶相互依偎的情景，生灵活现地刻画出小池的勃勃生机，表现出诗人对自然景物的热爱。

注释

[1] 泉眼：泉水的出口。惜：爱惜、吝惜。

[2] 照：朝着、对着。照水：映在水里。晴柔：晴天里柔和的风光。

[3] 荷：莲科多年生水生草本植物。小荷：指刚刚长出水面的嫩荷叶。尖尖角：初出水端还没有舒展的嫩荷叶尖端。

[4] 蜻蜓：蜻蜓目昆虫的成虫，包括蜻蜓和豆娘。上头：上面、顶端。

阻风锺家村观岸傍物化二首[1]

水虫才出绿波来[2]，细看爬沙上石崖。化作蜻蜓忽飞去[3]，几时飞去却飞回[4]。

壳如蝉蜕湿仍新[5]，那复浮嬉浪底春[6]。却把今身飞照水[7]，不知石上是前身[8]。

说明

这组诗描述了蜻蜓水生的稚虫上岸羽化为成虫的过程，内容与现代昆虫学知识基本相同，可见诗人观察的细致真切。第一首前三句描写了一只蜻蜓成虫诞生的过程，蜻蜓在水中产卵，稚虫在水中生活。临近羽化时稚虫爬到岸边岩石或水草表面，蜕皮羽化为蜻蜓飞走。末句写蜻蜓羽化后飞去飞回、徘徊流连，有拟人色彩。第二首是对第一首"物化"结果的感慨，活脱脱的稚虫只留下残蜕，再也不能在水底嬉戏了。还有那蜻蜓成虫在水边飞舞，却不知道石上的那张蜕皮壳就是它的前身。

[1] 阻风:（行船）被风所阻。傍:旁边,附近。物化:事物的相互转化。此处指蜻蜓稚虫羽化为成虫的过程。

[2] 水虫:蜻蜓末龄稚虫。绿波:水面。

[3] 化:蜕皮羽化。蜻蜓:泛指蜻蜓目昆虫的成虫。

[4] 却:还、再。

[5] 壳:蜻蜓稚虫的蜕。蝉蜕:蝉末龄若虫蜕皮羽化留下的蜕皮壳。

[6] 嬉:游戏,玩耍。春:生机勃勃,充满活力。"那复"句:再也不能在生机勃勃的水底嬉戏了。

[7] 今身:羽化形成的蜻蜓成虫。

[8] 前身:稚虫羽化蜕皮留下的蜕。

朱熹 （1130—1200）,字元晦,一字仲晦,号晦庵,今福建尤溪人。

宿山寺闻蝉作

林叶经夏暗[1],蝉声今夕闻。已惊为客意[2],更值夕阳曛[3]。

说明

这首诗约作于乾道末至淳熙（1173-1174）年间诗人初居崇安时,当时朱熹四十四岁。一次游密庵寺,与寺僧探讨"天命"而言犹未尽,留宿寺里。时逢夏日炎热,听闻蝉鸣,孤旅漂泊之情油然而生,遂成此诗。诗前两句描写山中幽深的景象,三句抒发漂泊他乡的心情,末句融景于情,进一步抒发了凄凉寂寞的心情。

注释

[1] "林叶"句:夏天,树林中枝繁叶茂,遮蔽了阳光。

[2] "已惊"句:蝉的鸣声已经勾起了乡愁。

[3] 曛:日落的余光。"更值"句:更何况是夕阳西下的时节。

闻蝉

悄悄山郭暗[1],故园应掩扉[2]。蝉声深树起[3],林外夕阳稀[4]。

说明

这首诗是诗人绍兴二十四年（1154）任同安县主簿时作。通过将个人情感融入自然景物，在这个无"我"之境里，"我"又无处不在。用最"淡"的景，说最"浓"的情。静悄悄的山廊，已经掩上柴扉的故园，深林中传出的悠悠蝉鸣，以及林外稀薄的夕阳光辉，构成了一幅宁静和谐的黄昏图。

注释

[1] 悄悄：不经意间。山郭：靠近山峰的村落、村寨。暗：此处指山村涂上一片暮色。

[2] 故园：老家。扉：门扇。掩扉：关门。

[3] 蝉声：蝉的鸣声，蝉鸣与温度、光亮等有关，傍晚时蝉鸣，说明天气比较炎热。

[4] 夕阳稀：夕阳的光线逐渐暗淡，暗含诗人悲伤凄楚的思乡心情。

朱淑真 （1135—1180？），号幽栖居士，今浙江海宁人。

独坐

卷帘待明月，拂槛对西风[1]。夜气涵秋色，瑶河浸碧空[2]。
草根鸣蟋蟀，天外叫冥鸿[3]。几许旧时事，今宵谁与同？

说明

这首诗写独坐的感受，即作者此时的孤独心情。尽管描绘了一幅独坐待月图，但她不是在赏月，只是在这样的夜晚临风独赏，慢慢咀嚼回味这样的人生意境。因而感受到秋风萧瑟，听见蟋蟀、大雁的悲吟，多少忘不掉的往事，今夜还有谁与我同时回想呢？一种深沉的怀旧感和失落感油然而生。

注释

[1] 拂：掠过。槛：栏杆。"拂槛"句：面对着掠过栏杆的秋风，含有感到凉意的意思。

[2] 瑶河：银河。"夜气"两句：夜晚的空气里满含着秋意，银河浸润在蔚蓝的天空里，含有空气滋润的意思。

[3] 冥鸿：高飞的鸿雁。"草根"两句：通过草根里的蟋蟀鸣叫和天外高飞的雁鸣，暗写自己的孤独和悲秋。

陆九渊 （1139—1193），字子静，号存斋，今江西金溪人。

蝉

风露枯肠里[1]，宫商两翼头[2]。壮号森木晚[3]，清啸茂林秋[4]。

这首诗通过描写秋天傍晚"茂林"之蝉"壮号""清啸"的无人之境，表达了诗人报国无门、怀才不遇的悲凉情思。

注释

[1] 枯肠：空肠。"风露"句：古代人认为蝉餐风饮露。

[2] 宫商：古代音律中的宫音与商音，引申为音乐、音律。翼：翅。"宫商"句：认为蝉的鸣声是由翅振动发出的。

[3] 壮号：高声鸣叫。森木：高耸繁茂的树木。晚：傍晚。

[4] 清啸：清越悠长的鸣声。茂林：茂密高大的树林。

韩淲（1159—1224），字仲止，一作子仲，号涧泉，今江西上饶人。

题草虫扇二首

粉翼才成便斗飞[1]，微虫气化岂先知[2]。草间更看跳梁者[3]，物物春风信有时[4]。

雨晴风细两翩翩[5]，一枕庄周莫怅然[6]。野落春光惊欲老[7]，深情都付草虫边[8]。

说明

第一首中，诗人通过捕捉昆虫的动感姿态入诗并发出感悟。万物化生的瞬时机趣虽然难以预知，但春风对万物的滋养并不根据人为的美丑评判而差别对待，画中生物皆自然地融入生机造化的妙趣之中。第二首中诗人思接千载，由蝴蝶而想到庄周。继而通过"野落春光惊欲老，情深都付草虫边"似可乱真的画面，表达对画师寄情自然、高超技艺的赞扬。

注释

[1] 翼：翅。斗：争胜。

[2] 气化：羽化。

[3] 跳梁者：蚂蚱或蝗虫。

[4] 物物：万事万物，指画中的各种昆虫。信：不发生差误，有规律。

[5] 雨晴风细：雨后微风。两翩翩：两只蝴蝶轻快地飞舞。

[6] 庄周：庄周梦蝶故事。怅然：因不如意而不痛快的样子。

[7] 落：村落。欲老：春天的景色即将消失。

[8] 草虫：花草和昆虫。

赵秉文 （1159—1232），字周臣，号闲闲居士，今河北磁县人。

春游四首 其二

无数飞花送小舟[1]，蜻蜓款立钓丝头[2]。一溪春水关何事[3]，皱作风前万叠愁[4]。

说明

这首诗写春游所见溪边景色及其所思。诗人乘小船出游，只见落花无数，似在相送，还有一只蜻蜓从容地停在岸边钓鱼人的钓竿头上。后两句转折，埋怨起"一溪春水关何事，皱作风前万叠愁"。诗人因何而愁？是因"无数飞花"引起的伤春之愁，还是唯见"蜻蜓款立钓丝头"引起的孤独之感？

注释

[1] 飞花：落花。
[2] 蜻蜓：蜻蜓目昆虫的成虫，包括蜻蜓和豆娘。款立：款款而立，即小心翼翼地站着。钓丝头：钓丝和钓竿的交接处。
[3] 关何事：为了什么事。
[4] 皱：皱褶。"一溪"两句从冯延巳《谒金门》词化出。宋代马令《南唐书》载："元宗（李景）乐府辞云：'小楼吹彻玉笙寒'，（冯）延巳有'风乍起，吹皱一池春水'之句，皆为警策。元宗尝戏延巳：'吹皱一池春水，干卿何事？'延巳曰'未如陛下小楼吹彻玉笙寒'元宗乐。"

夏直[1]

玉堂睡起苦思茶[2]，别院铜轮碾露芽[3]。红日转阶帘影薄[4]，一双蝴蝶上葵花[5]。

说明

这首诗将人生感悟隐藏在平凡的意象之后，表达出一种闲适和淡淡的哀伤。前两句写作者睡起到院中碾茶待煎饮。后两句通过写景强化前两句营造的意境：太阳逐渐西下，蝴蝶在葵花上安静地采蜜，一天又要过去了。

注释

[1] 夏直：夏日值班。直，通"值"。值：值班。
[2] 玉堂：官署名，为宋、金翰林学士、中书舍人办公处，也指豪贵的住宅。
[3] 别院：另一个院子。铜轮：铜碾。露芽：茶叶。
[4] 红日转阶：照在台阶上的日光角度改变。帘影薄：阳光疏淡，帘影变浅。暗指"红日转阶"是西下，"玉堂睡起"是午睡。
[5] 葵花：向日葵的花，花期7～8月，呼应诗题中的"夏直"。

徐玑 （1162—1214），字致中，又字文渊，号灵渊，今浙江永嘉人。

秋行二首 其一

戞戞秋蝉响似筝[1]，听蝉闲傍柳边行[2]。小溪清水平如镜，一叶飞来浪细生[3]。

说明

诗题"秋行"一作"行秋"。诗人听着蝉声，沿溪畔柳树漫步，溪水像镜子一样清澈宁静，忽然一片叶子飞落溪面，激起细细的涟漪和波纹。溪水清平如镜，说明是秋叶自落，于幽微处刻划秋日景色，隐含哲理。

注释

[1] 戞戞：秋蝉的鸣声。筝：又称古筝、汉筝、秦筝，中国传统弹拨乐器。
[2] 傍：顺着、沿着。柳：柳树，杨柳科柳属乔木和灌木。
[3] 一叶飞来：一个叶片落在水面。

戴复古 （1168—1248？），字式之，号石屏、石屏樵隐，今浙江台州人。

织妇叹

春蚕成丝复成绢[1]，养得夏蚕重剥茧[2]。绢未脱轴拟输官[3]，丝未落车图赎典[4]。一春一夏为蚕忙，织妇布衣仍布裳[5]。有布得着犹自可[6]，今年无麻愁杀我[7]。

说明

南宋以来，在夏秋二税之外，新立的税目和附加税目繁多，赋税之重，较之北宋增加了好几倍。诗人以布衣终身，泛涉江湖，多见此情形，遂感叹而有此诗。织妇从春到夏，养蚕剥茧，劳累一年仍穿布衣布裳。无麻之时，连麻衣也穿不上。这首诗揭露了官府的苛捐杂税对劳动者的残酷剥削，深刻地反映了当时的社会矛盾，表现了对劳动人民的深切同情。

注释

[1] 春蚕：春季饲养的蚕。绢：丝织品。
[2] 夏蚕：夏季开始养的第二茬蚕。重剥茧：再次剥茧。
[3] 脱轴：从织布机上拿下来。拟：打算、准备。输官：缴纳官府所征赋税。
[4] 车：纺车。落车：从纺车上取下来。图：计划。赎典：赎回典押的东西。
[5] "布衣"句：仍穿着布制衣裙。"仍"字因音节关系后置。古时上衣为衣，下身裙为

裳，男女都穿。

　　[6] 得：能。着：穿。犹自：还。

　　[7] 无麻：连麻布衣服也没有。愁杀我：犹今言"愁死我"。杀：一作"煞"。"有布"两句用织妇口吻。

高翥 （1170—1241），原名公弼，字九万，号菊磵，今浙江余姚人。

秋日三首 其二

庭草衔秋自短长[1]，悲蛩传响答寒螀[2]。豆花似解通邻好[3]，引蔓殷勤远过墙[4]。

说明

　　这首诗采用拟人化的手法，写秋意中的生机。这是一派初秋的氛围，庭院里的小草感受到秋天的气息，草丛中蟋蟀鸣叫，应答寒蝉的哀鸣。只有那扁豆花迎秋怒放，藤蔓伸过短墙，似乎想沟通邻里的友情。

注释

　　[1] 衔：此处指感受。短长：生与死，指秋天里的小草有的枯黄，有的生机盎然。

　　[2] 蛩：蟋蟀。寒螀：寒蝉。

　　[3] 豆花：深秋开放的扁豆花。解：懂得。

　　[4] 殷勤：热情，多情。

赵汝鐩 （1172—1246），字明翁，号野谷，今江西宜春人。

虱

虱形仅如麻粟微[1]，虱毒过于刀锥惨[2]。上循鬓发贯绀珠[3]，下匿裳衣缀玉糁[4]。
呼朋引类极猖蹶，摇头举足恣餐啖[5]。晴窗晓扪屡迁坐[6]，雨床夜搔不安毯。
急唤童子具汤沐[7]，奔迸出没似丧胆[8]。童子蹙頞代请命[9]，姑责戒励后不敢。
念其昔日到明光[10]，曾游相须经御览[11]。

说明

　　这首诗描写虱的形态、习性及危害。虱的形状如同麻籽，但危害却难以忍受。在头发上爬时像成串的黑色珠子，在衣裳里藏匿像小米粒。它们成群出没，进食时"摇头举足"。

身上有虱时搔痒难耐，夜不能寐。忍无可忍，只好汤沐除虱。看到虱子狼狈奔逃，童子代为求情。理由是虱子曾经上过朝堂，游过宰相的胡须，得到过皇帝的御览。

注释

[1] 麻粟：麻籽。

[2] 虱毒：虱子叮咬造成的痛苦。过于：超过。

[3] 循：沿着。绀色：青紫色。绀珠：指吸血后的虱子虫体膨大饱满像青黑色的圆球。

[4] 裳衣：裳与衣，上曰衣，下曰裳，泛指衣服。糁：煮熟的米粒。

[5] 啖：吃，取食。

[6] 扪：按、摸。"晴窗"两句：不论晴天下雨、白天黑夜，虱子总是搅得人们无法安生。

[7] 童子：古代指未成年的仆役。

[8] 奔迸：逃散。"急唤"两句：要仆人用汤水浸泡衣服杀虱，虱子四散逃窜。

[9] 蹙頞：皱缩鼻翼，愁苦貌。代请命：代虱子请求饶命。

[10] 明光：汉朝的明光殿，在未央宫西，以金玉珠玑为帘箔，昼夜光明。此处指宫殿。

[11] 相须：宰相的胡须。御览：皇帝观览。"念其"两句：用王安石故事。宰相王安石与禹玉一日同侍朝，忽有虱自荆公襦领而上，直缘其须上。王安石毫不知觉。朝退，禹玉笑着对王安石说，那虱"屡游相须，曾经御览"。荆公亦为之解颐。

洪咨夔 （1176—1236），字舜俞，号平斋，今浙江临安人。

促织二首 [1]

一点光分草际萤 [2]，缫车未了纬车鸣 [3]。催科知要先期办 [4]，风露饥肠织到明 [5]。

水碧衫裙透骨鲜 [6]，飘摇机杼夜凉边 [7]。隔林恐有人闻得，报县来拘土产钱 [8]。

说明

在这组诗中，诗人将促织拟人化，表达作者对官府盘剥的嘲讽与批判。第一首以促织比织妇，描写织妇的艰辛。促织从草际的萤火虫那里分了一点微光，在夜晚的风霜里饿着肚子织到天明。那么，她为什么不辞辛苦地彻夜织布呢？就因为她知道要在交税纳租的期限之前准备好，免得吏胥们来了自己惨遭拷打。第二首说，促织穿着水碧衫裙在凉夜织布，机声不断。作者提醒她：小心树林后面有人听见，报到县里去，就要来收你的土产钱了。两首诗借题发挥，通过促织织布怕催税的生动描写，反映了织妇的辛劳和赋税的繁苛，幽默中含讽刺，委婉中见辛辣，手法新颖，在抨击黑暗现实的诗中别开生面。

[1] 促织：蟋蟀，直翅目蟋蟀科昆虫。因其鸣声如急织，故名。

[2] 一点光分：《史记·甘茂传》："贫人女与富人女会织，贫人女曰：'我无以买烛，而子之烛光幸有余，子可分我余光。'"萤：萤火虫。"一点"两句：促织由于置不起明亮灯烛，只好向草间的萤火虫分享一点微光解决照明。

[3] 缲车：缲丝用具，有轮旋转以收丝，故称缲车。纬车：即纺车。"缲车"句：蟋蟀的鸣叫声此起彼伏，好像缲机还未停止，织机就又响起来了。

[4] 催科：政府催缴租税，因租税有法令科条，故称"催科"。先期办：提前完成缴纳。

[5] 风露饥肠：冒着风露霜寒，忍着饥肠。

[6] 水碧衫裙：描写蟋蟀翅的斑纹和色彩。

[7] 飘摇：随风飘荡，栖止不定。机杼：织布机。"飘摇"句：蟋蟀在织机旁浅吟低唱。

[8] 拘：勒索。"报县"句：警告促织，你要小心，有人报告县官，来征收你织布的税。

岳珂 （1183—1243？），字肃之，号亦斋，今河南汤阴人。

观物四首 其一 蛩 [1]

春蚕缲茧白如霜[2]，机妇停机待天凉[3]。井蛩一夜秋已至[4]，寸丝千结萦柔肠[5]。
催租吏嚣翁媪怒[6]，裘葛未成心转苦[7]，篝灯促织永夜忙[8]，悔杀比邻日长语[9]。

这首诗描写一位农家妇女，在等待纺丝织布的合适时候。谁知井边的蟋蟀一夜叫唤后，天气就转凉了。蚕丝尚未织成绢帛，官府已派官吏催上门来，一对老夫妻还没有尝到丰收的喜悦，心中便已充满了悲苦。老妇一面点灯赶紧织布，一面还在心里后悔白天和邻人闲话，耽误了宝贵的时光。

[1] 蛩：蟋蟀。

[2] 缲茧：缲丝，煮茧抽丝。

[3] 机妇：从事纺织的妇女。

[4] 井蛩：井边的蟋蟀。

[5] 萦：缠绕。

[6] 翁媪：老翁与老妇的并称，指年老的父母。

[7] 裘：冬衣。葛：夏衣。裘葛：泛指四时衣服。

[8] 篝灯：用竹笼罩着灯光，谓置灯于笼中。篝灯促织：挑灯夜织。永夜：深夜。

[9] 比邻：乡邻、邻居。日长语：指白天聊天耽误了时间。

刘克庄 （1187—1268），初名灼，字潜夫，号后村，今福建莆田人。

蚍蜉 [1]

梅月炎官尚敛威 [2]，纷纷此物傍练衣 [3]。扑灯似怕光芒掩 [4]，撼树都忘力量微 [5]。
因爱积阴憎景日 [6]，逆知将雨泄天机 [7]。未应蚁子浑无援 [8]，时至皆能插羽飞 [9]。

说明

古代蚂蚁和白蚁不分，该诗题目为蚂蚁，内容却包括蚂蚁和白蚁。但诗人对白蚁和蚂蚁习性的观察，与今天的科学认识基本一致。前三句说梅雨季节白蚁长翅生殖蚁大量分飞，分飞后的生殖蚁有趋光扑灯习性。"撼树"句是说蚂蚁，用"蚍蜉撼树"故事。"因爱"句说白蚁分飞喜欢在阴雨天出现。"逆知"句则说蚂蚁搬家可以预报下雨的现象。尾联说的也是白蚁，即白蚁巢会定期产生长翅生殖蚁。尾联双关，既说时机成熟时"蚁子"就会获得飞行能力，又隐喻人才总有出人头地的一天。

注释

[1] 蚍蜉：一种体型相对较大的蚂蚁。但该诗所描述蚍蜉的内容，大多为等翅目昆虫白蚁。

[2] 梅月：指农历四月，亦泛指梅雨季节。炎官：神话中的火神，指炎热的夏日。尚敛威：还没有发威，指天气还不十分炎热。

[3] 纷纷：多而杂乱往下落的东西。此物：白蚁分飞的有翅生殖蚁。傍：依附。练衣：粗麻衣。

[4] 掩：遮蔽。"扑灯"句：分飞的白蚁有翅生殖蚁有趋光性。

[5] 撼树：指蚂蚁，用蚍蜉撼树典故。

[6] 积阴：连续的阴雨天。景：日光、亮光。景日：天气晴朗。

[7] 逆知：预知。

[8] 未应：未必。蚁子：此处指白蚁的幼体。浑：完全。无援：无助。

[9] 时至：到一定时节。

穴蚁 [1]

穴蚁能防患，常于未雨移 [2]。聚如营洛日 [3]，散似去邠时 [4]。
断续缘高壁 [5]，周遭避浅池 [6]。谁为谋国者 [7]，见事反伤迟 [8]。

说明

这首诗题目一作"穴蚁一首"。该诗运用寓言的形式表达自己的政治主张，从穴蚁的防患习性切入，从聚散行为等方面刻画了穴蚁的防卫意识。尾联点明主旨，穴蚁犹知防患于未然，而谋国者却不能预见危难，早作准备。对那些贻误国事、懈怠国政的谋国者，享受国家俸禄，却不尽职尽责进行了揭露和批判。

注释

[1] 穴蚁：穴居的蚂蚁。

[2] 未雨：下雨之前。

[3] 营洛：周公营洛，周公摄政期间在洛邑的建都工程。"聚如"句：蚂蚁聚集时向工地上人群一样密密麻麻。

[4] 邠：邠国，古代传说的西方极远之国。"散似"句：蚂蚁撤退后稀稀拉拉、不见踪影。

[5] 缘：沿着。

[6] 周遭：四周、环绕。"断续"句：断断续续沿着高壁爬行。"周遭"句：蚂蚁移动时绕开水体。

[7] 谁为：何也？谋国者：官员们。

[8] 见事：识别事势。伤：失之于。迟：迟缓、迟钝。

叶绍翁 （1194—1269），字嗣宗，号靖逸，原姓李，今浙江龙泉人。

夜书所见

萧萧梧叶送寒声[1]，江上秋风动客情[2]。知有儿童挑促织[3]，夜深篱落一灯明[4]。

说明

这首诗写秋夜所见之景，抒发羁旅思乡之情。上联写梧叶送寒，秋风动情。在秋风扫落梧桐叶的萧萧声中，感到了寒意。这寒声来自江上的阵阵秋风，也触动了思乡之念。下联诗人将目光移到户外，夜色中，篱笆间的灯火，不正是儿童在捉蟋蟀吗？孩子们活泼天真的举动，反衬出诗人旅居的孤独和愁思，或许还勾起诗人当年故乡秋夜挑灯夜捕的回忆。

注释

[1] 萧萧：风声。

[2] 客情：旅客思乡之情。

[3] 挑：舀取水并注入。即舀水灌入蟋蟀洞穴。《聊斋志异》中《促织》：成名捕蟋蟀时，"蹑迹披求，见有虫伏棘根。遂扑之，入石穴中。掭以尖草，不出；以筒水灌之，始出，状极俊健。"促织：蟋蟀。

[4] 篱落：篱笆。

野蝶^[1]

银为须翅粉为肌^[2]，驱役春风不解肥^[3]。桃李上林无分到^[4]，可怜却傍菜花飞^[5]。

说明

这首诗借咏蝶抒发自身的感慨，表达低沉与失落的情绪。前两句说野蝶通体白色且具有鳞粉，乘春风飞来飞去，都飞瘦了，可见其辛劳。后两句承接前文，帝王官宦的桃李花林野蝶是去不了的，只有油菜花上才有它们的身影。在此仿佛看到了诗人的身影，有些目标的确不是勤奋努力就能达成的，劳而无功，值得"可怜"。

注释

[1] 野蝶：诗文中的蝴蝶白色，在菜花上活动，可能为菜粉蝶。

[2] 须：蝶的触角或虹吸式口器。肌：躯体。银、粉：指触角、口器、翅和体表的银白色鳞片。

[3] 驱役：追随，追逐。解：明白，理解。不解肥：身体消瘦。

[4] 上林：泛指帝王的园囿。

[5] 傍：依附，贴近。

乐雷发 （1195—1271），字声远，号雪矶，今湖南宁远人。

秋日行村路

儿童篱落带斜阳^[1]，豆荚姜芽社肉香^[2]。一路稻花谁是主^[3]，红蜻蛉伴绿螳螂^[4]。

说明

这首诗写秋天经过郊野村庄时的所见所感，描绘了优美的田园风光。前两句写景，点明了时间、地点和事件。这是一个仲秋的傍晚，水稻扬花时节，阳光斜照在村边的篱笆上，儿童们在篱笆前嬉戏打闹。豆荚硕果累累，姜苗郁郁葱葱。这也是一个祭祀土地神的日子，"社肉香"扑鼻而来。后两句抒情，采用假设、否定的手法。明明知道稻花无主，但却假设它有主，然后问一声主人是谁，最后得出"原来无主"的结论。作者少年时就以聪明机敏闻名，但成年后却屡试不第。后经宋理宗亲自招试，才赐特科第一。然而在职期间又因多次议论时政，不为当权者所容，失望之余，只好退隐。该诗中稻花自由自在开放的特点，反映出诗人当时政治上的失意，对明争暗斗生活的厌倦，对自由自在生活的追求以及对淳朴、优美农村生活的向往。

[1] 篱落：篱笆。斜阳：傍晚西斜的太阳。

[2] 豆荚：村庄附近生长的豆类植物的果实。姜芽：生长的生姜幼苗。社肉：社日祭神之牲肉。

[3] 谁是主：突出稻花无主，自由自在。

[4] 蜻蛉：蜻蜓的别称。螳螂：螳螂目昆虫，捕食性。

夏日偶书

蜾蠃衔虫入破窗[1]，枕书一垛竹方床[2]。家僮偶见草头字[3]，误认离骚是药方[4]。

说明

这首诗描绘诗人简陋的家境和顽皮可爱的家僮形象，表现了诗人平淡的生活和通达的生活态度。蜾蠃衔着虫子从破掉的窗户上飞进来，小竹床上的枕头都是用书堆起来的，诗人手持《离骚》似睡非睡，家里的小仆人看到满页草字头的文字，就说不知道又在看什么医书？实际上是将《离骚》误认为是药方了。

注释

[1] 蜾蠃：也称细腰蜂。雌蜂产卵时，衔泥建巢，或利用空竹管做巢，每巢产一卵，外出捕捉鳞翅目幼虫等，经螫刺麻醉后贮于巢室内，以供其幼虫孵化后食用。

[2] 枕书：以书为枕。一垛：一堆。

[3] 家僮：家里的小仆人。

[4] 离骚：即《离骚》。屈原创作的诗篇，是中国古代最长的抒情诗。"家僮"两句：屈原《离骚》中多香草名，中国药方则多草本植物，故家僮有此误会。

叶茵（1200—1257？），字景文，今江苏苏州人。

萤

自明自灭度方池[1]，熠熠飞来去觉迟[2]。入坐点衣情分熟[3]，纳交元在读书时[4]。

说明

诗人曾出仕，十年不得升迁，退居同里镇，用杜甫诗"洗然顺所适"之意，筑顺适堂。这首诗可能为诗人晚年归乡后所作，通过对萤火的描述，表达闲适之情和对当年苦读时光的回忆。

[1] 自明自灭：形容萤火明灭。度：泛指过，用于空间或时间。

[2] 熠熠：萤火闪烁的样子，形容闪光发亮。迟：慢。"熠熠"句：萤火虫一闪一闪飞来后，流连徘徊，不愿离去。

[3] 点：短暂接触。情分：犹情谊。

[4] 纳交：结交。元：本来、向来、原来。"纳交"句：萤火虫入座点衣，与诗人向老朋友那样熟悉，因为在诗人读书时代就结交了，此处暗用"囊萤夜读"故事，说当年苦读时光。

萧立之 （1203—？），原名立等，字斯立，自号冰崖，今江西宁都人。

画卷四虫 灯蛾 [1]

是儿欲踞吾火上[2]，自是从来被眼迷[3]。只道近前贪炙热[4]，不知流祸及然脐[5]。

说明

这首诗将灯蛾趋光习性拟人化，赋予其情感意识，写奋不顾身扑向灯火的飞蛾，只知道贪图眼前的炙热，而不知道火已经燃及自身而即将走向灭亡，讽刺那些只顾当前利益、享乐而不知灾难临头的人。

注释

[1] 灯蛾：具有趋光性的蛾类。

[2] "是儿"句：《三国志》卷一《武帝纪》注引《魏略》："孙权上书称臣，称说天命。王以权书示外曰：'是儿欲踞吾著炉火上邪'！"意即孙权想把我放在炉火上烤。此处指灯蛾扑火。

[3] 眼迷：迷失真相。

[4] 炙热：像火烤一样的热。

[5] 然：同"燃"。然脐：《后汉书》卷七十二《董卓传》：吕布斩董卓，弃尸于市。天时始热，卓素充肥，脂流於地。守尸吏然火置卓脐中，光明达曙。"

画卷四虫 蠹鱼 [1]

生无一点烟火食[2]，死有千年书传香。饮墨为何疑罚谪[3]，成仙缘此信荒唐[4]。

说明

诗人将蠹鱼蛀书的习性拟人化，以蠹鱼比喻生时只知"蛀书"，不食人间烟火，希望作品流芳千世的文人，自比谪仙是多么的荒唐可笑，也是一种自嘲。

注释

[1] 蠹鱼：衣鱼，衣鱼目昆虫。
[2] 烟火食：指人间煮熟的食物。
[3] 罚谪：神仙受了处罚，降到人间。荒唐：夸大不实或荒谬无理。
[4] "饮墨"两句：用《通典》所记南朝梁罚士人书写滥劣者饮墨汁的故事，以及段成式《酉阳杂俎》所记蠹鱼三食"神仙"字则化为"蠹鱼仙"，名为"脉望"事。

潘牥（1204—1246），字庭坚，号紫岩，初名公筠，今福建福州人。

蝉

秋事遽如许 [1]，空山夜已蝉 [2]。多吟清露底 [3]，偏傍竹篱边 [4]。
翼似霜余叶 [5]，声如雨后泉 [6]。儿曹读书罢 [7]，贪听不成眠 [8]。

说明

这首诗从儿童爱蝉的角度，描写秋蝉之美、蝉鸣之趣，别具一格，饶有兴味。首联从秋天蝉鸣的风景切入，引领全文。次联描写蝉鸣的场所，三联说蝉及蝉声之美。尾联转向往事回忆，总括全诗。不仅表达儿童爱蝉的程度，还从侧面佐证蝉之美。

注释

[1] 事：景物、景致。遽：急忙、匆忙。如许：如此、这样。"秋事"句：秋天的景象怎么忽然变成这样。
[2] 空山：幽深少人的山林。蝉：指蝉鸣。"空山"句：幽静的山林里，夜晚已经可以听到秋蝉的鸣声，即秋蝉已经出现。
[3] 清露：洁净的露水。"多吟"句：常在露水下鸣叫。
[4] 偏：侧重。
[5] 翼：蝉的翅。霜余叶：经霜的叶片。
[6] "声如"句：蝉的鸣声像雨后急涌奔流的泉水声。
[7] 儿曹：犹儿辈，孩子们。读书罢：学习功课完成后。
[8] 不成眠：不能入睡。

释道璨（1213—1271），号无文，本姓陶，今江西南昌人。

题水墨草虫[1]

蜻蜓低傍豆花飞[2]，络纬无声抱竹枝[3]。忆得西湖烟雨里[4]，小园清晓独行时[5]。

说明

这首诗前两句写画面上两种昆虫及其神态：蜻蜓依傍豆花低飞，络纬静静地抱着竹枝。后两句赞扬这幅草虫图画的栩栩如生。图中的昆虫唤起了诗人的联想：那是一个烟雨迷蒙的清晨，诗人独自游览西湖时，在一个小园子里见到过这两种草虫，跟这画上的一个模样。这种用回忆中真实事物来赞美画中景物生动逼真的手法，在题画诗中较为常见。

注释

[1] 水墨：宋时崛起，单用水墨，不加色彩的一种画法。

[2] 蜻蜓：泛指蜻蜓目昆虫的成虫。傍：靠近。

[3] 络纬：即莎鸡，俗称络丝娘、纺织娘。直翅目螽斯科昆虫。无声：未作发声状。

[4] 西湖：又名西子湖，位于杭州市区西部。

[5] 清晓：清晨、天刚亮。

舒岳祥（1219—1298），字舜侯，一字景薛，人称阆风先生，今浙江宁波人。

萤

老来不用映书帷[1]，草上流光数点微[2]。却忆江村无月夜，篮舆一路照人归[3]。

说明

"艰危吾辈老，寂寞此心同"，那些不舍昼夜、刻苦攻读的时代过去了，再没有"囊萤映读"的豪情，就让萤火虫在草地上自由地闪烁吧。想起当年的萤火，那是在江村的一个无月之夜，萤光闪闪伴我归去，那些记忆中闪烁的萤火，成为照耀我心灵深处的星光！

注释

[1] 书帷：书斋的帷帐，借指书斋。映书帷：萤火映书帷。出自囊萤照读故事，《晋书·车胤传》："车胤恭勤不倦，博学多通，家贫不常得油，夏月则练囊盛数十萤火以照书，以夜继日焉。"

[2] 微：衰微。"老来"两句：老来不用囊萤苦读了，就让草上的点点萤火渐渐远去。

[3] 篮舆：古代供人乘坐的交通工具，一般以人力抬着行走，类似后世的轿子。照人归：萤火闪烁伴人归。

郝经 （1223—1275），字伯常，今山西陵川人。

蚕

作茧才成便弃捐[1]，可怜辛苦为谁寒[2]？不如蛛腹长丝满[3]，连结朱檐与画栏[4]。

说明

这首诗借咏蚕而写人生。首句先以"作茧"赞其功劳，接着以"弃捐"叹其遭遇。次句"可怜"二字，不仅加深感慨，且饱含作者的深切同情。后两句将蜘蛛与蚕比较，蚕丝能为人们做衣服御寒，可是它的命运却很悲惨。而蜘蛛对人们并无用处，却在富贵人家自由自在地生活。这实际上是两种人的对比。一种人辛辛苦苦地工作，却不被人们所重视；一种人并不做什么有益的工作，却得到重用。

注释

[1] 作茧才成：蚕幼虫刚完成吐丝结茧。弃捐：抛弃、遗弃，指缫丝时被煮沸杀死。
[2] 寒：御寒。
[3] 蛛：蜘蛛，节肢动物门蛛形纲动物。
[4] 檐：屋檐。朱檐：朱红色的房檐，指富贵人家的房子。画栏：有彩绘的栏杆。

周密 （1232—1308？），字公谨，号草窗，今浙江富阳人。

西塍废圃[1]

吟蛩鸣蜩引兴长[2]，玉簪花落野塘香[3]。园翁莫把秋荷折[4]，留与游鱼盖夕阳。

说明

这首诗写杭州西马塍废圃的秋景，虽有秋日的特征，却注入了生命的活力和怡人的情趣，淡化了萧瑟衰飒的色彩。诗中蟋蟀和蝉的鸣声，竟引起诗人悠长的兴致。秋花飘落在野塘里，使野塘不时发出阵阵幽香。夕阳洒照荷叶，鱼儿在荷叶下往来翕忽，其乐融融，荷叶就像张开的伞为鱼儿遮阳。如此妙景，诗人不由得发出希望之语：希望园翁不要折掉荷叶，留着它给游鱼遮盖太阳。因为那是荷叶、游鱼相得益彰的美景啊！

林景熙（1242—1310），字德旸，一作德阳，号霁山，今浙江平阳人。

闻蝉二首

翼绡微动自宫商[1]，几曳残声送夕阳[2]。唤得槐柯芳梦觉[3]，薰风一曲换西凉[4]。

近交纸薄云翻手[5]，旧梦冠空雪满颠[6]。却忆画船曾听处[7]，夕阳高柳断桥边[8]。

说明

第一首写蝉鸣声的来源、鸣叫的环境和季节，槐柯梦觉、秋风夕阳，表现了世事变幻的苍茫感。第二首写人生、忆往昔。首句双关，既写蝉飞行时振翅的状态，又比喻交情薄如纸、反复无常。次句以蝉冠喻宦业，说往事如梦，功名已经落空，只剩得满头白发。抚今追昔，最美好的还是游览西湖的时光：夕阳高柳，画船听蝉。

注释

[1] 绡：轻纱。翼绡：轻薄如绡的蝉翼。宫商：古代音律中的宫音与商音，引申为音乐。此处指蝉鸣。"翼绡"句：古人认为蝉靠振翅发声。实际上雄蝉才发声，其腹部有发声器，翅的振动只是发声的结果。

[2] 曳：牵引，拉。此处指拖着尾声。

[3] 槐柯芳梦：即南柯一梦。

[4] 薰风：和暖的风。指初夏时的东南风。西凉：秋风的凉爽。

[5] 纸薄：交情薄如纸。云翻手：谓反复无常。

[6] 旧梦：追求功名之梦。冠：指蝉冠。《汉官仪》："侍中冠以貂蝉为饰"。这里用指宦业。雪满颠：满头白发。

[7] 画船：装饰华美的游船。

[8] 断桥：一般指西湖断桥。

闻蛩 [1]

凄苦难成调，秋风入细弦 [2]。草根语深夜 [3]，灯下感流年 [4]。
落叶已满径 [5]，征人犹在边 [6]。寒衣何日寄，思妇不成眠 [7]。

说明

这首诗写思妇之情。征人外出，家中思妇闻蛩而恸。既担心征人没有冬衣，可又不知道何时寄送。首联写秋虫的鸣叫，已因秋风劲吹，断断续续无法成调。颔联写蟋蟀在深夜草根下低语，而思妇则在灯火下伤感流年易逝，秋去冬来。颈联写伤感的原因：小路上已经堆满落叶，可是丈夫还在戍边。尾联借无法寄冬衣表达思念丈夫的愁绪。

注释

[1] 蛩：蟋蟀。
[2] 细弦：高音弦。
[3] 语：指蛩鸣叫。
[4] 流年：时光流逝。
[5] 径：小路。满径：铺满了小路。
[6] 征人：出征的人。边：边关。
[7] 思妇：怀念远行丈夫的妇人。

戴表元 （1244—1310），字帅初，一字曾伯，号剡源先生，又自号质野翁，充安老人，今浙江奉化人。

蝗来 [1]

不晓苍苍者 [2]，生渠意若何 [3]。移踪青穗尽，眩眼黑花多 [4]。
害惨阴机蟏 [5]，殃逾蛊毒蛾 [6]。秋霖幸痛快 [7]，一卷向沧波 [8]。

说明

宋元之际，战乱打破了士人生活的宁静。他们在避难中苟且偷生，亲眼目睹了种种惨烈的现实。诗人作为南宋遗民诗人群体的一员，其诗歌也有着很鲜明的伤时悯乱的主题取向。这首诗描写了蝗灾的危害，反映了作者愍伤时势离乱，同情民生疾苦的现实主义思想。

注释

[1] 蝗：飞蝗，直翅目蝗科昆虫。来：发生。

[2] 苍苍：深青色。苍苍者：指上天。

[3] 渠：它，指蝗虫。"不晓"两句：不知道老天爷为什么要生出蝗虫来。

[4] "移踪"两句：飞蝗迁移过程中将麦穗取食殆尽，蝗虫体上黑色斑纹使人眼花缭乱。

[5] 阴机：机巧、机谋。蜮：传说中的害人虫，又名短狐、水狐、水弩、射工。形状像鳖，有三只脚。也有传说是一种能含沙射人的动物。惨：程度严重。"害惨"句：蝗虫的危害比"阴机械"严重。

[6] 殃：祸害。逾：超过。蛊毒蛾：泛指害虫。"殃逾"句：蝗灾的破坏比"蛊毒蛾"大。

[7] 秋霖：秋天的大雨。

[8] 沧波：江河湖水。"秋霖"两句：秋天的大雨真爽，能将蝗虫荡涤干尽。

胡蝶

春山处处客思家[1]，淡日村烟酒旆斜[2]。胡蝶不知人事别[3]，绕廧间弄紫藤花[4]。

说明

这首诗在清新自然的春景中，蕴含着浓浓的家国情怀。春山淡日、村烟酒旗、蝴蝶矮墙藤花，唯美境界被人事别、客思家撞破，南宋终覆。借蝴蝶写兴亡之感，有刘禹锡《乌衣巷》的意蕴。

注释

[1] 客：离家在外的人。

[2] 淡日：日光疏懒，光线暗淡的太阳。酒旆：酒旗。

[3] 胡蝶：蝴蝶。别：改变。

[4] 廧：古同"墙"。间：间或，断断续续地。紫藤：豆科落叶藤本植物，花期4月中旬至5月上旬。紫藤花开表明进入盛春。

山中玩物杂言十首 其九

圃人忧孽虫[1]，为蔬畜鸡雏[2]。小鸡择虫啄[3]，大鸡遂啄蔬。
虫去蔬亦尽，对之可欷歔[4]。昂昂高冠帻[5]，反不小鸡如。

说明

这首寓言诗，表面上写"鸡""蔬菜""菜虫"的关系，实际上劝诫统治者不要贪得无厌，使人民无以为生，沦落到"虫去蔬亦尽，对之可欷歔"的境地。

注释

[1] 圃人：种菜的人。孽：段注："凡木萌旁出皆曰蘗"。孽虫：生虫。

[2] 畜：饲养。鸡雏：小鸡、雏鸡。

[3] 啄：啄食。

[4] 欷歔：叹气、抽咽声，哭泣后不自主地急促呼吸。

[5] 昂昂：精神振奋的样子。冠帻：鸡冠，兼指官员的帽子。"昂昂"：写"大鸡"，讽官员。

谢翱（1249—1295），字皋羽，一字皋父，号宋累、晞发子，今福建浦城人。

蜂

蛹黑春如黳 [1]，寒崖举族悬 [2]。扑香粘絮落 [3]，采汗近僧禅 [4]。
聚暗移花幄 [5]，分喧割蜜烟 [6]。闲房无处著 [7]，应架井泉边 [8]。

说明

这首诗描写蜜蜂的习性和古代人的采蜜方法。其中"蛹黑春如黳"是对蜂蛹成长的观察，"寒崖"句说野蜜蜂筑巢于很高的山崖上面，"扑香粘絮落"是对蜜蜂采集花粉酿蜜的描述。"聚暗"句说蜜蜂聚集在黑暗的蜂巢里，把花蜜、花粉搬进"帷幄"，即蜂窝里。"分喧"句描写人们割蜜前用烟把蜜蜂熏出的喧闹情形。尾联说不用的养蜂用具，就堆放在井旁。

注释

[1] 黳：不明显的样子。春如黳：春光还不明显，早春。"蛹黑"句：早春季节，黑色的成熟蛹就出现了。

[2] 举族悬：野蜂群筑巢于很高的山崖上面。

[3] 扑香：蜜蜂根据香味寻找蜜源。

[4] 僧禅：即禅定。佛教的一种修行方法。静坐敛心，屏除杂念，专注一境，求得悟解。蜜蜂没有采集汗液的习性，此处在禅定的僧人身体上"采汗"的昆虫，疑为与蜜蜂拟态的蝇。

[5] 花幄：花房。

[6] 割蜜：旧法养蜂的取蜜法，把蜂巢中储存蜜的部分用刀割下来。烟：烟熏驱蜂。

[7] 闲房：不用的养蜂用具。著：同"着"。放置。

[8] 井泉：水井。

华岳（?—1221），字子西，今安徽贵池人。

春暮

麦髯豆荚雨生肥 [1]，闲绿园林粉蝶飞 [2]。盛置好花安四壁 [3]，不教人道是春归 [4]。

说明

这首诗表达惜春情怀和留春意念。首句写暮春时节农田里庄稼繁茂的景象。次句将视野从旷野收缩到园林庭院。这里曾经群芳争艳、花事繁忙，现在随着春天的离去，渐渐绿肥红瘦，只有几只粉蝶，还在飞来飞去。一个"闲"字，洗去了观看农田之景时的欣喜，显露出诗人心中的落寞惆怅。第三句中，春天走了，诗人为了排遣惜春情怀，将众多的花儿放置四周，装点春意。诗人以人工装点春意来表达对春天的珍惜，并想以此挽留住春天，从而使人们不觉得春已归去！诗人知道春天是留不住的，但他仍不愿放过一切能做到的惜春、留春的努力，表明逆境之中，仍要奋斗坚持的决心。

注释

[1] 麦髯：麦芒，代指麦穗。豆荚：与麦子差不多同时成熟的蚕豆、豌豆的果荚。雨生肥：因雨而长得强壮起来。

[2] 闲：平常。粉蝶：蝴蝶。

[3] 盛置：大量地放置。

[4] 教：令，让。道：说。

徐照 （？—1211），字道晖，一字灵晖，自号山民，今浙江温州人。

柳下闻蝉

晚凉多处听蝉声，齐女当年变化成[1]。不合着身杨柳上[2]，也令千古动离情[3]。

说明

这首诗通过描写秋日黄昏的蝉和它所依附的衰柳，隐喻离思，也寄托了漂泊之感。诗由"齐女化蝉"和《诗经·采薇》两个典故化成。"齐女化蝉"说齐王后不得宠怨恨而死，化身为蝉，所以蝉有"齐女"别名，是怨妇的象征。《诗经·采薇》中"昔我往矣，杨柳依依"是以杨柳诉说离别的文化源头。蝉因栖身柳树，因而也与离情别绪密切相关了。

注释

[1] 齐女：蝉的别名。晋·崔豹《古今注》卷下："牛亨问曰：'蝉名齐女者何？'答曰：'齐王后忿而死，尸变为蝉，登庭树，嘒唳而鸣，王悔恨。故世名蝉曰齐女也。'"。

[2] 不合：不料、没想到。着身：置身，栖身。杨柳：柳树。

[3] 离情：别离的情绪。"不合"两句：《诗经·采薇》中有"昔我往矣，杨柳依依"的诗句，使杨柳在中国传统文化中具有惜别之情的象征意味。蝉以杨柳为家，蝉、柳相连，蝉与离情别绪也就息息相关了。

周昂 （?—1211），字德卿，今河北正定人。

西城道中

草路幽香不动尘[1]，细蝉初向叶间闻[2]。溟濛小雨来无际[3]，云与青山淡不分。

说明

这首诗约写于金泰和六年（1206）。作者随完颜承裕军在陕西西城（今陕西安康）同宋军作战。诗写初夏时节行军西城道中所见所闻所感。首句写细雨中的草地走起来不仅不起灰尘，还有一股幽香一路伴你远行。次句说路边树叶间已经可以听到蝉鸣声，点明季节。后两句写远景，透过蒙蒙细雨，一抹青山与天边飘游的云层连在一起，云与青山简直难以分辨，展现在眼前的是一幅淡雅迷蒙的烟雨青山图。

注释

[1] 幽香：暗香。不动尘：不起尘。
[2] 细蝉：初夏时节出现的小蝉。初向：刚开始。
[3] 溟濛：模糊不清。"溟濛"句：照应首句，说明"不动尘"的原因。同时为"云与"句伏笔，正因为"来无际"，所以才"淡不分"。

顾逢 字君际，号梅山樵叟，今江苏苏州人，生卒年不详。

冬夜闻蛩

尚有一蛩在[1]，悲吟废草边[2]。想于深夜里，自忆早秋前[3]。
胜负皆成梦[4]，孤寒似可怜。晚年飘泊老[5]，此况亦同然[6]。

说明

诗人以蛩自喻，写孤蛩在冬夜枯草中的"悲吟"，实际上是对自身孤独处境的感叹。

注释

[1] 蛩：蟋蟀。"尚有"句：蟋蟀成虫越冬前死亡，故称"尚有"。
[2] 废草：冬天的枯草。
[3] "想于"两句：说在深夜里这头孤独的蟋蟀，会想起早秋的时光。
[4] 胜负：胜败。
[5] 飘泊：颠沛流离。
[6] 同然：犹相同。指"人"与"蛩"凄凉晚景相同。

郭印 号亦乐居士，今四川成都人，生卒年不详。

蟋蟀

秋虫推尔杰[1]，风韵太粗生[2]。衰草年年恨[3]，寒砧夜夜声[4]。
轴闲催妇织[5]，衣薄念夫征[6]。谁谓心如石[7]，攲眠不挂情[8]。

说明

这首诗描述妻子促织声里赶制寒衣的情景。衰草丛中促织鸣，唤起"寒砧夜夜声"。那些丈夫远征在外的人家，尤其如此。蟋蟀声里，逐渐感到衣服单薄寒冷，更加牵挂远征的人儿。越想越急，夜不能寐，牵挂之情油然而生。

注释

[1] 秋虫：秋天的鸣虫。尔：你，即蟋蟀。杰：才智出众，指鸣声响亮。

[2] 风韵：悠长婉转的声调，此处指蟋蟀的鸣声。粗生：粗涩生硬。

[3] 衰草：干枯的草，暗指深秋。

[4] 寒砧：寒秋的捣衣声。砧：捣衣石。"衰草"两句：每值深秋，蟋蟀就要鸣叫不停。每到夜晚，捣衣声不绝于耳。

[5] 轴：纺织机上持经线的工具。

[6] 衣薄：衣服单薄，感到寒冷，由此想到远征的丈夫衣单被薄的情景。

[7] 心如石：心肠很硬。

[8] 攲：斜倚、斜靠。"谁谓"两句：否定之肯定，意即妻子牵挂着远征的丈夫。

胡仲弓 字希圣，号苇航，今福建泉州人，生卒年不详。

观蚁[1]

饱知饘可慕[2]，来往斗相迎。忙似人行役[3]，多於雁出征[4]。
数行缘壁去[5]，一半上阶行[6]。何处堪投宿[7]，相逢细问程[8]。

说明

这首诗描述了蚂蚁的觅食行为，并由虫及人，表达了对人世劳碌奔竞的感慨。

注释

[1] 蚁：蚂蚁，膜翅目蚁科昆虫的成虫。

[2] 羶：指肉类食物。"饱知"两句：蚂蚁吃饱了还想吃肉，彼此间争抢不休。

[3] 行役：指因服兵役、劳役或公务而出外跋涉。泛称行旅，出行。

[4] 雁出征：列队出行。

[5] 数行：排成数个队列。缘壁：沿着墙壁。

[6] 阶：台阶。

[7] 堪：可、能。

[8] "相逢"句：蚂蚁相遇时用触角触碰辨识，似乎在问路、打招呼。

李复 字履中，被称为潏水先生，今陕西西安人，生卒年不详。

昼坐东轩，忽十三蝴蝶颜色鲜碧，飞舞近人，移时方去，纪之以诗

天上宝玉琴 [1]，星徽点瑟瑟 [2]。仙人手摩拂 [3]，变化通灵术。忽随琴声起，委蜕如蝉质 [4]。飞翔下绿云，风翅含寒碧 [5]。人间清昼长 [6]，游览喜自得 [7]。见我瓶中花，群游过帘额 [8]。高戏乱疏幌 [9]，低舞侵堕帻 [10]。却疑午梦酣，身是濠梁客 [11]。栩栩出虚庭 [12]，兴阑有归色 [13]。应闻调弦声 [14]，惊去欻无迹 [15]。

说明

诗人在轩中昼坐，看到了飞舞近人的十三只蝴蝶，于是以浪漫的幻想记录了此事。说是天上神仙将古琴的十三徽位变作了蝴蝶，随着琴声来到人间。等它们将要飞走时，诗人又猜想，大约是仙人一曲终了，重新开始调弦，这些蝴蝶也就回到天上，消失无迹了。

注释

[1] 琴：古琴。

[2] 徽：古琴上的徽位，即用于指示琴弦发音部位的记号。每张古琴的徽位十三个，与诗人所见的十三只蝴蝶数量相等。瑟瑟：指琴声。

[3] 摩拂：按捺，手指弹琴状。"仙人"两句：神通广大的"仙人"，在手掌摩拂之间产生了神奇的变化。

[4] 委蜕：蜕皮羽化。"忽随"两句：琴声起处，那些瑟瑟星徽，竟然像蝉蜕皮羽化样，变为翩翩蝴蝶，飞入人间。

[5] 寒碧：清冷的气息和碧绿的颜色。"飞翔"两句：想必是穿过天上的绿云而来，翅上还带有云中清寒的气息和鲜碧的颜色。

[6] 清昼：白天。

[7] 自得：感到满意。"人间"两句：描写蝴蝶悠然自得的神态。

[8] 帘额：帘子的上端。"见我"两句：想象蝴蝶是因为自己轩内的花朵而来。

[9] 幌：帐幔，帘帷。

[10] 帻：古代的一种头巾。"高戏"两句：描写蝴蝶在东轩中"飞舞近人"的曼妙舞姿：时而飞高，在随风拂动的帐幔间穿梭嬉游。时而又飞低，亲切地围绕着诗人头上的巾帻。

[11] "却疑"两句：化用《庄子》的典故，以隐语的方式点出了"蝴蝶"的身份。"午梦酣"用的正是庄子梦中化蝶事。"濠梁客"则用庄子游于濠梁之上、知鱼之乐的典故。两句并列，意指这就是庄子在梦中变化而成的蝴蝶：不但暗示出"蝴蝶"，而且还融入庄子游于濠梁的悠然自乐。

[12] 栩栩：生动的样子。

[13] 兴阑：意兴阑珊。

[14] 调弦：指对琴弦音高的调整。

[15] 欻：忽然，迅疾。末四句写蝴蝶的离开，仍然联结到诗篇开头的想象。蝴蝶意兴阑珊，渐渐飞出庭院，流露出归去之意。诗人猜想，当仙人一曲终了，重新开始调弦的时候，这些蝴蝶也就会回到天上，消失无迹了吧。

李若川　字子至，今江苏徐州人，生卒年不详。

蚕妇词

舍前舍后桑成林[1]，锄垦不放青草侵[2]。东风满条新叶大，村家爱此轻黄金[3]。日暖春蚕大眠起[4]，戢戢盈箱齐若指[5]。看蚕新妇夜不眠[6]，蚕老登山满家喜[7]。阿姑嗔办缫车迟[8]，小姑已催修织机[9]。杀鸡沽酒赛神福[10]，今岁不怕寒无衣。

说明

这首诗描述了南宋农村蚕桑业的家庭生产情况，从"桑成林"到"春蚕大眠起"，再到"嗔办缫车迟，催修织机"，最后到"不怕无寒衣"，涉及养蚕缫织各个过程，展现了古代农民的自给自足、男耕女织的农桑经济盛况。

注释

[1] 舍：房屋。舍前舍后：家前屋后。

[2] 锄垦：锄草翻土。放：使，令。

[3] 轻：轻视。"东风"两句：村民觉得桑树新叶比黄金还贵重。

[4] 大眠：家蚕幼虫的最后一次蜕皮。

[5] 戢戢：密集、顺从貌。齐若指：老熟幼虫约手指粗细。

[6] 新妇：古代已婚妇女的谦称。

[7] 登山：用桑叶或麦秸做个"小山"似的样子，蚕的老熟幼虫会在"山"上吐丝结茧。

[8] 嗔：对人不满、怪罪。缫车：抽茧出丝的工具。

[9] 织机：以直角交织两组或多组纱线形成织物用的机器。

[10] 沽酒：买酒。赛神：设祭酬神。

陆蒙老　字元光，一字元中，今浙江湖州人，生卒年不详。

咏蝉

绿荫深处汝行藏[1]，风露从来是稻粱[2]。莫倚高枝纵繁响[3]，也宜回首顾螳螂[4]。

说明

这首诗以蝉比喻那些自命不凡、骄纵狂傲以致忘记自身危险的人。《诗人玉屑》载："吴兴陆蒙老，尝为常之晋陵宰，颇喜作诗。时州幕官有好谗谤同列者，一日会同，忽闻蝉声，幕官谓陆曰：'君既能诗，可咏此也。'陆辞之不可，因即席为之，曰：'绿荫深处汝行藏，风露从来是稻粱。莫倚高枝纵繁响，也宜回首顾螳螂。'因以是讥之，其人愧而少戢。"诗首句说明蝉的居处高且隐蔽，"汝"明是指称树上的鸣蝉，实则锋芒直逼那些谗佞之徒。次句讲蝉的饮食。风与露，天赐之物也。"从来"二字强调了蝉的饮食之用是根本不须犯愁的。这两句着意铺陈蝉的养尊处优，讥诮之意隐约可见。三句变换手法，将蝉无知无畏、得意忘形的神态点染得活灵活现。末句以诚恳的劝诫结束全诗，向蝉指出，螳螂就在你的身后，向那些骄纵忘形者敲响了警钟。

注释

[1] 汝：有双关意，指蝉喻人。行藏：形迹，底细，来历。
[2] 风露：古人认为蝉餐风饮露。此处的"风露"意为天赐之物也。"从来"二字强调蝉的饮食之用是根本不须犯愁的。
[3] 倚：倚仗。纵：放任。繁响：频繁地鸣叫。
[4] 螳螂：螳螂目昆虫，以捕食其他小型动物为食，此句转用"螳螂捕蝉"寓意。

卢梅坡　别名卢钺，出生地、生卒年不详。

蚕

春蚕运巧起经纶[1]，底事周防反杀身[2]。鼎镬如归缘报主[3]，羞他肥禄避危人[4]。

说明

春蚕吐丝将自己重重包裹，似乎安全，不料却因此惹来杀身之祸，人们为煮蚕丝而将其蒸煮。春蚕将一生贡献给了人们，就像忠臣义士报国为主一样，这应让那些食禄自肥、避祸偷安的人羞愧汗颜。

[1] 春蚕：春季饲养的家蚕。运巧：巧妙地运用创造性的构思。经纶：织布机上的纵、横线。起经纶：整理丝缕。指家蚕编丝成茧。

[2] 底事：何事。周防：谨密防患。杀身：丧生。

[3] 鼎镬：鼎和镬，古代两种烹饪器皿。此处指煮茧杀蛹过程。如归：把鼎镬蒸煮看得象回家一样平常，犹视死如归。缘：因为。报主：报答主人。

[4] 禄：官吏的俸给。肥禄：俸给丰厚。危：危难。

潘葛民 字子尚，出生地、生卒年不详。

蝴蝶花 [1]

风光白日长 [2]，蝴蝶飞过墙 [3]。飞飞不停去何忙，墙外谁家菜花黄 [4]。
出门不知南陌路 [5]，心随蝴蝶寻郎处 [6]。

说明

这首爱情诗自然流畅地表露出女子的心声。阳春三月，油菜花开。循着花香，蝴蝶飞出墙外，也带走了我的心，在花海前迷惘。要是能像蝴蝶那样长着翅膀多好，我就能飞过花海，跟着春天的气息，寻找恋人的去处了！

注释

[1] 蝴蝶花：蝴蝶和油菜花。

[2] 白日：白天。

[3] 蝴蝶：可能为粉蝶。

[4] "墙外"句：叙述"蝴蝶飞过墙"的原因。

[5] 陌：田间东西方向的小路。泛指道路。

[6] 郎：女子对丈夫或情人的称呼。

蒲寿宬 一作寿晟、寿峸，字镜泉，号心泉，今福建泉州人，生卒年不详。

蠹鱼 [1]

种芸岂辟蠹 [2]，无水乃有鱼 [3]。平生破万卷 [4]，胸次藏石渠 [5]。何如叶上虫 [6]，篆出先秦书 [7]。

作者以衣鱼起兴，抒发了自己读书破万卷，身怀才能，但是却比不上那些篆出先秦书的"叶上虫"，表明了怀才不遇的愤慨，以及对那些善於投机取巧者的蔑视。

注释

[1] 蠹鱼：衣鱼，衣鱼目昆虫。

[2] 芸：芸香，是芸香科茎基部木质的多年生草本植物。芸香辟蠹是古人防治衣鱼的方法，把芸香草夹在书中，其飘散出的香气称为"书香"。"种芸"指在书籍中放芸香草。岂：怎么能？辟：排除，驱除。

[3] 乃：竟然，居然。鱼：指衣鱼。

[4] 平生：一生。破：啃破。

[5] 胸次：胸间。石渠：即石渠阁，在长安未央宫大殿的北面，是汉朝皇宫内藏书之处。是汉初丞相萧何提议建造的，收藏入关后所得秦朝的各类珍贵图书典籍。因宫殿下筑石为渠以导水，故称。"平生"两句：双关，既形容衣鱼蛀蚀书籍危害严重，又暗指自己饱读诗书。

[6] 何如：用反问的语气表示胜过。叶上虫：潜叶危害的幼虫，在叶片上留下复杂的虫害斑纹，此处又指哪些没有学问，专门投机钻营的人。

[7] 篆：写篆书。先秦书：先秦文字。

闻蝉

闭息含真抱叶枯[1]，春风将尽蜕寒肤[2]。绿槐忽作仙人啸[3]，长曳一声山日晡[4]。

说明

这首诗前两句描写蝉蜕皮羽化习性，后两句写蝉声，"绿槐"句说地点，"长曳"句说时间。在傍晚的槐树枝头，忽然传来长长的蝉鸣。

注释

[1] 闭息：犹屏息，有意地屏住气。含真：保持纯真的本性。抱叶枯：出土的蝉末龄若虫准备羽化蜕皮。

[2] 春风将尽：春末夏初季节。蜕：蜕皮羽化。寒肤：蝉若虫的表皮。

[3] 绿槐：国槐。豆科槐属乔木。作：指发声。仙人啸：蝉鸣。

[4] 曳：拖、拉。长曳：长长的鸣声。晡：傍晚，申时，即下午3至5时。

蚤[1]

疾眺若幻术[2]，常笑虱缝拘[3]。动致磨齿牙[4]，害止搔皮肤[5]。纤芥何足云[6]，有人饲於菟[7]。

这首诗首先描写了蚤的习性和危害。善跳是其显著特点，蚤以此为傲，并常笑话虱子局促于缝隙之间的生活。"动致"两句说蚤的为害程度，你得咬牙忍受叮咬引起的疼痛以及受害部位的搔痒难耐。尾联表达了作者对"蚤"的藐视之情，说被蚤叮咬算不了什么，有人还舍身饲虎呢！

注释

[1] 蚤：蚤目昆虫的成虫。

[2] 眺：同"跳"。幻术：魔术。

[3] 虱：虱目昆虫的成虫。拘：束缚、限制。

[4] 动：指蚤叮咬。磨齿牙：咬牙忍受。

[5] 害止：蚤吸血危害后。搔：用指甲挠。

[6] 纤芥：亦作"纤介"，指细微，此处指蚤的叮咬。何足云：不值得一提。

[7] 於菟：虎的别称。"有人"句：出自佛教故事《摩诃萨埵以身施虎品》：印度宝典国国王大车的三个太子，一日同到山中打猎，见一只母虎带着数只小虎饥饿难忍，母虎因此欲将小虎吃掉。三太子萨埵见状，将二位兄长支走，来到山间，卧在母虎前，饿虎已无力啖食。萨埵又爬上山岗，用利木刺伤身体，然后跳下山崖，让母虎啖血。母虎啖血恢复气力后与小虎们一起食尽萨埵身上的肉。二位哥哥不见弟弟，沿路寻找，终于找见萨埵尸骨，赶紧回宫禀告父王。国王和夫人赶到山中，抱着萨埵尸骨痛哭，然后收拾遗骨修塔供养。为了挽救老虎生命而甘愿牺牲自己肉身的萨埵太子就是佛祖释迦牟尼的前世，这种表现释迦牟尼前生累世忍辱牺牲、救世救人、各种善行的绘画作品被称为本生故事画。

释怀古　今四川峨眉山人，生卒年不详。

闻蛩 [1]

幽虫侵暮急 [2]，断续苦相亲 [3]。夜魄沈荒垒 [4]，寒声出壤邻 [5]。
霜清空思切 [6]，秋永几愁新 [7]。徒感流年鬓 [8]，茎茎暗结银 [9]。

说明

诗人夜间枯坐，听到蟋蟀在秋寒来临之前的鸣叫，感慨时间流逝，自身逐渐老去。首联从听觉写幽虫之声的急迫、痛苦，渲染了悲秋的气氛。颔联通过清冷的月光、荒凉的围墙、凄凉的鸣声，勾勒出枯寂的情景，也流露出作者清冷孤寂的情调，为下句由景入情铺垫。颈联转写诗人的思绪，秋天总是会来的，时光流走的忧愁年复一年，总是让人猝不及防。尾联承接颈联，挑明诗思，并且合回首联，回答首联的疑问，为什么会对秋虫的鸣叫有亲切感？因为诗人哀叹流年，头发也成了银丝。

[1] 蛩：蟋蟀。

[2] 幽虫：指生活在幽暗处的蛩。侵暮急：暮夜中鸣叫得很急迫，不停地鸣叫。

[3] 相亲：指蛩鸣之声不停地传来，似乎蛩与人很亲近。

[4] 夜魄：月光。魄通"霸"，泛指月光。荒垒：荒凉的围墙边。

[5] 寒声：指蟋蟀幽怨凄凉的鸣叫声。壤邻：即邻壤，邻居。"壤邻"是为了合韵、合平仄的"邻壤"倒装。

[6] 霜清：言霜很重，显得清冷。切：贴近，密合。

[7] 永：长。

[8] 流年：光阴，年华。因易逝如流水，故称。

[9] 结银：凝结成银色。

天封慈 出生地、生卒年不详。

蜜蜂颂 其一

千花蕊上刺香时[1]，百草头边得意归。一窍透穿通活路，游丝无碍去来飞[2]。

这首诗借物寓理，以采花刺香有得的蜜蜂，来喻悟道的禅人。蜜蜂"一窍"刺通，得蜜糖为食，有了"活命"之路。禅人在"一窍"通了之后，更是寻得了生命的本源，游行无碍，海阔天空，脱去了形体的隔限。前两句写蜜蜂经过千花采撷、终获成功的快乐心情，第三句切入佛理，经过艰苦努力后豁然开朗，就不会再被游丝（日常问题）缠绕了。

[1] 刺香：指蜜蜂采撷花粉和花蜜。

[2] 游丝：蜘蛛网，此处也指人生中的日常问题。

危浣 字定之，出生地、生卒年不详。

书灯蛾

三生炙手权门者[1]，此日趋炎态未除[2]。汝自燃脐何所恨[3]，可怜遗臭入诗书[4]。

宋
代

这首诗将灯蛾比喻为官场里的那些趋炎附势，为了权力不择手段的小人，他们扑火自取灭亡是咎由自取，只可惜种种恶行还会污染了诗书。

注释

[1] 三生：佛教语。指前生、今生、来生。炙手：烫手，比喻权势炽盛。权门：权贵人家。"三生"句：前世今生，一直混迹于权贵之间的人。

[2] 趋炎：喜暖、奔向火焰，比喻趋附权势。"此日"句：如今趋炎附势的本性依然不改。

[3] 汝：你。指灯蛾和趋炎附势的小人。燃脐：《后汉书·董卓传》："乃尸卓於市。天时始热，卓素充肥，脂流於地。守尸吏然火置卓脐中，光明达曙，如是积日。"后遂以"燃脐"指元凶伏法。何所恨：有什么话说。

[4] 可怜：令人惋惜。指为诗书受到趋炎附势小人的恶行污染而感到惋惜。

姚寅 号雪坡，今陕西人，居浙江湖州东林，生卒年不详。

养蚕行

南村老婆头欲雪[1]，晓傍墙阴采桑叶[2]。我行其野偶见之，度问春蚕何日结[3]。老婆敛手复低眉[4]，未足四眠那知得[5]。自从纸上扫青子[6]，朝夕餧饲如婴儿[7]。只今上筐十日许，食叶如风响如雨。夜深人静不敢眠，自绕床头逐饥鼠[8]。又闻野祟能相侵[9]，典衣买纸烧蚕神[10]。一家心在阴雨里，只恐叶湿缲难匀[11]。明朝满簇收银蚕[12]，轧轧车声快如剪。小姑促汤娘剥纸[13]，嬉嬉始觉双眉展[14]。缲成折雪不敢闲，锦上织成双凤团。天寒尺寸不得著[15]，尽与乃翁输县官。君不见，长安女儿嫩如水[16]，十指不动衣罗绮[17]。我曹辛苦徒尔耳[18]，依旧绩麻冬日里[19]。

说明

这首诗记述蚕农养蚕的辛苦，他们清晨即起，采桑喂蚕，逐鼠驱邪。为了乞求神灵保佑，还要典衣买纸，供给蚕神。表达了诗人对人世不公的愤恨和对贫苦人们的同情。

注释

[1] 老婆：年老的妇女。头欲雪：头发变白。

[2] 傍：靠近。

[3] 度：过。度问：走过去问。结：结束。"度问"句：问春蚕何时吐丝结茧。

[4] 敛手：缩手，恭敬的样子。

[5] 眠：蚕幼虫蜕皮。

[6] 青子：蚕的初孵幼虫。

[7] 餧饲：喂食饲养。

[8] 鼠：家鼠，啮齿目鼠科动物，偷食家蚕。

[9] 祟：指鬼怪或鬼怪害人。

[10] 典衣：典押衣服。蚕神：古代有蚕女、马头娘、马明王、马明菩萨、蚕花娘娘、蚕丝仙姑、蚕皇老太等多种称呼，是民间信奉的司蚕桑之神。

[11] 缲：抽丝。

[12] 银蚕：银色的蚕茧。

[13] 纰：残坏散开的丝。

[14] 嬉嬉：喜笑貌。

[15] 著：同"着"。"天寒"句：织成的绢丝天气寒冷时自己一点也穿不到。

[16] 长安：西安，指都城。长安女儿：富裕人家的孩子。

[17] 衣罗绮：穿丝绸衣物。

[18] 曹：辈。尔耳：如此而已。

[19] 绩麻：将麻搓成线，指穿麻线织成的衣服。

叶岂潜 字潜仲，浙江金华人，生卒年不详。

蝉

柳边晓立看虫蜕[1]，化作风餐露宿身[2]。林静昼长吟不绝[3]，骚骚清苦似诗人[4]。

说明

这首诗由蝉及人，以调侃的语气，诉说诗人的失意与忧愁。诗人天刚亮的时候在柳树边观察到蝉末龄若虫蜕皮羽化，看它慢慢变化成餐风饮露的成虫。白天，寂静的树林蝉鸣叫不休，看来像我一样穷困而忧伤。

注释

[1] 虫蜕：指蝉末龄若虫蜕皮羽化为成虫的过程。"柳边"句：蝉末龄若虫蜕皮羽化一般在天亮前完成，但"柳边晓立"说明诗人是在柳树边站立观察了一段时间，所以看到的是蜕皮羽化的过程，而不是柳树边或柳树上蜕皮完成后留下的蜕皮壳。

[2] 风餐露宿身：蝉的成虫，古人认为其餐风饮露。

[3] 林静昼长：因树林寂静而显得白天漫长，或暗指初夏时节。吟不绝：蝉鸣不止。

[4] 骚骚：忧愁之意。清苦：清贫。诗人：作者自己。

赵福元 出生地、生卒年不详。

蚊

隐隐雷声语暮天[1]，欺风偷到玉堂前[2]。纱厨浸月凉如水[3]，赢得珠钿臂上眠[4]。

说明

这首诗用诙谐幽默的笔调描写了傍晚到夜间，蚊子活动的过程。傍晚蚊子闹声如雷，它们可以骗过晚风，偷偷地溜到堂屋，溜进寝室。月色如水，蚊帐清凉柔和，但有时也奈何不了蚊子，它会由缝隙钻入帐中，获得在"美女"手臂上活动吸血的机会。

注释

[1] 隐隐雷声：蚊的叫声如雷。语：蚊子的鸣声，实际为蚊子飞行振翅的声音。
[2] 玉堂：居所。此处指堂屋和寝室。
[3] 纱厨：方顶的纱帐。浸月：沐浴在月光下。
[4] 珠钿：嵌珠的花钿。多为妇女首饰。这里代指美女，为戏谑之词。

朱继芳 字季实，号静佳，福建建瓯人，生卒年不详。

蛬

一蛬何唧唧[1]，吟入儿童心[2]。只在竹篱外，篝灯无处寻[3]。

说明

这首诗通过夜晚捕捉蟋蟀的场景，写出了儿童的心理和行为，勾起人们对童年的美好回忆。寂静的夜，蟋蟀的鸣声，不啻于声声召唤，直入儿童的心扉。于是他再也按捺不住，提着篝灯悄悄来到竹篱外边。然而声音明明是在竹篱外发出的，却始终找不到蟋蟀在哪。

注释

[1] 蛬：蟋蟀，直翅目蟋蟀科昆虫。雄成虫以鸣声求偶。何：为什么。唧唧：蟋蟀的鸣声。
[2] 吟入：蟋蟀的鸣声叩击儿童心扉。
[3] 篝灯：灯笼。

元代

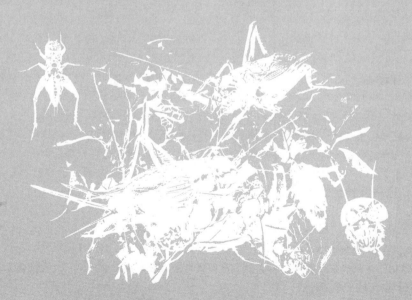

仇远 （1247—1326），字仁近，一字仁父，自号山村、山村民，今浙江杭州人。

闲居十咏 其二

树隔残钟远欲无[1]，野云漠漠雨疏疏[2]。飞蚊尽逐南风去[3]，父子灯前共读书。

说明

因为长期不开科举，元人无功利之急，更能潜心读书，读书也更有乐趣。元代"文倡于下"，政府既不组织大型的文化项目，也没有鼓励民间著述的措施，文人个人也不追求所谓"名山事业"，他们已经适应了无功利目的的生活和行为方式，故多乐于读书而懒于著述。该诗描绘了一幅灯下读书图。前两句通过听觉和视觉写远景，远处传来了淡淡的钟声，雨稀稀拉拉地下着，天地一片迷蒙。后两句写近景，夜晚如此寂静，甚至连扰人的蚊子都没有，只有父子俩在灯下专心致志地读书。

注释

[1] 残钟：微弱的钟声。"树隔"句：因为树木的阻隔，远处传来的钟声似有若无。
[2] 野云：旷野的云。漠漠：迷蒙貌。疏疏：稀疏貌。
[3] 南风：从南边向北边吹来的风，指暖风。南风尽退，暗指秋季。

陈栎 （1252—1334），字寿翁，号定宇，今安徽休宁人。

晚蝉[1]

秋早梧桐飐晚风[2]，鸣蝉无数树阴中。斜阳似假渠声势[3]，只是斜阳不久红[4]。

说明

梧桐树叶在秋日晚风中颤动，树阴里蝉声此起彼伏。一抹斜阳似乎为蝉声增添了声势，可斜阳不久就要落山了。深秋的寒意与万物凋零的信息，触发了诗人萧瑟荒凉的悲秋情绪。蝉声呼唤着遗民诗人心中的愁绪与凄惶，秋蝉生境的恶劣正是诗人凄凉身世和艰难处境的艺术再现，亡国之臣的哀鸣犹如秋蝉的悲鸣，因为已经发生的一切再也无法改变了。

注释

[1] 晚蝉：深秋的寒蝉。
[2] 梧桐：梧桐科落叶乔木，在古诗中有象征高洁美好品格之意。飐：风吹物使其颤动，指梧桐树叶在晚风中瑟瑟抖动。

[3] 似：似乎，好像。假：借，给予。渠：它，指蝉。

[4] 不久红：太阳快要落山了。

宋无 （1260—1340），字子虚，自号翠寒道人，今江苏苏州人。

蝉

高柳夕阳收 [1]，繁弦奏未休 [2]。数声风露饱 [3]，一壳古今愁 [4]。
凉思知秦树 [5]，衰鸣乱渭流 [6]。年年离别处，岁曲送残秋 [7]。

说明

这首诗以蝉自比，"数声风露饱，一壳古今愁"恰如其逸士本性，不奢靡于用度，为宋守节之心不变。"凉思知秦树"暗合宋无年轻时度秦岭之事，在年老之际追忆往事，心中之哀可乱渭流。

注释

[1] 收：结束，收尾。指夕阳快要落山了。

[2] 繁：杂乱。繁弦：指蝉鸣。

[3] 风露饱：用蝉饮露比喻生活之清苦。

[4] "一壳"句：古往今来，蝉衰鸣不已，似有满腔怨愤。

[5] 秦树：秦岭的树。

[6] 渭流：渭河，古称渭水，是黄河的最大支流。

[7] 岁曲：一作几曲，一年一度的蝉鸣。残秋：秋天将尽时节。

王冕 （1310—1359），字元章，号煮石山农、食中翁、梅花屋主等，今浙江诸暨人。

村居四首 其四

英雄在何处？气概属山家 [1]。蚁布出入阵 [2]，蜂排早晚衙 [3]。野花团部伍 [4]，
溪树拥旗牙 [5]。抱膝长吟罢 [6]，天边日又斜。

说明

这首诗虽以"村居"为题，但诗文在幽默中流露牢骚不平之意，明写村庄景物，实际上隐藏着悲世悯人、英雄失路的感慨。首联抒发感慨：说现在的英雄气概，只能在山居景物

中加以领略了，并由此引发下文。颔联、颈联将村居常见的景物：蚂蚁相争、蜂聚成群、野花丛开、溪村酒旗，写成"蚁布阵""蜂排衙""团部伍""拥旗牙"。蚂蚁相争，有行列队伍，宛如战阵。蜂早晚聚集，好似官府排衙仪式。野芳丛簇，如军队编制。溪村酒店高挑的酒旗，像军中高扬的大小旗帜。尾联描写自己抱膝独吟，又逢日斜的情景。诗人满腹才情，但命运多舛，难入仕途。诗名很大，众望所归，但性格孤傲，耿介自守。向往太平，但灾乱频仍，生灵涂炭。于是移情他物，顾此言他，以排遣其怀才不遇、愤世嫉俗之情。赞叹山居的英雄之气，实是在叹众生的猥琐卑微。这在他的其他诗作中有具体描述："民人籍征戍，悉为弓矢徒。纵有好儿孙，无异犬与猪。至今成老翁，不识一字书。"（《冀州道中》）。何以如此？王冕在《虾蟆山》里有这样的诗句："如今虾蟆处处有""黄童白叟相引悲，田中更有科斗儿！"这些诗句不仅揭露元统治者摧残文化的后果，更借民间关于虾蟆石的传说，对剥削压迫人民的元代官僚表示了无比的憎恨。在现实中难以找到慰藉，于是诗人把目光流注于山景，但时时为之振腕叹恨、深恶痛绝的现实有如魂牵梦绕，挥之不去。正是在这种充满矛盾的复杂心态下，诗人抱膝长吟，日斜方归。日落黄昏，暮色苍茫，形单影只，凄风冷月，正是他凄楚和愤懑心境的真实写照。读此诗，使人顿有"念天地之悠悠，独怆然而涕下"之感。

注释

[1] 气概：气派。山家：山居人家。"英雄"二句：提出诗人对所居景物的领会，幽默中流露牢骚。

[2] "蚁布"句：蚂蚁成队出入，像军队布阵。

[3] "蜂排"句：蜜蜂成群飞舞，像官府早晚排衙。封建时代长官坐堂，兵卫仪仗排列两侧，僚属参见后分列左右，叫排衙。

[4] 部伍：部与伍是军队编制的名称。"野花"句：野花簇聚在一起，像队伍集合。

[5] 旗牙：大小旗帜。牙：牙旗，军前大旗。"溪树"句：溪边的树木高高耸立，像军队中的大小旗帜。

[6] 抱膝：手抱膝而坐，有所思貌。

赵汸 （1319—1369），字子常，今安徽休宁人。

咏蟋蟀

赤翅晶荧何处归[1]？秋来清响傍庭闱[2]。莫言微物无情意[3]，风虎云龙共一机[4]。

说明

诗人八、九岁开始写诗，被称为神童。约在他十二岁那年七、八月间的一天，他读书时听到窗外有蟋蟀的叫声，就趁老师不注意的时候，溜出门去捕捉蟋蟀。不料却被老师发现。老师说："要么挨一顿板子，要么写一首好诗。"他当然不愿意挨板子，便问作诗的题目是什么？老师说："就以蟋蟀为题吧！"他点头答应，随即吟成此诗。这首诗第一句用"赤翅晶荧"写蟋蟀的形态，"何处归"是发问，意即蟋蟀在什么地方？第二句作了回答：秋天来了，他是在靠近"庭闱"的地方鸣叫。三、四句议论：不要说这小小生命没有情意，什么也不知晓。其实他跟带风的虎、兴云的龙一样，都有着共同的生机！其中隐含着众生平等的道理，带有为穷苦人民鸣不平的意思，难能可贵。

注释

[1] 晶荧：明亮闪光。

[2] 清响：指蟋蟀清脆响亮的鸣叫声。傍：靠近，邻近。庭闱：内舍。多指父母居住处。此处指庭院房屋。

[3] 微物：蟋蟀，泛指微小生物。

[4] 机：事情变化的枢纽。此处指生机与活力。

徐贲 （1335—1393），字幼文，号北郭生，今江苏苏州人。

次韵杨孟载感故园池阁四首 其四 [1]

草阁开清夜 [2]，垂垂星斗零 [3]。水蒲藏白小 [4]，露草宿蜻蜓 [5]。
文梓裁凭几 [6]，生绡画卧屏 [7]。此时凉似水，看子拾流萤 [8]。

说明

这首诗描写故园池阁的夜景。前四句说草阁外的远景和近景，然后描写草阁内的景物，尾联通过"凉似水"的惬意和"看子拾流萤"的感人画面，点明该诗的主旨，既亲情的温暖和对故园的热爱。

注释

[1] 次韵：旧时古体诗词写作的一种方式。按照原诗的韵和用韵的次序来和诗。次韵是和诗的一种方式，也叫步韵。杨孟载：杨基（1326-1378），元末明初诗人。字孟载，号眉庵。与高启、张羽、徐贲为诗友，时人称为"吴中四杰"。

[2] 草阁：草屋。开：开通，连通。清夜：清静的夜空。

[3] 垂垂：下落貌，延伸貌。零：散乱。星斗零：星光灿烂。"草阁"两句：通过草阁可以看到夜空群星璀璨。

[4] 水蒲：蒲草，也称水烛，假茎白嫩部分（即蒲菜）和地下匍匐茎尖端的幼嫩部分（即草芽）可以食用。

[5] 宿：过夜。蜻蜓：泛指蜻蜓目昆虫的成虫。

[6] 文梓：有斑纹的梓木。裁：制作。凭几：古时供人们凭倚而用的一种家具，形体较窄，高度与坐身侧靠或前伏相适应。

[7] 生绡：未漂煮过的丝织品。古时多用以作画，因亦以指画卷。"文梓"两句：室内有梓木凭几和生绡画的屏风。

[8] 拾：捡取。流萤：萤火虫。

咏三虫 其一 秋萤

龙舟一去汴河东[1]，空吐余光表寸衷[2]。此夜不堪秋寂寞[3]，景阳宫阙又西风[4]。

其二 秋蝶

花开心事已蹉跎[5]，每怨春多恨转多[6]。赖有黄花相慰籍[7]，不知风雨又如何。

其三 秋蝉

愁断齐奴一寸心[8]，谁知青女怨犹深[9]。长吟莫恋宫前柳，黄叶秋风自不禁[10]。

说明

元末群雄大致分为两类，一类是打红巾旗号的农民起义军将领，另一类是借帮助朝廷镇压红巾军为名起兵割据的所谓"义兵"头目。张士诚属于"义兵"系，而且曾接受元朝所封的"太尉"官职，因此吴中士大夫多认为追随张氏，也就是效忠元朝。蒙古统治者被赶出中原后，仍在北疆游弋，有些元朝遗老仍对之怀有幻想。今天许多人或许认为，明王朝以"驱除鞑虏，恢复中华"为口号，肯定得到了所有汉族知识分子的积极支持。实际上，当时的知识分子，脑海里的君臣观念远比民族观念牢固，他们对元王朝是有感情的。上述三首诗，就流露出对旧朝的怀念。

注释

[1] 龙舟：此处指天子所乘坐的船。汴河：又称通济渠、汴水、古汴河，是隋炀帝杨广在先秦鸿沟、东汉汴渠等基础上兴修的运河。"龙舟"句：那放飞萤火虫的皇帝已经乘龙舟东去了。

[2] 寸衷：微小的心意。"空吐"句：引用隋炀帝在李渊起兵前夕征求萤火、纵情享乐之事："十二年……五月……壬午，上於景华宫征求萤火，得数斛，夜出遊山，放之，光遍岩谷。"徐贲借用这个典故，在讥讽张氏政权耽於游乐导致覆亡的同时，亦有所哀悼。

[3] 不堪：难以忍受。

[4] 景阳宫：疑为"景华宫"。隋代宫殿，建于隋炀帝大业年间。在隋东京洛阳建国门西南十二里处。宫内有含景殿、射堂、楼观、池隍等。西风：秋风。"此夜"两句：景华宫阙秋风又起，满山的萤火再也不见了。隐含对前朝的怀念之情。

[5] 心事：心中所思念或所期望的事。蹉跎：形容人做事毫无斗志，白白地浪费时间。

[6] 春多：指春花。"每怨"句：每当想到繁花似锦的春天，秋蝶就有身不逢时之恨。"花开"两句：秋天即使有花开放，秋蝶也没有什么心情了，因为已经错过了百花竞放的春天。隐约表达身不逢时之慨。

[7] 黄花：菊花。象征高洁的品格，成为中国古代文人人格和气节的写照。

[8] "愁断"句：用齐后化蝉的典故。晋·崔豹《古今注·问答释义》："牛亨问曰：'蝉名齐女者何？'答曰：'齐王后忿而死，尸变为蝉，登庭树嘒唳而鸣。王悔恨。故世名蝉曰齐女也。'"

[9] 青女：传说中掌管霜雪的女神。借指霜雪。喻指白发。

[10] "长吟"两句：盖为比喻自己入明后因仕张而遭贬谪一事。

黄庚 字星甫，号天台山人，今浙江天台人，生卒年不详。

萤火

化形腐草暗生光[1]，数点随风过野塘[2]。窗下久无人夜读，此身不入照书囊[3]。

说明

诗人出生于宋末，经历了朝代更迭的风雨。诗人早年一直准备参加科举考试，但元初一度废除科举，使其理想破灭。这首诗前两句描写萤火的情态，后两句寄托情思，既表达对以前苦读时光的缅怀，也似有对废除科举的批判。

注释

[1] 化形腐草：古时认为萤火虫是由腐烂的草变化而成。崔豹《古今注》："萤火，一名耀夜，一名景天，一名熠耀，一名丹良，一名磷，一名丹鸟，一名夜光，一名宵烛。一作灯。腐草为之，食蚊蚋。"。暗生光：在黑暗处光芒闪烁。

[2] 数点：指萤火。

[3] "窗下"两句：很久没人临窗夜读了，谈何身入照书囊，暗用"囊萤映读"故事。

明代

刘基 （1311—1375），字伯温，今浙江文成人。

春蚕

可笑春蚕独苦辛[1]，为谁成茧却焚身[2]。不如无用蜘蛛网[3]，网尽蜚虫不畏人[4]。

说明

这首诗约作于元末至正十四年（1354），是针对因建言捕斩方国珍而羁管绍兴一事有感而发。诗文以蚕、蛛为喻，春蚕辛辛苦苦吐丝为人做衣服，但是难逃一死。蜘蛛的丝没什么用，能够抓虫子作为食物，也不怕人，活得好好的，试问天理何在。抒发了作者无可奈何的自我解嘲，对是非混淆、小人当道社会现实的愤慨。

注释

[1] 春蚕：春季饲养的家蚕，此处泛指家蚕。独：独特、特别。

[2] 为谁成茧：指蚕吐丝结茧为他人所用。焚身：丧生。指蚕吐丝结茧后煮茧缫丝杀灭茧中的蛹。

[3] 蜘蛛：节肢动物门蛛形纲动物，靠吐丝结网捕捉其他小动物为食。网：结网。

[4] 蜚：同"飞"。蜚虫：飞虫。

丁鹤年 （1335—1424），字永庚，号友鹤山人，今湖北鄂州人。

画蝉[1]

饮露身何洁[2]，吟风韵更长[3]。斜阳千万树[4]，无处避螳螂[5]。

说明

这首诗前两句是以蝉饮露吟风之特点，比喻自身之高洁。后两句则是借蝉无处躲避螳螂的追捕来比喻当时社会的黑暗，使贤者无处安身。此外，诗人以夕阳为衬托，隐含了理想的破灭感。

注释

[1] 画：描画、刻画。画蝉：关于蝉，蝉的风韵及其他。

[2] 饮露：古人认为蝉餐风饮露，是高洁的象征。

[3] 吟风：在风中鸣叫。"饮露"两句：因为饮露，蝉的躯体是何等高洁，更因为善于借风，鸣声也更加悦耳悠长。

[4] 斜阳：夕阳。千万树：树木众多。

[5] 螳螂：螳螂目昆虫，有捕蝉习性。

咏蝉

蝉性极清高，愁吟类楚骚 [1]。炎天风露薄 [2]，度日亦嗷嗷 [3]。

说明

诗人以鸣蝉的幽栖清吟自喻，从蝉的清高切入，将蝉的愁吟、咏叹赋予《离骚》般风格。后两句将蝉与人的境遇结合起来，是前两句基础上的议论。尽管有清高的秉性，但在"炎天"之下，也处境艰难。

注释

[1] 楚骚：战国时楚国诗人屈原所作之《离骚》。南朝梁·裴子野《雕虫论》："若俳恻芬芳，楚骚为之祖。"

[2] 炎天：炎热的天气。"炎天"句：热天露水少，则蝉无可饮吸也。此处借指当时的社会环境。

[3] 嗷嗷：此处指因饥饿造成的哀号或喊叫声。"亦"：有双关义，咏蝉喻人。

姚广孝 （1335—1418），初名天僖，出家后改名道衍，字斯道，号独庵，今江苏吴县人。

秋蝶

粉态凋残抱恨长 [1]，此心应是怯凄凉 [2]。如何不管身憔悴，犹恋黄花雨后香 [3]。

说明

诗人看到天下大乱，无人能应，心中遂有惆怅之忧思。这首诗以蝶喻人，抒写世间酸甜苦辣的同时，表现了积极乐观的人生态度。粉蝶春时妖媚多姿，值此秋寒，却无奈凋零衰落。"抱恨长"以蝶之恨拟人之恨。以蝶之残态入景，由景入心，产生"应是怯凄凉"之感。后两句写诗人的乐观以及不懈追求的精神。蝶形单影只，于时节更替而言，乃是无可奈何。然而对生命的眷念，具化为对雨后清香之向往，足以使它振翅而飞。人虽然力量薄弱，世事难料，而理想对人的吸引，也足以使人驱散阴霾，执着以求。

注释

[1] 凋残：零落衰败。
[2] 怯：胆小，害怕。凄凉：寂寞冷落，悲凉。
[3] 黄花：菊花。代指诗人心中的理想。

瞿佑 （一作祐）（1341—1427），字宗吉，自号存斋，今浙江杭州人。

红蜻蜓

蝶粉蜂黄气正骄[1]，爱渠款款集兰苔[2]。翅攒霜叶飞难定[3]，目聚灯花焰未消[4]。
偷咀仙霞传秘诀[5]，戏涂猩血点纤腰[6]。写生好倩毗陵笔[7]，浓蘸胭脂上软绡[8]。

说明

　　这首咏红蜻蜓的题画诗，以"红"为主线，介绍画中红蜻蜓的形态和行为特点，并对画作予以高度评价。首联以粉蝶、黄蜂作对比，"款款"反衬"气正骄"，写出蜻蜓飞翔的从容平和。颔联分别用"霜叶"和"灯花"作比拟，刻画红蜻蜓的翅和目。"飞难定"和"焰未消"捕捉住了蜻蜓的特点，说明作者体察的细致。颈联描绘红蜻蜓的红色。尾联介绍毗陵画的制作过程，仍突出到"红"字上。

注释

　　[1]粉：粉色，白中微红。气正骄：意气风发的样子。

　　[2]渠：它，指红蜻蜓。款款：缓慢从容之状。兰苔：兰花。

　　[3]攒：攒动，拥聚在一起晃动。霜叶：经霜变红的枫叶。

　　[4]灯花：蜡烛或者油灯中，灯芯烧过后，灰烬仍旧在灯芯上，红热状态下的灰烬在火焰中如同花朵。"目聚"句：蜻蜓眼也称为复眼，由许多小眼组成，且炯炯有神。

　　[5]偷：抽出时间。咀：比喻对事物反复体会。偷咀：花时间领会。仙霞：仙界美丽的霞彩。

　　[6]猩血：指鲜红色。

　　[7]写生：对着实物绘画，一般指风景花鸟之类。倩：美好。毗陵：今江苏省常州市，古代此地多画工。

　　[8]蘸：用手或物沾取液体。胭脂：是指涂敷于面颊的化妆品，通常使用红色系颜料。软绡：这里指绘画用的素帛。

夏原吉 （1366—1430），字维喆，今湖南湘阴人。

秋暮蚊

白露瀼瀼木叶稀[1]，痴蚊犹自闹窗扉[2]。信伊只解趋炎热[3]，未识行藏出处机[4]。

说明

　　这首诗借蚊喻人，规劝人们不要趋炎附势，暗中害人。要识时务，知进退，考虑到后果和将来的下场。

[1] 瀼瀼：露盛的样子。木叶稀：树木开始落叶。

[2] 窗扉：窗户。"白露"两句：时至深秋，蚊子依然不顾一切欲入窗吸血。

[3] 伊：它，指蚊。解：知道。

[4] 未识：不识。行藏：出处或行止。出处：去就，进退。机：形势，时机。

张弼 （1425—1487），字汝弼，号东海，今上海人。

络纬辞

络纬不停声[1]，从昏直到明[2]。不成一丝缕[3]，徒负织作名[4]。蜘蛛声寂寂[5]，吐丝还自织。织网网飞虫[6]，蜚虫足充食。事在力为不在声，思之令人三叹息。

说明

这首诗将蟋蟀比喻成一个只会夸口而不会干实事的人，徒有"促织"之名而只会催促别人。而将蜘蛛比作埋头苦干的人，在络纬"不停声"和蜘蛛"寂寂"的对比中，阐发了空谈误事、实干有为的道理。

注释

[1] 络纬：即莎鸡，俗称络丝娘、纺织娘。夏秋夜间振翅作声，声如纺线，故名。此处的"络纬"指促织，即蟋蟀。

[2] 昏：黄昏，天刚黑的时候。明：天明。

[3] 丝缕：蚕丝、线缕之类的统称。"不成"句：一点丝也没有织出来。

[4] 徒负：空有。

[5] 寂寂：犹悄悄。

[6] 蜚虫：飞虫。

沈周 （1427—1509），字启南，号石田，今江苏苏州人。

蚕桑图

啮桑惊雨过[1]，残叶怪云空。足食方足用[2]，当知饲养功。

这是沈周题在孙艾《蚕桑图》上的一首五绝。孙艾（生卒年不详），明画家，字世节，号西川翁，江苏常熟人，沈周弟子。此图画一桑树折枝，上有十几片大小不等的桑叶，三条大蚕正伏在三片大叶上吃食，桑叶已有大块缺损，显示蚕儿正处于"上山"作茧前夕，处于大量进食阶段。诗首句形容蚕儿进入猛食阶段时啮食桑叶的声音"飒飒飒"地像一阵骤雨经过。次句则形容蚕儿食残的桑叶像天上的怪云那样奇形怪状，边上有很多不规则的空缺。这两句诗从听觉与视觉两个角度描绘了画境，补充了画意，为下文的议论预立地步。三、四句说，只有让蚕儿吃足桑叶，它才能吐出高质量的丝供人使用，可你知道养蚕者是多么辛苦，他们的功绩有多大啊！诗人劝告人们要像蚕啮桑叶那样，在知识海洋里汲取足够的知识，日后才有足够的能力为社会服务。

注释

[1] 啮：咬。此处指蚕取食桑叶。

[2] 足食：取食充足。此处指让蚕儿吃足桑叶。

王鏊（1450—1524），字济之，号守溪，今江苏苏州人。

闻蛩

一声促织破秋鸣[1]，远客无端意自惊[2]。忆著年年儿女戏[3]，彤盆相对斗输赢[4]。

说明

这首诗作于弘治八年（1495），诗人在京师为官，初秋一声蟋蟀鸣叫触动其思绪，惊觉秋天来临，并想起往年此时儿女们斗蟋蟀游戏的情景。此诗反映了当时吴地的风俗，寄托了对儿时的美好回忆。对伴随着欢笑和喧嚣的"儿女戏"的回忆，映衬出诗人的孤独落寞。而对童真情趣的眷恋，则暗示出诗人对享受天伦之乐的渴望。

注释

[1] 破秋：秋天来临。

[2] 远客：远在异乡的人。

[3] 著：同"着"。忆著：想起，想到。

[4] 彤盆：用于斗蟋蟀的雕花蟋蟀盆，也称为蛐蛐罐。

明代

黄衷 （1474—1553），字子和，号矩洲，别号铁桥、铁桥病叟，今广东佛山人。

白鱼 [1]

质却纤柔害却多 [2]，牙签堆里托巢窠 [3]。名山秘府俱残缺 [4]，万顷香芸奈尔何 [5]。

说明

这首诗描写了衣鱼形态、习性、危害和防治，同时托物寓意，讽刺那些一昧追逐名利的人不知满足的贪婪本性。

注释

[1] 白鱼：衣鱼。衣鱼目昆虫，是储物害虫。

[2] 质却纤柔：形容衣鱼体壁柔软。

[3] 牙签：古代被称为"牙签"的东西其实和书有关。如系在卷轴书上便于翻阅的书签，插在线装书边上锁孔里面的别子，因为它们大部分是用象牙或其他骨头做的，所以叫牙签。在古代，牙签是书籍的一个代称，比如苏轼的"读遍牙签三万轴"，纪昀的"检校牙签十万余"等，"牙签"都是书籍的意思，而不是现代用来剔牙的牙签。巢窠：栖息地。

[4] 名山秘府：藏书之地。此处指经典书籍。

[5] 香芸：芸香一类的香草，俗呼七里香。有特异香气，古代多用于书籍防虫。

剔蠹谣 [1]

闲林群木嘉皇橘 [2]，沃壤调风当旭日 [3]。素华绿叶旧葳蕤 [4]，黄落忽如婴素疾 [5]。园夫亦有言 [6]，此为树中蛀 [7]。皮蚀妨其枝 [8]，心蚀即无树 [9]。吾能剡剔利金钩 [10]，千窍百孔尽冥搜 [11]。巨蟫纤蠖靡遗类 [12]，会使树性还森幽 [13]。园夫此技汝且止 [14]，物理荣枯本相倚 [15]。豺狼蚍虿岂无时 [16]，一树之灾何必尔 [17]。

说明

本来是橘树生长繁茂的光景，忽然变为枯黄凋落之蔫蔫病态。园丁说这是蛀虫危害，并指出蛀虫"皮蚀"和"心蚀"各自的危害之处。园丁希望能有剡剔蛀虫的"金钩"，将各种蛀虫都除尽，使树恢复良好生长的状态。诗人却不认同园丁的想法，他认为事物本身乃是枯荣相辅相成，蛀虫对树木危害发生有他的道理，蛀虫的危害也不会一直存在。没有必要采取这样的干预措施。诗人以树的枯荣和"蛀"的利害关系作为比兴寄托，一方面揭露了明代黑暗的社会中，如蛀虫般的小人对贤良之士残害的严重程度；另一方面指出事物本身就有两面性，就像人生的得与失，瞬间也可以相互转变。联系黄衷的身世遭际，可认为此诗是诗人在经历人生风波之后看淡得失而产生的感悟。

[1] 谣：古诗的一种体裁。

[2] 闲：安静，平常。闲林：正常生长的橘林。嘉：美好。

[3] 沃壤：肥沃的土地。调：配合得均匀合适。调风：风调雨顺，风雨配合得当，适合植物生长。

[4] 素华：素花。白色的花。旧：长久的。蔵蕤：枝叶下垂貌。

[5] 婴：遭受，遇。素疾：肺、肾疾病。

[6] 园夫：园丁。

[7] 蛀：蛀干害虫。

[8] 皮蚀：蛀蚀皮下树干表面。"皮蚀"句：蛀蚀皮下会影响某些枝干的活力。

[9] 心蚀：蛀蚀树干内部。"心蚀"句：树干被蛀蚀，整株树的活力都会受影响。

[10] 能：具备某种能力。此处的"吾能"当是园丁的设想，时至今日，也没有一种能从蛀道内剔除蛀虫的"金钩"。利：利用。

[11] 冥搜：尽力寻找搜集。

[12] 巨蟗：此处指体型硕大的蛀干害虫。纤蛄：小型的蛀虫。

[13] 森幽：树木生长郁郁葱葱。

[14] 汝：你，指园丁。

[15] 相倚：相辅相成。

[16] 虮虱：食毛目、虱目昆虫，哺乳动物外寄生昆虫。豺狼虮虱：泛指有害生物。岂无时：不会一直存在。

[17] 何必尔：没有必要，何必如此。

俞允文 （1513—1579），初名允执，字质甫，一字仲蔚，今江苏昆山人。

蜂 [1]

春晴逢谷雨 [2]，泛滥绕林篁 [3]。逐醉萦轻袂 [4]，缠花猎异香 [5]。
丛栖悬玉宇 [6]，叠构隐金房 [7]。灵化知何术 [8]，神功寄药王 [9]。

这首诗描述了蜜蜂活动的时间、地点、内容与行为特征：包括花粉采集、筑巢酿蜜、蜂房供作药用等环节，赞美了蜜蜂的奉献精神。谷雨时节恰逢天气晴朗，蜜蜂倾巢而出，在林间追逐飞舞。甚至追逐人的衣袖萦回飞行，不停地采集花蜜异香。蜜蜂营巢在丛林深处，层层巢脾犹如悬挂在宽阔的玉宇之内，整个蜂巢又在自然物的隐蔽之中。蜜蜂酿蜜和发育的确很奇妙，蜂蜜、蜂房均可入药，为人们医治疾病。

[1] 蜂：蜜蜂。

[2] 谷雨：节气名，在四月十九至二十一日之间。这时长江以南地区百花盛开，正是蜂群繁殖的季节。

[3] 泛滥：形容蜜蜂成群。篁：竹。林篁：成片的竹木。"泛滥"句：描写蜂群发生自然分蜂时的情景：蜜蜂纷纷从蜂窝里飞出，好像泛滥的水流，围绕着竹林飞舞。

[4] 醉：指醉人的香气。袂：衣袖。轻袂：轻罗的衫袖。"逐醉"句：蜜蜂追逐香气在轻罗衫袖四周飞舞。

[5] 猎：猎取。指蜜蜂采蜜。

[6] 玉宇：传说中神仙住的华丽的宫殿。此处指白色的蜂房。

[7] 金房：指蜂房。

[8] 灵化：神异的变化，指蜜蜂酿蜜和自身的发育变化过程。

[9] "神功"句：蜂蜜、蜂房均可入药。

徐渭 （1521—1593），初字文清，后改字文长，号天池山人，或署青藤道人、青藤居士等别号，今浙江绍兴人。

尖头麻蚤 [1]

身轻宜歇草，头锐欲钻螺 [2]。正苦毛锥乏 [3]，如侬太软何 [4]。

说明

这首诗对尖头蚂蚱进行了讽刺嘲笑。前两句言其身轻头锐，想钻进螺壳而又不可能。后两句言其看似头尖，其实身软，虽然看似锥子，其实软不堪用。前两句正写，后两句反写，描写尖头麻蚤软而不锐的虚弱本质，咏物之外，似有别意。

注释

[1] 麻蚤：蚂蚱，直翅目蝗科昆虫，头部尖锐，故名。

[2] 螺：田螺，田螺科软体动物。此处指田螺残存的硬壳。

[3] 毛锥：毛笔的别称。因其形如锥，束毛而成。此处指一头有尖用以钻孔的锥子。乏：缺乏。

[4] 侬：你，指尖头麻蚤。

桑枝半月一蝉振羽

高洁何心惭翳形 [1]，漫言薄弱剩双翎 [2]。空山有客琴初弄 [3]，碧树无情叶已零 [4]。

饮露自怜留月伴，吟秋谁解倚风听^[5]。人间梦想冠缨贵^[6]，唱断清声唤不醒^[7]。

说明

这首诗表面写蝉，实际上是对人生的反思，也是对痴情名利人物的讽谏。生命短促，瞬息间已似寒蝉鸣秋。人生几何，不必强求功名富贵。但世间又有多少人明白这个道理？人皆知冠缨为贵，孜孜以求，渴望能博取功名，将全部生命都付于追权逐贵，直至老死，终其一生都不明白。

注释

[1] 翳：遮蔽，掩藏。

[2] 漫言：别说。双翎：指蝉的翅。

[3] 客：指蝉。琴初弄：蝉开始鸣叫。

[4] 零：零落。

[5] 倚：依靠，凭借。

[6] 冠缨：帽带。指仕宦。

[7] 清声：蝉的鸣声，指劝戒。

庞尚鹏（1524—1580），字少南，今广东佛山人。

萤

淡月疏星天气凉，飞飞长似逐人忙^[1]。风高便入金鳌阁^[2]，雨暗还来绿野堂^[3]。谁笑浮生同腐草，夜看青史借馀光^[4]。相逢若问行藏事^[5]，莫怨人间白昼长^[6]。

说明

诗人是明朝中期著名的经济改革家，一生几经挫折，但始终自强不息，忧国忧民。该诗以萤自比，表明不论是居庙堂之高，还是处江湖之远，即使客观条件极为不利，也要贡献出自己微弱的光芒，也要为国为民做出贡献。

注释

[1] 长：常常、经常。逐：随、跟随。

[2] 金鳌：神话中海中金色巨龟，比喻地位高贵者。金鳌阁：权贵们活动场所，比喻权力中枢。"风高"句：比喻顺利时为国效力，即得时兼济天下。

[3] 绿野堂：乡间别墅。"雨暗"句：比喻失败时退隐山林，即失时独善其身。

[4] "谁笑"两句：用"腐草化萤"和"囊萤映读"典故。

[5] 行藏：出处或行止。

[6] 白昼：白天。

方文

（1612—1669），字尔止，一名一耒，字明农，号涂山，别号淮西山人、忍冬子等，今安徽桐城人。

蜂

山家贪酿蜜[1]，处处有蜂窠[2]。只道利堪取，谁知义足多。
君臣名不二，生死志靡他[3]。借问乘轩者[4]，从王事若何？

说明

这首诗借咏蜂，赞颂忠贞不贰的精神。诗人从养蜂人入手写其处处养蜂、为己谋利的见利忘义之举，并由此展开了对现实生活中见利忘义者的批判，体现了诗人的遗民视角，以及对那些明朝旧吏投降仕清的嘲讽和鞭挞。

注释

[1] 山家：山野人家。
[2] 蜂窠：蜂房，指养蜂的蜂箱。
[3] 靡他：无二心。
[4] 轩：古代官员乘坐的车子。乘轩者：官员，此处指投降仕清的明朝旧吏。

屈大均

（1630—1696），初名邵龙，又作绍隆，字翁山，又字介子，今广东广州人。

白华园作 其二十七

凉蝉饮风露[1]，流响满空林[2]。独自为高洁[3]，应非吾子心[4]。

说明

诗人一生为抗清奔走劳碌，始终未忘恢复大业。该诗用"蝉"比喻那些只顾自己避难和洁身自好的人们，字里行间充满了对那些不问国家灭亡，不顾人民死活，只顾自己者的鄙夷。

注释

[1] 凉蝉：秋蝉。
[2] 流响：不断传来的蝉的鸣声。空林：木叶落尽的树林。
[3] 高洁：形容蝉餐风饮露的高风亮节，此处讽刺那些不问国事，只顾自己的人。
[4] "应非"：不应该这样。

大蝴蝶 [1]

二月大蝴蝶，家家出茧来 [2]。仙衣成凤子 [3]，光采似花开 [4]。
芍药人争喂 [5]，麻姑使莫催 [6]。养成三尺翅，骑汝入蓬莱 [7]。

说明

在这首诗中，诗人展开想像的翅膀，描绘了罗浮山大蝴蝶的雄姿。相传大胡蝶产于罗浮山蝴蝶洞，为麻姑遗衣所化。诗人另有《赋得蝴蝶茧赠王黄门幼华》诗："罗浮蝴蝶有洞穴，天蛾吐丝白如雪。千丝万丝作一茧，仙胎只为凤车结。终日缠绵如有情，变化一一通神明。茧中久蛰经霜雪，雌雄之雷不能惊。枝间厚裹乌桕叶，山人采得盈筐箧。四百峰边大小村，家家皆有大蝴蝶。"

注释

[1] 大蝴蝶：疑为鳞翅目大蚕蛾科的乌桕大蚕蛾。

[2] 出茧来：大蝴蝶以蛹在茧内越冬，二月成虫羽化。

[3] 仙衣：蝴蝶的翅。凤子：大蝴蝶也称小凤凰。清·陈恭尹《罗浮蝴蝶歌送屈翁山》："罗浮大蝴蝶，言是小凤皇。六足盘胸间，四翅交文章。修眉若杨叶，绣腹如垂囊。"

[4] "光采"句：大蝴蝶体、翅上的斑纹像花朵样美丽。

[5] "芍药"句：大胡蝶以花为粮，有花如红芍药，大胡蝶食之。

[6] 麻姑：道教所尊的女仙。使：使者。

[7] 汝：你，指大蝴蝶。蓬莱：蓬莱仙境。

郭登 （？—1472），字元登，今安徽凤阳人。

飞蝗 [1]

飞蝗蔽空日无色，野老田中泪垂血。牵衣顿足捕不能 [2]，大叶全空小枝折。
去年拖欠鬻男女 [3]，今岁科征向谁说 [4]。官曹醉卧闻不闻 [5]，叹息回头望京阙 [6]。

说明

这首诗写蝗虫为害、百姓之苦。蝗虫所过之处，庄稼颗粒无收，农民无助无奈，望着田地流泪。那些官员醉生梦死难道不知道灾情吗？希冀统治者体恤民瘼，宽减赋税。

注释

[1] 飞蝗：东亚飞蝗。直翅目蝗科昆虫。常成群飞行，取食农作物，造成严重的灾害。

[2] 牵衣顿足：形容悲痛、焦急的样子。

[3] 鬻：卖。

[4] 科征：征税。赋税有不同的科目，故称。

[5] 官曹：官府分曹办事，故称官曹。这里指官府。闻：听见。

[6] 京阙：指朝廷。

嵇元夫　字长卿，今浙江湖州人，生卒年不详。

立秋日卢沟送新郑少师相公

单车去国路悠悠[1]，绿树鸣蝉又早秋。燕市伤心供帐薄[2]，凤城回首暮云浮[3]。
徒闻后骑宣乘传[4]，不见群公疏请留[5]。三载布衣门下客[6]，送君垂泪过卢沟[7]。

说明

嘉靖二十年（1541）辛丑科考，嵇元夫之父为高拱座主，高拱是其门生。其后，高拱于元夫又有营救之意。明朱国祯言："嵇竹城（元夫），川南太史之子也。以简傲忤嘉禾节推，坐死。高中玄当国，出太史门，营救得免。中玄执手示六卿云：'此座主之子，天下奇才也。'……高失位，随至芦沟桥，检囊中仅三十金付之。"隆庆六年（1572）六月十六日，罢大学士高拱。十七日清晨，高拱辞朝，返归河南新郑故里。南归至芦沟，好友、诗人嵇元夫相送，后赋此诗。诗借秋寒之意，表达了对高拱被逐出庙堂、官场失意的同情，以及对高拱单车去国、垂泪相送的哀伤。

注释

[1] 单车：单车上路。"单车"两句：形容孤寂寥落，单车上路，只有绿树两行、秋蝉一声相伴。

[2] 燕市：燕京。即北京市。

[3] 凤城：北宋都城汴梁，即开封市。

[4] 乘传：乘坐传车驿马，古代驿站用四匹下等马拉的车子等。

[5] 群公：诸侯和朝臣。疏：奏章。亦指上奏章。

[6] 布衣：借指平民。

[7] 卢沟：芦沟桥。

金大舆 字子坤，号平湖，出生地、生卒年不详。

雨后闻蝉

一雨生凉思 [1]，羁人感岁华 [2]。蝉声初到树 [3]，客梦不离家 [4]。
海北人情异，江南去路赊 [5]。故园儿女在，夜夜卜灯花 [6]。

说明

这首羁旅述怀之作，亲切自然，情思绵密，词从己出，独抱襟怀。

注释

[1] 凉思：凄凉的思绪。

[2] 羁人：旅客。岁华：时光。

[3] 蝉声：早秋蝉的鸣声。

[4] "客梦"句：远在他乡的人梦中总是家中的情景。

[5] 赊：漫长、遥远。

[6] 卜：占卜。灯花：灯芯燃烧时结成的花状物或爆发出的火花。古代以灯花为吉兆，言远行的亲人就要归来了。

王龙起 字震孟，今福建漳州人，生卒年不详。

寒蛩 [1]

寂寂冬夜长 [2]，灯火辉微光 [3]。寒蛩窗外鸣，皎皎月入房 [4]。何由迫人耳 [5]，
髣髴在我床 [6]。感怀难就寐 [7]，曳屦步中堂 [8]。凭栏细倾听，忽绕楼上梁 [9]。风多
不成曲，啾唧愁予肠 [10]。伊伊重缕缕 [11]，持此为谁伤。空檐铁马动 [12]，悲声相抑
扬 [13]。正当霜漏尽 [14]，幽咽倍凄凉 [15]。

说明

诗中的思妇孤守空床，在灯火如豆的秋夜里听到蟋蟀的鸣声，勾起对远游他乡丈夫的
思念，辗转反侧，难以成眠，只好起身步入中庭。面对长空皓月，凭栏细听，但除了满耳的
虫鸣和叮当的铁马声，她什么也没有听到，徒增忧伤和凄凉。

注释

[1] 寒蛩：冬季的蟋蟀。

[2] 寂寂：寂静无声貌。

[3] 辉：发光，照耀。

[4] 皎皎：洁白。月：月光。

[5] 何由：为何，什么原因。迫：胁迫。

[6] 髣髴：隐约，依稀，好像。

[7] 寐：睡着。

[8] 曳屦：拖着鞋子。中堂：中庭，庭院。

[9] 梁：架在墙上或柱子上支撑房顶的横木。"凭栏"两句：凭栏细听蟋蟀的鸣声，仿佛音响绕梁不绝。

[10] 啾唧：细碎烦杂的声音。予：我。"风多"两句：寒风吹拂，鸣叫声也起伏不定，哀伤令人愁断肠。

[11] 缕缕：蟋蟀鸣声连绵不断。"伊伊"两句：蟋蟀叫个不停，是在为谁伤感呢？

[12] 铁马：也称檐马，挂在房檐下的风铃。

[13] 抑扬：声音时大时小。"空檐"两句：风铃声和蟋蟀的鸣声此起彼伏、时起时落。

[14] 霜漏：寒夜的滴漏。

[15] "正当"两句：夜深了，蟋蟀的鸣声如泣如诉，更显凄凉。

清代

徐倬（1624—1713），字方蘋，号蘋村，今浙江德清人。

闻蛩

乡国三千里[1]，寒蛩总一声[2]。遥知闺阁内，共此别离情[3]。
响入秋砧细[4]，愁先朔雁鸣[5]。银灯何太苦，起坐到天明[6]。

说明

诗人客中"闻蛩"而动思念之情，诗意委婉动人。首联写游子身居异乡．闻听蟋蟀鸣叫．与故乡之蟋蟀鸣声相同，不由得勾起思乡之情。而离家很远，令人怅惘。颔联遥想家人对自己的想念，一样愁心两处同。颈联以蛩音同时辅以砧声、雁鸣这些催人思乡的声音，进一步渲染了自己的愁绪。尾联刻画银灯长照的场景，直接描摹作者独坐到天明的悲苦之情。

注释

[1] 乡国：故乡。
[2] 寒蛩：深秋的蟋蟀。一声：蟋蟀的鸣声相同。
[3] 闺阁：闺房。女子所居住的卧室。"共此"句：家人也同样思念。
[4] 砧：捣衣石。"响入"句：指蟋蟀的鸣声混入捣衣声。
[5] 朔：北。朔雁：北地南飞之雁。
[6] 银灯：古代银制的灯具。"银灯"两句："银灯"真苦，像我一样独坐到天明。

王士禛（1634—1711），原名王士禛，字子真，一字贻上、豫孙，号阮亭，又号渔洋山人，人称王渔洋，今山东桓台人。

蝉

双树有鸣蜩[1]，孤情伴寂寥。自缘饱风露[2]，不肯逐金貂[3]。
驿路关门雨[4]，斜阳浦岸潮[5]。年年行役处[6]，为尔几魂消[7]。

说明

这首诗从品德、鸣声、情怀等方面对蝉进行了刻画。写蝉实为写人，在以蝉明志写自己孤高志向的同时，还流露出诗人一丝淡淡的乡愁。前四句写蝉品：路边两棵树上的蝉儿鸣叫不停，它们性情孤高，甘愿忍受无限的寂寞。只是因为已经饱餐了风露，所以从不追求显贵的生活。随后两句写蝉声：说蝉声鼎沸像驿路上的"关门雨"，斜阳下的"浦岸潮"。末两句写蝉的人文情怀：古往今来，有多少游子闻蝉鸣而黯然神伤。

注释

[1] 鸣蜩：秋蝉。

[2] 饱风露：古人认为蝉餐风饮露，是高洁的象征。

[3] 金貂：皇帝左右侍臣的冠饰。汉始，侍中、中常侍之冠，于武冠上加黄金珰，附蝉为文，貂尾为饰，谓之赵惠文冠。逐金貂：追求功名富贵。

[4] 驿路：古时传递政府文书等用的道路，沿途设有换马或休息的驿站。关门雨：傍晚时分开始下的雨。民间还有"关门雨，下一宿"的说法，晚上开始下的雨持续时间会比较长。

[5] 浦岸：水边开阔地。"驿路"两句：傍晚的蝉声像"关门雨"声那样连绵不断，像水滩边的潮涌气势磅礴。

[6] 行役：旧指因服兵役、劳役或公务而出外跋涉。泛称行旅，出行。

[7] 尔：蝉鸣。"年年"两句：古往今来，有多少游子闻蝉鸣而起忧愁。

蒲松龄 （1640—1715），字留仙，一字剑臣，别号柳泉居士，今山东淄博人。

蝗来 [1]

蝗来蔽日影纵横，下上扰扰如雷轰。风骤雨急田中落，垂垂压禾禾欲倾。老夫顿足何嗟及，唇干舌燥瞠双睛 [2]。老妇解破襦 [3]，竿头悬结为旗旌。稚子无所计，破釜断作双鸣钲 [4]。手挥口叫惊始去，到头回看复已盈 [5]。禾头公然相牝牡 [6]，或言旬日遗虫生 [7]。薨薨飞来犹未尽 [8]，我观此状心悲悯 [9]。吾里三月困骄阳 [10]，禾黍无苗草黄陨 [11]。只有高粱才齐腰，叶焦不堪入唇吻 [12]。蝗兮蝗兮勿东飞，诳尔空行吾不忍 [13]。

说明

这首诗是康熙二十五年（1686）所写。当时诗人47岁，在离家五十余里的淄川西铺人家坐馆教书。这一年自开春先是干旱无雨，四月份又多风多雨，五月发生了蝗灾，百姓苦不堪言。该诗前四句描写蝗来的惊人场面：蝗虫飞来时遮天盖日，声音就像雷声轰鸣。如急风暴雨般落到田里，把庄稼压得都要倒伏了。"老农"后十句描写在突如其来的蝗灾面前农民的惊恐与顽强的抗争：年老的农夫顿足呼喊，蝗灾来得这么急，怎么来得及防啊！干瞪着两眼，直喊得口干舌燥。农妇们急得脱下破衣，用旗杆挂起来吓阻蝗虫。小孩子们没办法，只好把破锅砸开当锣鼓敲。大家摇旗呐喊，总算把眼前的蝗虫吓跑了。可回头一看，田里却又落满了。不仅如此，那些蝗虫公然就在那些庄稼上交配，有人说大约十来天就会繁殖出新的蝗虫来。天哪，现有的蝗虫还没赶净，再生出新蝗虫来，该怎么办哪！"薨薨"后八句说蝗虫无休止的轰轰飞来，真是令人可怜，但也无能为力！诗人风趣地告诉蝗虫，自己的故里已经干旱了三个月了，庄稼不长苗，连草也枯黄死光了。只有高粱才齐腰高，叶子也枯焦得不值得你们入口了。蝗虫啊，别再往东飞了！往东飞也是白飞，那边与这边一样没什么可吃的了，我还真不忍心骗你们飞去扑空呢。诗人设馆的西铺在其故里蒲家庄西边，故云"蝗兮蝗兮勿东飞"。诗人用调侃的语气表达出的焦虑与愁苦，更令人酸楚、揪心。

注释

[1] 蝗：直翅目蝗科昆虫，我国历史上危害最重的为东亚飞蝗。

[2] 瞠：直瞪着眼。

[3] 襦：短衣。

[4] 破釜：破锅。钲：古代击乐器。青铜制，形似倒置铜钟，有长柄。

[5] 盈：充满。

[6] 相牝牡：蝗虫雌雄交配。

[7] 遗虫：下一代蝗虫。

[8] 薨薨：象声词，蝗虫群飞的声音。

[9] 悲悯：哀伤而同情。

[10] 里：家乡。

[11] 陨：死亡。

[12] 唇吻：蝗虫的口器。

[13] 诳：欺骗。

查慎行 （1650—1727），初名嗣琏，字夏重，号查田，后改名慎行，字悔余，号他山，今浙江海宁人。

舟夜书所见

月黑见渔灯 [1]，孤光一点萤 [2]。微微风簇浪 [3]，散作满河星。

说明

这首诗写于康熙二十七年（1688），诗人在出京途中夜泊大运河，夜景迷人，是有此作。前两句是静态描写，说一个没有月亮的晚上，天空是那样黑。只有渔船上一盏桅灯，孤零零闪着萤火虫一样微弱的光。后两句为动态描写，说风儿微微吹来，水面拥起细细的波纹，再看那倒映在水中的"孤光"，四下散乱开了，顿时化作满河的星星，闪烁不定，令人眼花缭乱。

注释

[1] 月黑：没有月亮出来，天特别黑。

[2] 孤光：孤零零的灯光。萤：萤火。指船上孤独的桅灯发出萤火样微弱的光芒。

[3] 簇：拥起。

赵执信 （1662—1744），字伸符，号秋谷，今山东博山人。

萤火 [1]

和雨还穿户 [2]，经风忽过墙。虽缘草成质 [3]，不借月为光。
解识幽人意 [4]，请今聊处囊 [5]。君看落空阔 [6]，何异大星茫 [7]。

这首诗约作于康熙二十六年（1687）或稍后，作者时为右赞善。全诗托物咏志，表现了作者不肯随人俯仰，保持独立人格的可贵品格。首联写萤火虫虽小，却不畏风雨。在雨中仍然执着地飞行，穿行于人家的窗户间。在风中似乎要被吹落，但忽然又越墙而过。颔联说尽管萤火虫由腐草所化，却靠自身力量发光，不屑于借助于明月的清辉。借以表现了诗人独立自主，孤高兀傲的品格。"解识"两句说：萤火虫能理解幽人的意趣，暂处囊中助人读书也未尝不可。尾联说你看那些广阔夜空中的萤火虫，其光芒与天上的大星又有什么区别？意即大星在天而显高亮，萤火虫在地而显微茫，皆属形势使然。正如人世间卑微、高贵与才具未必相关，多为地位的差异使然。

注释

[1] 萤火：萤火虫。
[2] 和：连带。和雨：冒雨。
[3] 缘：原故，理由。质：体。草成质：古代人认为萤火虫生于腐草。
[4] 解识：知晓，熟悉。幽人：幽居不显达的人。此处指贫穷的读书人。
[5] 聊：姑且。处囊：一语含双典。《晋书·车胤传》："家贫不常得油，夏月则练囊盛数十萤以照书，以夜继日焉。"又《史记·平原君传》载："战国时，毛遂自荐请随平原君使楚，被拒绝后，以锥处囊中为喻，说明必有所表现，得以成行，果立大功，此即成语脱颖而出的由来。"
[6] 君：你。空阔：空旷的原野。
[7] 大星：天上的星辰。茫：光芒。

陈撰 （1679—1758），字楞山，号玉几，玉几山人等，今浙江宁波人。

萤

月黑秋林昏 [1]，映水忽明灭 [2]。微光聊自照 [3]，不假因人热 [4]。

这首诗抓住萤火虫发光"自照"的特点，抒发了诗人"不假因人热"的意思，表达了自立自强，不和光同尘，不趋炎附势的诗旨。一个无月的秋夜，萤火虫在水面一闪一闪地飞行着。萤光虽弱，足以自照，不必求助他人。

注释

[1] 月黑：夜晚不见月亮的时候。昏：黑暗。

[2] 明灭：萤光闪烁貌。

[3] 聊：姑且。

[4] 假：借助。"不假"句：比喻一个人要有自立的精神，不要靠趋炎附势生活。

郑板桥 （1693—1765），原名郑燮，字克柔，号理庵，又号板桥，今江苏兴化人。

题画竹

一节复一节，千枝攒万叶 [1]。我自不开花，免撩蜂与蝶 [2]。

说明

这首题画诗根据竹子一般不开花和节次生长的特性，借竹言志，赞美刚正不阿、不慕虚荣、洁身自好的品格。

注释

[1] 攒：聚集。

[2] 撩：挑逗，招惹。蜂与蝶：蜜蜂和蝴蝶，此处喻卑鄙猥琐之徒。

袁枚 （1716—1798），字子才，号简斋，晚年自号仓山居士、随园主人、随园老人，今浙江杭州人。

秋蚊

白鸟秋何急 [1]，营营若有寻 [2]。贪官衰世态 [3]，刺客暮年心 [4]。
附煖还依帐 [5]，愁寒更苦吟。怜他小虫豸 [6]，也有去来今 [7]。

说明

这首诗以拟人化的手法，将蚊子与贪官污吏联系，写他们的贪婪、狡黠与可悲，表达了诗人的讽刺与悲悯。秋天到了，蚊子嗡嗡不停地飞来飞去在找寻什么呢？原来它们想抓住寒冬来临前的机会饱餐一顿。就像衰落时代的贪官，贪赃枉法，肆无忌惮。可是天气实在是太冷，它们停在帐上避寒，在冷气中悲鸣。曾几何时，这些嚣张的害人虫，也有可怜兮兮的一天。

注释

[1] 白鸟：即蚊子。
[2] 营营：蚊子飞行振翅发出的"嗡嗡"声。若有寻：好像在寻找什么。
[3] 衰世：衰落时代。"贪官"句：衰世的贪官贪赃枉法更加迫不及待、肆无忌惮。
[4] 刺客：指蚊子。暮年：临近岁末。"刺客"句：临近岁末的蚊子吸血的欲望更加迫切。
[5] 煖：温暖。帐：以布、纱或绸子制成的蚊帐或帷幕。
[6] 虫豸：此处指蚊子。
[7] 去来今：佛教语。指过去、未来、现在。此处指蚊子在热天多么嚣张，而今天气变冷却是如此可怜相。

所见

牧童骑黄牛 [1]，歌声振林樾 [2]。意欲捕鸣蝉 [3]，忽然闭口立 [4]。

说明

这首诗刻画了一个天真烂漫的牧童形象，表达了诗人对真性情、纯自然的喜爱之情。诗歌一、二句描写了小牧童天真活泼、悠然自得的可爱模样和愉快心情。第三句写牧童的心理活动，交代了他"闭口立"的原因，也是全诗的转折点。第四句急转直下，如悬瀑坠潭，戛然而止。

注释

[1] 牧童：指放牛的孩子。
[2] 振：振荡、回荡。林樾：指道旁成阴的树。
[3] 欲：想要。鸣蝉：正在鸣叫的蝉。
[4] 立：站立，此处指静立不动。

赵翼（1727—1814），字云崧，一字耘崧，号瓯北、鸥北，今江苏武进人。

一蚊

六尺匡床障皂罗 [1]，偶留微罅失讥诃 [2]。一蚊便搅一终夕 [3]，宵小原来不在多 [4]。

　　这首诗借蚊论人，从蚊子的寻缝入帐咬人，想到世间小人的所作所为。为了害怕蚊子叮咬，挂上蚊帐。但只要偶有缝隙，蚊子便会钻进蚊帐，终夜骚扰，使你不得安眠。世间宵小，本身不懂做事，却专会整人。当他发现你的缺点失误时，就抓住不放，搞得你不得安宁，这种人在你的生活环境中不一定很多，但只要有一个，也可给你平添许多烦恼。

注释

[1] 匡床：方正安适的睡床。障皂罗：挂上黑色的纱罗蚊帐。

[2] 微罅：小的缝隙。讥诃：因过失而被讥笑、呵责。

[3] 蚊：双翅目蚊科昆虫的成虫，雌成虫吸血。终夕：通宵。

[4] 宵小：小人、坏人。不在多：不必很多。

汪为霖 （1763—1822），字傅三，号春田，今江苏如东人。

蝉

出身原不洁 [1]，一夕占高林。说露惊闺梦，谈风乱客心 [2]。
妆分齐女鬓 [3]，冠耀侍中簪 [4]。日日浓阴里，当窗伴苦吟 [5]。

说明

　　乾隆四十四年（1779），诗人年十七，十二月选得刑部湖广司郎中，自此跻身仕途。然为官不久，《西斋集》案发，惊动乾隆皇帝，遂遭牵连。该诗开始以"出身原不洁，一夕占高林"的低姿态进入抒情世界。"说露"两句既可以说是人说露而惊了蝉的闺梦，也可以说是蝉说露而惊了人的闺梦。同样，究竟是蝉谈风乱人心还是人谈风乱蝉心也变得模糊了。诗人有意将惊者和被惊者、乱者和被乱者的身份混淆，使得二者形成互感、互嵌、互变的关系，隐含表达出因受文字狱牵连而不知如何诉说的苦闷和委屈。后四句主要是自我慰藉，"妆分"两句描述蝉的形象和地位，尾联由蝉及人，一个"伴"字，将两者境况和心情联系起来。此心如蝉，虽然遭受种种不平际遇，但依然要保持进取的心态。

注释

[1] 出身：蝉的来源。"出身"说蝉来源于土中，出生低微。高林：树冠高处。"出身"两句：既说蝉的来源，也说诗人的出身。

[2] 谈：一作"吟"。

[3] 齐女：蝉的别名。晋·崔豹《古今注》下《问答释义》"牛亨问曰'蝉名齐女者何'答曰'齐王后忿而死，尸变为蝉，登庭树，嘒唳而鸣。王悔恨。故世名蝉曰齐女也。'"

顾问，地位渐形贵重。至南宋废。簪：古时用来别住头发的一种饰物。"冠耀"句：侍中簪上有蝉的形象，以示清廉高洁。

[5] 苦吟：反复吟咏，苦心推敲，言做诗极为认真。"日日"两句：一作"叶底蟪蛄影，为君停玉琴"。

王笠天 （1822—? ），今甘肃定西人。

蚕

春女求桑日几回[1]，锦衣公子喜新裁[2]。曾思赵谷吴绫匹[3]，都自零星小叶来[4]。

说明

这首诗歌颂了春女辛勤劳作的精神，描述了丝绸的来之不易，含蓄委婉地嘲讽了衣着豪华的王孙公子的寄生生活。

注释

[1] 春女：春日采桑养蚕的女子。求桑：采摘桑叶。
[2] 锦衣：指华美的衣服。公子：古代用以称谓豪门士族的年轻男子。新裁：新衣。
[3] 曾：曾经。曾思：可曾想过。赵谷：疑为"赵构"。吴绫：古代吴地所产的一种有纹彩的丝织品。以轻薄著名。匹：整卷的绸或布。"赵谷吴绫匹"：南宋盛产的丝绸。
[4] 零星小叶：指零散的桑叶。

蜂

金房千孔自潭潭[1]，花积成粮露酿酣。辛苦终年无隙日[2]，到头毕竟为人甘[3]。

说明

这首诗以蜂为喻，赞美了无私奉献者。首句描绘蜂房的外观，次句写蜜蜂的生产，即酿蜜。后两句评论，说蜜蜂一年到头都在忙着采花酿蜜，可酿出来的蜜却被别人享用了。

注释

[1] 金房：喻指蜂房。潭潭：深广的样子。酣：浓盛，盛美。
[2] 隙日：指空闲时日。
[3] 甘：甜。

时庆莱 （1846—? ），字蓬仙，号北山，今江苏仪征人。

萤

随风吹散一天青，点点飞来闪画屏[1]。底事浮云遮断月[2]，让他火焰混流星[3]。

说明

晚风吹散了积云，一天青蓝。点点飞来的萤火虫，在夜空的画屏中闪烁。忽然来了几片浮云把月光遮断，乌黑的长空下，萤火虫和流星的光焰混在一起，难以分辨了！唉，世上有许多"摸黑"的风云际会，使小虫与巨星光亮相似，难以分辨，这大概是腐草所化的萤火虫最得意的时刻了？讽喻之意不言自明。

注释

[1] 画屏：有画饰的屏风。此处指萤火虫闪烁的天空背景。
[2] 底事：何事。
[3] 火焰：萤火。

周准 （? —1756），字钦莱，号迂村，今江苏苏州人。

蝴蝶词[1]

万花谷里逐芳尘[2]，自爱翩跹粉泽新[3]。多少繁华任留恋[4]，不知止是梦中身[5]。

说明

这首诗借蝴蝶恋花的习性，比拟寄寓人间的繁华富贵都不久长，不可留恋。前三句写"繁华"，蝴蝶不仅美丽轻盈，还有鲜艳的脂粉，在万花丛中追逐各色各样的花朵，尽情玩乐，流连忘返。末句写"如梦"。借用庄生梦蝶、不辩物我的故事，说这花花世界只不过是一场游戏一场梦。

注释

[1] 词：文体名。古代乐府诗体的一种。
[2] 逐芳尘：指蝶类的访花习性。
[3] 翩跹：轻盈地飞舞。粉泽：指蝴蝶翅上的鳞片。
[4] 留恋：不忍舍弃或离开。
[5] 止是：只是。梦中身：源于庄周梦蝶故事，意思是蝴蝶只是庄周梦中的意象而已。

龚静仪 字蘂仙，今江苏南京人，生卒年不详。

渔人 [1]

日斜风定数峰青 [2]，白鹭冲波掠翠萍 [3]。独倚垂杨竿不动 [4]，蓑衣飞上几蜻蜓 [5]。

说明

这首诗写雨后斜阳里垂钓的情景。夕阳西下，雨停风静，远山如黛。白鹭掠过绿色浮萍，划破平静的水面。垂柳下的垂钓者静默着，蓑衣上栖息着几多蜻蜓。

注释

[1] 渔人：钓鱼的人。
[2] 日斜：雨后西斜的太阳。峰：山峰。
[3] 白鹭：鹭科鸟类的通称。掠：轻轻擦过或拂过。翠萍：绿色的浮萍。
[4] 倚：靠着。垂杨：垂柳。
[5] 蓑衣：用草或棕毛制成的、披在身上的防雨用具。暗指雨后复斜阳。蜻蜓：蜻蜓目昆虫，包括蜻蜓和豆娘。

归懋仪 字佩珊，号虞山女史，今江苏常熟人，生卒年不详。

萤

高下光零乱，偏能动客情 [1]。照人无定境 [2]，念尔亦劳生 [3]。
焰少字难辨 [4]，灯昏经尚横。似愁节序改，宛转怜残更 [5]。

说明

这首诗借萤写人，由物思我，对弱小的生命寄予深切的同情。高下移动，零乱明灭的光点，偏能牵动游子的离情。你好像是要照亮别人，却并没有固定的目标。我想你也是草草地劳苦一生，和我相同罢了！你的光焰微弱，照书时字迹难明。昏黄的灯光下，那是读不完的经典。好像担忧季节的变换，残更将尽，依然徘徊流连不忍离去！

注释

[1] 动客情：勾起游子的乡思之情。
[2] 定境：固定的目标。
[3] 尔：萤火虫。劳生：辛苦劳累的生活。

[4] 焰：萤火。

[5] 宛转：此处指萤火虫徘徊流连。

李念兹 字屺瞻，今陕西泾阳人，生卒年不详。

萤

不自惭微照[1]，秋宵款款飞[2]。乘阴稍腾上[3]，化腐暂光辉[4]。
月暗时依砌[5]，风生乱点衣[6]。时危妨诵读[7]，干死旧书帏[8]。

说明

这首诗描写了自强不息的萤火虫形象，由虫及人，表达了诗人积极向上的人生态度，并隐含作者对社会现实的批评。首两句说萤火虫发光虽然微弱，却一点也不自卑，在秋夜从容地飞舞。"乘阴"两句说萤火虫虽然出生卑微，发光的时间也很短暂，但在黑暗中依然奋力高飞。"月暗"两句说环境对飞行的影响，这种影响在末联进一步扩大，达到"时危"的程度。末句用"囊萤照读"故事，说书案上借以照明的萤火虫都干死了，已经无人读书了。

注释

[1] 自惭：自卑。微照：微光。

[2] 秋宵：秋夜。款款：慢慢，缓缓，从容不迫。

[3] 阴：黑暗。

[4] 化腐：指腐草化萤。

[5] 砌：建筑时垒的砖石。

[6] 点：触碰。

[7] 时危：形势艰难。

[8] 书帏：犹书斋。

秦应阳 字含真，今浙江长兴人，生卒年不详。

飞蛾[1]

飞蛾性趋炎[2]，见火不见我[3]。愤然自投掷，以我畀炎火[4]。
动静自有常[5]，躁急适贾祸[6]。明发天宇空[7]，飞跃无不可。

这首诗言处世不应性急之理。"飞蛾"投火乃其趋光性所决定，诗人却给飞蛾的趋光性以社会学解释，比喻其为奔走名利场中之人。正因为其"性趋炎"，所以才会"见火不见我"，最后发展到"愤然自投掷，以我畀炎火"的荒唐境地。"愤然"二字写出了飞蛾的狂妄愚蠢，同时也写出了它的急躁易怒。世间万物"动静有常"，不遵守为人处世的规则，急躁易怒，恰恰招致灾难。末尾二句，宕开诗意。设想如果飞蛾前一天晚上不投火自焚，那么天亮以后，广阔的天空中，处处皆可飞腾。

注释

[1] 飞蛾：指有趋光性的鳞翅目蛾类昆虫。

[2] 炎：热，比喻权势。

[3] 我：飞蛾。

[4] 畀：给予。

[5] 常：常规，常则。

[6] 贾祸：招来灾难。

[7] 明发：平明，黎明。

沈绍姬 字香岩，今浙江杭州人，生卒年不详。

蚊

斗室何来豹脚蚊[1]，殷如雷鼓聚如云[2]。无多一点英雄血，闲到衰年忍付君[3]！

说明

这首诗咏物言情，貌似骂蚊，实则愤世。不尽牢骚，都从"闲"字发出。后两句别开生面，寄慨遥深，抒发自己一腔报国热忱无从施展的悲愤。

注释

[1] 斗室：狭小的房间。豹脚蚊：白纹伊蚊，体黑色，足、胸部有白斑。

[2] 殷：象声词，形容蚊子的嗡嗡声。雷鼓：雷声、鼓声。

[3] 衰年：衰老之年。君：指蚊子。

时雨　出生地、生卒年不详。

萤焰 [1]

暝色沉花径 [2]，荧荧冷艳匀。乘风明自定，遭雨烬仍新。
质皎焉焚己 [3]，光清不逼人。囊中权养晦 [4]，青简认还真 [5]。

说明

该诗赞美了萤火虫只求贡献而不矜不骄的奉献精神。暮色淹没了花径，萤光清冷而明亮。萤火的花儿在风中不停地开放，即使遇到雨，还会更加地鲜艳。它有明亮洁白的本质，愿意燃烧自己，照亮别人。布施着光辉，却从不骄矜逼人。一时囊中养晦，是为了此后集中光力，让读书人将青简上每个字都辨识清楚。

注释

[1] 萤焰：萤火。
[2] 暝色：夜色，暮色。
[3] 焉：于，于是。
[4] 权：姑且，暂且。
[5] 青简：竹简。古代用以书写的狭长竹片。泛指书籍。"囊中"两句：用囊萤映读故事。

张劭　字博山，号荻岸散人，今浙江嘉兴人，生卒年不详。

白蝶

曲尘何处不参差 [1]，羡尔轻衫未化缁 [2]。雪已尽时还舞草 [3]，梅才开后忽枯枝 [4]。
闲窗春暗先来见 [5]，午枕风轻去不知 [6]。底事野花名滥窃 [7]，寄人篱下画胭脂 [8]。

说明

这首诗描述了早春白蝶的雅韵，对野花也被称为白蝶的嘲讽似有所指。嫩黄的柳条儿杂乱不齐，白蝶在淡黄色柳条之间随意飞舞，翅膀却是洁白不染。冻雪融化后就在草边飞舞，就像凌寒开放的梅花。初春时节它最先出现，日暖风轻又难觅踪影。有一种野花也称为"白蝶"，不过所开的却是红花。

注释

[1] 曲尘：酒曲上所生菌。因色淡黄如尘，亦用以指淡黄色。嫩柳叶色鹅黄，也借指柳

树，柳条。参差：长短、高低不齐的样子。"曲尘"句：嫩黄的柳条儿杂乱不齐。

[2] 美：钦美，敬佩美慕。尔：指蝴蝶。轻衫：指蝶翅。缁：黑。未化缁：指未染黑。

[3] 舞草：在草边飞舞。

[4] "梅才"句：白蝶像枝头凋落的白色梅花。

[5] 春暗：春色不明，初春。

[6] 午枕：中午卧枕时。风轻：日暖风轻。

[7] 底事：何事。名滥窃：指野花也呼为"白蝶"。

[8] 寄：依附，依靠。寄人篱下：寄居在人家的篱笆下面生活。原指写诗、作文因袭他人，没有创新。后形容完全依靠别人来过日子，不能独立。画胭脂：指名为"白蝶"的野花却开出红花。

朱景素　字菊如，又字淡如，出生地、生卒年不详。

樵夫词[1]

白云堆里捡青槐[2]，惯入深林鸟不猜[3]。无意带将花数朵[4]，竟挑蝴蝶下山来。

说明

这首诗描写人与自然和谐共处的唯美画面，因为樵夫经常在这山里砍柴，所以这里的鸟儿、昆虫都和他成了好朋友。背柴下山的时候柴禾中无意间夹带了一些花朵，竟然引得蝴蝶一路绕着柴担纷飞，好象挑着蝴蝶下山。寄托了诗人对山野田园自由生活的向往。

注释

[1] 词：文体名。古代乐府诗体的一种。

[2] 白云堆里：形态山高林密、雾霭升腾。青槐：国槐，豆科槐属树木，是一种重要的蜜源植物。

[3] 惯：习以为常，积久成性。猜：嫌疑、疑心。

[4] 将：持。带将：夹带、携带。

朱受新　字念祖，今江苏吴县人，生卒年不详。

咏蝉

抱叶隐深林，乘时嘒嘒吟[1]。如何忘远举，饮露已清心[2]。

这首诗借咏蝉抒发待时而动的个人抱负。首句写蝉抱叶藏树，不愿显露自己。次句写如果遇到较好的时机，就会出来吟唱。三、四句则以饮露清心表明自己志趣还不在"远举"。

注释

[1] 嘒嘒：象声词，虫鸣声。

[2] 饮露：古人认为蝉餐风饮露，品行高洁。

佚名

咏蝴蝶

从小面壁拜文王[1]，破壳一朝尚木然[2]。数套长衫丝素素[3]，百足寸步路坎坎[4]。周公梦现传经易[5]，袈裟体裹卧念禅[6]。顿悟身轻成造化[7]，雌雄花丛共涅槃[8]。

说明

这首诗写蝴蝶的一生，同时借喻人生历程。首联说蝴蝶的生存之道符合《易经》哲理，而《易经》传为周文王编著，因此卵期（胚胎时期）的蝴蝶，天生命带"文王星"，但自破壳而出，已忘了前世，一头痴呆。颔联描写蝴蝶幼虫要蜕皮 4～5 次，蜕皮前还要吐丝进行隐藏安身。幼虫有足多对，夸张为"百足"，蠕动爬行艰辛，所以"寸步路坎坎"。颈联描写蛹期（转变时期）的蝴蝶，在关键时刻，得到贵人（周公）暗中点化，传授变易之经。藏身茧中，如同披着袈裟参禅的高僧，等待那奋飞一刻的高远。尾联描写成虫时期的蝴蝶，一朝悟觉，羽化成蝶，成就了隔世的美丽。振翅高飞，花丛美妙，爱情圆满，繁衍后代，终至无憾升天。

注释

[1] 文王：周文王姬昌（约前 1152—1056），周朝奠基者。据说文王善演周易，以简单的图像和数字，以阴和阳的对立变化，来阐述纷纭繁复的社会现象。"拜文王"：一作"文王参"。

[2] 破壳：幼虫孵化脱卵而出的过程。木然：指发呆或不知所措的样子。

[3] 长衫：幼虫的表皮。素：白色，本色。丝素素：此处指幼虫蜕皮前吐丝，实际上幼虫之间的蜕皮不一定有吐丝习性。

[4] 百足：形容幼虫多足。坎：指道路不平。

[5] 易：变化，改变。

[6] 袈裟：蛹外的丝被或茧。念禅：静思，参悟。指蛹体内成虫器官的孕育。

[7] 顿悟：指成虫羽化。

[8] 涅槃：安乐，解脱。